담벼락 너머의 Mr. 괴물

담벼락 너머의 Mr.괴물 2

지은이 | 서향
펴낸이 | 권순남
펴낸곳 | 도서출판 동행

등록 | 2008년 1월 7일(제310-2008-00001호)

초판 인쇄 | 2015년 7월 17일
초판 발행 | 2015년 7월 22일

주소 | 서울시 노원구 상계1동 1049-25 신영산업BD 602호
전화 | 02-2091-0291
팩스 | 02-2091-0290
이메일 | marubooks@hanmail.net

ISBN | 978-89-280-6173-0
ISBN | 978-89-280-6171-6 (세트)
정가 | 9,000원

잘못된 책은 교환하여 드립니다.
저자와 협의하여 인지를 붙이지 않습니다.

담벼락 너머의 Mr. 괴물 2

서향 장편소설

동행

#담벼락 안쪽의 밀담 … 7
#담벼락 안쪽의 꿈 … 32
#담벼락 안쪽의 경고 … 58
#담벼락 안쪽의 폭풍 … 84
#담벼락 안쪽의 결의 … 111
#담벼락 안쪽의 파란만장한 봄 … 131
#담벼락 안쪽의 명랑함 … 159
#담벼락 안쪽의 상쾌한 바람 … 188
#담벼락 안쪽의 염원 … 212
#담벼락 안쪽의 환청 … 237
#담벼락 안쪽의 냉기 … 262
#담벼락 안쪽의 핫! … 286
#담벼락 안쪽의 오해 … 310
#담벼락 안쪽의 우리 … 336
#에필로그-담벼락 무너트리기 … 363
#작가후기 … 386

※ 이 글은 전작인 <화무><화설>의 세계관을 바탕으로 전개되는 가상의 이야기입니다. 지역명 등도 작가가 임의로 정했음을 알려드립니다.

#담벼락 안쪽의 밀담

 꾸벅꾸벅 고개를 흔들고 앉은 홍두를 우혁이 가만히 내려다보고 있었다. 어떻게든 안 자고 버텨 보려고 했는데 잘 안 된 것 같았다. 우혁은 꾸벅꾸벅 머리를 흔드는 그녀의 곁에 가만히 양반다리로 앉아 그녀의 머리를 어깨에 기대게 했다. 그제야 홍두가 평온한 표정을 지었다. 우혁은 말없이 가만히 앉아 그녀가 깨어나기를 기다렸다. 그렇게 십 분쯤 지났을까, 갑자기 홍두가 고개를 번쩍 들더니 그를 쳐다봤다.
 "꿈인가?"
 우혁이 낮게 웃더니 그녀의 볼을 슬쩍 꼬집고 흔들었다.
 "아플 텐데?"
 홍두가 꼬집힌 볼을 만지작거리며 잠이 한가득 들어찬 눈빛으로 그를 쳐다봤다.

"미안해요. 깜빡 잠이 들었나 봐요."

"괜찮아."

홍두가 너무 바싹 붙어 앉은 것 같아 살짝 옆으로 몸을 떼어 내고 무안한 표정을 지었다.

"갑자기 보자고 해서 미안해요."

"괜찮아. 그런데 날 보자고 한 이유는?"

"……정말 이상한 일이긴 한데요, 전 당신이 편해요."

"진짜 이상한 일이군. 나에 대해 뭘 안다고?"

우혁이 부드러운 눈빛으로 그녀를 빨아들일 듯이 바라봤다. 깊고 그윽한 눈빛엔 많은 감정이 담겨 있었다. 홍두는 다시 한 번 확신할 수밖에 없었다.

"당신은 날 잘 알아요."

우혁이 피식 웃었다.

"왜 그렇게 확신하지? 나와 뭘 했는데? 우린 아무것도 같이 해 본 경험이 없잖아."

"……없죠. 그런데도 당신 눈빛을 보고 있으면 확신이 서요. 날 잘 아는 눈빛이에요. 그 눈빛 때문에 자꾸 혼란스러운 거예요. 맞아요. 그래요."

"눈빛까지 단속해야 하나? 난 그저 널 편하게 본 것뿐이야."

"그러니까 내가 왜 편한 건데요? 네?"

"……모든 여자한테 다 이렇게 할 뿐이야."

"거짓말!"

홍두가 낮게 씹어 뱉었다. 주인이 있을 땐 그가 저런 눈빛으로 보지 않는다는 걸 안다. 그녀를 바라볼 때 특별해진다는 느낌이 더 강했다. 물론 착각일 수도 있다. 일방적으로 자신의 감정을 그에게 강요하고 있다는 것도 안다. 그런데 이건 혼자 하는 원맨쇼가 아니라 그가 함께하고 있는 쇼 같았다.
 그가 무언가를 감추고 있다. 그게 뭔지는 모르겠지만······.
 "오늘 남자를 어른들에게 소개한 걸 보니 조만간 결혼하겠군."
 "그럴지도 모르죠. 그 전에 당신에 대한 감정의 실체를 알아야겠어요. 그리고 우리 사이에 놓여 있는 묘한 기류도."
 "뭐?"
 우혁이 놀란 눈빛으로 그녀를 쳐다봤다. 이 눈동자는 역시 위험하다. 홍두가 저렇게 신뢰를 가득 담은 눈빛으로 유혹하듯 바라보면 그는 통제 불능의 상태가 된다. 그가 재빨리 고개를 돌리고 양손을 깍지 꼈다. 자신의 손을 묶어 버리듯이.
 "당신에 대해 알고 싶어요. 당신과 만나 같이 시간을 보내고 싶어요."
 "미안하지만 난 정혼자가 있어."
 "알아요. 나한테도 남자가 있잖아요. 비밀로 하고 만나보자는 거예요."
 "양쪽에 각자의 상대를 두고 함께 시간을 보내자는 건 너무 위험한 일 아닌가? 왜 그토록 무모한 요구를 하는 거지?"

"이대로는 마음 안에 남은 무언가가 계속 절 힘들게 할 게 뻔하거든요. 좋은 게 좋은 거라고, 많은 사람들이 만류할 땐 그만한 이유가 있는 거라고 스스로를 납득시켜도 봤지만 무언가가 제 안에 남아서 자꾸만 밀어붙이고 있어요. 해답을 찾으라고. 그러니 깨질지언정 한번 부딪쳐 볼래요."

"대책 없이 무모하군."

"시진 씨에게 들으니, 서울로 간다죠?"

우혁이 고개를 돌려 그녀를 빤히 쳐다봤다. 희망을 주고 싶지도, 갖고 싶지도 않은데 그녀의 말도 안 되는 얘기에 자꾸 빠져들고 반응하는 건 그 역시 그녀와 같은 생각을 하기 때문인지도 모른다.

"아직 결정된 건 아니야."

"가요, 서울로."

"뭐?"

"고모한테 사정 설명을 하면 일주일 정도는 서울에서 지낼 수 있을지도 몰라요. 마침 할머니 정기검진이 있어서 서울 병원에 가야 하거든요. 먼저 가 있어요. 되도록 혼자! 물론 시간차를 두고 가야 하니까, 가서 기다려야 할 거예요."

적극적인 제안이었다. 우습기도 하면서, 그녀의 무모한 용기에 박수를 쳐 주고 싶을 지경이었다. 여기서 자신은 절대 안 된다고 답해야 하는데…….

"내가 왜 네 요구를 들어줄 거라고 생각하나?"

갑작스러운 질문에 홍두가 사레들린 기침을 해 댔다. 잠시 눈을 끔뻑거리던 홍두가 턱을 손등으로 비비며 대답했다.

"이상하게 우혁 씨가 나한테만은 친절할 것 같으니까요. 이 시간에 나한테 와 준 것도 그렇고, 졸고 있던 내게 어깨를 빌려 준 것도 그렇고…… 누가 봐도 호감이 있음직한 행동만 하고 있잖아요."

"그래서? 일주일 동안 밀월여행을 즐긴다 치자. 결국엔 뭘 어떻게 하자는 건데?"

"……집안에서 결혼을 서두르길 원하고 있어요. 그런데 자꾸 마음이 정리되질 않아요. 당신이 궁금해서 자꾸 쳐다보게 되니까. 당신에 대해 알게 되면 마음도 정해지지 않을까요."

"정해지지 않고 혼란만 가중된다면?"

그 부분에 대해서도 걱정은 하고 있다. 그를 더 갖고 싶어질 것 같은 마음이 들까 봐 두려운 마음도 있다. 그런데도 밀어붙이고 싶은 건 그와 함께 시간을 보내고 싶다는 마음의 간절함이 더 크기 때문이다.

"어려운 일이야. ……넌 그 사람에게 가는 게 맞아."

"일주일만 당신과 지내보고 결정지을게요. 결혼은 제가 하는 거니까."

우혁이 몸을 세우다 말고 다시 주저앉아 그녀를 쳐다봤다.

"네 마음을 정리하는 데 도움이 된다면, 뭐 일주일을 같이 보낼 수는 있어. 하지만 내가 네게 친절할 거란 기대는 하지 마."

"······당신에게 실망하면 좀 더 빨리 마음을 정리하게 되겠죠. 걱정 말아요."

말은 그렇게 했지만, 그와 일주일을 함께 있겠다고 결정내린 순간 문청기에 대한 마음도 접었다. 청기와 우혁 사이에서 갈팡질팡하는 것도 싫고, 실컷 다른 남자와 즐겨 놓고 아니다 싶으니까 청기에게 간다는 건 말도 안 되는 짓이다. 파렴치한이 될 생각은 없다.

지금은 그저 감정이 시키는 대로 우혁과 시간을 보내고 싶었다. 청기와의 관계는 이미 정리된 거나 다를 바가 없으니까. 하지만 우혁은 그 사실을 모르니 굳이 말할 생각은 없다.

"일주일······ 그래. 연락할 테니까 기다려."

우혁도 결심이 선 듯했다. 손바닥으로 하늘을 덮으려는 짓인 건 잘 안다. 결국 옥황상제는 그가 무슨 짓을 하는지 어떤 식으로든 보고를 받을 것이다. 그런데도 강행하는 이유는 홍두가 다치는 걸 바라지 않기 때문이다. 막상 홍두가 그에 대한 마음을 정리한다고 하니 서운하지만, 홍두의 인생을 위해서는 선택의 여지가 없었다. 청기에게 마음을 굳히도록 하려면 자신에 대해 거부감이 들도록 최선의 노력은 시도해 봐야 하지 않을까?

환화초를 사용해 그에 대한 기억을 삭제했음에도 불구하고 그녀는 한결같이 그에게 감정을 드러내 보이고 있었다. 그 감정이 신비로웠다. 일반적인 경우라면 그에게 향하는 호기심이

나 갈망은 응당 문청기에게 향했어야 한다. 문청기가 하늘이 정한 인연이라면 우혁에 대한 기억이 사라짐과 동시에 청기에게 어떤 영혼적인 끌림을 느꼈어야 하는데, 전혀 둘의 관계는 진전이 없어 보였다.

마지막 시도다. 홍두를 밀어낼 수 있는 마지막 기회.

그는 일어서서 문을 열고 조용히 나섰다. 홍두가 문가에 몸을 기대고 서서 그를 쳐다봤다. 우혁은 고개를 돌려 그녀를 향해 들어가라는 손짓을 하고 문밖으로 나갔다. 모두가 잠든 사이에 벌어진 일이니 아무도 모르겠지만, 누군가는 깨어나 이 모든 얘길 듣고 있었는지도 모른다. 그는 잔뜩 긴장한 얼굴로 자작나무 숲을 지나다 말고 기척을 느끼며 멈춰 섰다.

"어딜 그렇게 늦은 시간에 다녀오세요?"

은소가 크롭탑 티셔츠에 핫팬츠를 입고 나타났다.

"여태 안 잤나?"

"무슨 얘길 하는지 듣고 싶은 마음은 굴뚝같았지만, 강력한 방어벽이 구축되어 있어서 당최 들을 수가 있어야죠. 이래서 상위의 능력을 지닌 신을 상대로 하는 심부름은 여러 모로 힘들군요. 이렇게 된 이상 직접 말씀을 해야겠는데요?"

"스스로 알아내. 난 너한테 상세히 보고할 의무까진 없는 걸로 아니까."

은소가 기가 막힌 얼굴로 그를 노려보다가 손부채질을 했다.

"정말 저한테 왜 그러세요? 제가 중간에서 얼마나 난처한지 아세요? 류시진 님도 충분히 난감한 처지일 거예요. 류시진 님으로도 모자라 저까지 감시자로 붙였을 땐 옥황상제께서 상당히 심각하게 걱정하고 있다는 뜻이기도 하잖아요."

"적당히 해. 이번 일은 모른 척하는 게 좋을 거야. 너희들이 원하는 대로 그 여잘 떼어낼 궁리를 하는 중이니까. 걱정 마. 그 여자가 인간답게 살도록 최선을 다해서 떼어낼 테니까."

우혁은 스산하게 얼어붙은 눈빛으로 허공을 바라보더니 곧장 집으로 가 버렸다. 은소는 그가 왜 갑자기 심경의 변화를 일으킨 건지 의아했다. 사실은 그도 누구보다 우홍두를 걱정하고 있는 사람 중 하나인 걸까?

우리가 걱정하는 사람은 우혁인데, 우혁은 인간인 우홍두를 걱정하고 있다. 그렇다면 얘기는 더 술술 풀려 나갈지도 모른다. 우혁은 홍두가 다치는 걸 원치 않을 테니까, 어떻게든 마음에 없는 짓을 해서라도 그녀와의 관계를 자르려 할 것이다. 이건 어디까지나 그녀의 예측에 불과하지만 말이다.

'골치 아픈 건 딱 질색이란 말이지.'

은소가 우혁의 뒤를 졸졸 따르며 소리쳤다.

"이번이 마지막 기회예요. 만약 실패한다면, 제가 가장 악독한 방법으로 그 여잘 떼어 놓을 거예요!"

하지만 돌아오는 대답은 공허한 적막뿐이었다. 은소는 잔뜩 울화가 치밀었다. 우혁이나 시진이나 다들 홍두를 싸고도는 인상이 강하다. 물론 나약한 인간 나부랭이다 보니 잘못 다루면 금세 캑 죽고 만다. 그러니 저러는 것도 이해는 가지만, 자신에게도 관심을 좀 가져 주면 어디가 덧나나? 이래봬도 애정 결핍인데.

이 집안사람들은 대체적으로 그녀를 무시하는 것 같다. 그게 영 마뜩찮았다. 하물며 신들이 부리는 종자 도깨비들마저도 그녀를 무시한다. 그것이 백 배 더 열 받는다.

'내가 참는 건 딱 이번까지만이야. 흥!'

*

부모님이 서울로 돌아가고 며칠 뒤, 시진이 대문 앞을 서성이며 자원봉사를 하고 돌아온 그녀의 앞을 가로막았다.

"뭘 한 거예요?"

다짜고짜 나온 말에 홍두가 눈을 휘둥그렇게 떴다.

"무슨 소리예요? 갑자기……."

"형님이 서울에 가 있겠다고 하던데…… 뭐예요? 말했어요? 결혼한다고?"

"아뇨."

"홍두 씨! 형님을 흔들어선 안 된다고 경고했잖아요."

"네, 뭐가 되었든 위험할 수 있다는 말 충분히 인지했어요. 그런데요, 아무리 위험하다고 말해도 자신이 직접 만져 보고 손을 데어 봐야 그 말을 믿는 사람도 있지 않을까요? 미련하기 짝이 없대도 할 수 없는데요. 시진 씨를 속이고 싶지 않아서 직접 말하는 거예요. 제가 서울로 가 있으라고 했어요."

"네?"

시진은 속이 터져 미칠 것만 같은 얼굴로 홍두를 쳐다봤다. 이 여잔 진심 제정신이 아닌 게 틀림없었다. 기억을 망각시키는 약초를 먹였는데도 아무 경각심도 없는데다 오히려 집요하게 우혁을 찾고 있었다.

"그거…… 별로 좋은 짓 아니에요."

"알아요. 직접 얻어맞아 보고 올게요. 그럴 생각으로 가는 거예요. 다들 안 된다고 하니까, 왜 안 되는지 직접 당해 보려고요."

시진은 깊은 한숨을 쉬고 체기 섞인 눈빛으로 그녀를 쳐다봤다.

"저 홍두 씨 인간적으로 좋아해요. 뭐든 열심히 찾아서 해보려고 하고, 좀 더 세상에 도움이 되려고 노력하는 모습도 보기 좋구요. 할머니한테 정신적으로 힘이 되어 주는 모습도 요즘 사람 같지 않아서 마음에 들어요. 그런데 사람이 아끼는 마음에 진심으로 충고를 하면 진심으로 받아들여 줄 줄도 알아야 해요."

홍두는 솔직하게 자신의 속내를 말하는 시진에게 다가가 그의 손을 잡았다. 홍두는 입가에 배시시 미소를 머금고 웃으며 말했다.

"저도 시진 씨 좋아해요. 우혁 씨를 견제하는 것 같았는데, 싫어하진 않잖아요. 그러니까 이렇게 걱정하기도 하는 거고. 저한테도 호감 어린 행동 많이 했던 것도 잘 알아요. 그런데 이건 우혁 씨와 제 문제예요. 우리끼리 부딪쳐서 뭐든 해 보지 않음 결론이 안 나요. 그러니까 이번만 모르는 척해 줄래요? 부탁할게요."

시진은 난처한 눈빛으로 홍두를 쳐다보다가 뒷머리를 박박 긁었다. 대체 어디서부터 어떻게 잘못된 걸까? 애초에 이 시골 집에 홍두가 오는 게 아니었다. 홍두가 우혁과 만나게 두는 게 아니었다. 그랬더라면 일이 이렇게 꼬이진 않았으리라. 자신의 평생 인연을 옆에 두고도 못 알아볼 정도로 눈에 콩깍지가 씌어 버린 여자를 상대로 대체 무슨 말을 한단 말인가.

"알았어요. 마음대로 해요. 뒷감당은 결국 홍두 씨 몫이 될 테니까. 하늘에서 가만 보고만 있지는 않을 겁니다."

"하, 하…… 무섭네요."

반은 농담, 반은 진심으로 무서웠다. 그들이 신이라는 대목도 실감이 안 나는데다, 인연이 틀어지면 어떤 일이 벌어지는지도 아직 그녀는 모른다. 신들이 위험하다고 경고하는 범위를 넘어서 본 적이 없다.

"우혁 씨와 시진 씨는 하늘에서 내려온 신이 맞는 거죠?"

"갑자기 왜 물어요?"

"백소 할아버지에게 들은 얘기로 유추하고 예측만 하는 거랑, 이렇게 진짜 확인하는 건 다른 얘기니까."

시진이 눈매를 가늘게 좁혔다. 우혁이 자세한 내막을 다 말했다고 해도 약초 때문에 기억이 없다면 우혁의 사정을 자세히 알기는 힘들 테지.

"맞아요. 믿기 어려운 얘기겠지만……."

"믿어 보려고요. 맞겠죠. 어른들이 시답잖은 거짓말을 할 이유가 없을 테니까. 그런데 우혁 씨는 언제 떠난대요?"

"연락해 봐요."

시진이 손 인사를 하고 돌아서서 자작나무 숲길로 사라졌다. 홍두는 휴대폰을 들어 우혁에게 전화를 걸었다.

[여보세요?]

"저 홍두예요. 알바 다 끝내고 집 앞인데 어떻게 되었나 궁금해서 전화했어요. 서울로 가게 되었나요?"

[내일 떠나.]

"알았어요. 이틀 내로 쫓아갈 수 있도록 조치할게요. 먼저 가 있어요. 연락처는 문자로 보내 주세요."

[응, 간단히 입을 거 정도는 챙겨 오는 게 좋을 거야. 거기서 사도 그만이긴 하지만…….]

"알아서 할게요. 끊어요."

홍두는 휴대폰을 가만히 움켜쥐고 섰다가 부친에게 전화를 걸었다.

[갑자기?]

"네, 어차피 사흘 뒤에 할머니 병원 정기검진이 있어서 서울로 가야 해요. 제가 친구 결혼식에도 참석해야 돼서, 이참에 아예 할머니를 모시고 올라갈까 해요. 간 김에 보육원 관련해서 조언해 주실 분도 좀 만나기로 했구요."

온갖 핑계를 다 동원했다. 때마침 정기검진 때문에 할머니를 서울 병원에 모시고 가야 한다는 게 천우신조였다.

[그렇다면 할 수 없지. 네 엄마가 알바를 하고 있어서 할머니 혼자 계셔야 하는데 괜찮을지 모르겠다.]

"그럼 그동안만 고모들께 잠깐 와 계시라고 해 주세요. 그리 어려운 일은 아닐 테니까."

적어도 자식이라면 그 정도는 해야 하지 않나 싶었다. 물론 자신도 타당한 이유를 갖고 서울로 가는 게 아니라 양심에 찔리기는 하지만 말이다.

[알았어. 내가 알아서 할 테니까, 서울 오면 너도 잠시나마 쉬어라. 그간 네가 고생이 많았으니까.]

"네, 도착하면 연락드릴게요."

일단 내일 아침에 떠나기로 아빠와는 얘기가 됐다. 바로 엄마에게도 전화를 걸어 사정 설명을 했고, 아침에 출발한다고 전했다. 모친이야 딸내미가 그간 고생했으니 좀 쉬었다 내려가라고 말은 하면서도, 시어머니와 일주일간 붙어살려니 마음이 편치는 않은 듯했다. 그냥 편하게 생각하면 좋을 텐데. 할머니의 직설화법에 엄마는 견딜 수 없는 듯했다.

홍두는 집 안으로 들어가 할머니에게 인사를 하고 싹 씻은 후, 저녁을 차리면서 내일부터 일주일간 서울에 가게 되었다고 자초지종을 설명했다.

"뭐, 병원도 가야 하니 잘됐네. 너도 서울에서 할 일이 많을 텐데 나 때문에 이렇게 갑갑한 시골 생활을 해서 어쩌냐?"

"답답하진 않아요. 할 만해요. 그냥 제가 일이 있어서 일주일간 서울에 머물게 된 거니까, 조금 불편하시더라도 참아 주세요. 네?"

"알았어. 우리 손주 말 잘 들어야지. 제일 착한 손주 아니냐."

홍두는 밥을 차리고 할머니와 나란히 마주 보고 앉았다. 할머니는 죽을 싹싹 긁어 먹은 후, 홍두를 물끄러미 바라봤다.

"살이 좀 빠졌네, 우리 홍두."

"몸무게는 그대로예요."

"그래도 얼굴이 안 좋아 보여. 무슨 걱정 있니?"

"사람이 사는 것 자체가 걱정거린가 봐요. 내일 조금이라도 더 잘 살기 위해서 하는 고민이니까, 너무 염려하지 마세요."

"그래, 그렇게 현명한 고민만 해라. 똑 소리 나서 좋구나."

아니요, 할머니. 전 진짜 현명한 고민이 아니라, 고작 연애 따위 때문에 죽을병 앓는 사람처럼 고민하고 있어요. 할머니랑 부모님도 속이고, 일주일간 그 남자 옆에 있으려고 해요.

단단히 미친 짓이라는 건 안다. 아는데도 멈추질 못하겠다.

"……할머니, 늘 죄송해요."

홍두가 밥알을 젓가락으로 떠서 먹는 둥 마는 둥 하자, 할머니가 숟가락으로 밥을 가득 떠서 홍두 앞에 내밀었다.

"푹푹 떠서 먹어. 나는 네가 볼이 미어터지게 우걱거리고 먹는 게 젤루 좋아. 알겠니?"

홍두가 배시시 웃었다. 나이 서른쯤 되니 슬슬 식욕도 예전 같지 않은데, 할머니는 아직도 그녀가 성장기 아이의 식욕을 보여 주길 바라나 보다. 홍두는 웃으면서 밥을 푹푹 떠서 입안에 넣었다. 할머니가 배추겉절이를 죽 찢어 빈 숟가락 위에 턱 올려 주었다.

"많이 먹어라."

홍두가 처연한 미소를 지었다. 할머니가 웃는 모습을 볼 때마다 왜 자꾸 그녀는 슬퍼지는 건지 모르겠다.

*

서울에 도착하자마자 홍두는 차를 집 앞에 주차해 놓고 부친에게 할머니를 맡겼다. 마침 오후 교대라 부친이 집에 있었다. 짐을 간단하게 싸서 나가려 했지만 부친의 눈치가 보여서 그냥 커다란 빅백에 간편하게 속옷 몇 개와 양치 세트만 챙겼다. 우혁의 말마따나 대충 사서 해결해야 할 듯싶었다.

집 근처에서 버스를 타고 우혁이 알려준 주소지로 향했다.

아직 점심도 먹지 않았다. 시간을 보니 이제 막 1시를 넘어가는 중이었다. 아침부터 설쳐서인지 급격히 졸음이 몰려왔다. 홍두는 길게 하품을 하고 몇 정거장이나 가야 하는지를 셌다. 일곱 정거장만 가면 된다.

찬바람이 부는 밖을 쳐다보면서 가방을 꽉 끌어안았다. 여러 사람을 속이고 이게 무슨 짓인가 싶기도 했다. 이렇게까지 했는데, 정작 가서 확인하는 게 절망뿐이라면 어쩌나 두려운 마음도 점점 커졌다. 멀리 떨어져 있을 때만 해도 자신 있었는데, 가까이 다가가니 망설임과 겁만 커지고 있다. 원래 이렇게나 소심한 사람이던가?

'속이 울렁거려.'

너무 긴장했나 보다. 버스가 멈춰 서기 전에 일어서서 정지 벨을 눌렀다. 잠시 뒤 버스에서 내린 그녀는 5분 정도 걸어야 했다. 칼바람이 불어왔다. 겨울은 아직 제대로 시작도 안 했는데 날씨가 예사롭지 않았다.

수천 세대가 사는 아파트 단지의 골목길을 따라 올라가자 단독주택 단지들이 나타났다. 그중 파란색 지붕이 인상적인 집이 눈에 들어왔다. 우혁이 말한 집이다.

홍두는 대문 앞에 서서 벨을 눌렀다. 저절로 문이 열렸다. 문을 밀고 안으로 들어가자, 우혁이 마중을 나와 있었다.

"짐은?"

"아빠 때문에 눈치 보여서 안 들고 왔어요."

"며칠씩이나 여기 있을 수 있겠어?"

"왔다 갔다 해야 할 것 같아요. 자고 가는 것까진 힘들 것 같구요."

"알아서 해. 내가 매일 데려다 주고 데려오고 해도 상관없어."

홍두는 입매를 휘어 올렸다. 관심이 없다면 저런 말도 하지 않겠지. 속이 울렁대던 긴장감이 조금은 가라앉았다. 그와 함께 집 안으로 들어갔다. 오래 사용하지 않은 집 안에서 상쾌한 비누향이 났다.

"청소했어요?"

"응, 오자마자 했어."

"진짜 부지런해요."

"결벽증 비슷한 거겠지."

홍두는 전체적으로 옅은 그레이색으로 뒤덮인 벽지를 쳐다봤다. 바닥은 새하얀 대리석으로 마감되어 있고, 테이블은 하얀 페인트를 바른 듯한 원목이 거실과 식탁 중앙을 차지하고 있었다. 거칠고 투박한 색감이 인상적인 가구들도 시선을 사로잡았다. 페인트를 성의 없이 대충 바른 듯 보이는 가구들과 벽지 때문에 빈티지한 매력이 한층 강조되어 보였다.

홍두는 원목 의자를 꺼내 앉았다. 우혁은 부엌으로 가서 레드 망고에이드를 타서 그녀 앞에 내밀었다. 홍두는 말없이 방긋 웃어 보이고 에이드를 한 모금 마셨다.

"여기 온다고 하니까 다들 말리던가요?"
"아무래도."
"저 때문인 거 다들 알고 있겠네요?"
"눈치는 챘겠지."

홍두가 고개를 푹 숙이고 자조했다.

"뭐 하는 짓인지……."
"이제 와서 자책해 봐야 늦었지."

우혁은 그녀의 곁에 앉아 다리를 꼬고 홍두를 물끄러미 바라봤다.

"손 좀 내밀어 봐."
"왜요?"
"네 인생을 보게."
"와아, 그런 것도 가능해요? 저번에 시진 씨가 봤을 땐 잘 안 보인다고 하던데……."

홍두가 손을 내밀자, 우혁은 말없이 그녀의 손을 꽉 쥐고 눈동자를 꿰뚫을 듯 바라봤다. 이전엔 그가 만들어낸 노이즈 때문에 홍두의 인생이 보이지 않았다. 그런데 인연을 만났는데도 홍두는 그에게 가지 않고 자신에게 왔다. 그렇다면 이젠 다른 결과가 눈에 드러나야 한다.

손을 붙들고 있던 우혁은 전기충격을 받은 사람처럼 홍두의 손을 놓았다. 홍두가 놀라서 그를 쳐다봤다. 우혁이 진땀을 흘리며 이마를 손바닥으로 쓸어내렸다.

"뭔데요? 안 좋아요?"

"너…… 문청기 씨한테 뭐라고 했지?"

"왜요?"

"뭐라고 했어? 사실대로 말해 봐."

우혁이 날카로워진 눈빛으로 그녀를 쳐다보며 물었다. 이렇게 무섭게 쳐다본 적이 없어서 홍두는 긴장한 채로 대답했다.

"……그만두자고……."

"하아…… 우려하던 사태가 벌어졌군. 정확한 때는 모르겠는데, 사고가 날 거야."

"네?"

"둘 다 다칠 거고."

정확한 날짜까진 그도 알 수 없었다. 다만 홍두와 청기가 다친 채 입원한다는 사실만 어렴풋이 보일 뿐이었다. 그저 큰 사고가 아니기를 바라지만, 여기서 인연이 더 틀어진다면 홍두와 청기 둘 중 하나는 위험하게 된다.

신의 간섭이 늘 이런 식의 부작용을 낳는다면, 애초에 사람 따위를 사랑하는 일 없게 해 주면 오죽 좋을까? 인간이나 신이나 생김새도 똑같고 마음을 갖고 있는 것조차 같으니 끌리는 걸 어찌 막을 수 있단 말인가.

"난 너랑 잘될 수가 없어."

"알아요. 잘 알아요."

홍두가 손을 뻗어 그의 초조한 뺨을 부드럽게 쓸어내렸다.

이마엔 아직도 땀이 배어 나오고 있었다. 아무래도 보지 말아야 할 장면을 봐 버려서 많이 놀란 것 같았다. 그녀의 사고에 그가 이렇게 놀라 주는 것만으로도 왜 이리 저릿한지 모르겠다. 그저 좋았다. 홍두가 입가에 미소를 띠고 말했다.

"아무래도 제가 미쳤나 봐요."

우혁이 인상을 쓰고 그녀를 쳐다봤다.

"이런 당신을 보고도 좋아하는 마음을 멈추지 못하겠어요."

"우홍두!"

우혁이 홍두의 손을 잡아 떼어내며 무섭게 쳐다봤다.

"농담 아니야. 네가 위험해!"

"저는 내일이 중요한 게 아니라, 왜 지금 당장이 더 중요하게 생각될까요? 지금 이 순간, 당신과 함께 있는 지금이 난 너무 중요해요. 이게 잘못일까요?"

우혁은 더 이상 아무런 말도 할 수가 없었다. 그렇다고 매 순간 그녀의 곁을 지키고 있을 수는 없는 노릇이었다. 그녀를 구하겠다고 나서는 것조차 신의 간섭에 해당되기에 더 큰 부작용을 낳을 수도 있었다. 홍두의 마음을 접게 하는 마지막 기회라 생각하고 이렇게 오긴 했지만, 홍두의 상태를 보니 그도 마음이 흔들렸다. 그도 그녀에게 호감이 있다. 아니, 그 이상의 감정이겠지. 그런데도 마냥 좋아할 수가 없다. 결국 자신으로 인해 홍두가 위험에 처하는 상황을 보게 될 걸 생각하니 머리가 터질 것만 같았다.

"배고파요."

누군 심란해 죽을 지경인데, 정작 홍두는 태평한 소리로 그의 긴장감을 일거에 날려 버렸다. 우혁이 기가 막힌 얼굴로 그녀를 쳐다봤다.

"심각한데, 난······."

"배고픈데요, 전······. 배 좀 채워 주고 나서 고민하면 안 될까요?"

우혁은 할 수 없이 일어나 냉장고를 열었다. 홍두가 오기 전에 미리 장을 봐뒀다.

"음식은 제가 할게요."

"아니야, 내가 할게. 먹고 싶은 종류나 말해."

"음, 잔치국수?"

"기다려."

"우와, 그런 것도 할 줄 알아요?"

"대부분의 요리는 다 해."

이미 인간 세상에서 산 지도 어언 3백 년이 넘어간다. 별의별 요리란 요리는 다 할 줄 아는 만능손이 된 지 오래다. 그는 재빨리 육수를 내고, 면을 삶고 고명을 만들었다. 순식간에 뚝딱 잔치국수를 내놓자, 홍두가 박수를 치면서 좋아했다.

"최고십니다!"

젓가락으로 국수 가락을 한 입 떠먹은 홍두가 역시나 엄지를 세우며 칭찬했다.

"되게 맛있어요. 어떻게 하는 거예요? 비법 좀 전수해 주세요."

"손맛이지."

"쿡쿡, 지금 잘난 척한 거죠?"

우혁이 피식 웃고는 홍두와 마주 보고 앉아 국수를 먹기 시작했다. 아삭한 깍두기와 배추김치가 있어서 맛은 배가되었다.

"이 김치는 다 뭐예요?"

"가향이 해 놓은 거 갖고 왔어."

"가향 씨는 못하는 게 없나 봐요. 여성스럽고 집안일도 잘하는데, 왜 우혁 씨나 시진 씨는 가향 씨와 어떤 그런 것도 없는 걸까요?"

"어떤 그런?"

"왜 그런 거, 썸이라든가……."

우혁이 쿡 하고 웃음을 터트렸다. 가향은 도깨비로, 실제 모습은 놀라울 정도로 못생겼다. 키도 아주 큰 편이고 얼굴도 큰 데다 인상도 험상궂어서 도깨비 마을에서는 가장 추녀에 속하는 외모를 지녔다. 그래서 인간으로 둔갑해 있을 때는 저렇게 귀엽고 아담하고 여성스러운 모습을 하고 있는 것이다. 더군다나 도깨비와 신은 인간과 신만큼이나 터부시하는 관계다. 신이 도깨비에게 주인으로서 행세할 수는 있지만, 연애 관계가 된다든가 혼례를 치른 전례는 없다.

"말해도 이해하기 어려울 거야."

홍두는 고개를 한 번 갸웃하더니, 설거지를 하겠다며 일어섰다.

"됐어. 따로 해 보고 싶은 게 있었다면 그걸 말해."

"음, 영화도 보고 싶고 카페도 가보고 싶고, 같이 콘서트나 뮤지컬도 보고 싶고⋯⋯. 하고 싶은 건 천지죠."

"나가자, 그럼."

우혁은 홍두를 데리고 주차장으로 향했다. 이번엔 은회색 벤츠가 대기 중이었다. 그는 차의 시동을 걸고 홍두가 안전벨트를 하는 동안 기다렸다.

"대학로로 가자."

"네."

홍두는 그가 하자는 대로 했다. 벤츠는 동네를 벗어나 유유히 대학로로 이동하기 시작했다. 그나마 주말이 아니어서 정체가 심하진 않았지만 구간마다 정체되는 곳들이 많아서 한 시간 가까이 차 안에 있어야 했다. 가까스로 유료 주차장에 차를 세우고, 한 극단에서 표를 구입한 두 사람은 근처 카페에서 연극 시간이 될 때까지 수다를 떨었다.

홍두는 이게 다 꿈만 같았다. 물론 일주일밖에 유지되지 않는 짧은 꿈이겠지만, 그래도 너무 행복했다. 청기와 있을 땐 느끼지 못했던 편안함이 온몸을 휘감았다. 발끝이 땅에서 붕 떠오른 듯했다. 가슴은 두근거리고 볼엔 연신 홍조가 번졌다. 입가에선 잠시도 웃음이 떠나지 않았다.

어떻게 이런 느낌이 가능할까? 그를 보고 있는 모든 시간이 하나도 지루하지가 않았다.

"연극 시작할 시간 다 됐다. 가자."

우혁은 일어서면서 홍두가 먹은 커피잔을 정리해서 퇴식대에 올려놓았다. 밖으로 나가자 홍두가 환한 미소를 머금고 그를 기다리고 있었다. 못되게 굴어서 떼어내겠다던 그의 외침이 공허한 울부짖음이 될 위기에 놓였다. 도저히 천진하게 웃는 그녀에게 못된 짓을 할 수가 없었다.

홍두는 그를 쳐다볼 때마다 햇살 머금은 숲처럼 싱그럽게 웃었다. 그 보드랍고 따스한 미소에 마음이 녹아내려 도무지 독설이라고는 뱉을 수가 없으니 참으로 난감했다. 밉고 싫은 점만 찾아도 시원찮은 마당에 그녀에게서 위안을 얻고 안주하길 바라게 되다니.

우혁은 밖으로 나와 쌩하게 부는 스산한 바람을 맞으며 마음속의 온기를 애써 외면하려 했다. 그때 홍두가 그의 코트 주머니 속으로 손을 쑥 넣더니 그의 손가락 사이사이에 작고 가느다란 손가락을 끼어 넣었다. 놀란 그가 그녀를 흘끗 쳐다봤다.

"손이 차요."

홍두가 배시시 웃으면서 그의 손을 꽉 쥐었다. 성질을 내며 뿌리쳐야 하는데, 흠칫거리며 입술만 들썩일 뿐 아무런 말도 못 하고 그녀에게 붙들렸다.

"날씨가 갑자기 추워지는군."

우혁이 하늘을 올려다봤다. 겨울이 성큼 다가왔다. 홍두는 그의 손을 꽉 쥐고 기분이 좋은지 콧노래까지 부르면서 그의 보폭에 맞춰 걸었다. 빨리 걷다가 너무 종종대고 따라오는 그녀가 안타까워진 그는 천천히 걸음 속도를 늦췄다. 홍두가 숨을 몰아쉬면서 헤헤 웃었다.

"다리가 길어 안타까운 그대네요. 미안해요. 제 다리가 짧아서 빨리 걷지도 못하게 하고……."

자기 다리가 짧다고 대놓고 말하는 여자가 과연 몇이나 될까? 또다시 핏 하고 웃어 버렸다. 홍두는 매우 솔직한 사람이었다. 거짓이 없고, 내숭을 떠는 타입도 아니었다. 그렇기 때문에 편한 건지도 모른다.

문청기에게도 그에 대한 마음을 솔직하게 전했을 테고, 그래서 균열이 일어난 것이겠지. 청기에겐 미안하지만, 홍두를 놓아주고 싶지 않았다. 온전히 그만을 위해 저리 해맑게 웃어 주는 사람이 어디 있을까? 자꾸 웃고 그의 손을 잡고 온기 가득한 눈빛으로 따스하게 그를 바라봐 주는 여자는 실로 오랜만이다.

아무리 냉대를 해도 홍두는 한결같다. 기억을 지워 놨음에도 한사코 그의 곁에만 있겠다는 그녀에게 어떻게 하는 게 현명한 일인지 도무지 모르겠다. 고민이 되면서도 극단으로 가는 발걸음이 날 듯이 가벼웠다. 이토록 경박스러운 마음이라니.

담벼락 안쪽의 꿈

 2시간 반 동안 연극을 보고 유명한 레스토랑에서 값비싼 와인과 스테이크를 먹었다. 그러다 보니 어느덧 10시를 훌쩍 넘겼고, 집에 가기 싫어진 홍두는 주인에게 전화를 걸어 자초지종을 말하고 주인네 집에서 자는 걸로 입을 맞췄다.
 [그런데 청기 씨는 아는 거야?]
 "끝났어. 내가 그만 하고 싶다고 했어."
 [헉, 그래도 이건 알리면 안 되는 거겠지?]
 "모르는 게 낫겠지. 헤어지자고 하자마자 신 나게 연애 중이라는 거 알면 별로일 거야. 연애도 뭣도 아닌 관계이긴 하지만……."
 [어째 슬프네. 청기 씨랑 너랑 잘 어울렸는데. 그렇다고 우혁 씨가 별로라는 건 아니지만…… 그 사람은 어째 허공에 붕

뜬 것 같은 느낌이랄. 너무 잘생겨서 현실감도 없는데다 대부분이 무표정이라 조각 같다고 해야 할지. 난 정감이 안 가던데 넌 참 대단하다.]

"그런가? 난 잘 웃어 주고 다정하게 쳐다봐 줘서 좋던데……."

[그게 너한테만 보이나 보다. 신기루같이……. 어쨌든 알아들었어. 부디 네겐 상처가 아니길 바랄 뿐이야.]

"고마워."

홍두는 바로 집에 전화를 걸었다. 친구네서 자고 가야 할 것 같다고 둘러대자, 그리하라며 신 나게 놀라고 했다. 부친은 그동안 홍두가 할머니 때문에 마음고생이 심했다고 한껏 자유를 주고 싶어 하는 눈치였다. 덕분에 이런 외박도 하게 되었지만. 홍두는 미안해하면서 전화를 끊고 차에서 내렸다. 우혁이 담배를 다 피우고 다가오면서 물었다.

"뭐라서?"

"그러래요. 주인의 집에서 자는 줄 알아요."

그는 차 문을 잠그고 홍두를 앞장세워 집으로 들어갔다. 들어서자마자 보일러를 켠 그는 먼저 씻으라고 말하고 와인을 꺼내 놓았다.

"술 마시게요?"

"잠이 안 올 것 같아서."

"얼른 씻고 나올게요."

홍두가 욕실로 들어가자, 그는 와인잔에 레드와인을 따르고 한 모금 마셨다. 짙게 혀에 휘감기는 포도향이 다크 초콜릿과 비슷한 맛으로 여운을 남겼다. 홍두가 어떤 말도 듣지 않는다면 그가 할 수 있는 건 그리 많지 않았다.

기억을 지웠음에도 달라진 건 없었다. 고작 일주일이니까, 딱 그만큼만 잠시 이 달콤함을 만끽할까? 그게 죄가 될까? 그는 다시 잔을 입가에 대고 한 모금 마셨다.

은소나 류시진이 참고 넘기는 데는 그만한 이유가 있는 것이다. 이젠 우혁이 알아서 모든 상황을 멈춰 주기를 바라겠지. 그걸 믿기에 일주일이라는 마지노선을 내준 것이고.

'다른 방도가 없을까?'

홍두를 인간이길 포기하게 한다거나, 홍두에게 불로불사의 생명을 준다거나…… 그렇다고 해도 결국 홍두가 한 번은 죽어야 한다는 결론이다. 환생이라는 절차가 필요하고, 그리되려면 그는 또 몇 백 년을 기다려야 할지 알 길이 없다. 복불복, 그녀가 환생할 시기가 언젠지 그는 알지 못한다. 옥황상제 본인도 모른다는 환생의 시기를 어찌 그가 알아차릴까.

무언가 새로운 것으로 태어난 그녀는 아무런 의미가 없다. 일전에 그가 환생녀를 다시 조우한 순간, 가슴에 남은 것이라곤 약간의 후회와 미련 그리고 안타까움이 전부가 아니었던가.

가슴속 마음은 양초처럼 해마다 타들어 갔고, 3백 년이라는 기다림 속에 심지만 가까스로 남았다. 남은 심지는 환생녀를 만난 순간 먼지처럼 흩어져 사라졌다. 그리고 눈에 들어온 여자가 홍두다.

세상에 영원불변한 건 없다더니, 사랑도 마찬가지인가 보다. 삼백 년을 기다린 환생녀에 대한 마음조차도 이 지경인데, 홍두에 대한 마음 또한 그녀를 보지 않으면 물거품처럼 사라지게 되지 않을까? 위험을 무릅쓰고 아까운 생을 사랑 따위에 헌신할 가치가 있는지 의문이 생겼다. 이런 남자를 위해 곁에 있어 달라고 말할 자격이 있는지 모르겠다.

달칵, 문이 열리며 홍두가 아까 입고 있던 차림 그대로 다시 나왔다. 머리카락만 물기가 남아 있어서 씻은 걸 알지, 그게 아니라면 잠시 욕실에 들어갔다 나온 줄 알겠다.

"뭘 그렇게 꽁꽁 싸매고 나와?"

"입고 잘 만한 옷이 없어요."

"내 꺼 빌려 줄 테니까 그거 입고 자도 되고."

"안 씻어요?"

"난 좀 더 이따……."

지금 씻었다간 홍두에게 무슨 짓을 할지 모른다. 자신이 없어서 씻는 건 포기했다. 홍두가 잠들면 씻기로 하고 홍두에게 곁에 앉으라 했다. 와인잔에 술을 따라 내밀자, 홍두가 냄새를 한 번 맡아 보더니 입안에 와인을 머금었다.

"맛있는데요?"

"할머니는 별말씀 없으셔?"

"네, 그 대신 뭔가 열심히 쓰세요. 자기 전에 낡은 노트에다 뭔가를 쓰시는 것 같은데, 그게 뭔지는 잘 모르겠어요. 일기인지, 자식들에게 남기는 말씀인지……."

"넌 죽는다면 뭘 할 거지?"

홍두가 눈살을 이리저리 찌푸리면서 오랜 시간 생각하더니 겨우 한마디 꺼냈다.

"그게 나이대마다 달라요. 30대에 죽는다면, 40대에 죽는다면, 각 나이대마다 해 본 것과 하지 않은 게 다를 테니까. 하고 싶은 것도 다를 테고……. 좀 복잡한데요?"

"그렇게 생각할 줄은 몰랐어. 보통 이것만은 꼭 하겠다는 버킷리스트가 있잖아."

"있죠. 지금 당장은 결혼, 임신과 출산, 부모님 해외여행, 일억 모으기, 애완동물과 여행 떠나기, ……하고 싶은 건 정말 많은데요?"

"소박하군."

"우혁 씨는요? 죽는다면……."

한 번도 생각해 보지 않았다. 영원불멸의 몸이 죽는다는 건 있을 수 없는 일이니. 누군가 극약이라도 먹이면 모를까, 외부적인 요인만 아니라면 죽는 일은 없다. 하지만 굳이 죽음이 임박했다고 생각한다면…….

"내 가정을 꾸려 보고 싶군."

"쳇, 대단한 꿈이 있을 줄 알았더니 우혁 씨도 소박하네요. 뭘!"

"결국 대단한 꿈이 아니라 가장 단순하고 평범한 걸 하고 싶은 거지. 그게 그리 어려운 일도 아닐 텐데……."

"간단하면서도 쉽고 평범한 생활 자체가 어려우니까요. 요샌 이혼하는 부부도 많고, 자연유산에 불임인 부부들도 많아요. 남들은 쉽게 편히 갖는 걸 갖지 못하는 경우가 점차 늘어나고 있으니까, 소박한 꿈도 의외로 이루기 힘든 사람들도 많다구요."

긴 대화가 이어지고, 얼마 전에 개봉한 영화에 대한 얘기와 세상 돌아가는 얘기로 대화가 자연스럽게 이어졌다. 어떻게 이렇게 대화를 끝없이 이어나가는지 신기할 따름이었다. 그렇다고 적막이 와도 어색함이라곤 없이 말없이 서로 웃으며 술을 비우고 있었다. 눈만 마주치면 둘이 동시에 입가에 미소가 번졌다. 원래 이런가 싶을 정도로 우혁은 자주 웃었다. 웃는 모습이 너무 멋있어서 자꾸만 눈이 그에게 머물렀다.

"자꾸 쳐다봐서 미안해요."

"그게 왜 미안해?"

"……너무 좋은 티를 내는 것 같아서……."

"난 사실 오늘부터 일주일간 네 가슴에 비수를 꽂아 넣을 생각이었어."

홍두가 예상 밖의 발언에 놀라 난처한 표정을 지었다.

"날 떼어내야 하니까…… 우혁 씨 입장에서는 어쩔 수 없었겠죠. 걱정하지 말아요. 나도 이 감정에 대해 확인만 되면, 더 이상 우혁 씨 귀찮게 하지 않을 테니까요."

"귀찮지는 않아."

우혁이 정색하고 딱 잘라 말했다. 자존심이 상해서 그렇게 말했던 거였는데, 우혁이 바로 대답을 해 주니 마음이 조금 풀어졌다. 홍두는 조금 누그러진 얼굴로 그를 쳐다보면서 물었다.

"왜 하필 신인 거예요? 그냥 평범한 사람이었더라면 얼마나 좋아요."

우혁은 쓰게 웃었다. 이미 어떻게 할 수 없는 일을 머리 맞대고 고민해 봐야 답은 없다. 정해진 대로 흘러가는 수밖엔.

"이만 자자."

우혁이 홍두가 잘 방을 안내해 줬다. 홍두는 그가 내민 옷을 손에 들었다. 하얀 반팔 면 티셔츠에 반바지를 내밀었는데, 바지는 좀 클 것 같았다. 티셔츠도 한참 크지만.

홍두는 얼른 그가 내민 옷을 갈아입고 서서 큭큭 웃었다. 곰한 마리가 선 것 같다. 바지는 그냥 벗고 티셔츠만 입고 자기로 했다. 홍두는 이불을 덮고 드러누웠다. 혼자 낯선 방에서 자려니 잠이 쉽게 오질 않는다. 홍두가 우혁에게 문자 메시지를 보냈다.

[우혁 씨, 잠들었어요? 잠이 안 오는데 어쩌죠?]

잠시 뒤, 노크 소리가 들리더니 우혁이 베개를 들고 나타났다.

"네가 먼저 꼬신 거야."

홍두가 볼을 발갛게 물들이며 상체를 일으켜 앉았다. 우혁이 그녀의 옆에 베개를 놓고 누웠다. 그러다 홍두는 자신이 바지를 입고 있지 않음을 깨닫고 볼을 더 발갛게 적셨다. 이불을 덮고 있으니까 괜찮을 거라고 생각하고 드러누웠다. 우혁도 곁에 누웠다. 그런데 이 상황이 생경해야 하는데, 언젠가 있었던 일처럼 기시감이 느껴졌다.

'이상하네? 난 이 남자랑 처음 누워 보는 것 같은데?'

뭔지 모르게 익숙한 느낌이라고 해야 할지. 몸 안에서 무언가 끓어오르는 듯한 감각에 자꾸만 몸에 열이 올랐다.

"더, 덥네요."

"보일러는 적당히 유지되고 있던데. 창문 열까?"

"아, 아니에요. 그럼 갑자기 추울 것 같고……. 저, 화, 화장실 좀……."

자리에서 일어나 걸어가던 그녀가 움찔 놀라 멈춰 섰다. 바지! 바지가 없다! 바지를 입지 않아 하의실종이라는 사실을 그제야 깨달았지만, 이제 와서 가리는 게 더 웃길 것 같아진 그녀는 씩씩하게 욕실로 들어갔다. 그리고 머리카락을 싸쥐고 욕지거리를 내뱉었다. 대놓고 유혹한 꼴이었다. 맨다리로 살랑거리며 걷는 모습이 얼마나 가증스럽게 보였을까?

'으으, 내가 싫다!'

괜히 세안을 하고 손을 닦았다. 수건에 뭉그적거리면서 손을 닦고 얼굴의 물기를 닦아냈다. 긴장감 때문에 심장이 조여 왔다. 그가 없으면 보고 싶고, 막상 그가 나타나면 어찌할 줄을 모르겠다. 자신의 작은 행동 하나로 인해 그녀를 싫어하게 될까 봐 조바심도 났다. 하의실종 옷차림 때문에 좀 이상한 여자라고 생각했을지도 모를 일이다. 바지가 너무 커 힙합바지 같아서 안 입은 것뿐인데…….

홍두는 한참 동안 한숨만 쉬다가 문을 열고 나갔다. 우혁이 태블릿 PC를 만지작거리고 있다가 고개를 돌려 그녀를 쳐다봤다.

"볼일 다 봤어?"
"네에……."

너무 오래 있다 나왔나 보다. 홍두가 어색한 미소를 짓고 다시 자리로 들어가 누웠다. 이불을 턱 바로 아래까지 잡아당겨 덮고, 눈동자만 굴려 그를 쳐다봤다. 우혁은 태블릿 PC에서 본 기사 하나를 그녀에게 보여 줬다. 세상에 존재하는 희귀한 동물 사진이라는데, 너무 귀엽고 웃기게 생겼다.

"중국 새앙 토끼라는 녀석인데, 만화 피카추의 모델이라고도 하는군."

"너무 귀엽게 생겼어요. 꼬리가 토끼 같아요. 발도 그렇고."
"얼굴은 토끼가 아니라 강아지같이 생겼어."
"세상엔 우리가 모르는 동물들이 정말 많이 사는 것 같아요. 사람들 때문에 이리저리 내몰려 모습을 감춘 채 살고 있을 뿐,

더욱 많은 새로운 종들이 어딘가에 살고 있지 않을까요?"

"환경 쪽에도 관심이 있나?"

"아무래도. 중국 황사 문제도 그렇고, 최근 가뭄 문제도 그렇고……. 세계 곳곳에서 일어나는 기상이변 현상도 마음에 걸리구요. 우리가 이 땅을 너무 가볍게 소진해 버린 건 아닌지 후회도 되고 그래요."

우혁은 홍두의 말에 고개를 끄덕거리며 수긍했다. 3백 년을 살아온 그로서는 환경이 얼마나 급격하게 밸런스를 무너트리고 고갈되어 가는지를 지켜봤기에 누구보다 심각성을 잘 알고 있다. 하지만 개발에 미친 인간들이 자신들의 사리사욕을 멈추고 환경을 위해 느린 템포로 살지 않는 한, 이런 현상은 앞으로 더욱 심각해질 것이다. 홍두가 태블릿PC 속 갤러리를 다시 눌렀다.

"군산 금강변에서 뜸부기가 발견됐네요. 우리나라 대표 여름철새지만 지금은 멸종위기종인데……. 동요 속에도 나오는 이름이라 되게 친근한데, 안타깝군요."

"친근한데, 얼굴은 이제 낯설어졌으니까. 나중엔 아마 봉황처럼 전설의 새가 될지도 모르지."

홍두와 우혁은 한참 동안 멸종위기종 동물 사진을 보면서 두런두런 대화를 나눴다. 별것도 아닌 얘기로도 꽤 오랜 시간 대화가 가능하다는 게 즐거웠다. 우혁에게 이런 면모가 있을 줄 누가 예상이나 했겠는가? 적어도 그녀에게만은 다정다감하게 행동하고 말했다. 귀찮은 티 한번 내지 않고.

"그런데 신은 결혼 안 하나요?"

"하고 싶은 자들이야 하겠지만, 굳이 필요성을 느끼지 않으면 혼자 산대도 누가 뭐라고 하진 않지."

"그럼 우혁 씨는 결혼에 관심이 없는 건가요? 하늘에 가면 예쁜 신들이 넘칠 텐데요."

"그야 그렇지만…… 신들은 의외로 시니컬해."

"그런가요?"

"너무 오래 살아서, 삶의 경험이 꽤 많이 쌓이다 보니 매사 심드렁하게 보게 되지. 놀랄 일이 별로 없는 거야. 되레 나 같은 자가 인간을 연모하게 되었다는 게 화젯거리가 될 정도니까 그리 놀랄 일이 없는 거지. 감각이 무뎌질 대로 무뎌져 있어서 대다수가 건조하고 담백하지. 그래서 내 눈엔 모든 일에 예민하게 반응하는 인간들이 차라리 더 흥미롭게 느껴졌지."

생각해 보지도 않은 얘길 들으니 희한했다. 그 외에도 이것저것 묻는 새, 자꾸만 눈꺼풀이 끔벅끔벅 감겼다. 홍두는 길게 하품을 하고 몸을 옆으로 틀어 옹송그렸다.

"……졸려요."

"자."

홍두는 그대로 잠이 들었다. 우혁은 잠시 잠든 홍두를 빤히 내려다봤다. 역시 홍두가 좋다. 옆에 두고 많은 대화를 나눠 보고 싶었다. 그가 살았던 하늘 얘기도 해 주고, 그녀의 얘기도 들어 보고 싶었다. 그녀에 대한 많은 걸 더 알고 싶었다.

우혁은 천천히 일어나 욕실로 들어갔다. 샤워를 하고 나온 그는 코트를 입고 밖으로 나가 담배 한 개비를 꺼내 물었다. 그리곤 하늘을 원망스럽게 올려다봤다. 더 이상의 간섭도, 죄를 짓고픈 마음도 없다. 문제는 이 깊은 소유욕이었다. 홍두 하나만 갖게 해 달라고 하늘에 간청하고 싶었다.

다 잃는대도, 넌 두렵지 않은가?

그는 담배를 깊게 빨아 당겼다. 다 잃는다는 것이 무엇인지 제대로 알긴 하는 걸까? 홍두를 차지하기 위해 모든 걸 놓는다는 것…… 아직은 두렵다.

*

홍두는 번쩍 눈을 떴다. 햇살이 눈꺼풀을 지그시 누르는 바람에 눈이 떠졌다. 혹시나 싶어 발딱 일어난 홍두는 곁에 우혁이 없음을 깨달았고, 동시에 둘 사이엔 빗금을 그어 놓기라도 한 듯 아무 일도 없었음을 파악했다.

'먹을 게 앞에 있었는데도 먹기를 포기했다니. 게다가 하의 실종이었는데?'

발기부전, 뭐 그런 건가? 홍두는 심각하게 고민했다. 정작 그를 섹시함으로 어필한 꼴이 된 것 같아 미안한 마음이 들었는데, 이건 어째 하나도 미안할 필요가 없었다. 어떻게 아무

데도 안 건드릴 수가 있지? 하물며 다리는 아무것도 입고 있지 않았는데! 울컥, 화가 날 지경이었다. 먹으라고 껍질을 다 까놓은 3백 년 산 인삼을 놓고 외면한 거랑 뭐가 달라!

'헐, 내가 그렇게 성적인 매력이 없는 건가?'

이 다린데? 이 다리가 어떤 다린데! 고등학교 때부터 다리만은 미스코리아 나가면 진이 될 거라고들 극찬 받던 다리다.

'어쭈, 이 다리를 앞에 두고도 털끝 하나 안 건드렸다 이거지?'

심각하다. 혼자만의 감정이라는 것도 잘 알고, 그래서 그의 마음을 꼭 확인해 보고 싶어서 더 그와의 일주일을 약속한 거였는데, 이래서야 그녀의 마음만 더 확인시키는 꼴밖에 더 되겠는가. 지독히 외로운 짝사랑만 증명하고 끝날 모양인가 보다.

이상하다. 어제 분위기는 충분히 낭만적이었던 걸로 기억하는데. 대화도 잘 통했고, 약간의 알코올도 들어간 데다 하의실종이라고! 하의실종! 팬티까지 벗었어야 했던 거냐! 그건 좀 아니잖아.

머리 위에서 스팀이 뿜어져 올라왔다. 홍두는 재빨리 샤워를 하고 어제 입었던 옷들로 갈아입었다. 밖에선 밥 냄새가 났다. 털끝 하나 손도 안 댄 남자가 해 주는 밥 따위 하나도 안 반갑다. 홍두는 열에 받쳐서 부엌으로 나갔다가 할 말을 잃었다. 누군가 팔순잔치라도 하나? 반찬이 열 가지가 넘는다.

"우혁, 우혁 씨…… 이걸 혼자……."

"잠이 안 와서 하다 보니까……."

"재료는 대체 어디서……."

"새벽시장이 열리는 데가 있어서 다녀왔어. 앉자."

해물탕을 비롯해 육해공을 넘나드는 반찬이 식탁에 가득 놓여 있었다. 홍두는 입맛을 다시면서 잡곡밥을 숟가락으로 한 입 떠먹으며 자리에 앉았다.

"잘 먹겠습니다."

자존심도 없이 털끝 하나 건드리지 않았다는 사실은 저 멀리 안드로메다로 보내 버리고, 그야말로 먹방에 몰두했다. 우혁은 홍두의 복스러운 모습에 흐뭇한 미소를 띠었다.

"먹을 만해?"

"최고예요. 우혁 씨랑 살게 될 여자는 음식 걱정을 안 해도 되니 얼마나 좋을까요?"

우혁은 피식 웃고 젓가락을 집어 식사를 시작했다. 홍두가 먹어 치우는 반찬들은 재깍재깍 채워 넣고, 모든 반찬을 먹을 때마다 홍두의 표정을 살폈다. 그녀가 특별히 자주 먹는 반찬을 기억해 두기 위함이었다. 다행히 홍두는 가리는 것 없이 다 잘 먹는 편이었다.

"그런데 언제부터 깨 있었던 거예요?"

"4시쯤?"

"일찍 일어나긴 했네요."

지금은 9시가 조금 넘은 시간이니까. 그렇다고 해도 보통 남자들이 심심하면 게임이나 하든지 휴대폰을 만지작거리지, 음식을 준비하거나 하진 않지 않나? 그의 정성에 감복했다.

"다음엔 제가 밥해 줄게요. 계속 얻어먹기만 하는 것 같아서 미안해지는데요."

"그런 건 신경 안 써. 부담 갖지 마."

"그런데요, 우혁 씨는 원래 이렇게 착하고 좋은 사람이었나요?"

"내가?"

"이런 말 처음 들어요?"

"처음."

그렇다는 애긴 원래 그런 사람은 아니라는 말이다. 결국 그는 마음이 시키는 대로 하다 보니 누군가에겐 그렇게 보이게 되는 것 같았다. 홍두가 기고만장해진 얼굴로 부탁했다.

"제발 부탁인데요, 저한테만 계속 이렇게 해 줘요."

"내가 어떻게 하는데?"

"곰곰이 생각해 보세요."

홍두는 밥공기를 들어 숟가락으로 싹싹 긁어 먹었다. 아침을 이렇게 배불리 먹어 보기는 처음인 것 같았다.

"점심은 못 먹겠는데요?"

홍두가 배를 만지작거리며 한숨을 쉬었다. 그가 커피를 내밀었다.

"설거지는 제가 할게요."

"아냐, 거의 다 정리해서 할 것도 없어. 오늘은 뭘 할까?"

"놀이동산 갈까요?"

"그러든지."

"가본 적 있어요?"

"음, 딱 한 번."

"누구랑요?"

"시진이랑 가향이랑……."

그제야 눈매를 날카롭게 치켜 올렸던 홍두가 씩 웃었다.

"놀이동산 갔다가 쇼핑도 해요. 거기 백화점도 같이 있으니까."

잠실로 가기로 했다. 설거지를 끝낸 우혁은 옷을 캐주얼하게 갈아입었다. 진회색 진에 검은 터틀넥 니트, 가죽 라이더 재킷을 입었다. 홍두는 부러운 얼굴로 그를 쳐다봤다.

"왜 그렇게 쳐다봐?"

"나도 옷 갈아입고 싶어서요."

어제 입고 있던 걸 그대로 입고 있으려니 영 마음에 들지 않았다. 짙은 그레이 코트에 니트 티, 모직 팬츠를 입고 있는데 포지션이 어정쩡해 보였다. 커리어우먼인 듯 대학생인 듯 정체 파악이 안 되는 옷차림이다.

늘 이런 식으로 입고 다니는 편이고, 겨울옷이 할머니 집에 다 있는 관계로 챙겨온 옷도 대부분 옛날부터 입던 것들이 태반이었다. 아껴야 잘산다지만, 요즘 옷 잘 입는 여자들 사이에서 그녀는 패션테러리스트가 분명해 보인다.

"가서 옷 좀 사자."

"아니에요. 그런 뜻은 아니었는데……."

우혁은 말없이 먼저 나가 차에 시동을 걸었다. 홍두는 옆 좌석에 앉아 안전벨트를 하고 그의 눈치를 살폈다. 벤츠가 유유히 시내로 들어서기 시작했다. 주중이어도 시내는 여기저기 정체가 계속되고 있었다. 그렇게 잠실 놀이동산에 도착했고, 주차장에 주차하자마자 우혁은 홍두를 데리고 백화점으로 향했다. 그는 말없이 그녀의 코트를 먼저 살피다가 여성복 매장에서 겨자색 코트를 보더니 멈춰 섰다.

"저거 입어 봐."

홍두가 안에 들어가서 코트를 입자, 그는 바로 80만 원짜리 코트를 일시불로 결제했다. 그리고 청바지 전문 매장으로 들어가 20만 원짜리 블랙진과 데님진 등 한꺼번에 다섯 벌을 구입하고, 캐시미어나 울 등으로 만든 니트도 다양한 색상으로 여러 벌을 구입했다. 그러던 그가 그녀의 구두를 유심히 내려다보더니 스니커즈와 구두 한 켤레씩을 구입했다. 그의 제안으로 오늘 산 것들로 머리부터 발끝까지 싹 갈아입었다.

"너무…… 많이 산 것 같은데……."

"이 정도 능력은 돼. 괜찮아. 놀이동산 가서 걸어야 하는데 구두는 발이 아플 테니까 스니커즈로 갈아 신고. 짐은 내가 차에 두고 올 테니까, 여기서 잠시 기다려."

우혁은 그녀를 한 카페에 밀어 넣어놓고 백화점에서 산 것들 중 일부를 갖고 내려갔다. 몸에서 새 옷 냄새가 진동했다. 그래도 빳빳하게 다려진 새 옷을 입고 있으니 괜히 어깨에 힘이 잔뜩 들어갔다.

얼마 만에 누려 보는 호사인지 모르겠다. 대학 졸업할 때 모친이 선물이라면서 옷 한 벌 사 줬던 이후로는 자신을 위해 크게 돈을 쓰진 않았다. 우혁에게 이렇게 몽땅 받아도 되는지 잘 모르겠다. 헤어질 게 뻔한데, 이렇게 받고 그가 준 옷을 입을 때마다 그를 곱씹어야 한다면 얼마나 괴로울까? 사 놓고 입지도 못하고 관상용으로 전락하는 건 아닌지 걱정된다.

10분쯤 지나자, 우혁이 멀리서 오는 모습이 보였다. 키가 훤칠하고 세련된 헤어스타일에 가죽 라이더 재킷을 입은 남자가 성큼성큼 걸어오니 주변에 걷던 여자들이 연신 우혁을 쳐다보며 시선을 떼지 못했다. 카페 안에서도 두런거리는 소리가 들렸다.

"연예인인가 봐. 모델 같지 않니? 기럭지 봐, 장난 아냐."
"9등신 아닌가? 머리가 사람의 머리 크기가 아닌데?"
"너무 잘생겼고, 매력 있게 생겼어. 마냥 잘생기기만 한 게 아니라……."

주변에서 그를 칭송하면 할수록 그녀의 어깨에 뽕이 들어간 것처럼 힘이 실렸다. 그가 카페 문을 열고 들어오자, 안에서 수런대는 소리가 일순 고요해졌다. 우혁은 홍두의 곁에 앉아 주위를 한 번 살피더니 물었다.

"뭐 좀 마셨어?"

"네, 우혁 씨도……."

"내가 사올게."

우혁이 일어서자 여자들의 시선이 또르르 굴러가는 소리가 일제히 들렸다. 훗, 내 남자거든. 물론 유통기한이 얼마 남지 않았지만. 우혁이 에스프레소를 들고 곁에 앉았다.

"그거 너무 쓰지 않아요?"

"가끔씩은 먹을 만해."

홍두는 그와 같이 커피를 마시고, 바로 놀이동산으로 가기 위해 카페를 빠져나왔다.

은소와 시진이 죄인처럼 고개를 푹 숙인 채, 말끔한 블랙 슈트 차림인 20대 초반의 남자 앞에서 벌레 씹은 얼굴로 서 있었다.

"서울에 갔더군."

"송구합니다."

옥황상제가 은소와 시진을 위아래로 노려보더니 혀를 끌끌 찼다.

"같이 붙여 놓으면 안 되기 때문에 어떻게든 막으라고 둘이나 붙여 놨더니, 둘 다 방관만 하고 있어?"

가만히 듣고만 있던 시진이 무릎을 꿇더니 애원했다.

"폐하, 다른 방도가 진정 없는 것입니까? 권우혁 님에게도 이젠 살 수 있는 방법을 알려주십시오. 이렇게 몰아붙이기만 한다고 해서 이미 떠나 버린 마음이 되돌아온다고 누가 보장할 수 있단 말입니까?"

"안 되는 건 안 되는 일이야. 사람의 인생에 간섭해 균형을 깨고, 그리하라고 신의 권능을 부여한 건 아니잖느냐? 누구보다 신이 냉정하고 정확한 기준으로 결단을 내려야 하는데, 이게 뭐냐? 너희들은 자격도 없는 놈들이야!"

"폐하! 며칠만 더 말미를 주십시오. 정리를 하겠다고 했습니다."

"정리가 안 되고 있으니까 내가 온 게지. 강제로라도 불러들일 테니까 그리 알거라."

시진은 얼굴을 일그러트리고 천천히 일어서서 뒤로 한 걸음 물러섰다. 은소도 되는 일이 하나도 없다는 얼굴로 한숨을 쉬었다.

"뭐해! 둘 다 곧장 서울로 가지 않고!"

시진과 은소가 예를 갖추고 사라졌다. 백소가 멀리서 지켜보다가 곁으로 다가와 읍하고 서서 말했다.

"폐하, 감히 미천한 것이 한 말씀 올려도 될는지요."

"해 봐라."

"3백 년 동안 욕망을 절제하고 한 번도 인간과 정을 나눈 일이 없던 권우혁 님이 처음으로 누군가를 마음에 들어 합니다. 적어도 3백 년간 근신하면서 지냈던 기간에 대한 보상은 해 주시는 게 합당하다 생각합니다."

"역시 늙은이라 그런지 생각하는 게 남다르구만. 물론 그 부분에 대해선 할 만큼 했다 생각하네. 이제 그만 유배를 풀어 줄까도 생각하던 차에 권우혁이 사고를 친 게야. 이제 그만 하늘로 데려가야지 하던 중인데 이런 일이 벌어졌으니 운도 지지리 없는 게지. 이번 일이 어찌 수습되는지를 지켜보고 하늘로 끌고 갈지 말지도 결정이 날 듯하네."

"미천한 것의 말을 경청해 주셔서 황송할 따름입니다. 폐하."

"나는 이만 가보겠네. 내일 다시 오겠네."

"살펴 가십시오."

검은 회오리가 한 차례 치더니 옥황상제의 모습이 사라졌다. 백소는 심란한 얼굴로 허공을 올려다보다가 곁으로 다가온 가향을 쳐다봤다.

"어째 잘 안 될 것 같지 않습니까?"

"아무래도……. 이러다 영영 하늘에서 내쫓겨 도깨비보다도 못한 존재로 강등될까 두렵구나."

도깨비보다 못한 존재로 강등되면 잡귀가 될 수도 있다. 자기의 기억은 온전히 하나도 지키지 못하고 무언가에 갈망만 남아 구천을 떠도는 불쌍하고 가여운 존재가 될지도 모른다는 것이다.

"아주 뛰어난 무관이었는데, 그 실력을 제대로 발휘해 보지도 못하고 결국 최악의 위치까지 떨어지게 될지도 모르니 어쩌면 좋아요."

"안됐다만 우리가 할 수 있는 일이 없잖느냐."

가향은 눈가에 눈물이 그렁그렁 맺혀서 원망 담긴 눈빛으로 하늘을 우러렀다.

시진과 은소가 서울 우혁의 집 앞에 서서 서성대고 있었다. 시진은 연거푸 담배만 피워대고 있었고, 은소는 몇 개인지 모를 캔 커피만 들이붓고 있었다. 그때 비로소 벤츠가 모습을 드러냈다. 차가 시진과 은소를 발견하더니 멈춰 섰다. 차창을 내린 우혁이 둘을 보고 고저 없이 물었다.

"무슨 일이야?"

"윗분께서 당장 모시고 오랍니다."

우혁은 잠시 굳은 표정을 지었다. 일주일을 약속했는데, 결국 이런 식으로 끌려 내려가는 것 외엔 방법이 없는 건가? 하지만 윗분이라는 옥황상제의 명령은 절대적인 것이다. 여기서 버틴다고 해도, 옥황상제가 마음먹고 무력을 사용한다면 그는 서울에서 곧장 그 시골집으로 강제 송환될 것이다. 적어도 이건 매너 있는 경고였다.

"차에 타."

은소가 뒷좌석에, 시진이 옆 좌석에 탔다. 우혁은 차를 몰아 고속도로로 진입했다. 홍두를 그녀의 집에 데려다 주고 오느라 11시가 넘은 시간이었다. 이대로 시골까지 가려면 거의 2시간 이상은 소요될 것이다.

"권우혁 님, 차라리 해외로 뜨시죠?"

시진이 진중하게 말했다.

"이러다 정말 치욕적인 결과를 초래할 수도 있습니다. 잡귀가 되는 게 소원은 아니잖아요."

최악의 상황까지 간다면 모든 기억을 지우고, 텅 빈 머리로 잡귀가 되어 구천을 헤매겠지. 옥황상제가 내릴 수 있는 최악의 벌이었다.

"3백 년이나 잘 지켜놓고 이제 와서 다 무효화시키면 어쩝니까? 권우혁 님!"

"알아들었어. 그러니까 그만 말해. 옥황상제께서 내일 다시 오시는 건가?"

"아마도요. 당장 데리고 오라고 하셨으니까요."

고작 1박2일의 꿈같은 시간이 지나갔다. 여유가 더 있을 줄 알고 느긋하게 보낸 게 결정적 실수였다. 옥황상제가 이런저런 사정을 다 봐줄 자가 아니라는 걸 알면서도 왜 그리 여유를 부렸을까? 홍두에게 무슨 말을 어찌하면 좋을지 모르겠다. 머릿속에 흙탕물이 들어찬 듯 혼탁해졌다.

"그냥 저랑 결혼하죠?"

은소가 갑자기 엉뚱한 발언을 했다.

"쇼를 하자는 거죠. 그렇게 해서 그 여잘 포기시키면 되잖아요. 누구든 결혼식 하는 장면까지 보게 되면 섣불리 자신의 마음을 드러내지 못할 거예요. 해 볼 가치는 있다고 생각하지 않아요?"

"비열한 방식은 사용하지 않는 게 좋지. 은소 너는 생각 자체를 조금 달리해 보는 게 좋을 것 같아."

"전 옥황상제께서 수단 방법 가리지 말라고 투입한 감시자라구요. 그렇게 착할 거였음 애초에 타락한 천녀 따위를 투입했겠어요?"

"당장 옥황상제께서 권우혁 님께 어떤 조치를 내릴지가 관건이야. 우리끼리 백날 얘기해 봐야 아무 짝에도 쓸모가 없어."

"그건 그렇죠. 옥황상제께선 은근히 융통성도 없고 답답할 만큼 똑 부러지는 게 문제니까."

옥황상제는 되도록 가장 적법한 선례를 남기고 싶어 한다. 우혁이 인간과의 관계에서 인생에 개입한 탓에 인간이 억울하게 죽었고, 그로 인해 하계에서 유배생활을 하고 있다는 사실을 모르는 천인은 없다.

이쯤 했으니 이젠 용서해 주고 천계로 불러들여도 좋지 않으냐는 여론도 팽배했는데, 다시 우혁이 인간 여자와 사랑에 빠졌다는 얘기가 나돌면 옥황상제 입장에서는 난처할 수밖에 없다. 이젠 유배로 끝날 일이 아닌 것이다.

홍두가 할머니와 방바닥에 나란히 누워 천장을 올려다보고 있었다. 할머니는 눈을 감고 있었고, 홍두는 아직 잠이 오지 않아 눈을 뜬 채였다.
"할머니, 자요?"
"으응……."
할머니가 뒤척거리면서 대답했다. 홍두는 나직한 음성으로 중얼거렸다.
"참, 희한해요. 누군가와 하느냐에 따라서 의미가 다르다는 게 믿어지질 않아요."
"그게…… 무슨 소리야?"
"친구들을 만나서 카페에 가고, 커피를 마시고, 수다를 떨고…… 그게 여태껏 별 게 아니었거든요. 그저 시시한 일상 중 하나의 단상이었어요. 그런데 그걸 내가 너무 좋아하는 사람과 같이했거든요? 그랬더니 그게 하나도 시시하질 않는 거예요. 특별하고 두근거리고 너무도 소중한 한 순간이 된 거예요."
홍두가 잔뜩 들떠서 말했다. 할머니는 그런 홍두를 너그럽고 자상한 눈빛으로 바라봤다. 할머니는 졸음이 쏟아지는데도 참으면서 홍두의 손을 꽉 쥐었다.
"좋아하는 마음을 참지 마라. 하고 싶은 대로 다 해 봐라, 홍두야……. 나는 우리 손녀가 좋아하고 기뻐하는 모습 보는 게 제일루 좋구나."

"그런데요, 할머니…… 그 사람하고 전, 될 수가 없대요. 그게 너무 마음 아파요."

홍두는 낮게 가라앉은 음성으로 체념하듯 말했다. 할머니는 그런 홍두의 손을 지그시 잡았다.

"내 새끼, 가슴 아픈 일은 없어야 할 텐데……."

홍두가 웃으면서 할머니를 보자, 어느새 할머니는 잠이 들었는지 숨소리가 고르고 깊어졌다. 홍두는 지그시 할머니의 옆얼굴을 바라봤다. 언제까지고 볼 수 있는 옆모습이었으면 좋겠는데, 이젠 몇 달 안 남았다. 신들이라는 시진이나 우혁이 오래 못 살 것 같다고 말했으니 그 말이 맞겠지. 홍두는 손을 뻗어 할머니의 뺨을 어루만졌다.

'사랑해요, 할머니.'

부디 고통이 없기를……. 홍두는 눈을 꼭 감고 할머니의 거칠고 투박한 손을 꽉 쥐었다. 우혁에 대한 마음과 할머니에게 벌어질지도 모를 일들을 마음속으로 준비하면서 강해져야겠다고 다짐했다. 그렇게 하지 않으면 견딜 수 없을 테니까.

담벼락 안쪽의 경고

이른 아침부터 누군가의 인기척을 느낀 우혁이 침대에서 벌떡 일어나 앉았다. 창가에 누군가 서 있었다. 20대 초반으로 보이는 미남형의 얼굴을 한 옥황상제가 뒤를 돌아보더니 입가에 미소를 지었다.

"말은 잘 듣는구나. 오라고 하니, 조용히 따라온 걸 보니."
"다음 행동이 뭔지 예측이 가능하니까 왔습니다."

옥황상제가 그의 곁으로 다가오더니 침대 끄트머리에 앉았다. 우혁은 그대로 앉은 채 그를 바라봤다.

"괘씸하구나. 하지 말라는데도 멈추질 못하고 있으니. 네놈 심장을 끝내 부숴 놓아야 정신을 차리겠느냐?"

우혁은 가만히 가슴을 쥐었다. 그저 말뿐인데도 통증이 느껴지기 시작했다. 하겠다고 마음만 먹으면 뭐든 할 수 있는 권능을 지닌 자가 옥황상제다.

"적당히 해 둬라. 너는 이미 만들지 말아야 할 인연을 만들었어. 한 번 틀어 놨음 됐지, 또다시 어쩔 생각이냐?"

"그게 무슨 소립니까?"

"문청기, 그자가 누군지 모르겠느냐?"

"네?"

"쯧쯧, 아무리 신격을 박탈당했다고 해도 그 정도는 알아차렸어야지. 멍청하구나."

자리에서 일어선 옥황상제는 사진 한 장을 손바닥에서 만들어 냈다. 그 사진을 우혁이 받아들고 경악해서 옥황상제를 쳐다봤다.

"이자는!"

"기억하느냐? 3백 년 전에 네가 연모하던 연인의 정혼자였다. 네놈의 수하가 네놈을 안타깝게 여겨 그자를 죽였지. 그리고 그자가 환생했고, 한 여자를 택했지. 그런데 네놈이 전생에 꼬아 놓은 인생 때문에 다시 한 번 너희 둘의 인연이 틀어졌다. 이젠 어쩔 것이냐? 다시 놈을 죽일 것이냐?"

우혁은 숨을 쉴 수가 없었다. 어떻게 이렇게 꼬인단 말인가. 문청기, 그자가 전생에 그와 맺었던 악연으로 이어졌던 그 사내란 말인가! 어떻게 다시 이런 식으로 엮인단 말인가!

"네놈 때문에 이미 한 번 억울하게 죽었다. 다시 환생해서 새롭게 멋진 인생을 살고 싶어 하고 있다. 그런 평범한 꿈을 지닌 자에게서 그 여자를 빼앗아 뭘 어쩔 셈이냐? 기어이 놈을 낭떠러지 밑으로 떨어트리려는 게냐?"

사고 장면! 홍두의 손을 잡고 눈을 들여다봤을 때, 사고 장면이 스쳐 지나갔다. 두 사람이 같이 어딘가로 가고 있다가 사고가 났다. 정확히 어딘지는 알 수 없지만 위급한 상황이 펼쳐진 것만은 확실했다. 그게 결국 자신 때문에 벌어진 참사란 말인가?

"왜 진즉 말씀해 주지 않으셨습니까?"

"영리한 네놈이 알아차렸을 줄 알았다."

'빌어먹을!'

그는 이마를 싸쥐고 어금니를 뿌득 갈았다. 난처해도 너무 난처했다. 문청기에게 그는 죄인이었다. 물론 그가 직접 전생의 문청기를 죽인 건 아니었지만, 어찌되었건 결국 그 때문에 억울하게 죽었다. 환생녀에게 남은 감정보단 허무하게 죽어 버린 전생의 문청기에게 미안함이 더 오래 남았다. 그런데 같은 사람에게 또 같은 실수를 하게 되다니.

"이제 정신이 좀 드는 게냐? 어찌할 것이냐?"

"이미 결정을 내리지 않으셨습니까?"

"그야 그렇지."

"생각하신 대로 하십시오."

"네놈을 도깨비들의 성에 잠시 가두려 한다. 한 달이 될지, 일 년이 될지 나는 모르겠다. 우홍두가 문청기와 무사히 인연을 맺고 잘 산다는 걸 확인하면, 너를 다시 천계로 불러들이겠다. 도깨비들의 성에서 자숙해라."

우혁은 아무런 말도 할 수가 없었다.

"작별인사 정도는 하게 해 주십시오."

"됐다. 그건 이미 다른 이를 보냈다."

"네?"

"네놈보단 아무 감정 없는 놈이 가서 마무리 짓는 게 낫겠지. 너는 곧장 도깨비들의 성으로 가라."

갑자기 우혁의 주변에 네 명의 천군이 나타났다. 군복 차림에 커다란 검을 비껴 찬 네 명의 장정들이 우혁의 팔과 다리에 두꺼운 오랏줄을 둘둘 감아 고정시켰다. 자다 말고 날벼락이었다.

"데려가라!"

"명 받잡습니다."

네 명의 천군들이 우혁을 데리고 하늘로 솟구치는 구름인 천운 위에 올라탔다. 그와 동시에 모두들 눈앞에서 사라졌다. 홀로 남은 옥황상제는 낮게 한숨을 쉬었다. 억지로 갈라 두긴 했지만, 이게 끝이 되는지 걱정스러웠다. 우홍두가 여전히 마음을 돌리지 않고 우혁을 흔들고 있다는 게 문제였다. 기억을 지우는 약초를 먹였는데도 끈질기게 우혁에 대한 집착을 드러내고 있었다. 그렇다고 해도 둔갑신장을 홍두에게 보냈으니, 잘 해결하겠지.

차랑, 옥황상제의 손에서 붉은 구슬이 박힌 목걸이가 흘러내렸다. 붉은 목걸이가 불꽃을 태우며 타들어가고 있었다. 우혁의 심장이 반응하면 즉시 감응할 수 있는 주술을 걸어 둔 목걸이가 응답을 해왔다. 우혁의 상태도 예사롭질 않았다. 이제 가만히 두고 보기만 할 수는 없었다. 3백 년을 잘 견뎌놓고 이제 와서 이게 대체 무슨 일인지. 조금만 더 참을 것이지.

우혁에게서 문자가 들어왔다. 집 근처에 왔으니 잠깐 시간을 내 달라는 문자였다. 오늘 만나서 데이트하기로 해 놓고 왜 잠깐만 보자고 하는 걸까? 홍두는 대충 차려입은 듯 블랙진에 화이트 라운드 니트를 입고, 짧은 숏 울재킷을 입고 목도리를 둘렀다.

"엄마, 잠깐 나갔다가 올게요."
"그럼 올 때 사이다 좀 사와라."
"네!"

홍두가 문을 닫고 밖으로 나와 계단을 내려갔다. 휴대폰으로 시간을 다시 한 번 확인하고 주변을 둘러봤다. 그때 앙상한 은행나무 아래서 먼 곳을 보고 서 있던 우혁이 그녀를 발견하고 고개를 까딱했다. 응? 지금 인사를 한 건가? 뭔가 좀······.

홍두는 그냥 웃으면서 그에게 다가갔다. 보자마자 그에게 팔짱을 끼워 넣자, 갑자기 그가 그녀의 팔을 빼내더니 한 걸음 물러섰다. 놀란 홍두가 그를 멍한 눈으로 바라봤다.

"할 말이 있어서 찾아왔습니다. 오늘부로 우홍두 씨와 제가 다시 만날 일은 없을 겁니다. 그러니까, 다시는 연락하지 말아 주십시오. 연락을 한다고 해도 아마 받지 못할 겁니다. 이젠 자신에게 어울리는 길을 택해 가십시오."

"……우혁 씨……."

"이게 제가 해 줄 수 있는 마지막 배려입니다. 그럼 이만……."

우혁이 몸을 돌리더니 그대로 사라졌다. 눈에 눈물이 차올라 시야가 뿌옇게 흐려져 그가 어디로 사라졌는지 아무것도 볼 수가 없었다. 아니야. 그 사람이 아니다. 그렇게 차디찬 눈빛으로 그녀를 생전 처음 보는 사람처럼 쳐다보는 사람이 그 사람일 리 없다. 그토록 따스하게 바라봤던 사람이 갑자기 모든 기억을 잃어버린 사람처럼 저렇게…….

'무슨 짓인가를 당한 건가?'

그럴 리가 없는데……. 저렇게 하룻밤 새 냉정해진다는 게 말이나 되나? 그럴 리가 없는데……. 눈물이 하염없이 떨어져 내렸다. 차디찬 겨울바람에 부딪친 눈물은 뺨을 칼날처럼 긁어내렸다. 춥다는 생각도 들지 않을 만큼 충격적이었다. 심장이 조각조각 찢겨 밟힌 것만 같았다. 이렇게는 안 된다.

홍두는 곧장 택시를 잡아타고 우혁의 서울 집으로 향했다. 택시비를 지불하고 내려선 홍두는 집의 벨을 정신없이 눌렀다. 하지만 적막이 흐를 뿐이었다. 이상하다. 아무도 없다. 이번엔 시진에게 전화를 걸었다.

"여보세요? 시진 씨!"

[네, 말해요.]

"우혁 씨 어디로 가야 만날 수 있어요? 네? 지금 서울 집에 왔는데 없어요. 나한테 이상한 소리를 하고 사라졌는데…… 그 사람 같지 않고 이상했어요."

[……잡혀갔습니다.]

"네?"

[이젠 찾지 마세요. 영영 못 만날 거예요. 우리도 당분간 집을 비우고 사라질 겁니다. 이젠 연락이 안 될 거예요. 홍두 씨…… 다 잊어요.]

"제발, 부탁인데요. 한 번만 그 사람 만나게 해 주세요. 네?"

[미안해요. ……이미 내 손을 떠났어요. 홍두 씨는 이제 이 세상에서 잘 지내요. 우리 쪽엔 관심 끊고……. 그동안 즐거웠어요. 고마웠구요.]

"아니라고 해 줘요. 가지 말아요, 제발!"

[홍두 씨, 현실을 직시하세요. 그게 살길이에요. 잘 살아요. 끊어요.]

전화가 끊겼다. 홍두는 눈물을 철철 흘리면서 아무런 말도 할 수가 없었다. 아까까지만 해도 통화가 되던 모든 번호가 갑자기 존재하지 않는 번호가 되었다. 갑자기 세상에 버려진 미아가 된 기분이었다. 지독한 쓸쓸함에 몸이 시려왔다. 어깨를 들썩일 만큼 흐느끼면서 걸었다. 이젠 전화할 데가 한 군데뿐이다.

"주인아아아아……."

[야! 무슨 일이야!]

"으흐으윽…… 나 죽을 것 같애. 이러다 죽을 것 같아아……."

[너, 어디야? 갈게! 그만 뚝!]

"여기가 어딘지도 모르겠어. 으흐흐흑…… 날 버렸어. 날…… 떠나 버렸어. 전부……."

[내가 갈 테니까, 조금만 기다려. 이게 다 무슨 소리야?]

휴대폰을 끊은 홍두는 멍하니 길바닥에 서서 울었다. 도무지 눈물이 멈추질 않았다. 누군가 다가와 괜찮느냐 묻는데도 대답을 할 수가 없었다. 목구멍이 커다란 돌덩이로 막힌 것 같아 숨도 잘 쉬어지지 않는다. 이렇게 갑자기 그토록 좋아하던 사람을 빼앗아 가는 게 어디 있단 말인가! 어떻게 이럴 수 있단 말인가!

주인과 청기가 허겁지겁 택시에서 내려 길거리를 훑었다. 청기의 시선에 편의점 앞에 쪼그려 앉아 있는 홍두가 잡혔다.

"홍두 씨!"

주인이 재빨리 뛰어가 홍두의 팔을 잡아 일으켰다. 홍두는 계속 울고만 있었다. 우는 것 외에는 할 줄 모르는 사람처럼 울기만 했다. 청기도 주인도 뭐라 말을 하지 못하고 그녀를 부축한 채 인근 모텔로 들어갔다.

세 사람이 모텔 방 안에 앉아 망연자실한 얼굴로 엉엉 우는 홍두를 쳐다봤다. 통화를 끝내고 30분쯤 뒤에 도착했는데, 그동안 내내 울었다는 애긴가? 주인은 어안이 벙벙해졌다.

"청기 씨, 미안한데 가서 술이나 좀 사다 줄래요?"

"네, 그래요."

청기를 내보낸 주인은 홍두의 손을 잡아끌었다. 휴지를 당겨 눈물콧물 범벅이 된 얼굴을 다 닦아내 주고 목도리를 풀어 놓았다. 몸이 얼음장처럼 차디찼다. 이불을 끌어당겨 홍두의 몸에 덮어 주고 가만히 홍두의 눈을 바라봤다. 정신줄을 놓았는지 눈동자가 혼탁했다.

"홍두야!"

"으흑, 으흐흑……. 됐어. 이제 그만 해."

주인이 홍두의 몸을 끌어안고 등을 토닥거렸다.

"다 들렸을 거야. 그 사람들, 보통 사람들 아니라면 다 들었을 거야. 그러니까 그만 울어. 이러다 네가 죽겠다."

"으흑, 으흑…… 잡혀 갔대. 이젠 못 만난대, 영원히……."

"홍두야, 나는 자세히는 잘 모르겠는데…… 그 사람들 분위기가 묘했어. 우리가 감히 넘봐선 안 될 그런 분위기였다고. 잘된 것 같지 않아? 알고 보니 잔혹한 연쇄살인마라든가, 첩보원이라든가 그런 걸 수도 있는 거고. 너하고는 어떻게도 안 되는 사람들인 거였어."

홍두는 너무 울어서 어깨를 들썩거리며 숨을 몰아쉬었다.

주인은 안타깝고 가여운 마음에 홍두의 뺨을 쓸어내리면서 말했다.

"보내 줘. 갈 수밖에 없다는 사람을 붙들고 늘어지는 것도 추해. 그 사람 입장에선 난처할 거야. 놔 달라고 했다면 놔 줘. 너 그렇게 추잡스러운 찌질이 아니잖아!"

"응, 아니야."

"그러니까 마음 다잡고 잘 먹고 잘 살아라, 퉤퉤 해 줘!"

홍두의 울음이 서서히 잦아들어 갔다. 주인도 마음이 좋지 않았다. 그때 노크 소리가 들렸다. 주인이 일어나 문을 열자 청기가 안으로 들어왔다. 양손에 술병이 바리바리 담긴 봉지가 들려져 있었다. 청기는 홍두의 모습을 한 번 보고 소주와 맥주를 꺼내 테이블 위에 올려놓았다.

"허얼, 먹고 죽자는 건가요?"

"아무래도 기분이 별로라서요."

청기가 멋쩍은 미소를 짓고 홍두의 곁에 앉았다. 그리곤 말없이 홍두의 기분을 살폈다. 홍두가 눈이 벌게서 청기를 보더니 울먹거리는 목소리로 말했다.

"청기 씨는 왜 왔어요, 창피하게. 쪽팔려 죽겠네, 정말……."

홍두가 양손으로 얼굴을 가리고 어쩔 줄 몰라 했다. 청기는 입가에 미소를 짓고 말했다.

"말했잖아요. 기다리겠다고……."

"아니요, 안 가요. 그러니까 기다리지 말아요. 다른 사람 실컷 좋아하다가 청기 씨한테 가는 건 배신이에요. 배신!"

"내가 괜찮다는데 무슨 상관이에요."

주인이 웃으면서 재밌다는 듯 두 사람의 대화를 듣다 말고 종이컵에 술을 따랐다.

"아유, 기분도 그런데 들이붓자!"

종이 접시에 오징어 안주를 죽죽 찢어 펼쳐 놓고 땅콩도 고루 쏟았다. 소주로 시작해 소맥으로 넘어갔다. 쓸데없는 얘기들이 오갔다. 정치 얘기를 하다가 여행가고픈 나라 얘기도 하다가 요즘 거론되는 맞벌이 부부가 어쨌거니 저쨌거니 하다가 주인이 홍두를 흘끗 쳐다봤다. 홍두는 멍한 눈빛으로 술만 연거푸 붓고 있었다.

"야! 안주도 먹어. 그러다 위장에 구멍 나!"

"내가 뭘 잘못했을까?"

"헤어지는데 이유가 있을까? 그건 어느 날 갑자기 찾아오는 거잖아. 손님처럼……."

"난 아직도 그 사람이 좋아."

주인이 흠칫 놀라 청기의 눈치를 살폈다.

"전 신경 쓰지 마세요. 홍두 씨가 어떤 마음인지는 이미 알고 있으니까."

주인이 세상에 이렇게 착한 남자가 어디 있느냐는 얼굴로 한 번 그를 쳐다보고 다시 홍두를 쳐다봤다.

"그래, 실컷 혼자 헤매다가 제자리로 돌아만 와라. 좋은 마음을 칼로 푹 자르듯이 그만 하라기도 뭣하네. 그건 나도 내 맘대로 안 되더라. 할 수 있는 데까지 온갖 추태 다 부려 봐. 너 곧 할머니랑 다시 시골로 가잖아. 거기 가면 다시 볼 수 있지 않아?"

홍두가 고개를 저었다.

"아니, 다들 어딘가로 떠난다고 했어. 그 집은 비어 있을 거야. 보고 싶어도 볼 수 없다고 했으니까 거짓은 아닐 거야."

다시 홍두의 눈에서 눈물이 줄줄 흘러내렸다. 주인은 도무지 봐줄 수가 없어서 술을 한 모금 마셨다.

"아후, 오늘은 술이 다네. 달다!"

청기가 애틋한 눈빛으로 홍두를 쳐다봤다.

"청기 씨, 그냥 쟤 저러거나 말거나 청기 씨가 하고 싶은 대로 하세요."

"그런데 청기 씨, 서울엔 언제 온 거예요?"

"곧 주말이기도 하고…… 사실은 저희 누나가 결혼을 해요. 그래서 미리 휴가를 냈었죠."

"그래, 이참에 잘됐네. 청기 씨, 홍두 데리고 식장에 가세요."

"네?"

"쟤 보나마나 저렇게 내내 울기만 할 게 뻔하니까, 기분 전환도 좀 할 겸 주말에 쟤 데리고 갔다가 맛난 것도 사 먹고 그러세요."

청기야 마다할 이유가 없었지만 홍두가 허락할지가 문제였다. 청기가 홍두의 옆얼굴을 흘끗 쳐다봤다. 다른 남자 생각에 아무 생각도 없어 보였다.

"술 좀 깨면 얘기해 보죠. 지금은 무슨 말을 해도 안 들리는 것 같아요."

주인이 홍두를 쳐다보면서 끄덕거렸다.

"그러네요. 오늘은 나랑 홍두가 여기서 잘 테니까, 청기 씨는 이만 집에 가보세요. 제가 나중에 또 연락할게요."

"내일 아침에 다시 불러 줄래요? 아침 같이 먹고 싶은데요."

"그럴래요? 알았어요."

청기가 일어서서 인사를 하고 홍두에게 다가가 눈높이를 맞췄다.

"홍두 씨, 저 가요."

홍두가 텅 빈 눈빛으로 그를 바라보더니 고개를 꾸벅 숙였다. 청기는 아쉬움이 가득 담긴 눈빛으로 홍두에게 인사를 하고 나갔다. 주인은 복잡한 얼굴로 한숨을 쉬었다.

"아후, 정말 다들 안타까워서 볼 수가 없네. 하나는 다른 데만 보고, 다른 하나는 너만 좋다고 저러고……. 내가 중간에서 뭘 어째야 할지를 모르겠다. 어렵다, 어려워!"

"……보고 싶어, 그 사람이……."

"마셔라, 마셔! 보고 싶다는 생각이 들 때마다 마셔!"

홍두는 한 잔을 홀딱 비우더니 옆으로 픽 쓰러졌다. 주인은 홍두를 침대에 잘 눕히고, 홍두의 집에 전화를 걸었다.

[그래? 진작 연락하지. 계속 기다렸어. 사이다를 사오라고 했거든. 어쨌든 알았어. 모처럼 서울 온 거니까 실컷 놀아라. 밥 잘 챙겨 먹고.]

"네, 어머니. 들어가세요."

주인은 휴대폰을 내려놓고 가만히 홍두를 바라봤다.

"왜 사랑 같은 걸 시작해서 그렇게 아프고 그러냐. 그놈의 건 약도 없는데……."

혀를 끌끌 찬 그녀는 남친 재석에게 전화를 걸었다.

백소와 가향이 심란한 얼굴로 도깨비 성 내부 가장 깊은 굴 쪽을 쳐다봤다. 둘은 안쪽으로 들어가 우혁이 갇혀 있다는 구역 앞에 멈춰 섰다. 경비가 삼엄했다.

"무슨 일로 오셨습니까?"

"권우혁 님을 뵙고 싶은데, 한 번만 허락해 다오."

백소는 도깨비 중에서도 원로에 해당된다. 그러니 아무리 힘 좋은 군졸 도깨비라고 해도 감히 말대답을 할 순 없는 입장이었다.

"허튼짓을 하거나, 무언가를 전해 주거나 해선 안 됩니다."

"그럼 몸 검사를 해다오."

군졸 도깨비 한 마리가 다가와 몸 검사를 직접 했다. 가향은 가만히 그 모습을 지켜보고 섰다가 백소만 안에 들어갈 수 있다고 허락이 떨어지자, 안부만 전해 달라고 하고 기다리기로 했다.

 백소가 긴 복도를 지났다. 어두컴컴한 길엔 중간 중간 일정 간격을 두고 햇불이 밝게 빛을 내고 있었다. 가장 끄트머리에 도착했을 때, 철창이 나타났다. 그 안엔 그래도 깔끔한 실내가 마련되어 있었다. 전 백마신장이었던 자이기에 예의를 갖춘 것이리라.

 "권우혁 님!"

 우혁이 책장을 넘기다 말고 고개를 돌려 백소를 보더니 입매를 휘었다.

 "어서 와. 어떻게 들어왔지?"

 "제가 그나마 여기선 원로에 해당하니 함부로 못 합니다."

 우혁이 다가와 백소의 손을 지그시 잡았다.

 "고맙네. 찾아와 줘서……."

 "뭘 드시긴 하시는지요?"

 "먹고는 있어. 걱정하지 마라."

 "도깨비의 왕께 여쭈니, 얼마나 여기 있게 될지 알 수는 없다고 하더군요."

 "그렇겠지. 나도 마음의 준비는 하고 있어."

 "제게 따로 시킬 일이 있으시면 말씀해 주십시오."

 잠시 우혁의 눈빛이 깊어졌다. 깊어진 눈동자가 잠시 출렁거리는 걸 본 백소는 그가 홍두에게 하고 싶은 말이 있음을 깨달았다.

"전할 수 있다면 전해 보겠습니다."

"봄이 시작되기 전쯤, 홍두의 할머니가 돌아가실 거야. 그때 찾아가서 위로해 주게. 그것 외엔 바라는 게 없어."

"달리 전할 말씀은……."

"건강히 잘 지내 달라고…… 내 바람은 그것뿐이라고……."

백소는 마음이 무너져 내려서 더 이상 우혁을 바라볼 수가 없었다.

"알겠습니다. 부디 건강하십시오."

"고맙네."

백소가 예를 갖추고 몸을 돌려 그곳을 빠져나오자마자 가향에게 모든 얘기를 전했다.

"제가 홍두 씨 옆에 가 있을까요? 연락책 정도는 할 수 있을 것 같은데……."

"하지만 홍두 씨의 일거수일투족을 권우혁 님께 전달하면 마음만 더 아플지도 몰라. 이럴 땐 피차 모른 척하는 게 상책일 수도 있으니, 우선은 명령하신 일만 하자꾸나."

"에휴, 마음이 좋지 않아요. 안됐어요."

가향과 백소는 깊은 굴을 빠져나와 도깨비 성을 나왔다. 당분간은 시골집으로 돌아가 집을 관리하면서 홍두에게 닥칠 시련에 대비해야 할 듯했다. 적어도 곁에 도움 주는 손길이라도 있어야 하지 않겠는가. 홍두 할머니 집 주변엔 아무도 살지 않아서 도움을 청하려면 한참 나가야 한다. 지금 할 수 있는 최선의 것을 하기로 했다.

*

 홍두가 멍한 얼굴로 욕실 거울 속 모습을 바라봤다. 하늘이 무너졌나? 어떻게 몰골이 이 모양이란 말인가. 얼굴이 팅팅 부어 있는데다 눈도 잘 안 떠졌다. 무엇보다 흰자위가 벌겋게 핏대가 서서 귀신같았다.
 홍두는 세수를 하고 머리를 감은 후, 찬물에 몇 번이고 눈을 문질렀다. 아무리 해도 붓기가 빠지질 않았다. 수건으로 얼굴을 닦으며 나오자 주인이 배를 틀어쥐고 빨리 나오라 손짓이었다. 욕실 밖으로 나와 드라이를 다 한 뒤 다시 또 멍해진 얼굴로 침대에 앉았다. 머리에서 폭탄이 하나 터진 것만 같았다. 아무 생각도 안 들고, 아무것도 하고 싶지가 않았다. 욕실에서 나온 주인이 드라이기로 머리를 다 말리더니 곁에 앉았다.
 "청기 씨 오라고 했어."
 "어?"
 "같이 아침 먹자. 지금은 아무것도 생각하지 말고 그냥 우선 친해져 보자는 생각만 해. 청기 씨한테도 그렇게 말했어. 우선 친구가 먼저 되어 보라고. 그 사람 좋은 사람이잖아. 친구로 우정을 쌓아 보다가 사랑도 해 보려고 노력해 봐. 안 되면 우정으로 계속 가는 거고. 청기 씨는 상관없대."

"쿨하네. 나도 상관없지만…… 사랑은 죽어도 안 될 것 같은데……."

"장담은 하지 마. 사람 일은 모르는 거니까."

"그런가?"

다시 멍해졌다. 멍하기만 하면 좋은데, 멍한 순간마다 우혁의 마지막 모습이 명멸했다. 마지막이 자꾸만 의문을 남겼다. 그 차갑던 시선이나 어색한 행동, 갚았다던데 대체 언제 갚았다는 건지도 모르겠고. 헷갈려 미칠 것만 같은데, 이젠 답을 해 줄 사람도 없다. 또 목구멍이 메어왔다. 작작 울자. 주변에 민폐다. 참자. 좌절도 그만 하고 오열도 그만 하자. 사람이 죽은 것도 아닌데, 너무 울어 젖히기만 하고 있다. 그만!

생각을 멈추기로 했다. 모든 걸 단순화시키기로 했다.

"나가자."

"지금?"

"여기 근처 식당에서 기다리겠다고 했어. 배도 고프고 속도 쓰리고 그러네."

주인이 먼저 앞장을 섰다. 홍두는 목도리에 재킷을 챙겨 입고 모텔을 빠져나왔다. 아무 생각도 안 나서 할머니도 엄마도 안 떠오른다. 신경 끝이 송곳 같아서 계속 한 곳만 찌른다.

권우혁.

그 남자 이름만 찌른다.

좌식 테이블에 홍두, 주인, 청기가 마주 보고 앉았다. 주인과 홍두가 같이 앉고 청기가 마주 보고 앉았는데, 청기의 시선이 내내 홍두에게 향해 있었다. 청기는 홍두의 기분을 파악하기 위해 계속 심경을 살피는 중이었다.

"주문하신 음식 나왔습니다."

종업원이 음식 준비를 했다. 반찬이 놓이고, 해물탕이 가스 불 위에 올려졌다. 그리곤 가스 불을 켜고 이미 익혀 나왔으니 끓기 시작할 때 드시면 된다고 말한 후 물러갔다. 홍두는 말없이 찌개만 바라봤다.

"홍두 씨, 내일 시간 괜찮겠어요?"

"네?"

넋이 나간 얼굴로 다른 생각을 하던 홍두가 그제야 시선을 돌려 청기를 쳐다봤다. 여기 도착해서 홍두와 첫 눈맞춤이었다. 홍두가 마음을 되돌려 그에게 돌아오지 않을지도 모른다는 강한 예감에 마음이 무거웠다. 이미 홍두는 누군가를 마음에 넣을 여유가 없어 보였다. 그렇다고 해도 주인의 말마따나 우정이라도 되었음 싶었다. 홍두를 더 알고 싶었으니까.

"누나 결혼식이요."

"……네, 가요. 같이."

홍두는 만사 귀찮았지만, 자신을 위해서 매번 이렇게 먼 길도 마다않고 찾아와 주는 그에게 미안해서라도 같이 가 주기로 했다. 그게 뭐 그리 어려운 일이겠느냐 대수롭지 않게 생각했다.

"고마워요. 안 그래도 누나한테 얘기를 해 뒀어요. 누나가 굉장히 좋아하더라고요. 제가 약간 거짓말을 했는데…… 어쩌죠?"

홍두가 눈을 동그랗게 뜨고 청기를 쳐다봤다.

"사귀는 사람이라고 해 뒀어요. 아마 이것저것 질문할지도 몰라요. 미안해요. 자꾸 누나가 짓궂게 몰아붙이는 바람에 그렇다고 고개를 끄덕거리고 말았어요."

"어쩔 수 없죠. 알아서 처신할게요."

홍두가 어색한 미소를 엷게 지어 보이고, 끓기 시작한 찌개를 떠서 청기에게 내밀었다. 주인이 청기를 흘끗 보더니 윙크를 살짝 하며 잘했다고 입술로 뻐끔거렸다. 뭐든 하지 않으면 이대로 홍두가 폐인이 되어 버릴 것만 같았기에 일을 저질러 놓기로 한 거다.

주인도 그 부분에 대해 상당히 우려하고 있었다. 홍두가 잠든 새벽에 주인이 문자로 되도록 홍두를 가만두지 말고 자꾸 괴롭히라고 충고했다. 미움을 받아도 좋으니, 홍두에게서 뭐가 됐든 감정을 끄집어내게 하라고.

"음, 찌개가 맛있어요."

청기가 환하게 웃으며 말하자 홍두가 영혼 없는 눈빛으로 고개를 끄덕거렸다. 사람이 워낙 선해서 싫어도 싫은 티를 못 내지만, 눈빛이 빛을 잃었다. 저런 모습을 보고 있자니 속이 뒤집어졌다. 홍두에겐 결론을 내고 돌아오든 말든 하라고 했지만, 이렇게까지 산산조각 나서 돌아올 줄은 몰랐다.

돌아왔다고 하기도 뭐했다. 저런 모습을 돌아왔다고 해야 하는 건지……. 저것은 그저 정체다. 고여서 썩기 직전의 완벽한 정체. 만날 수 있다면 우혁을 따로 만나 한 대 갈겨 주고 싶었다. 문젠 주인에게 듣기로 우혁과 연락할 수 있는 방도가 홍두조차도 없다는 듯했다.

왜 이렇게 화가 나는지 모르겠다. 갖고 싶은 상대를 이렇게 홀로 원하기만 해서야, 뾰족한 수가 나오는 것도 아닐 테고. 성급하게 굴면 부작용만 생긴다는 걸 알기에 조급함을 감추고 여유를 부리고는 있지만 마음이 난리다.

그도 연애를 몇 번 해 봤다. 하지만 누군가를 이렇게 집요하게 갖고 싶었던 적은 없다. 한 번도 이런 적이 없어서 스스로 추하다고 느낄 정도다. 상대가 싫다는데도 왜 이리 마음을 접지 못하는 걸까?

'나도 이런 내가 싫어.'

그런데 접어지질 않는다. 마냥 기다리고만 싶다. 홍두가 한 번쯤 그를 향해 진심으로 웃는 모습을 보고 싶다. 그게 그렇게 말도 안 되는 욕심일까?

*

보슬보슬 비가 내렸다. 주말 아침부터 소나기도 폭우도 아닌 가랑비가 연신 쏟아졌다. 우산을 써도 젖는 이상한 비였다. 홍두는 살구색 원피스를 입고 위에 겨자색 코트를 입었다. 우혁이 사 준 옷들이지만, 결국 우혁을 위해서가 아니라 청기를 위해서 입고 나간다. 마음이 쓰렸다.

"홍두야……."

할머니가 걱정스럽게 홍두를 불렀다. 홍두가 텅 빈 눈으로 할머니를 쳐다봤다.

"조심해라. 할머니 꿈자리가 사납다."
"네, 조심할게요. 근처에 잠깐 나갔다 오는 건데요, 뭘……."
"요샌 워낙 험한 일이 많으니까. 잘 다녀와라."

할머니가 오래도록 홍두의 손을 잡고 놓아주려 하지 않았다. 홍두는 그런 할머니를 폭 안았다. 같이 산 기간이 그리 길지도 않은데 이젠 누구보다 각별한 가족 같았다. 막연히 추상적으로 느끼는 할머니에 대한 이미지와는 다른 감정이 마음 안에 가득했다.

"잘 다녀올게요. 염려 마세요."

부모님은 모두 일을 나가 집이 비어 있었다. 할머니를 홀로 두고 나가는 홍두의 발걸음도 괜히 무거웠다. 인사를 하고 밖으로 나와 휴대폰을 살폈다. 근처에 이미 청기가 도착해 있나는 문자였다.

홍두는 깊게 숨을 한 번 내쉬었다. 그래, 우혁과 더 이상 관계를 이어나갈 수 없다면 다른 기회도 찾아봐야겠지. 하나에만 몰두하지는 말자. 홍두는 입가에 미소를 머금었다. 그렇게 떠나 버린 사람, 이젠 잊어 주리라.

종종걸음 쳐 청기가 기다리고 있다는 곳으로 나갔다. 청기가 차에서 내려 손을 번쩍 들더니 알은체를 했다. 홍두도 웃으며 인사를 했다. 왜 이리 심장이 싸할까? 홍두는 일부러 더 힘주어 웃으며 청기에게 다가갔다.

"왔어요?"

"와아, 오늘은 기분이 좋아 보이는군요."

"그래 보이나요? ······다행이에요."

홍두가 애써 미소를 짓고 그의 차 보조석에 탔다. 안전벨트를 하자, 청기가 말없이 무언가를 그녀에게 내밀었다.

"이게 뭐예요?"

"선물이요. 맘에 들지 잘 모르겠어요."

"무슨 선물이요?"

"깜짝 이벤트라고 생각해 줘요. 무슨 날이기 때문에 하는 그런 건 아니고······."

홍두는 가만히 선물을 내려다봤다. 받아도 되는지 잘 모르겠다. 하지만 그가 기대 가득한 눈빛으로 보고 있으니 무시할 수가 없었다. 홍두는 얼른 선물을 뜯었다. 선물 상자 안에서 나온 건 연둣빛의 장지갑이었다.

"지갑?"

"돈도 넣었어요."

홍두가 지갑을 열어 5만 원 권 지폐를 보고 풋 하고 웃었다. 청기는 그런 홍두의 편안한 모습에 약간의 위안을 받았다. 열 번 찍어 안 넘어가는 나무는 없다고 하지만 종종 절대로 넘어가지 않는 나무도 있게 마련이었다. 그래서 내내 초조했다. 누나가 선물이라도 사서 한 번 안겨 보라고 조언을 해서 백화점이 오픈하자마자 부리나케 가서 하나 사들고 왔다.

"고마워요. 잘 쓸게요."

"다음번엔 제가 준 지갑을 들고 나와야 해요?"

"네. 그럴게요."

청기는 홍두가 기분이 괜찮아진 것 같아서 덩달아 기분이 좋아졌다. 그는 운전을 하면서 차가 정차할 때마다 계속 홍두의 얼굴을 쳐다봤다.

"그만 좀 봐요."

"오늘은 비가 와서 기분이 별로였는데, 홍두 씨 덕분에 비가 갠 뒤에 맑은 하늘을 보는 것만 같은 기분이에요."

"대체 제 어디가 좋은 거예요?"

"얘기할 때 제 눈을 똑바로 쳐다보는 게 좋아요. 존중받는 기분이 들거든요. 특히나 홍두 씨는 눈이 무척이나 예뻐요. 그래서 더 좋아요."

홍두의 볼이 발갛게 물들었다. 이렇게 구체적으로 뭐가 어떻다는 얘기를 직접적으로 들은 적이 없었다.

"굳이 좋은 점만 찾아본 건 아닌가요? 아, 하, 하."

홍두가 어색하게 웃었다. 두 사람은 가벼운 대화를 계속 이어나가면서 그의 누나 결혼식장에 도착했다. 하지만 도착하자마자 홍두는 후회를 하고 말았다. 누나의 결혼식이니 그의 가족들에게 정식으로 인사를 하는 자리가 된다는 걸 이제야 깨달았다. 우혁이 사라졌다는 사실 때문에 다른 건 생각할 여유가 없었다.

'맙소사! 왜 그 생각을 못 했을까?'

그의 가족들이 다 모이는 자리인데……. 이제 정말 권우혁과 작별을 해야 하는 시점인가?

"홍두 씨, 내리세요."

청기가 차 문을 열고 섰다. 내리자마자 홍두는 마른침을 꿀꺽 삼켰다.

"청기 씨, 미안한데 조금 더 뒤에 들어가도 될까요? 먼저 들어가 있어요. 가족분들과 계속 같이 있기가 좀 부담스럽기도 하고 그래서요."

"아아, 알았어요. 그럼 제가 문자할 테니까 그때 맞춰서 들어올래요? 제가 먼저 들어가서 인사하고 나중에 부를게요."

"미안해요. 기분 나쁜 거 아니죠?"

"아니에요. 충분히 그럴 만하죠. 우린 아직 시작도 못 한 관계잖아요. 먼저 들어갈게요."

청기가 들어가자마자 홍두는 깊은 한숨을 쉬었다. 결혼식장 근처에 한 카페로 들어가 자리를 잡고 앉았다. 예식이 본격적으로 시작되면 그 시간부터는 모든 가족들이 식장 안으로 들어가 있어야 하니까 마주치지 않을 수도 있다.

홍두는 휴대폰을 꺼내 우혁의 번호를 가만히 응시하다가 문자를 찍었다. 물론 이미 사라져 버린 번호라 답은 없겠지만.

[잘 있나요? 그래요. 하라는 대로 할게요. 잊으라면 잊는 게 맞겠죠. 그동안 너무 고마웠어요.]

다시 눈물이 차올랐다. 홍두는 고개를 들어 흘러내리려는 눈물을 손부채질을 해서 말렸다. 그대로 문자를 전송했다. 역시나 답은 없었다.

담벼락 안쪽의 폭풍

예식장 안에 무사히 들어가서 청기의 누나에게만 인사를 했다. 청기 누나는 홍두를 보더니 화사한 미소를 지어 보였다.
"늦게 결혼해서 웨딩드레스를 입어도 그리 예쁘진 않아요."
"아니에요. 정말 아름다우세요."
"에이, 그냥 하는 말인 거 다 알아요. 그래도 듣기는 좋은데요?"

누나의 웃음기 섞인 대답에 홍두가 살포시 웃었다. 청기는 흐뭇하게 바라보다가 옷 갈아입으러 가야 한다며 서둘러 가는 누나에게 인사를 했다.
"누나, 난 먼저 나갈게."
"왜? 아직 폐백도 있으니까 더 있다가 가야 하는 거 아냐?"
"어른들이 하는 거잖아. 나야 구경꾼이고. 신혼여행 잘 다녀와."

"으이그, 알겠어. 데이트가 더 급한가 보구나?"

홍두가 귓불이 발개져서 어쩔 줄을 몰라 했다. 누나에게 인사를 하고 모든 수순이 끝났을 때 홍두가 먼저 차에 가서 기다리기로 했다. 그리고 10분쯤 뒤 청기도 나왔다. 그가 숨을 몰아쉬며 차에 올라 시동을 걸며 물었다.

"어디로 갈까요?"

"바람 좀 쐬러 가고 싶어요. 답답해서요."

"그래요. 그럼……."

그가 근처에서 가장 가까운 바닷가 주소지를 하나 검색해 찍었다. 홍두는 그가 하고 싶은 대로 그냥 뒀다.

"음악, 들을까요?"

청기가 오디오 버튼을 누르자 전에 듣던 가요가 흘러나오고 있었다. 94년도쯤 유행했을 음악들이 대거 흘러나오기 시작했다.

"옛날 음악이 지닌 감수성을 요새 노래들이 못 따라가더라고요. '응답하라'라는 드라마에서 나오는 음악들을 들으면서 제 취향에 맞다고 생각했어요."

가볍게 드라마 이야기를 시작으로 대화가 이어졌다. 그렇게 바닷가로 차가 빠르게 달리기 시작했다.

우혁이 눈을 번쩍 떴다. 잠시 낮잠을 잤나 보다. 그런데 꿈자리가 영 뒤숭숭했다. 기분이 이상해서 견딜 수가 없었다. 가슴이 미친 듯이 뛰고 숨쉬기도 힘들었다. 불안하게 서성거리던 그는 아무래도 견딜 수가 없어서 창살을 움켜쥐고 밖에 대고 외쳤다.

"밖에 누구 없느냐!"

쿵하는 소리가 들리더니 덩치 큰 자가 안으로 들어왔다. 긴 복도에 커다란 그림자가 드리워지더니 계속 발소리가 이어졌다. 그렇게 한참만에야 덩치 큰 도깨비 하나가 나타났다.

"부르셨습니까?"

"나가 봐야겠다. 급한 일이다. 하루만 아니, 딱 몇 시간만이라도 나갔다 올 수 있게 해다오."

"송구하오나, 옥황상제께서 우리의 왕께 하늘이 두 쪽이 나도 밖으로 내보내지 말라고 명령하셨다 합니다."

"부탁이다. 이대로 방치했다간 누군가가 죽는다!"

"송구합니다. 그건 이미 제 권한 밖입니다. 우혁 님은 이대로 갇혀서 방관해야 하는 입장이구요."

도깨비는 꾸벅 예를 갖추더니 느릿느릿 사라져 버렸다. 다시 홀로 남은 우혁은 어떻게든 나갈 방도를 찾기 위해 머리를 굴렸다. 이 굴은 도깨비들의 방망이를 이용해 만든 것으로 아주 특별한 힘이 담겨 있다. 그가 함부로 깰 수 없다는 뜻이다.

그는 이미 신격을 박탈당했기 때문에 권능의 힘을 마음껏 사용할 수도 없다. 그는 손가락을 이용해 가진 모든 힘을 모아 내부에 있는 의자를 들어 올렸다. 최대한 멀리 의자를 끌어당겼다가 창살 쪽을 향해 날렸다.

콰직! 의자가 부서졌다. 창살도 꼼짝을 안 한다. 그나마 할 수 있는 건 저 창살을 뜯거나 벌리는 일일 텐데, 그의 힘으로 어찌할 도리가 없나 보다. 그는 창살을 양손에 쥐고 힘껏 잡아당겨 보았다. 뜯어 버릴 듯이 힘을 가하는 순간 아래쪽 밑동이 서서히 빠져 올라오는 듯한 느낌이 들었다. 될지도 모르겠다. 그는 온힘을 다해 밑동을 잡아 뜯어 올렸다. 뭐든 해 봐야 한다. 홍두가 위험하다.

끼이이이이이익.
"어, 어어!"
"으악!"
순식간이었다. 난데없이 나타난 20톤 이상 되는 트럭 한 대가 밑도 끝도 없이 브레이크가 고장 난 차량처럼 고속 질주해 교차로에서 신호를 받아 대기 중이던 청기의 차를 향해 정면으로 달려왔다. 청기가 너무 놀라 핸들을 틀어 피하려는 순간이었다. 엄청난 파열음과 함께 트럭이 차의 뒷부분으로 파고들어오더니 청기의 차를 밀면서 몇 미터를 이동하기 시작했다.

그리고 얼마나 시간이 지났을까?
가드레일에 차가 부딪치면서 연기가 솟구쳤다. 어디선가 사이렌이 울리고, 사람들의 웅성거리는 소리가 들려왔다. 홍두가 멀어지는 의식을 붙잡고 옆에 앉은 남자를 쳐다봤다. 에어백이 터져서 잘 보이지 않지만, 그의 이마에서 피가 흘러내리고 있었다.

눈가에서 눈물이 흘러내렸다. 우혁이 얘기했었다. 사고가 일어날 거라고……. 아프다는 생각보다도 이렇게 끝나는구나 생각하자 허탈해졌다.

'할머니…… 엄마, 아빠…… 미안해요.'

졸리다. 눈이 자꾸만 감겨왔다. 아무것도 보이지 않는 어둠 속에 섰다.

쯧쯧.

누군가가 혀를 찼다. 눈을 떴다. 어둠 속이다. 아무것도 보이지 않는 어둠 속에 그녀가 서 있었다.

"누구세요?"

"이대로 죽겠느냐?"

검은 갓에 검은 도포차림을 한 사내가 그녀에게 다가왔다. 얼굴은 평범한 남자의 모습이었고, 뒷짐을 지고 서서 그녀를 가만히 쳐다볼 따름이었다.

"아니요. 아직 하지 못한 게 있어요."

"네가 무척이나 무모하다는 생각은 하지 않느냐?"

"제가 무얼 어쨌게요?"

"마음에 품지 말아야 할 사람을 품지 않았느냐?"

"그게 죄라면 죽어도 좋아요."

"뭐?"

옥황상제는 기가 막힌 얼굴로 홍두를 쳐다봤다. 죽음의 위협 속에서도 어찌 저리 당당할 수 있단 말인가. 그는 최대한 험악하게 인상을 쓰고 그녀에게 다가갔다. 그녀에게서 순수한 체취가 흘러나왔다. 아주 향긋하고 달콤한 향이었다.

"참으로 오만하구나. 지금 죽게 되면 너는 잃는 게 더 많을 텐데?"

"대신 부탁 하나만 들어 주세요."

"부탁?"

"권우혁 씨를 만나게 해 주세요. 백마신장으로 옥황상제의 곁을 지켰던 적이 있다고 들었어요. 그게 사실인지 아닌지 잘은 모르지만……."

"나는 아주 고약한 자다. 네 기억에서 권우혁이라는 이름만 싹 지우고, 네가 유일하게 사랑하는 사람이 문청기가 되도록 기억도 조작해 버릴 수가 있지. 왜 내가 네 뜻대로 해 줄 거라 생각하느냐?"

"누군가를 간절히 원하는 마음이 죽을죄라고는 생각지 않으니까요. 무엇보다 전 남들에게 피해를 끼치지 않으며 잘 살아왔다고 생각해요. 이렇게 빨리 죽는다는 건 생각도 못 해 봤어요. 너무 억울하니까 권우혁 씨라도 만나게 해 주세요."

"만난다고 뭐가 달라지느냐?"

"달라지는 건 없지만, 한마디만은 그에게 전하고 싶어서요."

"미련하구나. 좋은 기회를 이렇게 놓쳐 버릴 생각인가 보구나. 쯧쯧."

그때였다. 옥황상제의 귓속으로 은음이 들려왔다.

—폐하, 도깨비 성에서 기별이 왔습니다. 권우혁 님이 탈출하셨답니다.

—그래서 어찌하고 있다더냐?

—도주로를 차단하고 뒤를 쫓고 있다고 합니다.

—어떻게든 찾아내 가두라고 해라.

—존명!

정말 여러 모로 골치가 아픈 놈이로다. 누굴 닮아 저리 고집이 센지. 옥황상제는 그를 빤히 쳐다보고 선 홍두를 보고 기가 막혀서 웃었다.

"너는 내가 두렵지 않느냐?"

"저승사자 아닌가요?"

"아마도 그렇겠지."

"두려울 이유가 없지요. 이렇게 시간을 끌면서 저를 데려가지 않는 걸로 봐서는 제가 아직 죽을 때가 안 됐다는 소리겠지요. 제가 죽었다면 이렇게 지체할 이유가 없지 않나요?"

어허, 의외로 영민한 구석도 있구나.

"네가 죽고 싶다고 그리 자청을 하니, 나도 열과 성을 다해 널 살릴 마음은 없다. 헌데 혹시라도 마음이 바뀌거든 무엇으로든 나를 불러라. 다시 한 번 기회를 주겠다."

"권우혁 씨를 기어이 만날 수 없는 건가요?"

"죽음과 바꿔가면서 만날 자가 아니지. 널 기다리는 가족들은 하나도 생각하지 않느냐?"

홍두가 달려와 갑자기 그의 팔을 꽉 잡고 놓아주려 하지 않았다. 옥황상제는 갑작스러운 행동에 당황해서 눈을 휘둥그렇게 뜨고 홍두를 쳐다봤다.

"제발요. 그분은 아무런 죄도 없어요. 제가 혼자 좋아했고, 매달렸어요. 그러니까 제 기억을 뒤집지 말고 그분 기억에서 저를 싹 지우면 되잖아요. 대신 한 번만 그분께 보내 주세요. 제발……."

홍두가 그의 팔뚝에 죽자 사자 매달렸다. 팔뚝이 뜯겨 나갈 듯 얼얼할 지경이었다. 다 죽어가는 여자가 무슨 힘이 있어 이렇게 강하게 매달린단 말인가. 게다가 우혁은 대체 뭘 알고 갑자기 도주를 했다는 건가? 둘 다 미쳐 날뛰고 있구나. 열정에 눈이 멀어 광기에 사로잡힌 게냐.

"어리석구나."

그는 팔을 뿌리치고 검은 어둠과 한 몸이 되어 사라졌다. 홍두는 홀로 남겨졌다. 뭐가 어떻게 돌아가고 있는 걸까? 죽지 않았다면 그녀는 지금 어디에 있는 걸까?

홍두는 무작정 걷기 시작했다. 이 꿈속 같은 곳을 벗어나고 싶었다. 그러다 문득 할머니의 옆집인 우혁의 집을 떠올렸다. 그렇게 어둠 속을 걷는데 갑자기 발아래 무언가를 밟는 듯한 느낌이 살아나고 눈앞에 무언가가 나타났다.

새하얀 자작나무 숲이다. 숲 너머에 우혁의 집도 보인다. 홍두가 미친 듯이 달려갔다. 벨을 누르자, 문이 열렸다. 가향이 경악해서 홍두를 쳐다봤다.

"맙소사! 홍두 씨, 어쩌다 망자의 옷을 입고 서 있어요?"

그게 무슨 소린지 홍두는 알아들을 수가 없었다.

"가향 씨, 우혁 씨 여기 있어요?"

"아뇨. 없어요. 올 수 없는 곳에 갇혀 계세요."

홍두가 팔을 뻗어 가향을 붙들었다.

"나 좀 거기로 데려다 줘요."

"홍두 씨, 미쳤어요? 잘못하면 홍두 씨가 정말 죽게 돼요."

"제발 부탁해요. 무모하고 미친 소리 같지만, 그 사람을 한 번만 만나고 싶어서 그래요. 너무 보고 싶어…… 죽고 싶었다구요."

"한 번 보고 죽을 건가요? 왜 이렇게 바보 같아요?"

홍두는 그대로 주저앉고 말았다. 눈물이 하염없이 떨어져 내렸다.

"어떻게 하란 말이에요. 우혁 씨가 너무 좋은데…… 나도 내가 바보 같다는 거 알아요. 그런데도 어떻게 안 되는 걸 낸들 어쩌란 말이에요."

가향이 측은한 눈빛으로 홍두를 바라봤다. 가만히 그 모습을 지켜보던 백소가 나타나 홍두를 일으켜 세웠다.

"지금 우혁 님이 갇혀 있던 곳에서 탈출하셨답니다. 어디로 도주 중인지 알 수는 없지만, 도깨비의 성 근처에 가면 어떻게 든 대화라도 가능하지 않겠습니까?"

가향이 소스라치게 놀라 백소를 쳐다봤다.

"은음을 사용하게 하려는 건가요?"

백소가 고개를 끄덕거렸다. 가향이 잔뜩 긴장해서 백소를 쳐다봤다.

"백소 어르신, 그러다가 왕께서 아시게 되면 가만 안 계실 텐데……."

"너는 여기 있어라. 내가 하마."

가향이 어쩔 줄 몰라 하다가 결심이 선 얼굴로 홍두의 손을 잡았다.

"지금 홍두 씨가 망자의 옷을 쓰고 왔다는 건 생사의 갈림길에 있다는 얘기겠죠. 아마 이번이 마지막 기회일지도 몰라요. 그렇다면 나도 돕겠어요."

백소가 환하게 웃더니 앞장섰다. 홍두는 대체 이들이 무슨 얘기를 하는지 알 길이 없었지만, 자신에게 해가 되는 일은 없을 거란 안도감이 들었다.

가향의 손을 꽉 쥔 홍두는 그들과 함께 커다란 밤나무 밑으로 갔다. 밤나무 밑동에 있는 바위를 백소가 번쩍 들어 올렸다. 그러자 커다란 구멍이 나타났다.

"이리 내려갑시다."

홍두가 망설임 없이 백소의 뒤를 따라 어둠 속으로 내려갔다.

시진이 대략 난감한 얼굴로 중환자실에 누워 있는 홍두와 청기를 바라봤다. 대형 트럭이 와서 들이받았고, 중상을 입은 두 사람은 의식불명 상태다. 청기는 목과 다리뼈 부근을 다쳐 수술을 했고, 홍두는 머리를 세게 부딪쳤고 팔과 갈비뼈 쪽에 금이 가서 깁스를 한 채였다. 머리는 검사 결과 큰 이상이 없어 보이는데, 등 쪽에 10센티미터 정도 깊은 상처가 나면서 피를 많이 흘려 혈압이 낮다고 한다. 수혈이 계속 진행 중이었고, 의식이 언제 돌아올지는 알 수 없단다.

홍두의 집안은 할머니를 제외하고 모두 병원에 모여 긴급회의를 하는 중이었다. 청기의 집안은 누나의 결혼식 날 날벼락을 맞아서 신혼여행을 떠난 누나를 제외한 가족들이 전부 모여 상의 중이었다. 교통사고 가해자는 음주운전을 했단다. 혈중 알코올 농도 0.163퍼센트로 운전면허 취소 수치가 나왔다고 한다. 운전 전에 식사를 하면서 소주 한 병 이상을 마셨다고. 별 미친놈이 다 있다. 30대 후반인데, 왜 그런 미친 짓에 애먼 사람들의 목숨을 담보했는지 모르겠다.

시진은 병원 밖으로 나와 은소가 기다리고 있는 차에 탔다.
"어때요?"
"의식불명. 아무래도 혼계 어딘가를 떠돌고 있을지도 모르겠어."

"무슨 팔자가 이 모양이에요?"

"팔자라…… 후훗, 재밌네. 옥황상제께서는 이 상황을 어떻게 받아들이고 계실지 모르겠군. 이것마저 다 정해 놓은 일이라고 하실 수 있을지……."

"재밌는 소식 하나 들었는데요. ……권우혁 님께서 도주하셨답니다."

"뭐?"

시진이 기가 막힌 얼굴로 은소를 쳐다봤다.

"도주?"

"네, 지금 도깨비의 성 주변이 발칵 뒤집어졌다고 하더라고요."

시진이 히죽 입가를 휘었다. 그는 휴대폰으로 바로 백소와 가향에게 연락을 취해 봤다. 전화가 불통이다.

"우린 일단 치둔 마을로 가봐야겠군."

시진이 액셀러레이터를 과격하게 밟았다.

너무 아름답다. 홍두는 초록으로 일렁거리는 물결을 망연자실 쳐다봤다. 초록빛인데, 땅 깊은 곳에서부터 황금빛이 뿜어져 올라오는 빛이 언뜻 보면 에메랄드빛처럼도 보였다. 뭐라 형언할 수 없는 오묘한 빛의 물줄기가 한없이 펼쳐져 있었다. 그 위에 조각배 여러 개가 유유히 떠다니고 있었다. 백소가 배

한 척을 향해 손짓을 했다. 그러자 늙수그레한 영감이 낡은 옷을 푹 뒤집어쓰고 나타나 물었다.

"얼마나 주실 수 있으십니까?"

"세 배 주지."

"타시지요."

백소가 타고 가향과 홍두가 뒤이어 올라탔다. 홍두는 배 안에 얌전히 앉아 두리번거렸다. 초록빛 물살을 가로지르며 배가 질주하기 시작했다.

"홍두 씨, 지금부터 홍두 씨가 할 일은 은음으로 계속 그분의 이름을 부르세요."

백소가 나직하게 말했다. 홍두는 고개를 끄덕거리고 바로 눈을 감은 채로 우혁의 이름을 부르기 시작했다.

-우혁 씨, 우혁 씨! 저예요. 홍두! 어디 있어요? 권우혁! 권우혁!

15분쯤 흘렀을까? 배가 육지에 다다랐다. 백소가 찰각찰각 소리가 나는 주머니에서 보석을 꺼내더니 뱃사공에게 내밀었다. 뱃사공은 환하게 웃으며 인사를 하고 사라졌다.

가향이 앞장서서 검은 나무들이 장벽처럼 솟아난 곳으로 걷기 시작했다. 그리고 그 끝 가장 높은 곳의 절벽에 거대한 성 하나가 보였다.

"저 성인가요?"

"네, 도깨비 성입니다."

"실감이 안 나요."

"지금은 하나만 생각하세요. 운이 나쁘면 두 분이 엇갈릴 수도 있습니다."

백소의 충고에 홍두는 산만해지는 정신을 다시 붙들고 열심히 그의 이름을 불렀다. 우혁이 여기 어딘가에 있기만을 간절히 바랐다. 수풀을 가로질러 이동하는 동안 무섭게 생긴 도깨비들이 세 사람을 지나쳤다. 눈을 부릅뜨고 횃불을 손에 든 채 이동하는 그들은 누군가를 찾는 듯 다급해 보였다.

"누굴 저리 찾나요?"

"그분이요."

홍두는 마른침을 꿀꺽 삼켰다. 가는 도중에 도깨비 군졸들을 만나기만 하면 세 사람은 어둠 속에 계속 몸을 피해야만 했다. 그렇게 평지에 올라 다시 가파른 돌벽을 지나가는데, 어디선가 목소리가 들려왔다.

-우홍두?

소스라치게 놀란 홍두가 백소의 등을 두드렸다. 백소가 뒤를 돌아보자마자 홍두가 숨을 쉬지 못하는 사람처럼 말했다.

"대답이 들렸어요."

"그렇다면 위치를 물어요. 그곳으로 간다고."

홍두는 정신을 집중해서 속으로 중얼거렸다.

-지금 어디예요?

-도깨비의 성 북쪽 끝자락 동굴 속이야.

─알았어요. 그리 갈게요.

─넌 어떻게 들어왔지?'

─백소 어르신이랑 가향 씨가 도와줘서 들어왔어요. 도깨비의 성 근처예요.

─너, 괜찮아?

─가서 얘기해요.

홍두는 백소에게 그의 위치를 말했다. 백소는 지름길을 안다면서 가향과 홍두를 썩은 내가 진동하는 늪으로 데려갔다.

"이곳은 도깨비들조차도 오길 꺼려 하는 장소예요. 여길 지나면 그쪽으로 바로 갈 수 있어요. 하지만 늪엔 안 빠지도록 조심해요. 몸이 녹아내릴 거예요."

홍두는 겁에 질린 얼굴로 코를 막고 백소의 뒤를 열심히 쫓아갔다. 바싹 마른 나뭇가지가 파삭 떨어져 내려 늪 속으로 떨어지자마자 검은 연기를 뿜어내며 녹아 사라졌다. 홍두는 최선을 다해 조심조심 좁은 길을 따라 이동했다. 냄새는 역하고, 뿌연 안개 때문에 가시거리도 좋지 않았다. 백소의 흰 머리카락만 보고 가까스로 한 걸음, 한 걸음을 나아갈 수 있었다.

동굴 속은 바로 옆에서 폭포가 떨어져 내리고 있어 습기가 가득했다. 잘못 걸으면 미끄러져 다치기 십상이었다. 이끼가 가득 껴 있고, 이름 모를 벌레들이 우글우글했다. 우혁은 횃불을 동그란 구멍 속에 꽂아 세워놓고 나갈 수 있는 도주로가 있는지를 살폈다.

 뭘 어쩌겠다는 계획 같은 건 없었다. 그저 홍두를 보겠다는 일념 외엔. 그런데 이미 사고는 일어났나 보다. 홍두가 이 안으로 진입했다는 건 혼계를 건너왔다는 얘기가 아닌가. 거리가 가깝기 때문에 은음이 가능한 것일 테고.

 그는 굴 내부를 꼼꼼히 살폈다. 나가고 들어가는 입구가 두 개 있다. 도주로는 폭포의 반대편으로 하면 되겠는데, 그 이후엔 뭐가 있는지 자세히 알지 못한다. 천계엔 익숙해 눈을 감고도 다닐 수 있지만 여긴 도깨비들의 거주지다. 어디에 뭐가 있는지 알 수가 없었다. 어디서 지도라도 구하지 않는 이상.

 얼마나 기다렸을까? 바깥쪽에서 기척이 들려왔다. 그는 횃불을 벽돌 뒤쪽으로 감추고 천천히 폭포 쪽으로 나갔다. 물살 밖에서 저벅저벅 걸어오는 소리가 들렸다. 잠시 뒤, 홍두가 모습을 드러냈다.

 "홍두야!"

 우혁이 두 팔을 벌려 그녀를 향해 달려갔고, 홍두는 그를 보자마자 오열을 터트렸다. 그는 홍두를 와락 끌어안고 몇 번이나 으스러지게 안았는지 모른다. 홍두는 울고 또 울다가 시간이 없다는 그의 말에 눈물을 닦고 그를 올려다봤다.

 "대체 여긴 왜 온 거지?"

 "사고가 났어요. 그리고 꿈속을 헤매다가 할머니 시골집에 가고 싶다고 생각했을 뿐인데, 어느새 제가 그 시골집에 가 있더군요. 거기서 가향 씨와 백소 어르신을 만났어요."

"운이 정말 좋구나. 네가 가진 강한 집념과 집착이 여기까지 안내한 모양이다."

"우혁 씨는 여기 이대로 계속 갇혀 있어야 하는 건가요?"

"옥황상제의 분노가 풀릴 때까진…… 아마도 계속……. 게다가 이젠 도주까지 했고, 너를 만났으니 죄가 더 무거워지겠구나."

홍두는 다시 그를 와락 끌어안았다.

"좋아해요."

우혁은 애틋하고 달콤한 눈빛으로 그녀를 내려다봤다.

"안다. 그건 이미……."

"그 말이 너무 하고 싶었어요."

"이젠 돌아가라. 돌아가서 네 삶을 마무리 지어야지. 나한테 품었던 마음은 내가 소중히 기억하마."

홍두는 그의 뺨을 붙들고 아이처럼 하염없이 울었다. 이대로 여기에 그를 두고 가야 한다니 말도 안 된다. 발이 떨어지질 않았다. 차라리 죽어서 그의 곁에 있고 싶었다.

"어떻게 하면 당신 곁으로 올 수 있는지 말해 줘요. 전 뭐든 할 거예요."

"홍두야, 그만둬. 난 네가 정해진 삶을 다 살고 죽기를 바란다. 이건 아니야. 그 사고는 내가 간섭해서 벌어진 일이다. 다 내 잘못이니 그 죗값은 다 치르겠다. 이제 그만 너는 돌아가 살 궁리를 해라."

 두고 가고 싶지 않았다. 하지만 우혁의 의지는 완고했다. 홍두는 천천히 그를 놓아 주었다. 눈물이 하염없이 흘러내려 그가 잘 보이지 않았다. 그래서 연신 눈물을 닦아내고 선명해진 시야 속에서 마지막 그의 모습을 담으려 노력했다.

 "살아라. 어떻게든. 그래야 내가 하계로 돌아갈 수 있다. 그리 되면 너를 만나러 한 번은 갈 수 있지 않겠느냐?"

 한 번, 그 한 번을 위해 살아가야 한단 말인가. 홍두는 애틋한 눈빛으로 한참 동안 그를 쳐다보다가 손을 흔들었다.

 우혁은 떠나는 그녀의 뒷모습을 가슴이 찢어지는 마음으로 바라봤다. 지금은 그가 할 수 있는 게 아무것도 없었다. 그저 이렇게 만난 것만도 행운일 따름이었다.

 홍두가 떠나면 그는 도깨비들의 세상 끝자락까지 가볼 참이었다. 거기에 하늘로 오르는 다리가 있다는 얘기를 들은 기억이 있다. 홍두를 보내면서 그는 백소에게 은음을 보냈다.

 ─백소!

 ─네, 주인님.

 ─홍두를 다시 제자리로 돌려보내도록 하게. 저리 죽게 둘 수는 없어.

 ─네, 조속히 시행토록 하겠습니다. 그런데 주인님은 어찌하시렵니까?

 ─어떻게든 방법이 생기겠지. 아버지를 찾아갈 생각이야.

─하지만 이미 옥황상제께서 손을 쓰지 않았을는지요?

─그건 차후의 일이겠지. 홍두를 잘 부탁한다. 여기까지 목숨 걸고 데려와 줘서 진심으로 고맙구나.

─당연한 일인데요. 주인님. 심려치 마시고 부디 무사히 그분께 닿을 수 있기를 바랍니다.

우혁은 곧장 아까 봐뒀던 도주로로 이동했다. 이런 위급한 순간 부친을 찾아간다는 건 최악의 선택이라는 건 잘 안다. 하지만 이제 더 이상 물러설 데가 없다. 마지막으로 매달릴 사람은 부친뿐이었다. 홍두를 포기할 수 없다. 그렇다면 그가 해야 할 일은 이미 정해져 있었다.

우순재가 난처한 얼굴로 옥 여사를 바라봤다. 홍두가 중환자실에 누워 있는데다 모친도 말기 암이라 순재는 더 이상 경비 일을 할 수가 없어서 그만두고 왔다. 누구든 둘을 보살펴야 하는 상황이었다.

"아니, 우리 홍두가 왜 이렇게 연락도 안 되고 코빼기도 안 보이니?"

"홍두가 좀 다쳐서 병원에 있어요. 어머니."

옥 여사가 놀란 얼굴로 순재를 쳐다봤다.

"얼마나 다쳤는데?"

"심한 건 아니고요, 뼈에 금이 가서 병원에서 좀 지켜보자고 하네요. 염려하지 말고 계세요."

"너는 왜 일도 안 나가?"

"제가 나가면 어머니는 누가 지켜요. 제가 있어야지."

"아범이 일을 안 나가면 식구들은 누가 먹여 살려. 어멈이 나가서 벌어 봐야 얼마나 번다고……."

"그래도 어멈이 저보다 월급이 더 많아요. 그래서 제가 그만둔 거예요. 염려하지 마세요. 어떻게든 되겠지요."

순재는 갑자기 모친의 옆집에 사는 사람이라면서 찾아온 류시진이라는 남자가 통장 하나를 내밀어서 그걸 받았다. 홍두가 그동안 그 집안의 일을 도왔는데, 월급을 주지 못했다나. 그러면서 통장과 도장, 그리고 비밀번호를 순재의 손에 쥐어 주더니 요긴하게 사용하라고 했다.

류시진이 떠나고 통장을 열어 본 그는 뜨악해서 입을 다물 수가 없었다. 통장엔 정확히 1억이 담겨 있었다. 대체 무슨 일을 했는데 이렇게 큰돈이 들어 있는 건지 모르겠다. 그런 돈을 막 써도 되는 건지 어떤 건지 몰라 걱정되고 무서우면서도, 모친과 홍두의 병원비로 나갈 돈을 생각하면 이것저것 따질 일이 아니었다.

나중에 홍두가 깨어나면 물어보고 남의 돈이다 싶으면 갚아 줄 생각으로 조금씩 빼서 쓰기로 했다. 물론 아무도 이 돈에 대해 모른다. 그래서 그가 경비직을 그만둘 수 있었던 것이다.

"어머니, 옆집에 사는 류시진이라는 남자에 대해 잘 아세요?"

"알다마다."

"그 집 사람들, 돈이 굉장히 많은 부자던가요?"

"부자지. 가정부도 있고, 집사도 두고 집을 꾸렸으니까. 집도 성처럼 엄청 컸잖아. 전기세며 뭐며 나가는 돈이 솔찮했을 텐데……. 외제차도 여러 대 굴리고 그랬으니까. 그 집주인이 무슨 사업인가에 돈을 꽤 많이 투자해서 걷어 들인 돈도 많다고 하고……. 나는 자세히 모르겠는데, 들은 소린 그래. 알부자라고."

그렇다고 해도 역시 남의 돈을 막 쓰는 건 갈등이 될 수밖에 없어서 영 탐탁치 않았다. 그래서 나중에 갚겠다는 마음으로 급한 돈을 융통해 쓴다 생각하고 사용하기로 했다. 그나저나 홍두가 어서 깨어나야 할 텐데 큰일이다. 저리 계속 누워 있는 시간이 길면 길수록 회생이 불가능하다고 하던데…….

'홍두야! 제발, 애비 속 썩이지 말고 일어나라. 제발!'

그는 간절히 두 손을 모으고 빌었다.

"어머니, 저 홍두한테 다녀올 테니까 집에 계세요. 한 시간쯤 뒤에 둘째가 온대요."

모친 때문에 동생에게 부탁을 해 놨다. 홍두까지 사고로 저리 누워 있는 상황이라 가정주부인 여동생들이 수시로 들락거리기로 했다. 그동안 홍두 때문에 많이 편했으니, 이제라도 자식 노릇을 해야지. 순재는 시름 가득한 얼굴로 집을 나섰다.

옥황상제가 일월신들이 사는 천궁의 성에 당도했다. 이 소식을 미리 전해들은 일신 궁상과 월신 해당금이 옥황상제를 마중 나와 반갑게 맞았다. 성 안으로 들어가 접객실에 세 사람이 둘러앉았다. 옥황상제가 다리를 꼬고 일월신들을 바라봤다. 부부금슬이 워낙 좋기로 소문난 둘 사이에 자식이 셋 있는데, 그중 하나가 권우혁이었다.

"누구 때문에 왔는지 압니다. 폐하."

"그렇다니 얘기가 훨씬 쉽게 풀리겠구만. 자네 아들이 도깨비 성에서 도주했네. 아마도 가장 만만한 자네에게 먼저 찾아오지 않겠나 싶어 이렇게 만나러 온 게야."

"어찌했으면 좋겠습니까?"

"그렇게 살 수밖에 없는 놈인가 보구만. 그게 아니라면 어떻게 이렇게 매번 틀어지고 마는 건지 모르겠어. 자네 역시 해당금이와 어렵게 혼례를 올리지 않았는가?"

"하지만 해당금이는 신의 딸이었습니다. 인간이 아니었다는 게 밝혀져 혼례까지 올리고 여기서 함께 살 수 있었습니다. 우혁이 그러는 건 당최 이해할 수 없습니다."

궁상이 역시 하늘에 죄를 짓고 인간 세상에 유배를 나갔다가 인간으로 살고 있던 해당금이에게 반해 혼례를 치른 전례가 있다. 하지만 해당금이는 하늘에서 몰래 도망간 천인들이 인간인 채로 살아가다 낳은 자식이기 때문에 엄연히 천인의 신분이었다.

그 세상에 태어난 것들은 그 세상에 속한 고귀한 신분이 있고, 그에 맞는 운명의 짝이 있는 것이니 서로의 세상에 절대 간섭하지 않는다는 것이 옥황상제가 정해 놓은 불문율이었다. 특히나 신은 강한 기운을 타고났기 때문에 인간들에게 간섭을 시작할 경우 인간들이 불행에 빠지는 사례가 속출하고 있었다. 그래서 옥황상제가 직접 나서 간섭을 끊는 역할을 해 왔다.

"우혁이 찾아와 뭐든 부탁을 할 거야. 우혁이 하는 부탁은 아무것도 들어 주지 말게. 자네가 진정 우혁을 아낀다면 그리하는 것 외엔 방법이 없네. 상황을 봐서 우혁을 천계로 불러들여 다른 일을 주려 했건만…… 스스로 계속 무덤을 파고 있구만. 어리석은 놈 같으니."

"우리가 어떻게든 설득을 해 보겠습니다."

"못 알아들을 거야. 내가 그 여잘 만나봤다네. 강한 기운을 띠고 있더군. 나를 상대로도 한마디도 지지 않고 할 말을 다 하더군. 그런 애이니 우혁이 그리된 것이겠지만……. 이놈 저놈 다 봐주다간 균형이 무너지게 된다."

"압니다."

"천군들을 주변에 매복시켰다가 잡을 테니, 그리 알게."

옥황상제가 밖으로 나가 천군들에게 턱짓을 하자, 수십 명의 천군들이 주변으로 흩어졌다. 옥황상제는 부부에게 인사를 하고 하늘로 날아올랐다. 새하얀 빛 덩이가 되어 사라져 버리는 걸 올려다보던 해당금이가 다급한 얼굴로 궁상이를 쳐다봤다.

"서방님, 소첩은 폐하와는 의견이 조금 다르답니다."

"그게 무슨 소리요?"

"우혁이 원하는 대로 해 주고 싶단 소립니다."

"위험한 발언이오. 그리되면 천계로 오르는 자격마저 박탈되어 잡귀가 되어 살아야 할 거요."

"다른 방법이 있는지 우리가 좀 더 찾아보면 안 될까요?"

"나는 폐하를 거스를 수 없는 입장이라는 걸 알지 않소."

"그러니 소첩이 몰래 해 보겠다는 게지요. 소첩에게 맡겨 주시지요. 서방님께선 몰랐다고 하시면 되는 일입니다."

"위험한 생각은 아예 하지도 말구려."

"우혁이 저렇게까지 나섰다는 건, 그만큼 간절하고 절박하다는 소리겠지요. 그러니 부모가 되어 마냥 두고만 볼 수도 없는 노릇 아닌지요. 소첩이 만물의 이치를 가장 잘 이해하고 있는 분을 알고 있습니다. 그분을 뵙고 오겠습니다."

"알아서 하시오."

부인을 절대적으로 믿는 궁상이는 해당금이가 하고픈 대로 하게 일단 두고 보기로 했다.

시진이 기막힌 얼굴로 홍두를 쳐다봤다. 망자의 옷을 뒤집어쓰고 있어서 그녀의 몸이 뿌옇게 보였다. 아직 완전히 죽지도 못했고, 그렇다고 살았다고 하기에도 어정쩡한 상황이라는 뜻이었다. 은소가 어처구니가 없다는 듯 콧방귀를 뀌었다.

"꼬라지가 아주 볼 만하군요."

시진이 은소를 흘끗 노려보고 홍두의 곁에 가서 앉았다. 손을 잡으니 손이 차디찼다.

"홍두 씨 몸을 보고 왔어요. 사고가 크게 났던 모양이더군요."

"자세한 건 기억나지 않아요. 그저 쿵하고 부딪친 뒤에 어딘가로 정신없이 떠밀려가다가 다시 한 번 펑하고 터지는 소리가 남과 동시에 몸이 강하게 흔들렸다는 것밖엔."

"살아 있는 게 신기할 지경이에요. 다들 그렇게 말하고 있어요. 운전기사가 음주운전을 했다고 합니다."

"혹시 부모님도 뵀었나요?"

"네, ……몹시 걱정하고 있어요."

홍두의 눈가에 물기가 차올랐다. 우혁을 생각하면 죽고 싶은데, 식구들을 떠올리면 그리할 수도 없었다. 마음이 만 갈래로 갈라져 혼란스러웠다.

"우혁 님은 뵙고 왔어요?"

"네……. 오래 붙들고 있을 상황이 아니어서 얼른 헤어졌어요. 어딘가로 급히 가봐야 한다고 하더군요."

어디로 갈지 대충 감은 오지만, 그리 간다고 한들 달라질 것 같지는 않았다. 다들 예측이 가능한 장소라면 옥황상제 또한 미리 덫을 마련해 두었을 터였다. 조만간 잡히겠지.

"홍두 씨, 병원으로 갑시다."

"청기 씨는 어때요?"

"그 사람도 그리 좋지는 않아요."

홍두는 그대로 엎드려 이마를 테이블 위에 쾅쾅 박았다.

"나 때문에 벌어진 일인 거죠?"

아무도 대답하지 못했다. 홍두는 벌떡 일어나 시진을 쳐다봤다.

"청기 씨 혼백이 어디 있는지 알죠? 시진 씨나 은소 씨는 알잖아요. 제발, 청기 씨를 붙들어 오게 해 주세요. 같이 병원으로 돌아가는 게 맞다고 생각해요."

"그러려면 혼계로 가야 합니다. 혼계로 가는 건 어렵지 않지만, 적어도 3일 이내엔 그곳을 빠져나와야 해요. 그렇게 하지 않으면 혼백이 오염돼서 몸속으로 다시 들어갈 수 없게 됩니다."

"우혁 씨가 뭐든 하기 전까지 청기 씨를 찾아 병원으로 가는 게 맞는 것 같아요. 아무것도 하지 않고 손 놓고 있는 것보단 뭐라도 할 수 있으면 하게 해 주세요."

시진은 몸을 일으켰다. 그가 검은 갓에 남청색 도포자락 차림으로 둔갑했다. 순식간에 모습을 바꾸는 걸 본 홍두가 감탄사를 터트렸다.

"마술 같아요."

"갑시다. 은소는 여기서 기다려. 어떤 식으로든 소식을 전할지도 모르니까."

"네. 그 여자, 은근히 사람 번거롭게 하는 타입인가 보네요."
백소가 한마디 했다.
"남 일 관심 없고 이기적일 바에야 저런 오지랖이 어떤 땐 정감 있고 좋기만 합니다."
은소가 뱁새처럼 눈을 치켜뜨고 백소를 노려봤지만, 그는 못 본 척 딴청을 피웠다. 홍두는 백소와 가향에게 인사를 하고 시진의 뒤를 따라 혼계로 발길을 돌렸다.

담벼락 안쪽의 결의

 우혁은 세상이 온통 새카만 밤이 되기를 기다렸다. 밤엔 달이 뜬다. 달을 하늘에 띄우는 일은 해당금이가 하고 있기 때문에, 아마도 모친 해당금이는 성에 없을 것이다. 부친 궁상이와 얘기를 나눠야 하는데, 부친은 다른 누구의 말도 듣지 않는 편이라 대화가 잘 통할 리 없다.
 부친이 가장 충실하게 소통하는 사람은 모친뿐이었다. 그렇다면 성이 아니라 해당금이가 있는 곳으로 가야 한다는 말이다. 달 근처로 가야 한다. 달이 떠 있는 동안은 모친이 성에 가지 않는 시간이라는 뜻이기도 했다.
 우혁은 해당금이가 달을 띄우고 달을 위해 기도하는 제단으로 향했다. 성을 스쳐 지나 되도록 으슥한 길로만 이동하던 그는 기척 소리에 재빨리 몸을 숨겼다. 새하얀 군복을 차려 입은 천군들이 두런거리며 지나갔다.

'옥황상제께서 다녀가셨구나.'

이렇게 대놓고 움직일 게 아니었다. 천군들의 움직임이 느껴지지 않자 그는 몸을 숨긴 채 온힘을 다해 달리기 시작했다. 높은 점프력을 이용해 날아올라도 되지만, 그런 큰 움직임이 되레 천군들의 눈에 띌 수도 있고, 둔갑술을 이용해 매나 독수리로 변신할 수도 있지만 그 또한 들키기 십상이었다. 저들은 이미 신의 힘을 가진 자들이 자주 변신하는 짐승을 간파하고 있었다. 적어도 저들이 예측 가능한 행동을 해서 눈에 띌 필요는 없었다.

어떻게든 잡히는 시간을 뒤로 미뤄야 한다. 그는 높은 첨탑 앞에 멈춰 섰다. 그 꼭대기 위에서 연기가 피어오르고 있었다. 모친이 제사를 지내는 중이었다. 그는 첨탑 안으로 들어가 입구를 봉쇄하고 있는 천녀들에게 조용히 하라는 제스처를 취했다. 천녀들이 눈을 휘둥그렇게 뜨고 그를 막아섰다.

"올라가야 한다. 이미 어머니께서는 내가 올 줄 알고 있을 것이다. 잠시만 뵙고 올 것이니 비켜라."

천녀들은 앞을 가로막고 서서 어쩔 줄 몰라 하기만 할 뿐, 비켜 주질 않았다. 그렇다면 결국 폭력을 사용할 수밖에 없었다. 그때 뒤에서 달의 제사장이 나타났다.

"올라오시지요. 도련님."

나이 지긋한 노파의 모습을 한 제사장이 새하얀 제사복을 입고 그에게 다가왔다. 그는 한눈에 그녀를 알아봤다.

"제사장님, 오랜만에 뵙습니다."

"오랜만입니다. 도련님. 지금 달의 천녀님께서는 달에 축원을 드리는 제사를 올리고 있답니다."

"압니다."

"따르시지요."

제사장은 우혁의 장신에 비교하면 반도 안 되는 작은 체격이지만 몸집이 단단하고 특유의 카리스마가 느껴지는 인물이었다. 꽤 오랜 세월 모친과 함께 달을 위한 기도를 한 인물이다. 우혁이 자라는 과정도 곁에서 다 봐왔다.

제사장의 뒤를 따라 올라가자 넓은 공터가 나타났다. 하늘 끝으로 올라가는 높은 계단 하나만 덩그러니 있을 뿐이었다. 모친의 뒷모습이 어렴풋이 계단 끝에서 보였다.

"잠시 제가 오르겠습니다. 시간은 일다경 정도만 허용합니다."

"압니다. 여러 모로 송구합니다."

제사장이 살짝 고개를 숙여 예를 갖추고 계단을 올랐다. 모친이 고개를 한 차례 끄덕거리더니 계단을 내려오는 모습이 보였다. 비로소 땅에 당도한 모친은 말없이 우혁을 끌어안았다. 그녀는 안은 채로 아들의 귓가에 재빨리 속삭였다.

"천계와 하계의 중간지점에 칠타부라는 분이 계시다. 그분을 찾아가라."

"네, 어머니."

"어서 떠나라. 일대가 온통 천군으로 뒤덮여 있다. 부디 몸 조심해라!"

우혁은 모친을 다시 한 번 억세게 끌어안고 재빨리 몸을 돌려 계단을 내려왔다. 입구 부분에 대기 중이던 천녀들이 어쩔 줄 몰라 우왕좌왕하는 걸 본 그는 천군이 근처에 있음을 깨닫고 둔갑술을 펼쳤다. 천장에 매달린 박쥐로 모습을 바꿔 천군들이 지나기를 기다렸다.

천군들이 천녀들에게 다가와 두리번거리며 누가 다녀가지 않았는지 꼬치꼬치 물었다. 그새 우혁은 천장을 천천히 기어 좁은 틈새로 들어갔다. 벽돌마다 맞붙은 곳에 틈새가 있어서 그 안으로 꼼질꼼질 기어 그곳을 빠져나왔다. 밖으로 나온 그는 벽에 매달린 채 하늘로 날아올랐다. 가파른 바람이 가늘고 얇은 박쥐의 날개를 후려쳤다. 그의 몸이 허공에서 휘청거렸다.

푸드덕, 푸드덕.

우혁은 칠타부가 사는 천계와 하계 중간에 자리한 곳에 있는 암석 주택에 당도했다. 입구에 들어서자 환한 횃불이 둥실둥실 다가오더니 그를 맞이했다. 횃불이 앞장을 서서 어둑한 동굴 속으로 들어가기 시작했다. 한참을 따라 들어가니 천장이 높고 사방이 넓게 트인 공간이 펼쳐졌다. 횃불이 멈춰 서더니 등롱 속으로 휘리릭 모습을 감췄다.

"칠타부 영감님! 계십니까!"

부르는 소리에 어디선가 쿵쿵 진동음이 울리더니 거대한 돌 모양의 할아버지가 나타났다. 수염이 허리까지 내려와 있고 귀가 아주 큰 자로, 눈은 어디 붙었는지 찾기 힘든데다 입도 아주 큰 편이었다. 그야말로 해괴망측한 생김새였다.

"일월신의 아드님이신 권우혁 님이시구료."

"어머니께서 가보라 해서 왔습니다."

"따르시지요."

어두컴컴한 방 안쪽은 고작 내리쬐는 햇빛 몇 가닥이 내부를 밝혀 주고 있었다. 칠타부는 둥근 돌로 만든 탁자 앞의 돌 의자에 앉으라 권하고는 찻잔을 하나 내놓고 독특한 향이 나는 차를 따라 주었다. 우혁은 약간 인상을 쓰고 차 냄새를 음미했다. 약간 톡 쏘는 듯한 향이 묘했다. 한 모금 마신 우혁은 인상을 썼다. 자주 마시고픈 차는 아니었다.

"무엇 때문에 오셨는지요?"

"인간이 되고 싶소."

"으하하하하! 신이, 고귀하고 우아한 신이 인간 따위가 되고 싶다니요? 미친 게요?"

"말이 심하지 않소!"

"아무리 봐도 제정신은 아닌 듯하여 잠시 이성을 잃었습니다. 용서해 주시지요. 허나 인간이 되는 일은 쉬운 일이 아닙니다."

"그러니 영감님을 찾아온 게 아니오."

"방법이야 찾아보겠지만, 이런 경우는 처음이라 정말 당황스럽습니다. 신이 되게 해 달라는 도깨비나 명계 잡것들의 간청은 받아봤지만, 천계에 사는 신이 가장 비천한 인간이 되겠다니요."

"사람이 되어야 모든 것이 정리되오. 내가 연모하는 자가 사람이오. 허니 나도 사람이 되겠다는 게 왜 잘못이오?"

칠타부는 말없이 그를 뚫어져라 쳐다봤다. 어딜 보는지 당최 알 수 없는 시선 처리였지만, 한참 동안 그의 얼굴을 쳐다본 칠타부는 고개를 끄덕거렸다.

"곧 방법을 찾아 연통을 보내겠습니다. 일단 도깨비의 성으로 돌아가시지요. 옥황상제께서 크게 노여워하고 계십니다."

"다 알고 계신 거요?"

"네, 워낙 여기저기서 갖고 오는 소식들이 난무한지라……."

우혁이 자리에서 일어나 꾸벅 예를 갖추고 매로 둔갑했다. 그의 말마따나 이젠 도깨비의 성으로 가야 한다. 까부는 것도 정도껏 해야 한다는 걸 그도 안다. 지금 옥황상제는 초인적인 인내심으로 그를 봐주고 있는 것이다.

혼계로 들어가기 위해 시진과 홍두가 마을 구석에 자리 잡은 우물가 옆 늙은 회화나무 아래 섰다. 겨울이라 가지가 앙상했다.

"이건 회화나무 아닌가요? 잡귀를 물리치는 나무이기 때문에 보통 궁에 많이 심는다고 얼핏 들은 것 같은데……."

"박학다식하네. 맞아요. 그런데 아이러니하게도 이 회화나무 주변엔 잡귀가 없기 때문에 더더욱 혼계로 드나들 수 있는 입구가 있을 수밖에 없죠. 혼계로 드나드는 혼백들 대부분은 아직 더럽혀지지 않은 깨끗한 것들이니까요. 적어도 어떤 사념보다는 자신의 개념이 더욱 강한 혼백들이 오가는 길목이 될 수도 있어요."

나무뿌리를 발로 툭툭 치자, 뿌리가 문어발처럼 움직이기 시작하더니 입구를 벌렸다. 안에서 보랏빛 연기가 뿜어져 나왔다. 안개라고 해야 할까?

시진이 먼저 안으로 들어가고, 그 뒤를 홍두가 따라 들어갔다. 무색무취의 희한한 곳이었다. 공간이 어딘지 모르게 뒤틀린 듯한 묘한 공간이었다. 무언가가 둥둥 떠다니기도 하고 스쳐 지나가기도 했다. 발목을 무언가 쓸고 지나간 것 같은데 보이진 않았다. 홍두는 겁에 잔뜩 질린 얼굴로 시진의 뒤를 쫓았다.

시진은 손에서 무언가를 꺼내 들더니 훅하고 불었다. 종이가 하늘로 솟구치더니 한 마리 새가 되어 날아올랐다.

"지령이에요. 종이에 내가 가진 힘의 일부를 실어 움직이게 하죠. 제 분신이라고 보면 돼요."

홍두가 희한한 얼굴로 새 모양의 지령을 올려다봤다.

"문청기 씨가 어디쯤 갔을지는 모르겠지만, 적어도 우리보다 하루 빨리 이 안에 들어왔다면 대충 갈 만한 장소는 알 것 같아요. 보통 이 안에 들어오면 가장 먼저 사로잡히는 곳이 한 군데 있거든요."

"그게 어딘데요?"

"몽시예요. 현실에서 팔지 않는 갖가지 것들을 다 판매하는 묘한 시장이에요. 입구에 가면 아주 재밌는 놈들이 기다리고 있죠."

홍두는 뭐가 되었든 그리 재밌을 것 같지는 않아 바싹 긴장한 채 시진의 뒤를 쫓았다. 다리가 얼얼할 정도로 걷고 걸었다. 이 와중에도 다리가 아프다는 게 그저 신기할 따름이었다. 그렇게 어느 수풀을 지나자 커다란 석상이 나타났다.

푸르스름한 불길이 확 일어나더니 거대한 머리가 모습을 드러냈다. 돼지 머리와 곰 머리였다. 소스라치게 놀란 홍두가 기겁을 하고 주저앉아 버렸다. 진짜 돼지 머리와 곰 머리가 바로 앞에서 둥둥 떠다니는 걸 보니 기가 막히고 기괴해서 혼이 빠질 지경이었다. 뭐, 이미 혼이 분리되긴 했지만.

시진은 여유로운 얼굴로 여기가 입구라면서 돼지 머리에겐 인절미, 곰 머리에게는 깨떡을 던져 주었다. 그들은 의외로 너무도 순순히 입구를 열어 주었다.

"정말 이 안에 청기 씨가 들어갔을까요? 저런 것들이 서 있는데 어떻게 들어가죠?"

"재치가 있는 자라면 어딘가 숨어서 기다리다가 보부상들의 북적거리는 인파를 따라 들어갔을 가능성도 있어요. 여러 명이 한꺼번에 몰려다니는 자들도 있기 때문에 의외로 쉽게 안으로 들어갈 수 있어요. 안에선 장사를 해야 하기 때문에 까다롭게 통행제한을 두진 않는 편이에요. 쟤들은 그저 형식 같은 거라고 해야 할까요?"

"으흐흐, 그래도 너무 끔찍해요."

홍두가 오한이 오는 사람처럼 몸을 부르르 떨었다. 드디어 몽시가 검은 안개 속에서 서서히 모습을 드러냈다. 북적거리는 사람들 속을 헤치며 청기를 찾기 시작했다.

"우혁 님이 이 사실을 알면 기함하겠는걸요. 홍두 씨는 참, 무모할 정도로 바보 같은 사람인 거 알아요?"

홍두가 시진을 쳐다봤다. 생사의 갈림길에 놓인 채로도 우혁에 대해서만 생각하는 자신이 우습기도 했다. 그런데 이건 아마도 이루지 못한 것에 대한 집착이나 꿈같은 게 아닐까? 그의 마음을 아예 모른다면 금세 지울 수 있는 감정이겠지만, 그의 따스한 눈빛을 잊을 수가 없다. 그 눈빛이 그리워서 자꾸만 매달리게 된다. 그의 미소가, 눈빛이 그를 놓지 못하게 하는 힘이었다.

"우혁 씬 굉장히 무심하고 무뚝뚝한 사람이잖아요. 그런 사람이 날 볼 때면 다른 눈빛을 해요. 종종 제 같잖은 유머에 웃어 주기도 하고, 따스하게 쳐다봐 주기도 해요. 그때마다 가슴이 설레요. 계속 함께하고 싶어져요. 지금은 그 감정 하나만 갖고 밀어붙이는 거예요."

"세상에 오래 살면서 많은 여자들을 만나봤지만, 홍두 씨처럼 지고지순하게 한 사람만 그렇게 원하는 여잔 본 적이 없어요. 누군가를 떠올리면서 그렇게 촉촉한 눈빛을 하다니…… 반칙이에요. 중간에서 뺏고 싶을 정도로 예쁜 눈빛을 하는군요. 홍두 씨도 우혁님 앞에서 그런 눈빛을 하겠죠?"

홍두가 볼을 붉히면서 어깨를 으쓱했다.

"잘 모르겠어요."

"갑시다. 내 지령이 문청기 씨를 찾은 것 같아요."

홍두의 심장이 덜컥 내려앉았다.

도깨비의 왕인 격심이 집채만 한 바위를 들어 올려 우혁을 향해 내던졌다. 우혁은 몸을 날려 가까스로 목숨을 부지했지만, 금세 다시 날아든 격심의 주먹 앞에 무너질 수밖에 없었다. 황소몸통 만한 주먹이 날아와 우혁의 몸을 가격한 순간 그의 몸이 허공으로 대포처럼 날아갔다. 거대한 먼지가 일어나며 일대가 무너져 내렸다.

우혁은 그대로 숨을 몰아쉬며 가까스로 몸을 세웠다. 팔이 떨어져 나갈 듯이 아픈 걸 보니 부러진 것 같다. 갈비뼈 몇 개도 손상되었지만, 신이었던 몸이라 회복력이 인간의 열 배 이상으로 빠르다. 격심이 분노한 얼굴로 우혁을 내려다봤다.

"미친 게요? 감히 여기가 어디라고 마음대로 나갔다 돌아온단 말이오!"

"송구합니다. 하지만 너무도 억울한 상황이었기에 어쩔 수 없었습니다."

"공자가 그리 나가 버리는 바람에 내 입장이 매우 난처하게 되었소. 옥황상제와의 약속을 지키지 못한 꼴이 되지 않았소. 나는 보상을 받아야겠소! 나에게 무엇으로 보상하겠소!"

"아무것도 줄 수 있는 게 없습니다."

"왜 없소! 손과 발이 있지 않소! 손이든 발이든 내놓으시오!"

"이걸 내놓으면 나는 사람 구실을 하지 못하게 되지 않습니까! 이것 말고 왕께서 원하는 무엇이든 할 테니 맡겨 주시지요."

거인만큼이나 커다란 도깨비의 왕이 자신의 왕좌에 앉더니 곰곰이 생각에 잠겼다.

"해줄 게 있소. 듣기로 무술깨나 하는 무관이라 들었소."

"그렇습니다. 백마신장으로 옥황상제의 곁을 지켰습니다."

"그렇다면 내 수하들에게 무술 훈련을 시켜 주시오. 아직 어린 도깨비들 중에 실력이 미진한 자들이 많소. 그런 자들을 모아 놓을 테니, 여기 머무는 동안 그들에게 무술 수련을 해 주시오."

"하겠습니다."

"천인 출신이기 때문에 특별히 배려하는 거요. 이만 물러가 보시오."

우혁은 천천히 회복되는 몸 때문에 인상을 구기고 도깨비 병졸들을 따라 거처로 이동했다. 앞으로 그가 머물게 될 곳은 어린 도깨비들이 사는 작은 마을이었다. 병졸들이 그를 감시하면서 말했다.

"저 애들은 앞으로 특별한 훈련을 받아 도깨비 성을 지키는 부대의 일원이 될 것입니다. 막중한 사명감을 갖고 애들을 가르쳐 주시지요."

"알겠다."

이 모든 것도 옥황상제가 꾸민 일이겠지. 그의 발목을 잡기 위해 도깨비왕 격심에게 이런 지시를 내려 놨을 것이다. 그만큼 주도면밀한 자니까.

그나저나 홍두는 다시 병원으로 돌아갔을까? 이런 곳에 오래 머물러 봐야 인간에겐 득이 될 게 없다. 해롭기만 할 뿐이다. 어떻게 됐는지 미치도록 궁금했지만, 알 길이 없다. 그의 미래도 예측할 수 없는데다, 홍두는 더더욱 모르게 되어 버렸다.

"어? 홍두 씨?"

청기가 홍두를 알아보고 반가움의 포옹을 해왔다. 홍두는 겸연쩍은 얼굴로 억지웃음을 그렸다.

"괘, 괜찮은 거예요?"

"뭐가요?"

"우리…… 사고 났었잖아요. 지금 어때요?"

"……사고라구요?"

홍두가 미간을 좁히며 그를 쳐다봤다.

"기억 안 나요?"

그때 옆에 서 있던 시진이 이마를 손바닥으로 싸쥐고 앓는 소리를 했다.

"망했어. 문청기 씨, 뭔가를 샀어요?"

"아아, 네! 이 구슬이요. 너무 예뻐서 그만……"

"뭐랑 바꾼 건가요?"

"공짜라고 하던데요? 그냥 제 머리에 살짝 자신의 돌을 갖다 대기만 하면 된다고……"

홍두가 시진을 걱정스럽게 쳐다봤다.

"기억 일부를 빼앗겼어요. 이야기꾼들이 가끔씩 그런 식으로 남의 인생을 가져다가 팔아치우죠. 그들에겐 인간의 기억이 하룻밤 안주거리밖엔 안 되거든요."

"그럼 되찾을 수는 없는 건가요?"

"불가능해요. 이 말도 안 되는 구슬을 받았잖아요. 여기선 한 번 거래가 이루어지면 반품이 어렵죠. 무엇보다 그 상인이 계속 그 자리에 있으리란 법도 없구요."

홍두는 난처한 얼굴로 청기를 쳐다봤다. 청기는 그저 해맑은 얼굴로 자신의 구슬을 손에 쥐고 즐거워했다. 아무 기능도 없는 구슬이라는데, 그걸 저리 소중히 쥐고 있다니.

"돌아가야 돼요. 병원으로……."

"무슨 일인데요?"

"그래도 용케 저는 안 잊었군요. 가요. 가야만 해요."

시진이 홍두에게 빨리 서둘러 나가자고 재촉했다. 시간이 계속 흐르고 있다는 것이었다. 시진이 앞장서서 서둘러 나가고, 그 뒤를 홍두와 청기가 따라나섰다. 청기는 가다 말고 한 번씩 멈춰 서서 홀린 듯 구슬을 쳐다봤다. 그걸 의심한 시진이 구슬을 빼앗아 들고 이리저리 살피더니 그 자리에서 깨 버렸다.

"악! 왜 남의 구슬을 깨는 거예요!"

청기가 불같이 화를 내며 언성을 높였다.

"구슬에 사로잡히면 인간으로서의 모든 마음이 사라집니다. 위험한 구슬이에요. 그대로 텅 빈 껍질만 남기고 싶은 건가요?"

홍두는 청기의 손을 꽉 쥐고 잡아끌었다. 청기는 깨진 유리 구슬을 미련 가득한 눈빛으로 쳐다봤다. 이제 할 수 있는 건 돌아가는 일뿐이었다.

"제발, 청기 씨! 앞만 보고 달리기에도 시간이 빠듯해요."

"혼계와 위쪽의 시간은 똑같이 흐르지 않는다는 것만 알아 둬요. 뒤죽박죽 흐르고 있기 때문에 이틀이 흘렀을지, 사흘이 흘렀을지 예측 못 해요."

시진이 재촉하면서 잡아끌었다. 이마엔 땀이 배고, 청기와 맞잡은 손에선 질척한 땀이 배었다. 홍두는 손을 기어이 꼭 잡고 있는 힘을 다해 뛰었다. 청기가 뛰다 말고 한 번씩 지친 표정을 지었다. 홍두는 그럴 때마다 그를 독려했다.

"힘내요."

"지쳐요, 점점……."

시진은 드디어 혼계 입구를 빠져나와 어둠 깊은 숲길로 두 사람을 끌고 들어갔다. 시간이 얼마나 흘렀는지 알 수가 없으니 마음이 다급해졌다. 그리 오래 머물지는 않았지만, 저쪽에선 어느 정도 시간이 흘러 버렸을 것이다.

가까스로 회화나무 밑동에 도착했다. 뿌리를 건드리자 오징어 다리처럼 움직이며 틈이 벌어졌다. 밖으로 튀어나오자마자 시진은 차로 두 사람을 데리고 달렸다. 두 사람을 뒷좌석에 태운 시진이 다시 평상복으로 둔갑하고 차에 시동을 걸었다. 온몸이 땀범벅이었다.

"괜찮아요?"

"네. 청기 씨가 많이 지쳐 보여요."

"빨리 몸으로 돌아가야 돼요. 몽시에서 너무 많은 에너지를 소모해서 그래요. 그런 곳에 가면 기 빨린다고 하죠? 그런 상황이 벌어지게 되죠. 거래를 해선 안 되는 거였는데, 거래까지 해서 더 그래요. 무엇보다 그 구슬에 정기를 많이 뺏겼어요."

구슬마저 깨 버렸으니, 회복 불가였다. 그는 서둘러 운전했다. 그리고 휴대폰을 홍두에게 던졌다.

"날짜와 시간을 확인해요."

홍두가 휴대폰을 확인하더니 대답했다.

"이틀하고 반나절이 지났어요."

"다행이군요. 제 시간엔 들어갈 수 있겠어요. 변수만 없다면!"

"미안해요. 저하고 청기 씨 때문에 시진 씨만 고생한 것 같아요. 우리들 목숨이 위험하기 때문에 아무 상관도 없는 시진 씨가 더 다급하게 움직였잖아요. 이쪽 세상에선 시진 씨야 아무런 위협도 안 받을 텐데."

"섭섭하게 왜 그렇게 말해요. 나랑 홍두 씨랑 아무 상관없는 사이도 아닌데다, 난 홍두 씨가 좋아요. 좋은 사람이고, 정이 가는 사람이죠. 그리고 우혁 님을 봐서라도 이렇게 하는 건 당연하다 생각하는데요? 우혁 님이 홀로 고군분투하면서 얼마나 마음속이 복잡하겠어요. 우혁 님께 이런 식으로나마 도움이 될 수 있다는 게 저로선 영광이에요. 부담 갖지 말고 편히 생각해요."

바아아아앙, 시진은 더 세게 액셀러레이터를 밟았다.

*

눈이 내리기 시작했다. 시진은 순재와 나란히 앉아 홍두를 바라보고 있었다. 혼백을 몸에 들여보내고 다시 이틀이 지났다. 이제 깨어날 때가 된 것 같은데, 홍두는 아직도 깊은 잠에 빠져 있었다.

"이렇게 매일 오게 해서 어쩌나. 미안해서……."

"아닙니다. 아버님. 형님이 꼭 가보라고 해서 일부러 더 오는 거예요. 부담 갖지 마세요."

시진은 일부러 우혁에 대한 얘기를 많이 했다. 홍두가 우혁에게 마음이 있다는 걸 순재도 아는 눈치여서 이 모든 일을 우혁이 시킨 것처럼 가장했다. 그래야 접근이 용이하니까.

"할머니는 어떠세요?"

"요즘 많이 고통스러워하셔서 진통제 맞는 횟수가 점점 늘었어. 그래서 조만간 입원을 시킬까 생각 중이야. 호스피스 병동도 있다고들 하고."

"그편이 나을지도 모르겠어요. 홍두 씨가 이 지경이니까."

"고민이 많아. 그래도 덕분에 돈 걱정은 안 하게 됐으니 얼마나 고마운지 몰라. 나중에 꼭 갚을게."

"아니에요. 홍두 씨한테 준 거니까, 깨어나면 홍두 씨한테 고맙다고 하세요."

"그래, 그럴까?"

순재의 눈가에 물기가 고였다. 도무지 딸내미가 언제 일어날지 기약이 없으니 답답했다.

"옆방 문청기 씨는 어떻대요?"

"어제 호흡정지 상태가 일어나서 한바탕 응급상황 벌어지고 난리가 났었어. 다행히 목숨은 붙들었다고 하더라고. 저쪽 집도 지금 애간장이 타들어가. 아마도 저 집과는 서로 인연이 아닌 것 같아. 같이 있다가 이런 봉변을 당한 걸 보면……. 저 집도 그리 생각하겠지만……."

상황은 더욱 악화되었다. 이젠 문청기와 홍두의 관계는 더 이상 접점이 없어 보였다. 악화될 대로 악화되어 이젠 찢어지는 것 외엔 답이 없어 보였다. 옥황상제 또한 더 이상 둘을 엮어 놓을 수 없음을 안다. 이렇게 되면 홍두는 이제 인연 없이 평생 혼자 살아야 할지도 모른다. 감히 신을 원한 대가로…….

"아…… 아……."

갑자기 홍두가 앓는 소리를 터트렸다. 놀란 시진과 순재가 동시에 일어섰다. 시진은 곧장 간호사를 불렀고, 순재는 홍두의 손을 꽉 잡고 내려다봤다.

"홍두야!"

홍두가 눈살을 찌푸리면서 부친을 쳐다봤다.

"아빠아……."

오랜만에 터져 나온 목소리는 남자의 음성처럼 잔뜩 가라앉아 있었다. 순재가 눈물을 뚝뚝 떨어트리면서 홍두의 목을 끌어안았다.

"아이구, 내 딸! 장하다! 잘 왔어!"

부친의 오열 때문에 홍두도 괜히 목이 메어왔다. 고개를 살짝 돌리니 시진의 미소 지은 모습이 보였다. 시진이 엄지를 척 세웠다. 홍두도 멀쩡한 손을 들어 엄지를 세웠다.

-고마워요. 시진 씨.

-나야말로. 홍두 씨가 깨어나서 너무 좋아요. 얼른 이 소식을 우혁 님께 전하고 싶군요.

-전할 수는 없죠?

-아직은요. 방법을 알아볼게요. 이젠 아무렇지도 않게 은음을 사용하는군요.

-네, 여러분들 덕분에요. 우혁 씨 소식 좀 알아다 줘요. 궁금해서 견딜 수가 없어요. 부탁해요.

-그래요. 치둔 마을에 다녀올 테니까 며칠 기다려요.

-네! 벌떡 일어서서 기다리고 있을게요.

-갈게요.

부친은 연신 홍두의 뺨을 쓸어내리며 우느라 바빴다. 이런 때 인사를 하고 가기도 뭐해서 홍두는 시진에게 얼른 가보라고 손짓을 했다.

"아빠, 뼈가 빨리 붙는 거 있음 뭐든 해 주세요."

"어? 그, 그래. 뭐든 해 주마."

홍두가 마른 입술로 배시시 미소를 지었다.

"그런데 청기 씨는 어떤지 한번 가보실래요?"

"어, 그래."

잠시 뒤 돌아온 부친은 낮게 한숨을 쉬었다.

"저쪽은 아직도 의식이 없대. 아무래도 병원을 옮겨야 할 것 같다고 하는구나. 아는 분이 자기가 있는 병원으로 데리고 와 보라고 했단다. 그리 가봐야겠다고 하네. 어째 마음이 안 좋구나."

홍두는 청기가 눈을 뜨면 한 번쯤 작별인사를 하고 싶었는데, 그럴 시간조차 주어지지 않는다는 사실에 안타까웠다.

"깨어날 거예요. 그 사람……."

몽시에서 해서는 안 될 거래를 하는 바람에 기력이 쇠해져서 그렇게 됐지만, 분명 돌아올 것이다.

#담벼락 안쪽의 파란만장한 봄

 흙담집에 까마귀 한 마리가 날아들어 왔다. 우혁은 너무 이른 시간이라 낯선 까마귀가 조금 의심스러웠다. 그는 자그마한 쪽문을 열어 까마귀를 가만히 쳐다봤다. 그러자 까마귀가 후다닥 안으로 날아들어 오는 게 아닌가.
 ─시진입니다.
 ─맙소사! 어떻게 들어온 게냐?
 ─백소가 힘을 써 줬습니다. 다름이 아니라, 홍두 씨가 깨어났습니다. 홍두 씨가 안부를 기다리고 있습니다.
 ─잠시 기다려라.
 우혁은 혹시 몰라 써 두었던 서신을 돌돌 말아 까마귀의 다리에 묶었다.
 ─가보아라. 지체하단 걸릴지도 모른다.

―네, 부디 건강하셔야 합니다.

―서둘러라.

까마귀가 푸드덕 날갯짓을 하며 쪽문 밖으로 날아가 사라졌다. 다행이다. 다시 홍두의 삶이 이어지고 있구나. 그걸로 됐다. 이젠……. 하지만 문청기와는 어찌 되는지 알 길이 없었다. 한 번 깨진 항아리는 다시 이어 붙여도 물이 새기 마련이다. 이렇게 산산조각 난 인연을 다시 붙인들 끝이 좋을 리 없다. 이미 틀어져 버렸다면, 이제 더 이상 문청기와는 엮이지 않는 게 좋을 텐데.

"공자님, 앵염입니다."

꼬마 손님이 찾아왔다. 그가 얼른 문을 열자, 꼬마 도깨비가 하얗게 이를 드러내 보이며 배시시 웃더니 개구리 한 마리를 내밀었다. 귀여운 청개구리였다.

"이걸 내게 주려고?"

"네, 운 좋게 잡았습니다."

"고맙지만, 난 식성이 좀 까다로운 편이다. 개구리는 먹지 않는데."

일부러 먹지 않는다고 했다. 구워 먹으면 맛이야 있다만.

"잡아먹지 말고 데리고 노시지요. 소인은 공자님이 좋아서 드리고 싶어 왔습니다."

꼬마는 얼른 그의 손등 위에 청개구리를 놓아주곤 후다닥 가 버렸다. 그가 피식 웃고 청개구리의 머리통을 어루만졌다.

그러자 갑자기 개구리가 중얼거렸다.

―칠타붑니다. 개구리를 통해 전언을 드립니다. 잠시 꼬맹이를 이용했으니 양해 바랍니다. 알아보라고 하신 것에 대해 수소문을 해 봤는데요. 가장 간단한 방법은, 인간이 되려면 사람 두어 명쯤을 아주 잔혹하게 죽이셔야 합니다. 그리만 하면 간단하게 신격 박탈 외에 능력과 힘, 생명까지도 모두 빼앗기게 됩니다. 두 번째 방법은 본인이 한 번 죽어야 합니다. 그리되면 인간이 될 수 있으나, 환생의 절차를 거쳐야 하니까 아무래도 시일이 오래 걸립니다. 마지막 세 번째 방법은 옥황상제께서 비고에 감춰 두었다는 용흉이라는 구슬을 받아 심장에 넣는 것입니다. 용흉은 함부로 가질 수 없는 귀하디귀한 물건입니다. 이상입니다. 의뢰한 내용에 대한 수수료는 나중에 정산 부탁드립니다.

개구리가 손등에서 내려가 폴짝거리면서 사라졌다. 결국 방법은 옥황상제를 설득하는 일뿐인가? 어떻게 해도 설득이 안 되는 옥황상제를 어떻게 설득한단 말인가. 머리가 다 욱신거려 왔다.

12월 말경이었다. 금이 간 뼈들은 어느 정도 회복되었고, 홍두는 퇴원을 해서 이젠 집에서 쉬고 있었다. 1월엔 할머니를 모시고 다시 시골로 내려갈 생각이었지만, 할머니의 상태가 점차 안 좋아져 일주일 전에 호스피스 병동에 입원을 했다.

홍두는 회복이 되면 할머니께 가보기로 하고 아직까진 사고 소식을 숨긴 채 집에서 몸을 추스르는 중이었다. 그동안 시진에게선 이렇다 할 연락이 없었다. 이제나저제나 연락이 오기만을 기다리는 중이지만 아직 깜깜무소식이었다.

그리고 그녀가 퇴원할 때쯤 청기가 전화를 걸어왔었다. 의식은 돌아왔는데 기억이 부분적으로 날아가서 온전히 남은 게 별로 없다면서, 몸이 나아지면 그때 보자고 말하며 통화를 끝냈다.

나중에 청기의 누나에게서 전화가 왔는데, 집안에서는 홍두와 청기의 관계가 오래 지속되는 걸 원치 않는다고 했다. 그러니 앞으로 연락은 하지 말아 달라고 부탁했다. 이 사고가 마치 그녀의 불운 때문에 일어난 것처럼 나오는 그쪽 집안의 반응에 조금 놀랐다. 실망스럽기도 했지만 차라리 잘됐다 싶었다.

청기와의 관계가 깔끔하게 끝나질 않은 것 같아 찜찜했는데, 이렇게나마 정리가 돼서. 그 전까지만 해도 우혁이 이상한 말을 남겨놓고 떠나서 욱하는 마음에 청기하고 그냥 연애나 해버릴까 했지만, 이런 분위기 속에서 억지로 누굴 사귀고 싶지는 않았다.

딩동. 홍두는 문 쪽으로 가서 물었다.

"누구세요?"

"나예요. 류시진."

홍두는 다급한 나머지 재빨리 아픈 손을 뻗어 문을 열다가

악하고 비명을 질렀다. 문이 열리자마자 모습을 드러낸 시진이 놀라 홍두를 쳐다봤다.
"괜찮아요?"
"아악, 아아⋯⋯ 아직 움직이면 아파요. 들어오세요."
"조심하세요."
시진이 안으로 들어와 신발을 벗고 집 안에 발을 들였다.
"좀 소박하죠? 앉아요."
홍두가 소파에 앉으라고 말한 뒤 바닥에 앉아 그를 올려다봤다.
"아! 음료라도⋯⋯."
"됐어요. 환자한테 대접받아 뭐해요. 이거나 보세요."
시진이 홍두에게 돌돌 말린 종이를 내밀었다. 홍두는 얇디얇은 종이를 활짝 펼쳤다. 종이를 펼치자 A4 사이즈 정도 되는 크기로 커졌다.

〈다시 생환했다는 소식을 듣고 적는다. 나로 인해 네가 겪지 말아야 할 고생을 하는 것 같아 마음이 좋지 않구나. 네가 한 말에 내가 대답을 명확히 해 주지 않은 것은 아닌지 애가 타는구나. 기다려 줄래? 내가 어떤 모습이든 네게 갈 테니까, 그때까지 누구에게도 마음 주지 말고 나를 기다려 주겠느냐? 내가 이런 육신을 지녀서, 이런 모습이어서 미안하구나. 평범한 사람이었더라면 네게 한 걸음에 다가갈 수 있었을 텐데. 미안 하구나. 너를 아끼는 마음, 어찌 표현해야 할지 모를 만큼 깊다. 허나 기다림이 길어져 네 인내심이 사라졌을 땐 나를 버려도 좋다. 너를 원망치는 않으마. 부디 건강해라.>

홍두의 눈가에 물기가 차올랐다. 미안하다는 말과 건강해라는 말, 원망하지 않는다는 자기 듣고 싶은 말들만 쏙쏙 박혀 들어왔다. 그러다 두 번째에서는 이런 모습이라 미안하다 말하는 모든 의미가 가엽게 와 닿아 또 눈물이 흘렀다.

어떤 마음으로 자신을 버려도 좋다는 말을 썼을지 느껴져 마음이 묵직해졌다. 눈가의 물기를 닦아낸 홍두는 이제 이걸로 됐다 싶었다. 더 이상 흔들릴 이유가 없었다. 우혁이 지금 어떻게든 돌아올 방도를 찾고 있으니, 그녀는 차분하게 기다리면 되는 일이었다.

"어떻게 할 건가요?"

"기다릴 거예요."

"전할 말은 그것뿐입니까?"

"네. 호호백발이 되더라도 기다릴 테니까, 대신 늦게 와서 늦었다고 구박만 하지 말아 달라고 전해 주세요."

홍두가 눈물을 주르륵 흘리면서 말간 미소를 지었다. 시진은 안타까운 얼굴로 홍두를 바라보다가 두 팔을 벌려 홍두를 끌어안아 줬다.

"이건 대신 안아 주는 거예요. 내가 원해서 홍두 씨를 안는 게 아니라 그분을 대신한 행동이니까, 기분 나빠하지 말아요."

"고마워요······."

홍두는 그의 품안에 안겨 한참 동안 소리 없이 울었다. 언제 돌아올지 기약도 없는 사람을 이젠 한정 없이 기다려야 한다는 숙제가 생겼다. 그렇다면 그녀의 역할은 분명하다. 할머니의 집과 땅을 정리해 그곳에 보육원을 차리기 위한 절차를 밟기로 했다. 올여름에는 자격증도 따기 때문에 원장으로서의 자격도 생긴다. 시진이 홍두를 품안에서 놓아주고 곁에 앉았다.

"이젠 어쩔 거예요?"

"보육원 건립에 심혈을 기울일 생각이에요."

"할머님 생각은요?"

"찬성하셨어요. 아빠의 형제분들에게 동의를 구해야 하지만, 이미 할머니가 변호사를 통해 유언 형식으로 모든 재산을 제게 주겠다고 밝혔기 때문에 어찌할 방도는 없을 거예요."

"그렇다면 내가 내려가서 보육원 건립에 대해 알아볼 테니까, 홍두 씨는 회복에 힘써요. 1월이나 되어야 거동이 가능할 것 같으니까."

"계속 신경 써 줘서 정말 고마워요."

"뭘요. 홍두 씨가 아주 좋은 사람이라는 걸 알고 있기 때문에 돕는 거예요. 아마 우혁 님이 홍두 씨를 선택하지 않았다면, 내가 홍두 씨를 차지하려 들었을지도 몰라요."

"에이, 농담도!"

"농담 아닌데요?"

진심이었다. 오직 한 사람에게만 향하는 그녀의 지극정성이 그의 심금을 울렸다. 그도 이런 사랑을 받고 싶었다. 물론 그만큼 그 역시 애정 공세를 퍼부어야 하겠지만. 우혁은 잦은 애정 공세를 퍼붓지 않았어도 홍두가 먼저 마음을 드러내지 않았던가. 우혁이 그만큼 매력적인 인물이긴 하지만, 우혁이 내놓은 애정에 비해 홍두의 사랑은 극진했다. 그게 좀 약이 오른다.

"이만 가볼게요."

시진이 인사를 하고 나갔다. 홍두는 시진에게 여러 차례 감사 인사를 했다. 배웅까지 나와 그의 차가 보이지 않을 때까지 손을 흔들어 줬다. 마음이 개운하다.

홍두는 집으로 돌아와 할머니에게 전화를 걸었다. 누군가와 통화는 가능한 상태라고 들었다. 부친이 전화를 받아 할머니 귀에 대 주었다.

"할머니!"

[으응, 홍두야…….]

"할머니, 제가 다치는 바람에 자주 찾아뵙지 못해서 너무 죄송해요."

[아이고, 아픈데 아픈 것만 얼른 신경 써. 어쩌다 다쳐서 그래? 뼈는 제자리에 잘 붙도록 얌전히 있는 게 젤루 좋다더라.]

할머니도 그녀가 다쳤다는 건 알고 있었다. 교통사고라는 것만 모를 뿐. 홍두는 씁쓸하게 웃으면서 의논해야 할 얘길 꺼냈다.

"저 곧 할머니 집으로 돌아가요. 거기 가서 공사에 대해 이것저것 알아볼 예정이에요. 착수해도 되겠어요?"

[응, 나도 꼭 거기 한 번 가보고 싶구나. 내가 가기 전까지 공사를 끝내 놓을 수 있겠니?]

"모르겠어요. 아버지랑 좀 더 상의해 볼게요. 아버지 좀 바꿔 주세요."

잠시 뒤 부친이 전화를 받았다. 홍두는 가장 걱정되는 부분에 대해 상의를 했다.

[고모나 작은아빠들은 염려하지 마라. 이미 할머니가 신신당부를 했고, 변호사도 그 부분에 대해서는 누구도 간섭할 자격이 없다고 못을 박았다. 이젠 온전히 네가 하고 싶은 걸 해라. 큰 사고를 당하고도 다시 시골로 내려가겠다는 네 의지를 듣고 작은아빠들은 면목 없어 하더라. 다들 어떻게든 그 땅 팔아서 잘 먹고 잘살 궁리만 했지, 고향에 그런 도움을 주겠다는 생각 같은 건 해 본 적도 없다고……. 걱정 말고 네 하고픈 걸 해라.]

"고마워요. 아빠……. 할머니한테 곧 가겠다고 전해 주세요."

[응, 밥 잘 챙겨 먹고 있거라.]

부친은 요즘 꼬박 할머니 곁에서 먹고 자고 하는 중이었다. 모친은 매일 캐셔 알바 때문에 바빴다. 홍서도 부디 공무원 시험을 잘 치러서 좋은 소식을 전해 주길 바랄 따름이었다.

홍두는 그동안 강의를 듣지 못한 것들을 채우기 위해 노트북 앞에 앉았다. 사고와 입원 확인서를 보냈더니 수업 일수만 채우면 된다는 답변을 받았다.

이제부터 밀린 수업을 다 듣고 교육 나갈 준비를 해야 한다. 마음이 정리되니 모든 일이 척척 풀리는 기분이었다. 홍두는 뚫어져라 모니터를 쳐다보면서 필기를 시작했다.

*

3월 둘째 주가 막 끝나가던 밤이었다. 늦은 시간, 집 전화벨이 요란하게 울렸다. 엄마가 전화 받는 소리가 들렸다. 홍두가 부스스 일어나 앉아 있다가 화장실이나 가야지 싶어서 방문을 열고 나왔는데 훌쩍거리는 소리가 들렸다. 놀라 안방 쪽을 바라보니 모친이 넋이 나간 얼굴로 눈물을 흘리고 있었다.

"엄마?"

"할머니가…… 떠나셨다는구나."

다리가 후들거렸다. 어제까지도 아무렇지 않은 얼굴로 웃음 지어 주던 분이 어떻게 이렇게 갑자기 가실까? 홍두는 멍해졌다. 1월에 시골로 내려가 3월 초까지 공사 때문에 시골집에서 머물다가, 서울에 계시던 할머니가 몸이 좀 좋지 않은 것 같다는 연락을 받고 다시 서울로 향했다.

서울에 온 이후엔 하루도 빠지지 않고 매일 할머니를 보러

갔다. 어제까지만 해도 농담을 하면 피식 웃던 분이었다. 물론 말수가 줄고 통증을 호소하는 횟수가 늘긴 했지만, 이렇게 갑자기는 아니다.

"빨리 병원으로 가자. 장례식 준비를 서둘러야 한다는구나."

검은 옷과 양말, 세면도구 등을 대충 가방에 쑤셔 넣고 엄마와 같이 나가면서 콜택시를 불렀다. 아파트 입구 쪽으로 달려와 서는 택시에 올라 병원으로 가 달라고 했다. 새카만 옷을 입은 두 여자가 울먹거리며 병원으로 가 달라 하자, 기사는 재빨리 눈치를 채고 빠르게 병원으로 이동했다.

병원에 도착하자마자 병실로 달려갔다. 병실로 올라가자 부친이 할머니의 시신을 붙들고 울고 있었다. 심장이 터질 것 같았다. 홍두는 차마 다가가지도 못하고 문가에 그대로 얼어붙어 버렸다. 그새 모친은 할머니의 시신 곁으로 가서 울고 있는 부친을 끌어안고 할머니의 뺨을 가만히 쓸어내렸다.

"어머님, 편한 곳으로 가세요. 그동안 죄송했고, 많이 감사합니다."

모친이 울다 말고 홍두와 눈을 마주치더니 손짓을 했다. 홍두는 느릿느릿 할머니 곁으로 가서 잠들 듯이 떠나 버린 창백한 할머니의 얼굴을 내려다봤다. 심장이 덜컥 내려앉으면서 미친 듯이 뛰었다. 받아들이고 싶지 않은 현실이 눈앞에 있었다. 아니었으면, 아니기를 바라고 바라면서 할머니의 뺨을 만졌다. 차디찬 뺨이 현실을 알려주었다.

"할머니, 고마워요. 제게 주신 모든 기회와 사랑에 감사드려요."

정신없이 눈물이 쏟아져 내렸다. 잠시 후 일가친척들이 몰려왔고, 홍두는 밖으로 나와 부친과 모친의 손을 꽉 잡았다. 홍서도 눈이 벌겋게 물들어 찾아왔다. 홍서와 부친이 본격적으로 장례식 절차에 대한 의논을 위해 원무과로 내려갔다.

홍두는 아직도 믿어지질 않아 할머니를 쳐다봤다. 이제 영안실로 내려 보내야 한다며 남자 직원 둘이 올라와 할머니를 다른 침상으로 옮겨 데리고 갔다. 가족들의 울음이 더욱 커지고 길어졌다.

진짜 떠나시나 보다. 믿어지지 않는다.

도깨비왕 격심이 찾아왔다는 소식에 어린 도깨비들의 검술 훈련을 하고 있던 우혁이 마을 입구 쪽으로 나갔다. 격심이 뒷짐을 지고 섰다가 우혁을 쳐다보더니 말했다.

"저승에서 파발을 띄웠소. 공자를 저승에서 찾고 있으니 한번 가보시오."

"저를 찾는다니, 무슨 소립니까?"

"나도 정확히는 모르겠소. 가보시오. 차사 두 명이 찾아왔으니 따라갔다가, 다시 같이 오시소."

멀찍이 검은 갓에 눈 아래로 휘장을 드리운 사내 두 명이 검은 도포 차림으로 서 있었다. 우혁은 재깍 그들에게 다가갔다.

저승차사들이 꾸벅 예를 갖추더니 말을 내밀었다. 흑마는 시커먼 음기를 발산하고 있었다.

"오르시지요. 빨리 가봐야 하기 때문에 저승마를 타고 가야 합니다."

저승차사들도 저승마에 올라탔다. 그러자 시커먼 구름이 한데 몰아치더니 검은 길이 나타났다. 끝도 없이 긴 길을 저승마가 단박에 날듯이 돌파했다. 그렇게 염라대왕의 성에 저승마가 멈춰 섰다.

"내리시지요."

저승차사 두 명이 내리라는 말에 우혁이 말에서 뛰어내렸다. 그러자 귀신 무리의 우두머리 중 하나인 귀왕 변연이 모습을 드러냈다.

"천인의 방문이라니, 예사롭지 않은 일입니다. 어서 오시지요."

"나를 왜 불렀소?"

"골치 아픈 일이 생겨 이리 불렀지요. 따르시지요."

변연의 뒤를 쫓아 성으로 들어갔다. 성 안쪽 가장 너른 공간에 멈춰 섰다. 가장 높은 좌석에 앉아 아래를 굽어보고 있던 염라대왕이 우혁을 알아보더니 비식 웃었다.

"오오, 왔구나. 공자! 쫓겨났다는 소리는 들었지. 잘 왔네."

"인사 여쭙니다. 어쩐 일로 소인을 여기까지 불렀는지······."

"나를 따르게."

염라대왕의 뒤를 따라 한쪽 방으로 들어갔다. 그 안에 나이 지긋한 한 여성이 뒷짐을 지고 서서 멀리 연못을 바라보고 있었다.

"옥봉자 여사!"

어디서 많이 들어 봤던 이름 같기도 하고? 그때 옥 여사가 몸을 돌리더니 우혁을 보자마자 활짝 웃었다.

"아이고, 이 사람아!"

"아니, 어르신!"

옥 여사가 잽싸게 다가오더니 그의 손을 덥석 잡고 몇 번이나 쓸어내리더니 애틋한 눈빛으로 그를 쳐다봤다.

"어르신, 설마!"

"그래, 생을 마감했네."

"아…… 이런!"

"괜찮아. 견딜 만큼 견디다 그런 대로 편하게 하직했으니. 아마 나 때문에 애들은 울고불고 난리겠지만……."

이런저런 안부를 나누는데 염라대왕이 흠흠 기침을 하더니 자리에 앉을 것을 권유했다. 세 사람이 한자리에 둘러앉았다. 염라대왕은 턱을 괴고 옥 여사를 마뜩찮은 눈빛으로 바라봤다.

"만나게 해 달라는 권우혁 공자도 불러들였고, 이젠 뭘 해 달라는 거요?"

"권우혁 씨를 지상으로 되돌려 보내 주시지요."

"그건 어렵소. 내 권한이 아니기 때문이오. 그건 옥황상제와

합의를 볼 일이지, 내가 해 줄 일이 아니오."

우혁은 이 신기한 과정을 대체 어떻게 해석해야 좋을지 몰라 어안이 벙벙해서 쳐다봤다.

"아니, 염라대왕께서는 왜 옥 여사님이 하자는 대로 하고 계신 겁니까?"

"말도 말게. 오자마자 내기를 하자고 하더니 덥석 이기고는 소원 세 가지를 들어 달라지 않던가! 내가 꾐에 넘어간 게지. 옥 여사는 지금껏 큰 죄 한 번 지은 일 없이 성실하게 자기 인생을 살아왔기에, 모처럼 맘이 흐뭇해서 내기에 응했다가 지고 말았네."

"첫 번째 소원은 저를 만나는 거고, 두 번째 소원이 지금 말씀하신?"

"그래. 하지만 알다시피 내 권한 밖의 일이야."

"그렇다고 해도 옥황상제께 상황설명을 하고 얘기해 보시지요?"

염라대왕이 짙은 눈썹을 꿈틀했다.

"내 말이 먹히기나 하겠어?"

"부탁드립니다."

우혁이 재차 부탁하자, 염라대왕이 망설임 끝에 나직하게 말했다.

"내가 일월신들과 친분이 있기 때문에 공자를 걱정하는 마음도 크고 그래서 나서지 않으려고 했지만, 한 번 힘을 써 보도록 하지. 잠시 여기 있게."

염라대왕이 나간 사이 그는 옥 여사에게 다가가 한 가지 부탁을 했다. 귓속말로 소곤거리자, 옥 여사가 킥킥대며 웃었다.

"절호의 찬스라는 말이 이런 때 딱이구만 그래."

"해 보시겠습니까?"

"해야지."

"제가 이쪽 세상에 있다는 걸 어찌 아셨습니까?"

"저승차사들에게 물었네. 그랬더니 강림도령이 이것저것 얘기를 해 주더군. 그래서 알게 되었네. 염라대왕을 만나자마자 다짜고짜 부탁했지. 내기를 해 달라고."

"내기는 대체 뭘?"

"말싸움. 나의 완벽한 승리지만."

우혁은 기가 막혀서 웃었다. 말싸움으로 여자를 이길 남자가 과연 몇이나 될까? 그걸 하자고 했는데 덜컥 그러 마, 대답한 염라대왕도 참으로 순진하다.

잠시 뒤, 염라대왕이 다시 들어왔다.

"천계로 인편을 띄웠으니, 곧 답이 오겠지. 잠시 둘은 여기서 기다리게. 나는 밀린 일이 많아 나갔다 올 테니, 배가 고프거든 거기 줄을 잡아당겨. 그러면 어린 차사들이 찾아올 게야."

"다녀오십시오."

"나머지 소원도 꼭 들어 주셔야 합니다."

"고작 말씨름 따위로 이루자 하는 소원이 너무 큰 건 아닌가! 쯧!"

염라대왕이 입술을 불퉁 내밀고 투덜거렸다. 하지만 사나이 자존심에 하겠다고 한 걸 무를 수도 없는 노릇이고, 어쩌겠는가. 끝까지 책임을 져야지. 우혁은 기가 막혀서 웃었다. 이런 변수가 생길 거라고는 생각도 못 했다. 의외의 장소에서 말도 안 되는 방식으로 일이 매듭지어질지도 모른다는 기대감에 가슴이 뛰었다.

*

치둔 마을 할머니 댁과 주변 땅이 공사를 시작한 관계로 홍두는 당분간 우혁의 집에서 그가 하던 일을 맡아 보기로 했다. 어차피 여름에 자격증을 딸 때까진 그녀가 할 수 있는 일이 그리 많지 않았다. 은소와 시진의 도움을 받아 실종자들을 계속 찾기로 결정했다.

시진이 우혁과 비슷한 능력치를 갖고 있기 때문에 생사여부를 파악하면 홍두와 은소가 댓글을 남기고 연락하는 방식으로 일을 처리했다. 실종자 가족들로부터 택배가 도착하면 은소와 시진이 동시에 일을 처리해서 속도가 훨씬 빨라졌다.

이렇게라도 시간을 보내지 않으면 어떻게 하루가 가는지도 잘 모르겠다. 얼마 전에 삼우제를 지냈고, 이젠 사십구재를 기다리는 중이었다. 할머니를 떠나보내고 갈피를 못 잡던 부친은 이제 겨우 안정을 찾고 다른 일자리를 알아보는 중인데, 마땅한 일자리가 나오질 않아 힘들어 했다.

모친은 가끔씩 그런 부친에게 툴툴댔지만, 가끔씩 생활비를 내놓을 때면 어디서 사채를 끌어다 쓰는 게 아니냐며 걱정을 늘어놓기도 했다. 나중에 시진이 부친에게 통장에 일억을 담아 줬다는 소릴 전해 듣고 괜히 시진과 우혁에게 미안해졌다. 빚만 잔뜩 지는 것만 같아서.

어찌되었건 일상이 평소대로 잘 돌아가고 있었다. 할머니의 짐과 유품들 일부는 지금 이 집에 와 있다.

홍두가 턱을 괴고 창밖을 멍하니 쳐다보고 있었다. 백소가 허둥지둥 달려오더니 숨을 헉헉 몰아쉬었다. 나이 지긋하고 품위가 넘치는 어르신인데도 한 번씩 저렇게 귀여운 모습을 보인다. 홍두가 웃으며 백소에게 물었다.

"어딜 그렇게 다녀오세요?"

"하아, 하아…… 마, 만났나 봅니다!"

"무슨 소리예요?"

홍두가 고개를 갸웃거리자, 백소가 거친 숨을 몰아쉬며 말했다.

"도깨비들에게 들으니 우혁 님께서 염라대왕의 긴급 호송 요구를 받아 저승으로 갔답니다."

저승? 대체 거길 왜? 홍두는 아직도 이게 무슨 소린지 알아들을 수 없는 얼굴로 백소를 쳐다봤다. 어느새 나타난 가향이 중얼거렸다.

"혹시 할머님께서 우혁 님을 그리 부른 게 아닐까요?"

가슴이 미친 듯이 뛰었다. 할머니가 사후세계에서까지 무언가를 하고 있을 거라고는 생각도 못 했다. 정작 그녀 자신도 죽음 직전에 사후체험을 하지 않았던가. 매우 묘한 경험 말이다. 그걸 지금 할머니가 경험 중이고, 지금 그를 만나고 있다는 얘기인가? 그렇지만 고작 혼백만 남은 할머니가 거기서 대체 뭘 할 수 있단 말인가.

"할머님이 아니라면 왜 저승에서 갑자기 우혁 님을 호송해 갔을까요? 그게 이상하잖아요. 우연치곤 날짜가 너무 딱 들어맞지 않나요?"

홍두는 관자놀이를 꾹꾹 누르면서 억지로 입가에 미소를 띠었다.

"자꾸 그렇게 사람 기대감 갖게 하지 말란 말이에요. 아직 아무것도 결정된 게 없는데, 자꾸 기대만 하게 되는 건 괴로워요."

가향과 백소가 무안한 듯 입가에 미소를 띠었다.

"죄송해요. 부담이 될 걸 알지만, 하루 빨리 홍두 씨와 우혁 님이 만나기를 바라는 마음도 크기에……."

"충분히 알아요. 그런데 그게 언제일지 알 수가 없어서…… 초조하고 울적한 게 사실이거든요. 그래도 여러모로 신경 써 주셔서 너무 감사해요."

홍두는 자리에서 일어나 욕실로 들어갔다. 찬물로 세수를 한 차례 하고 느슨해진 긴장감을 다시 채웠다. 그를 만나는 게 2년 뒤일지, 20년 뒤의 일일지 아무도 모른다. 그렇기에 기대감보다는 지구력과 의지력을 키울 필요가 있다.

무슨 일이 벌어져도 절대 놀라지 않는 강심장이 되어야 한다. 군대 간 남자친구 기다리는 마음으로 기다리자. 그것밖엔 방법이 없다.

욕실에서 나오자 시진이 백소와 대화를 나누고 있었다. 백소가 홍두를 보더니 대화를 중단하고 밖으로 나가 버렸다. 시진이 곁으로 다가와 홍두의 표정을 살폈다.

"기분이 별로예요?"

"아니요."

"다들 홍두 씨를 염려하고 있어요. 인간의 생은 지극히 짧은데, 저쪽 세상의 날짜라는 건 한없이 무료하고 느릿느릿 흐르죠. 알다시피 불로불사의 삶을 사는 자들이잖아요. 그렇다 보니까 우리 입장에선 홍두 씨를 걱정할 수밖에 없어요."

"만약에요…… 우혁 씨가 30년 뒤에도, 50년 뒤에도 오지 않음 어쩌죠? 저는…… 어떻게 되는 걸까요?"

"기다림 끝에 결국엔 하늘 어딘가에서라도 만나게 되지 않을까요?"

끔찍한 소리였다. 쭈글쭈글 늙어 초라해진 노파의 모습으로 훤칠하고 믿음직스럽게 잘생긴 그를 만나고 싶진 않았다.

"제일 상상하고 싶지 않은 일이네요. 하루라도 빨리 그를 만나게 되기를 빌어야겠어요."

"해 봐요. 옥황상제께 이번 생에선 제발 이 사랑을 이루게 해 달라고…… 빌어 봐요. 너무 간절하면 기도가 닿을지도 모르잖아요. 나와 은소는 실종자가 있는 장소를 알아내서, 현장 답사 차 다녀올게요."

"네…… 수고하세요."

시진이 나가자, 홍두는 착잡한 표정으로 허공을 쳐다봤다. 이 방은 그의 서재로 우혁이 종일 머물던 곳이다. 그가 앉았던 의자와 볼펜, 키보드, 휴대폰, 모든 것이 이 안에 있다. 그의 체취가 강렬하게 남은 곳이었다.

마음을 강하게 먹어야지, 그렇게 다잡아도 한 번씩 울컥 눈물이 치밀면 감정조절이 쉽지 않았다. 교통사고가 나서 죽을 뻔한 데다, 곧 할머니가 별세했다. 그리고 사랑하는 우혁을 빼앗겼다. 아직 사랑이 채 여물기도 전에 그를 빼앗겼기 때문에 마음이 더 불안했다. 천계든 어디든 빼어난 미모를 지닌 여자들이 널렸다던데.

'나 같은 건 금세 잊겠지.'

마음의 불안이 커지는 게 싫어서 눈물을 닦은 그녀는 강좌 사이트에 접속했다. 어지러운 심경을 정리하는 데는 공부가 답이다.

옥황상제와 염라대왕이 대담을 나누고 있었다.

"그까짓 내기 때문에 내가 직접 나서야 할 필요가 있는가?"

"송구합니다. 그런데 워낙 목격자가 많다 보니, 약속을 어기는 모습을 보이기도 난처합니다. 저의 명예도 생각해 주셔야지요. 할머니 도발에 넘어가 그런 허접한 내기에 적극 응한 건 당해도 싸다 싶겠지만, 이번 한 번만 눈 딱 감고 소신 좀 도와주십시오."

옥황상제가 난처한 얼굴로 장난꾸러기에 워낙 내기를 밝히는 염라대왕을 한심하게 쳐다봤다. 애도 아니고 왜 저렇게 꾸러기 기질이 넘치는 건지. 종종 선하고 건실한 인간을 만나면 흥에 겨워서 뭐든 하나씩은 내주려고 난리다. 신이라는 작자가 왜 저리 감정에 흥청망청 흔들리는 건지 모르겠다. 그 덕분에 이런 귀찮은 일에 휘둘리게 되니 하는 말이다.

"내가 자넬 도우면 자넨 내게 빚이 생기는 건데, 뭘 해 주겠느냐?"

"뭐든 말씀만 하십시오. 그리하면 적어도 한 번은 폐하의 편에서 힘을 실어 드리겠습니다."

"뭐, 언제고 필요한 일이 생기겠지. 이렇게 빚 하나를 만들어 놓는 것도 좋긴 하다만……. 놈을 세상 밖으로 내놓는 일이라 신중할 수밖에 없네."

옥황상제는 곰곰이 고심하던 끝에 턱을 만지작거리며 시선을 들어 염라대왕을 쳐다봤다.

"사실 권우혁 그놈 때문에 내가 어지간히 심사가 비틀린 게 아니야. 워낙 실력이 출중해서 곁에 두고픈 욕심에 자성하라고 유배를 보냈던 건데, 기어이 사고를 치고 말이지. 그래서 자네에게 한 가지 부탁을 좀 하고 싶네만."

"네, 하명하시지요."

"권우혁을 1년간 도깨비 성에 가둬뒀다가 어느 날 손을 써서……."

속닥거리며 목소리가 점점 작아졌다. 이야기를 다 들은 염라대왕이 히죽 미소를 지었다.

"흐음, 어렵지 않은 일입니다. 그리하지요."

"좋다. 나는 이만 가볼 테니까 그리 처리해 주게. 이제 더 이상 나는 놈의 일에 신경 쓰고 싶지 않으니 자네가 알아서 처리하게."

"송구합니다."

옥황상제가 자리에서 일어나 느릿느릿 걸어 나갔다. 염라대왕은 다급하게 자리에서 일어나 종종걸음 쳐 옥봉자와 권우혁이 기다리는 방으로 향했다.

문을 벌컥 열자 옥봉자는 기다란 의자에 누워 잠을 자고, 우혁은 무언가를 하얀 종이 위에 써내려 가는 중이었다. 우혁이 염라대왕을 보고 예를 갖췄다.

"오셨습니까?"

"좀 오래 걸렸다. 많이 기다렸느냐?"

"상관없습니다."

염라대왕이 옥 여사의 옆구리를 쿡쿡 사정없이 찔렀다. 옥 여사가 화들짝 놀라 자리에서 일어나 앉았다. 입가에 흐른 침을 손등으로 슥 닦아낸 옥 여사가 염라대왕의 옷자락에 손등을 석석 닦았다. 경악한 염라대왕이 비명을 질렀다.

"어허, 어디 감히 나의 옷에 더러운 침을 바르는 게냐!"

"아이고, 고막이야! 그깟 옷 좀 빨면 되지, 뭘 그리 소란인지요? 어찌 되었나요?"

염라대왕이 오만상을 찡그리고 침이 발린 부근을 탁탁 털어내며 인상을 썼다.

"옥황상제께서는 죄인인 권우혁을 하계로 바로 내보낸다는 의견에는 반대하셨다. 대신 1년 동안 도깨비 성에서 어린 도깨비들을 위해 헌신적으로 무술 수련에 임한다면 그때부턴 내 마음대로 해도 좋다 말씀하셨다."

"1년이라 함은 인간의 날짜로 1년을 말씀하시는지요?"

"그렇다네."

"그렇다면 그리 이해하고 이만 돌아가겠습니다. 어르신, 감사합니다."

우혁이 옥 여사 쪽에 인사를 했다. 옥 여사가 아니었으면 꿈도 못 꿨을 일이 이루어진 것 아닌가.

"아니야, 좀 기다려. 한 가지 소원이 아직 더 있어. 염라대왕님!"

옥 여사가 허리춤에 양손을 얹고 매섭게 염라대왕을 쏘아보며 불렀다. 염라대왕이 잔뜩 긴장한 얼굴로 옥 여사를 쳐다봤다.

"그래, 마지막 소원이 대체 뭐냐?"

"용흉을 갖고 싶습니다."

"에에에에에엑!"

40대 초반의 얼굴에 검은 곱슬 수염이 빗자루처럼 빼곡하게 자란 염라대왕이 괴성을 질렀다. 머리가 아픈지, 쓰고 있던 면류관도 벗어 던진 염라대왕이 자리에 철퍼덕 주저앉아 고개를 숙였다. 세상 다 산 사람의 표정이었다.

"그냥 배 째라!"

"어찌 한 입으로 두말을 하시나요?"

곧장 할머니의 도전적인 협박이 이어졌다.

"그건 도저히 구할 수도 없는 매우 희귀한 것이니라. 그걸 구할 수 있는 자도 세상에 오직 하나, 천계의 지존이신 옥황상제뿐인데 어찌 그걸 구해 달라 하느냐? 아이고, 골치야!"

"그걸 구해 주십시오. 그게 아니면 싫습니다."

"그건 어렵다. 대신 다른 소원을 빌어라. 그건 내 권한 밖이다. 이미 한 번 권한 밖의 일을 해 줬다. 두 번은 어렵다."

이번엔 염라대왕도 단호했다. 옥 여사는 별수 없다는 듯이 한 가지 소원을 빌었다.

"우리 홍두가 무사히 결혼해 자손들을 낳게 지켜봐 주십시오. 그 정도는 일도 아니잖아요."

그야 일도 아니다만.

"그 정도 일이야 해 볼 만하지."

"대신 조건이 있어요. 홍두가 좋아하는 사내여야 합니다. 꼭, 좋아하는 사내와 백년해로하도록 해 주십시오. 그걸로 저의 세 가지 소원은 다 되었습니다."

옥 여사가 환하게 웃으면서 염라대왕에게 절을 올렸다. 염라대왕이 가만히 옥 여사를 바라보더니 고개를 끄덕거렸다.

"네 진짜 바램은 결국 마지막에 있었구나. 내가 필히 그 애를 지켜보겠느니라. 염려하지 말고 편안히 네 갈 길 가거라. 여봐라! 밖에 누구 있느냐?"

어린 차사들이 안으로 들어와 섰다.

"여사를 뫼시고 나가거라. 나가서 귀왕에게 보내면 알아서 할 것이다."

어린 차사들이 옥 여사의 손을 양쪽에서 잡고 데리고 나갔다. 옥 여사가 마지막으로 뒤를 돌아보며 우혁에게 인사를 했다. 우혁은 꾸벅 허리를 굽혀 인사하며 부디 평안하기를 빌었다.

"이제 공자를 보낼 일만 남았구나. 1년간 잘 버텨 보아라. 그리만 하면 원하는 바를 다는 아니더라도 어느 정도는 이룰 수 있지 않겠느냐? 그런데 용흥에 대해서는 어디서 들은 게냐?"

"부모님께 들었습니다."

"인간 따위가 되어 무엇 하게?"

"지키고 싶은 여자가 생겼습니다. 그 사람 곁에서 가정을 이루고 소소한 행복을 즐기고 싶어졌습니다. 그게 다입니다."

염라대왕은 속으로 깊게 한숨을 쉬었다. 옥황상제와 한 마지막 약속을 이행하려면 결국 우혁을 천계로 돌려보내야 한다. 하지만 옥 여사와의 약속을 지키려면 옥 여사의 손녀와 우혁을 백년해로시켜야 한다.

옥 여사와의 약속도 중요하고, 옥황상제와의 약속 또한 무시하기 어렵다. 이러니 중간에 끼어서 새우등 터지게 생겼다. 결국 다 저놈으로부터 비롯된 근심거리가 아니던가! 옥황상제는 아직도 우혁에 대한 집착을 버리지 못했다. 그만큼 능력이 빼어난 인재라는 것이겠지.

그는 까칠한 수염을 신경질적으로 만지며 우혁에게 괜한 화풀이를 했다.

"어리석은 놈! 가봐라."

문이 열리고 저승차사들이 안으로 들어와 다시 우혁을 데리고 나갔다. 앞으로 1년……. 생각이 복잡해졌다. 염라대왕은 어떻게든 옥 여사와의 약속을 지키려 노력할 것이니 믿음은 가지만, 여전히 사람과는 절대 맺어질 수 없다는 불문율이 존재하지 않던가. 하계로 돌아간들 무언가가 나아질 거란 생각은 들지 않는다.

영구 추방인가?

천계로 돌아갈 수 있는 가능성이 열려 있었는데, 갑자기 1년이라는 기간을 전제조건으로 달더니 염라대왕이 그를 관리 감독하게 되었다. 이젠 더 이상 천계로 갈 수 있는 가능성이 없다는 얘긴가?

담벼락 안쪽의 명랑함

 9월이 되어서야 정식으로 보육원을 오픈했고, 아이들을 한 공간에 열 명 정도 받게 되었다. 그녀가 지은 건물은 총 3동이었는데, 한 동에 열 명 정도가 숙박할 수 있도록 방 다섯 개, 화장실 두 개, 부엌은 되도록 크게, 욕실은 남녀가 따로 사용할 수 있도록 분리해 지었다. 아이들이 공부할 수 있는 공부방과 쉬는 방을 따로 분리하고, 되도록 많은 책을 읽을 수 있도록 알음알음으로 책을 기부 받아 책장 가득 쟁였다.

 현재 열 명의 아이들 나이대는 대부분 초등 저학년이었다. 길거리에서 길을 잃고 헤매던 아이들을 경찰서를 통해 인계받은 경우도 있고, 부모가 직접 생활고 때문에 아이를 맡기고 간 경우도 있었다. 저마다 사정이 제각각이다. 부모나 가족이 와서 맡기고 간 경우는 몇 년만 돈을 모아 꼭 데리러 오겠다는 약속이 따라붙었다.

경찰서를 통해 인계받은 아이들의 경우엔 시진과 은소를 통해 가족을 찾아봤지만, 대부분 부모가 이혼 후에 양쪽 다 재혼하여 누구도 애를 키우려 하지 않아 버려진 케이스였다. 각각의 사연을 얘기하자면 한도 끝도 없었다. 어떤 아이는 부모의 술주정과 폭행 때문에 집에 가지 않겠다고 하는 경우도 있으니까. 이런 경우는 중간에서 입장이 난처했다.

어찌되었든 열 명의 개성 강한 아이들이 가슴에 상처를 안고 홍두의 보육원에 들어왔다. 보육교사 두 명이 채용되었고, 그들과 일을 한 지 어언 몇 주째다. 처음엔 우왕좌왕했지만 경험 있는 보육교사가 한 명 있어서 점차 자리를 잡아가기 시작했다.

홍두는 원장실에 있기보다는 아이들과 앉아 책을 읽거나 공부하는 데 많은 시간을 할애했다. 아이들이 인근 초등학교에 다녀오면 곧장 공부방이 열린다. 홍두는 간식과 음료를 준비해 애들에게 내놓고 숙제와 과제물 등을 일일이 살폈다.

보육교사인 임미영, 강주은 선생은 홍두와 비슷한 나이대로 대화가 잘 통하고 친구 같은 사람들이었다. 아이들을 워낙 좋아해 이 일을 시작하게 되었다는데, 정이 많고 마음이 따스한 사람들이었다.

아이들이 9시쯤 모두 잠자리에 들면 임 선생과 강 선생은 옆 건물에 마련된 기숙사에서 따로 잠을 잔다. 홍두는 아이들

할까? 홍두는 발갛게 볼을 붉히고 시진을 쳐다봤다.

"할머님께서 염라대왕에게 간청을 했나 봐요. 1년간 죽은 듯이 어린 도깨비들을 가르치면 다시 하계로 돌려보내 주겠다는 약속을 받았대요."

"1년이요?"

"네, 그런데 뭔가 너무 쉽게 풀리는 것 같아 되레 의아해요. 인간과 신의 관계를 엄격히 격리하던 옥황상제께서 갑자기 간섭을 그만둔다는 것도 영 꺼림칙하고……."

"그것도 그러네요."

"아무튼 내부 사정은 그래요."

"혹시 제가 우혁 씨를 볼 수는 없을까요?"

시진은 궁리 끝에 대답했다.

"백소와 얘기해 볼게요. 옥황상제께서 더 이상 우혁 님을 관리하지 않는다면 눈에서 벗어났다는 의미이기 때문에 행동이 조금은 자유로워졌다는 뜻일 수도 있거든요. 그 부분에 대해 좀 더 알아볼게요. 어찌 보면 함정 같기도 해서 선뜻 나서기가 그래요."

"네, 알아봐 주세요."

우혁을 만나 지금 어떤 삶을 사는지에 대해 얘기해 주고 싶었다. 그의 음성과 그의 눈빛으로 대답을 듣고 싶었다. 잘했다, 잘할 거라는 믿음 어린 목소리가 그녀에겐 큰 힘이 될 테니.

"저번엔 홍두 씨가 목숨이 위험한 상태였기 때문에 망자의 때문에 거실에 잠자리를 마련해 놓고 잔다. 중간에 화장실에 가겠다고 나오는 애들도 종종 있고, 자다 말고 악몽을 꿨다며 잠들지 못하는 애도 있기 때문에 밤에도 이래저래 손이 갔다.

밤 10시쯤 되자, 홍두는 노트북을 닫고 내일 장에 가서 사와야 할 것들을 한쪽에 써 두고 창밖을 바라봤다. 휴대폰이 진동음을 냈다. 시진으로부터 문자가 들어왔다.

[잠깐 나와요.]

홍두가 두툼한 카디건을 입고 밖으로 나가자, 시진이 손을 흔들었다. 시진은 떠나도 되는데 아직 남아 그녀의 곁을 지키고 있었다. 너무도 듬직하고 좋은 사람이다.

"일은 어때요?"

"힘드네요. 역시나 가볍게 보고 시작할 일이 아니었어요."

"아무래도 마음을 어루만져야 하는 일이니 더욱 그렇겠죠."

"네, 조심스럽고 힘든 일이에요. 눈치도 보이고, 동시에 강한 훈육도 필요하기도 하구요."

"잘될 거예요."

홍두가 물끄러미 시진을 쳐다봤다.

"할 얘기가 있어서 온 거죠?"

"네, 백소가 도깨비 성에 갔다 왔어요. 혹시나 무슨 소식이 없나 해서. 우혁 님이 다시 도깨비 마을에서 어린 도깨비들을 상대로 무술 훈련을 시작했답니다."

마음이 뜨겁게 차올랐다. 그리움과 함께 안도감이라고 해야 때문에 거실에 잠자리를 마련해 놓고 잔다. 중간에 화장실에 가겠다고 나오는 애들도 종종 있고, 자다 말고 악몽을 꿨다며 잠들지 못하는 애도 있기 때문에 밤에도 이래저래 손이 갔다.

밤 10시쯤 되자, 홍두는 노트북을 닫고 내일 장에 가서 사와야 할 것들을 한쪽에 써 두고 창밖을 바라봤다. 휴대폰이 진동음을 냈다. 시진으로부터 문자가 들어왔다.

[잠깐 나와요.]

홍두가 두툼한 카디건을 입고 밖으로 나가자, 시진이 손을 흔들었다. 시진은 떠나도 되는데 아직 남아 그녀의 곁을 지키고 있었다. 너무도 듬직하고 좋은 사람이다.

"일은 어때요?"

"힘드네요. 역시나 가볍게 보고 시작할 일이 아니었어요."

"아무래도 마음을 어루만져야 하는 일이니 더욱 그렇겠죠."

"네, 조심스럽고 힘든 일이에요. 눈치도 보이고, 동시에 강한 훈육도 필요하기도 하구요."

"잘될 거예요."

홍두가 물끄러미 시진을 쳐다봤다.

"할 얘기가 있어서 온 거죠?"

"네, 백소가 도깨비 성에 갔다 왔어요. 혹시나 무슨 소식이 없나 해서. 우혁 님이 다시 도깨비 마을에서 어린 도깨비들을 상대로 무술 훈련을 시작했답니다."

마음이 뜨겁게 차올랐다. 그리움과 함께 안도감이라고 해야 할까? 홍두는 발갛게 볼을 붉히고 시진을 쳐다봤다.

"할머님께서 염라대왕에게 간청을 했나 봐요. 1년간 죽은 듯이 어린 도깨비들을 가르치면 다시 하계로 돌려보내 주겠다는 약속을 받았대요."

"1년이요?"

"네, 그런데 뭔가 너무 쉽게 풀리는 것 같아 되레 의아해요. 인간과 신의 관계를 엄격히 격리하던 옥황상제께서 갑자기 간섭을 그만둔다는 것도 영 꺼림칙하고……."

"그것도 그러네요."

"아무튼 내부 사정은 그래요."

"혹시 제가 우혁 씨를 볼 수는 없을까요?"

시진은 궁리 끝에 대답했다.

"백소와 얘기해 볼게요. 옥황상제께서 더 이상 우혁 님을 관리하지 않는다면 눈에서 벗어났다는 의미이기 때문에 행동이 조금은 자유로워졌다는 뜻일 수도 있거든요. 그 부분에 대해 좀 더 알아볼게요. 어찌 보면 함정 같기도 해서 선뜻 나서기가 그래요."

"네, 알아봐 주세요."

우혁을 만나 지금 어떤 삶을 사는지에 대해 얘기해 주고 싶었다. 그의 음성과 그의 눈빛으로 대답을 듣고 싶었다. 잘했다, 잘할 거라는 믿음 어린 목소리가 그녀에겐 큰 힘이 될 테니.

"저번엔 홍두 씨가 목숨이 위험한 상태였기 때문에 망자의 옷을 쓰고 있어서 어디든 들고 나는 게 가능했지만, 이번엔 그런 특수한 경우가 아니기 때문에 우혁 님에게 데리고 가는 건 무리가 있을 거예요. 다른 방도가 있는지를 찾아보죠."

"고마워요, 매번······."

"애초에 홍두 씨가 괜찮은 사람만 아니었다면, 아마 둘 사이를 어떻게든 갈라놓고 우혁 님을 천계로 데리고 가려 했을 거예요. 하지만 홍두 씨가 한결같은 믿음과 사랑으로 우혁 님을 믿고 기다리는 걸 보고 있자니, 아무리 신인 저라지만 감복할 수밖에 없어요. 원래는 이렇게 돕는 것 자체가 옥황상제께 반하는 짓이긴 하지만 지금은 제 소신껏 밀어붙이려고요. 물론 그에 대해 엄중한 문책이 따르겠지만 말이에요."

며칠 전에 천계에서 임무 해지 명령이 내려왔다. 그런데 그는 돌아가지 않겠다는 답변을 보냈다. 임무가 끝났다면 조금 쉬고 싶다는 답변을 보냈고, 아직 어떤 답을 듣지는 못했다. 천계에서는 우혁에 대한 감시를 완전히 놓은 듯했다.

신격 박탈에 이어 영구 추방, 그리고 잡귀가 되도록 방치하겠다는 건가? 영구 추방된 신은 잡귀들의 먹잇감이 된다. 잡귀들에게 먹히면 우혁은 더 이상 신으로 살 수 없다. 잡귀가 되는 것이다. 흡혈귀에게 물리면 흡혈귀가 되듯이. 도무지 옥황상제의 속내를 모르겠다.

우혁이 막걸리병을 들어 잔을 채웠다. 곁에 앉은 시진은 잔을 받아 한 모금 마시고 가라앉은 음성으로 물었다.

"어쩌실 건가요?"

"뭘?"

"영구 추방 명령이 아직 떨어지진 않았지만, 그게 발동되면 더 이상 천인이 아니게 됩니다. 그다음은 누구보다 잘 알잖습니까?"

잘 알다마다. 잡귀들이 세상에서 제일 값비싼 먹잇감을 노리고 달려들겠지. 잡귀들에게 먹히면 그는 잡귀가 된다. 잔혹한 식욕 외엔 아무것도 없는 잡귀 말이다.

"홍두 씨가 보고 싶어 해요. 밖으로 나갈 방법이 없을까요? 아주 짧게라도……."

"몸을 바꿔치기하면 가능하지. 너와……."

"같은 천인의 몸이니 가능하겠군요. 그렇다면 갔다 와요. 홍두 씨가 많이 초조해 해요."

"감시가 심하진 않으니 잠시 다녀와도 될 것 같다. 머리카락을 다오. 내 머리카락 일부를 잘라 줄 테니."

서로 머리카락을 조금 잘라 교환하고 둔갑술을 이용해 서로의 몸으로 바꿨다. 시진으로 변한 우혁이 뒤쪽 쪽문을 통해 검은 밤을 타고 도깨비 성 한 자락을 빠져나갔다. 나가는 동안 혹시라도 누군가와 맞닥뜨릴까 불안해하면서 몸을 숨기며 이동했다. 그리고 하계로 나가는 입구에 도착한 그는 재빨리 문 밖으로 나갔다.

커다란 구멍밖에 황소만한 돌덩이 하나가 옮겨져 있었다. 그걸 들어 올려 입구를 닫은 그는 잰 동작으로 홍두네 집 쪽을 향해 뛰었다. 홍두네 집 근처에 도착한 그는 흠칫했다. 무언가 그새 너무 많이 변해 있었다.

그는 시진이 내민 휴대폰을 꺼내 홍두에게 전화를 걸었다.

[네, 여보세요?]

졸음이 가득 담긴 음성이 되돌아왔다. 문득 잘 시간이 훌쩍 지났구나, 생각이 들어 미안해졌다.

"잠깐 볼 수 있을까?"

[네, 나갈게요.]

홍두는 한 줌 망설임도 없이 대꾸했다. 시진의 전화인데, 어떻게 이렇게 전혀 망설임조차 없을까? 그동안 두 사람이 긴밀히 만났다는 걸까? 갑자기 가슴에 불이 솟구쳤다. 자신이 없는 동안 시진과 홍두의 관계가 남녀 이상의 것으로 발전했으면 어쩌나 애가 탔다.

그는 일부러 모습을 바꾸지 않았다. 야비하지만 홍두의 반응을 살펴볼 필요가 있었다. 시진에게 마음이 가 있는데, 굳이 권우혁의 모습으로 바꿔 보일 필요는 없지 않던가.

문이 열리는 소리가 들리더니 홍두가 모습을 드러냈다. 숨이 콱 막혀왔다. 심장이 미친 듯이 뛰고, 몸에 열이 났다. 그녀를 향해 맹렬히 달려가 열정적으로 끌어안고 싶은 욕망에 온 혈관이 터질 것만 같았다.

"뭐 좀 알아봤어요?"

홍두가 길게 하품을 하더니 씨익 웃었다. 그녀의 눈빛에 상냥함이나 따스함은 없었다. 그건 조금 피폐하고 공허한 겨울바람 같은 눈빛이었다.

"아무 때나 불러도 이렇게 막 나오고 그러나?"

홍두가 멍하니 그를 쳐다봤다. 그러고 보니 전화를 해 놓고 예사말로 말을 걸어왔다. 시진은 존대를 한다. 그런데 왜 갑자기 예사말로 묻지?

홍두가 고개를 갸우뚱한 채로 그를 쳐다봤다.

"갑자기 무슨 소리예요? 도깨비 마을에 가서 우혁 씨에 대해 알아보겠다고 했잖아요. 만날 수 있는지 알아보겠다고. 그게 궁금해서 나왔어요. 그런데 기분 안 좋은 일이라도 있었어요? 목소리가 안 좋은데……."

홍두는 일정한 거리를 유지하면서 깊은 눈빛으로 그를 쳐다봤다.

"사람의 눈에 띄지 않는 장소는 없나? 급한 일인데……."

역시나 아리송했다. 갑자기 예사말을 하는 것도 이상한데 하는 행동도 뭔가 좀 경직되어 있다고 해야 할까? 하지만 홍두는 의심을 접고 그를 데리고 아직 사용하지 않은 텅 빈 기숙사 방으로 데리고 갔다. 비밀번호를 누르고 안으로 들어가 문을 닫았다. 슬슬 밤바람이 차다. 이러다 겨울이 성큼 다가오겠지. 홍두는 진저리를 치고 맨바닥에 앉았다.

"앉아요."

우혁은 홍두의 맞은편에 앉았다.

"잠깐만 눈을 감아 봐."

홍두가 미간을 살짝 좁혔다. 시진이 하는 말투나 행동이 어쩨 낯설면서도 어디서 본 것만 같았다. 홍두가 잔뜩 긴장한 얼굴로 시진을 쳐다보는데도 시진은 장난기 하나 없는 얼굴로 그녀를 쳐다본다. 이런 땐 괜히 웃거나 다른 걸로 화제 전환을 시도하는 게 순서일 텐데, 시진의 표정은 하나도 달라지지 않고 있었다. 홍두는 계속 의심스러운 눈빛으로 그를 쳐다보다가 눈을 천천히 감았다.

"열까지 세어 봐."

홍두는 하라는 대로 해 주기로 했다. 대체 뭔 방법을 알아왔기에 이렇게 극성을 떠는지 모르겠다. 제대로 된 게 아니라면 가만두지 않겠다. 그렇게 열을 셌다. 그리고 마지막 숫자를 셌을 때 홍두는 잠시 환각에 사로잡혔다.

"와아, 헛것이 보여요."

"헛것 아닌데?"

헛것이 말한다. 너무도 리얼하게 우혁의 음성으로. 홍두가 멍한 눈빛으로 흘려서 그를 쳐다봤다.

"누구세요?"

"권우혁."

"장난치지 말아요, 시진 씨! 둔갑하는 마술을 부린 거죠? 날

안도시켜 주려고. 그런 짓은 하지 말아요. 그렇게 변한다고 류시진이 권우혁이 되진 않는 거잖아요. 하나도 안 기뻐요."

"정말 못 믿겠어?"

"계속 그렇게 날 놀릴 거면 그만 가요. 화낼 거예요."

홍두가 자리에서 일어나 그를 사납게 내려다보면서 말했다. 우혁이 입가에 미소를 짓더니 물끄러미 홍두를 쳐다봤다.

"내가 네게 약초를 먹인 적이 있어. 너와 내가 나눴던 모든 기억을 하얗게 지워 놓았던 적이 있지. 너는 자신이 왜 나를 좋아하는지, 왜 끌리는지조차 모른 채로 나만 쫓고 있었어. 지금도 아마 왜 이렇게 갑작스럽게 나란 남자를 좋아하게 되었는지에 대해 의구심을 갖고 있을 거야. 그런데 우리의 추억은 그게 다가 아니야."

우혁이 일어서더니 갑자기 홍두에게 바싹 다가왔다. 홍두는 너무 놀라 한 걸음 뒤로 물러섰다. 류시진이 확실한데, 말투와 몸짓이나 눈빛은 분명 우혁이 맞았다. 그렇지만 어떻게 믿어야 할지 모르겠다.

"약효를 지울 수 있는 방법을 알아. 그건 오직 권우혁만이 할 수 있어."

"그게 무슨?"

우혁이 홍두를 벽면으로 몰아붙이더니, 한 팔로 그녀의 뒤통수를 감싸 쥐고 느닷없이 격렬하게 입을 맞췄다. 무언가가 쩡하고 머릿속에서 깨지는 것 같았다. 빛이 번쩍하더니 필름 여러 개가 순식간에 파팟 하고 지나갔다. 기억 안에서 삭제되었던 모든 기억들이 리셋 되었다. 키스가 끝나자 우혁이 천천히 한 걸음 뒤로 물러섰다.

"약초와 내 타액으로 기억을 지웠으니, 다시 나의 타액으로 기억을 되살릴 수 있지. 내가 권우혁이야. 시진은 지금 도깨비 마을에서 내 모습을 한 채 날 대신하고 있어."

홍두가 밀려드는 강렬한 기억에 사로잡혀 눈물을 흘리면서 그를 쳐다봤다. 그를 지독하게 좋아한다. 그와 꽤나 많은 일들이 있었는데, 하나도 기억하질 못했다. 그런데 이제야 보니 그와 아무런 추억도 없이 막연히 끌린 게 아니라, 그와 나눴던 기억이 너무도 많기에 그에게 저절로 끌렸던 것이다. 이미 둘은 몸도 공유한 사이였다. 깊고 깊은 관계까지 갔던 사이라는 걸 알게 되자 홍두는 그의 품안에 와락 안겨 버렸다.

"이렇게나 좋아했는데……."

우혁은 말없이 홍두를 끌어안아 등을 쓸어내렸다.

"오래 있을 수 없어. 시진이 내 역할을 할 수 있는 건 아주 짧은 시간뿐이야. 날이 밝기 전에 빨리 돌아가야 해."

"알아요. 또 와 줄래요? 하고 싶은 말이 너무 많아요."

"그래. 이곳의 많은 변화도 다 네가 한 거겠지? 대단해."

"당신이 옆에 있어 줬더라면 더 많은 게 달라졌을 거예요. 어서 돌아와 줘요."

"노력할게."

우혁은 홍두를 끌어안고 볼을 비비고 코를 맞대고 이마를 맞댔다. 입술과 입술이 몇 번이나 마주 닿았다가 떨어지기를 반복했다. 그의 품안에서 나는 체취에 사로잡혀 이대로 잠이 들었음 싶었다. 그를 놓치고 싶지 않았다.

"이제 돌아가야 돼. 인내심을 갖고 기다려 줘."

"걱정돼요. 당신이 잡귀가 될지도 모른다는 얘길 들었어요."

"그런 일이 생기지 않도록 방법을 찾는 중이야. 그러니까 넌 네 할 일을 최선을 다해 하고 있어. 내가 올 때까지."

홍두는 그의 품안에 꼭 안긴 채로 오래도록 있다가 그와 함께 밖으로 나왔다. 이제 그를 돌려보내 줘야 한다.

"연락이라도 할 수 있는 방법이 있다면 좋겠어요."

"백소를 통해 할 말이 있으면 전해 줘. 백소는 그쪽에 자유롭게 들락거릴 수 있는 원로에 해당되니까, 간섭을 덜 받아."

"알았어요."

그는 홍두의 손을 오래도록 잡고는 한참만에야 천천히 놓아주고 몸을 돌려 사라졌다. 홍두는 착잡하고 가슴 아린 시선으로 그곳을 바라봤다. 한참 뒤에 진짜 시진이 돌아왔다.

"시진 씨 맞죠?"

"네, 맞아요. 조금씩 우혁 님이 여기 머무는 시간을 늘릴 수 있도록 해 볼게요. 우혁 님인 척하려면 적어도 내가 우혁 님의 특징 몇 가지 정도는 파악하고 흉내를 낼 수 있어야 하거든요. 피차 연습이 필요해요."

홍두가 시진에게 와락 안겼다. 시진이 홍두의 등을 토닥토닥 두드려 줬다.

"정말 고마워요, 시진 씨! 이 은혜 평생에 걸쳐 갚을게요."

"이렇게 한 번씩 안겨 줘요. 그걸로 됐어요."

시진의 입가에 장난스러운 미소가 걸렸고, 홍두는 사랑스러운 미소를 환히 지어 보였다. 시진의 마음 안에서 묘한 감정이 박동했다. 자꾸 이 여자가 신경 쓰인다. 원래는 우혁을 위해서라는 핑계로 곁에 있기로 했지만, 사실은 자기 욕망을 채우기 위함이었다. 기뻐하는 홍두를 이렇게 보고 있자니 마음이 여러 갈래다.

우혁에게서 홍두를 빼앗아 버리고 싶다가도 우혁 때문에 풀죽은 그녀를 보면 별수 없이 우혁과 끈을 이어주고 싶어진다. 끈을 이어 줘서 홍두가 이렇게 행복해 하면 다시 그녀를 갖고 싶어진다. 도무지 이 마음의 정체를 모르겠다.

"홍두 씨는 날 위해 한 번도 웃어 주지 않더군요."

홍두가 천천히 그를 놓아주더니 겸연쩍어하며 웃었다.

"미안해요. 필요할 때마다 저 좋을 대로만 대해서."

"아니요. 됐어요. 홍두 씨가 행복하기 위해서 나를 이용하는 거니까 상관 안 해요. 홍두 씨만 행복하다면 그걸로 됐어요. 요즘은 왜 인간을 연모해서 하늘에서 축출 당하는지, 그 신의 마음이 조금은 납득이 가요. 전 이만 갈게요."

홍두는 시진이 인사를 하고 사라지는 모습을 물끄러미 바라봤다. 마음이 묵직해졌다. 누구보다 오랜 시간 시진과 우혁에 대해 의논하기 시작하면서 같이 있는 시간이 많아지고 있었다. 그런 과정에서 시진은 자연스럽게 홍두를 이성으로 대하는 것 같았다.

딱 봐도 카사노바 같았던 남자가 여자를 쉽게 대하진 않는다는 게 의외였다. 물론 그 스스로 신이기 때문에 인간 자체를 혐오하거나 등한시하는 경향 또한 있기 때문인지도 모르지만. 가볍게 누군가를 만나는 경우는 많아 보였는데, 희한하게 홍두에겐 귀찮게 지분거리지 않는다. 그게 그저 신기하면서도 자신을 특별하게 생각하는 건 아닌가 싶어 걱정되기도 했다.

'도끼병이니? 그건 아닐 거야.'

홍두가 고개를 젓곤 기분 좋게 어깨춤을 췄다. 우혁을 만난 아주 기분 좋은 날이 아닌가. 일주일치 자양강장제와 피로회복제를 들이부은 것만 같았다. 밤을 꼬박 새웠지만, 별 문제는 없을 것 같다. 내일도 힘차게 아잣아잣이다!

시진이 곤란한 표정의 우혁을 쳐다봤다.

"홍두 씨를 보고 왔는데, 왜 표정이 더 안 좋아지셨는데요?"

"넌…… 왜 천계로 돌아가지 않는 거지?"

시진은 의표를 찍힌 사람처럼 호흡을 잠시 멈췄다가 속내를 감추듯 어색한 미소를 지어 보였다.

"홍두가 신경 쓰이는 건 아닌가? 이미 네 임무는 종료됐어.

내가 염라대왕의 감시대상이 되면서 나를 지켜봐야 하는 쪽은 더 이상 천계가 아니라 명계 쪽이 되었어. 그런데 넌 네 임무가 끝났는데도 돌아가지 않고 홍두의 곁에 남아 있어. 이유가 뭘까?"

"그저 선의로만 받아들여 주십시오."

"네놈이 그런 놈이 아니라는 건 누구보다 네가 더 잘 알잖아."

의자에 덜컥 앉은 시진이 입가에 교교히 미소를 지었다.

"저도 잘 모르겠습니다. 왜 남기로 한 건지. 그런데 딱히 뭘 해 보겠다는 건 아니고, 궁금해서요. 결국 둘은 동화 속 이야기처럼 행복하게 오래오래 잘 살게 될 것인지, 아닌지가……."

"홍두한테 다른 생각을 품고 있는 건 아니고?"

"뭐, 착한 남자 코스프레를 하면서 조력자로 곁을 지키다가, 오겠다던 정인이 돌아오지 못하면 그 자리를 꿰차는 것도 나름 색다른 재미를 안겨 줄 것 같기 해요. 오래 공들인 만큼 가지는 재미도 쏠쏠할 테니까요. 그렇지만 현재로선 제 이기적인 호기심 때문에 남는 겁니다. 너무 긴장하진 마세요."

"네놈 속을 모르겠군."

"전 그저 홍두 씨가 웃는 게 좋아요. 그게 답니다."

우혁이 미간을 좁히고 시진을 쳐다보며 낮게 읊조렸다.

"누군가를 굳이 웃게 하겠다는 건, 이미 마음에 있다는 소리야."

"상관없잖아요? 제가 누굴 어쩌든 말든……. 홍두 씨 마음이 확고불변한데, 뭘 의심하는 건가요? ……재밌네요. 전 백마신장으로 위엄과 명예가 드높았던 분이 일개 감시자 따위에게 질투심을 느끼다니요."

"입조심해라!"

시진이 자리에서 일어나며 입가를 비틀었다.

"조만간 다시 오죠. 시간을 더 벌려면 제가 우혁 님의 특징을 간파하고 있어야 흉내라도 제대로 낼 수 있어요. 요점을 적어 주세요. 누굴 만나면 어떻게 행동하는지에 대해. 그렇게 해놓으면 홍두 씨를 만나는 시간이 조금이라도 늘어나지 않겠어요? 그 여자, 의외로 약해요. 주사약처럼 수시로 우혁 님이 필요하단 말입니다. ……가볼게요."

시진이 나가 버리자, 우혁은 조소를 머금고 주먹을 말아 쥐었다. 옥황상제는 잠시 그의 상태를 전면 보류한 듯 보인다. 적어도 1년간의 행동을 지켜보고 차후 결정을 내릴 모양인데, 그는 절대로 홍두를 포기할 수 없다. 그렇다면 천계에서 영구 방출은 결정된 거나 다를 바가 없다.

"안에 있느냐?"

"누구세요?"

문을 열고 나가자 낡은 복색 차림의 나이 지긋한 사내가 서 있었다.

"아버지?"

"잠시 들어가마."

안으로 들어온 궁상이 내부를 훑어보더니 혀를 낮게 찼다. 나름 집안에서 귀하게 키워왔던 아들이 고작 이런 흙담집에서 남루하게 사는 걸 보고 있자니 뱃속이 뒤집어졌다.

"상황이 어찌되는지 궁금할 것 같아 수소문 끝에 찾아왔다. 여기서 어린 도깨비들에게 무예 수련을 하고 있다고?"

"네, 아버지. 죄송합니다."

"지금 하늘 위에선 난상토론이 벌어지고 있다. 네놈의 거처에 대한 토론이 이어지고 있어. 염라대왕에게 모든 일을 맡김으로, 네 신상이 명계로 넘어가 버린 시점에서 이미 옥황상제께서는 너를 포기했다는 소문도 돌고 있다. 그렇게 되면 너는 온갖 잡귀들의 목표물이 될 거야. 잡귀들에게 가장 고급스러운 먹잇감이 될 테니까."

궁상이의 고민이 이젠 피부에 직접적으로 와 닿았다. 예상만 하던 것과 실제로 이런 일이 벌어질지도 모른다는 경고는 전혀 다른 무게였다.

"어쩔 생각이냐? 그래도 그 애를 포기하지 못하겠다는 게냐?"

"옥황상제께서는 제 심장과 연동되는 구슬을 갖고 계십니다. 그 구슬이 반응을 일으켰을 겁니다. 누군가를 연모하게 되면, 심장이 불꽃처럼 타오르는 반응을 보인다고 하더군요. 그걸 보고 판단하신 거겠죠. 이젠 더 이상 어찌할 수 없다고……. 상관없습니다."

"미친 게냐!"

궁상이가 나직하게 으름장을 놓았다.

"너는 내 아들이야. 천계의 막강한 힘을 가지고 세상을 수호하던 전 백마신장이다. 그랬던 자가 난데없이 잡귀라니! 어찌 부모 입장과 체면은 하나도 생각하지 않는 게냐!"

우혁은 유구무언, 입이 열 개라도 할 말이 없는 신세였다. 세상에 이런 불효가 어딨단 말인가. 고작 여자 하나 때문에 자신이 누리고 갖고 있던 전부를 포기하겠다는 아들을 독려할 부모는 없으리라. 그런 아들을 궁상이는 가여운 눈빛으로 쳐다봤다. 자식 이기는 부모는 하늘에서조차 없었다.

"잡귀만은 면해야 한다. 네 곁에 류시진이라는 천계에서 보낸 무관이 있다고 들었다."

"네."

"내가 그자를 만나봐야겠구나."

"어쩌시려구요?"

"어떻게든 해야 하지 않겠느냐? 잡귀의 밥이 되게 가만두고 볼 수만도 없지 않느냐? 뭐든 해 봐야지. 옥황상제께는 찾아가서 실망했다고 한소리 했다. 어떻게 너를 포기한단 말이냐!"

"모두 소자가 부덕해서 벌어진 일입니다. 어머니는 어떠십니까?"

"매일 너 때문에 가슴앓이를 하고 있다. 적어도 잡귀 신세만은 면해야 하지 않겠느냐며……. 칠타부에게 얘긴 들었다. 용흥이라는 게 필요하다고 말하던데, 어지간해서는 구할 수도 없는 귀한 물건이라고 하더구나. 옥황상제만이 취급할 수 있고, 옥황상제의 개인 금고에 있기 때문에 누구도 볼 수도 없다고…….

"……알고 있습니다. 절대로 쉽게 손에 쥘 수 없다는 것도…… 그건 소자가 인간이 되기 위해 꼭 필요한 것이긴 하지만, 옥황상제께서 소자 같은 죄인에게 다시 기회를 줄 거란 기대도 하지 않습니다."

"차라리 인간이 되는 게 낫지 않느냐? 잡귀가 될 바엔……. 잡귀는 환생할 가능성조차 없다."

궁상이의 고민이 어느 정도인지 짐작하고도 남음이 있었다. 우혁은 죄송한 마음에 고개를 들 수조차 없었다.

"하는 데까진 다 해 보마. 너는 여기서 근신하면서 다른 방도를 찾아봐라. ……기어이 그 여자와 살아야겠느냐?"

"……네, 갖고 싶습니다. 그 사람과 행복한 가정을 꾸리고 싶습니다."

아들의 간절한 바람을 들은 아비는 더 이상 아들을 원망하지 않기로 했다. 옥황상제마저 손을 놓아 버린 마당에 이제 와서 그 마음을 되돌리는 건 태산을 여러 차례 옮기는 것과 같은 일이 되리라. 이미 정해진 시련이라면 이젠 어떻게 극복할지 방법을 찾는 일이 더욱 현명하다.

"이만 가봐야겠다. 건강 조심하고, 한 번씩은 네 엄마에게 서신이라도 띄워라."

"네, 아버지."

부친이 옷자락에 붙은 모자를 깊게 눌러쓰고 밖으로 나가 이내 사라졌다. 밤새 한잠도 못 잤는데, 어느새 미명이 밝아오고 있었다. 상황이 복잡하게 돌아간다. 답이 있긴 한 걸까? 옥황상제는 대체 무슨 꿍꿍이가 있는 걸까?

시진이 눈앞에 놓인 용의 비늘 두 개를 심각한 얼굴로 응시했다. 우혁의 부친인 궁상이가 시진에게 내놓으며 간절한 눈빛으로 말했다.

"우리 아들의 호위무사가 되어 주게. 이걸 받게 되면, 정식으로 내가 자네를 고용하는 게 되네."

궁상이는 우혁이 잡귀가 되는 걸 우려하는 것이다. 그걸 막으려면 검객이 필요하고, 적어도 천인쯤은 되어야 잡귀들이 접근을 하지 못한다. 그렇지만 천계에 속한데다 그는 옥황상제의 직속 수하다. 옥황상제의 명령이 떨어지면 다시 움직여야 한다는 문제점이 있었다.

"소인보단 전문적으로 이런 일을 해 주는 검객을 알아보는 편이 낫지 않을까요? 소인은 옥황상제께서 부르시면 다시 천계로 가야 합니다. 소인이 자리를 비울 경우, 우혁 님의 목숨은 장담 못 합니다."

"그건 좀 더 알아보겠지만, 당분간이라도 그리해 주게. 아직 옥황상제께서 우혁의 처벌을 보류한 상태가 아닌가? 확정되면 당장 자네의 힘이 필요할 거야. 나는 그동안 전문가를 수소문해 보겠네."

우혁의 무예가 출중하다고 해도 천인의 힘을 잃은 상태에서는 잡귀들과 막상막하의 힘밖엔 안 된다. 그런 잡귀들이 수백 마리가 달려들면 아무리 우혁이라도 개죽음이 된다.

"그 여잔 어디 있지? 잠시 보고 갈 수 있을까?"

"옆집에 삽니다. 같이 가시죠. 아마 일어났을 겁니다."

시진이 앞장서서 나가자 밖에 있던 백소와 가향이 재빨리 읍하고 섰다. 은소도 나와서 머리를 조아렸다.

"일신 님, 오셨습니까?"

"음, 자네들이 고생이 많구만. 그간 우리 애를 곁에서 열심히 챙겨 줬다지?"

"송구합니다."

"고맙네."

궁상이는 시진의 뒤를 따라 옆집으로 향했다. 음식 만드는 냄새가 집 밖으로 흘러나오고 있었다.

"불러오겠습니다."

시진이 집 안으로 들어가 홍두를 데리고 나왔다. 홍두가 어안이 벙벙해진 얼굴로 나와 낡은 망토 차림에 모자를 깊게 눌러쓴 남자를 쳐다봤다.

"인사하세요. 우혁 님의 아버지십니다."

소스라치게 놀란 홍두가 볼을 붉게 물들이고 재빨리 허리를 굽혔다 폈다.

"아, 안녕하세요. 우홍두입니다."

모자를 뒤로 젖힌 궁상이는 물끄러미 홍두의 눈을 들여다봤다. 맑고 깨끗하며 진솔한 눈빛을 지닌 여인이었다. 거짓 한 줌 없이 따뜻한 성품에 온화한 사람. 적어도 아들이 경박하고 개념 없는 여자한테 홀린 것 같지는 않아 안도가 되었다.

"지금 우혁이 많은 걸 버리고 소저에게 가려 하고 있소. 나로서는 아비이기에 어떻게든 막으려 노력했지만 뜻대로 될 일이 아니라는 것도 잘 알고 있소. 소저가 우혁의 마음을 포기시켜 주면 더없이 좋겠지만, 그 일 또한 어려운 일이겠지요."

"저는 하늘과 저승, 세상이 돌아가는 일 같은 건 하나도 모릅니다. 다만 우혁 씨와 어떻게든 다시 만나 그를 행복하게 해 주고 싶다는 마음뿐이에요. 그게 갖지 말아야 할 욕심인가요?"

"인간 대 인간이라면 그게 무슨 흠이 되겠소. 소저 때문에 우혁이 나락으로 떨어지게 생겼으니 이리 말하는 것이오. 아비 된 자의 입장에서 말하다 보니 옹졸해질 수밖에 없는 점 양해 바라오. 어찌되었건 우혁이 누굴 위해 자신의 모든 걸 버리려 하는지는 나도 알아야겠기에 이렇게 찾아온 거요. 이만 가 봐야겠소. 해야 할 일이 천지요."

"조심히 가십시오."

홍두가 꾸벅 인사를 했다. 궁상이는 다시 망토에 매달린 모자를 덮어쓰고 서둘러 하늘구름인 청운에 올라탔다. 시진이 예를 갖추자 한 번 눈짓을 한 궁상이가 순식간에 눈앞에서 사라졌다.

시진이 홍두를 보며 입가에 미소를 지었다.

"참 대단한 사람인 거 알아요?"

"왜요?"

"홍두 씨 때문에 하늘에서 온갖 신들이 다 내려와 홍두 씨를 보고 가고 있어요."

"아무래도 대형 사고를 친 모양이군요. 평범하기 짝이 없는 제가 어쩌다 이런 일에 말려들었는지 모르겠어요."

"그러게 말이에요. 큰 사고를 쳤어요."

"전 얼른 들어가서 애들 아침 준비해야 돼요. 나중에 연락드릴게요."

"그래요."

홍두가 서둘러 들어가는 모습을 가만히 보고 있던 시진은 용의 비늘 두 개를 손에 쥐고 가만히 내려다봤다.

개인적인 고용이라. 이런 일이 한 번도 없어서 어떻게 해야 할지 모르겠다. 옥황상제가 알면 노발대발할 일이긴 한데, 어째 그의 입장에선 재밌는 건수를 하나 잡은 것 같기도 하고. 원래 그는 옥황상제의 명령에 맹종하는 성격도 아니었다. 하고 싶은 일만 멋대로 골라 하는, 참으로 말 안 듣는 무관이 아닌가.

짤랑짤랑, 유리 같은 용의 비늘이 손바닥 위에서 오르락내리락하며 흔들렸다.

*

어느새 9월의 마지막 주가 되었다. 서른의 추석이 시작되었다. 우혁을 만났을 때 29살이었는데, 이젠 어른들이 본격적으로 걱정하기 시작하는 노처녀가 되었다. 어찌되었건 추석이든 뭐든 서울에 갈 새가 없었다. 갈 곳 없는 보육원 아이들과 함께 명절에 대한 의미를 새기는 특별한 날이 될 테니까.

아이들과 추석 때 해 보는 모든 걸 하기로 했다. 우선 가장 손쉽게 어느 지방에서나 먹는 송편을 먼저 준비하고, 토란국과 화양적을 준비하기로 했다. 아이들과 둘러앉아 송편을 빚고 어릴 때 있었던 얘기들을 들으면서 한바탕 즐거운 아침을 보냈다.

아침을 보내고 아이들과 마당에 모래판을 꾸미고 그 위에서 씨름을 하면서 시간을 보내고, 나머지는 아이들에게 자유 시간을 줬다. 홍두는 잠시 할 일이 없는 틈을 타서 집에 전화를 걸었다.

[바쁘지? 홍두야.]

"정신없이 바빠요."

[애들 키우는 게 보통 일이 아니야. 그냥 각오 없이 시작할 일이 아니었어. 힘들어서 어쩌니?]

"사명감을 갖고 하고 있어요. 직업윤리 의식에 대해서도 깊이 고민하고 있구요. 아이들이 이미 큰 상처를 받고 와서 제가 다 지워 줄 수는 없겠지만, 구김살 없이 자랐으면 하는 바램으로 키우려고요."

[앞으로 더 힘든 일들이 많을 거야. 보상받으려 하지 말고 헌신하는 마음으로 임해라. 네가 낳은 자식도 아니니 한 번씩 이해도 안 되고, 화도 나고 그럴 거야.]

"아빠도 그랬나 봐요?"

[자식이 내 맘대로 안 될 땐 그렇지. 네가 결혼 안 하는 것도, 네 동생이 공무원 시험 준비하는 것도…… 사실은 다 내 맘대로 안 된 거 아니냐?]

"아아하, 그렇구나. 그게 불효였나 보네요. 제 중심으로만 생각해서 죄송스러운데요? 결혼은…… 더 늦어질 것 같아요. 죄송해요. 아빠."

[됐다. 무슨 말을 더 할까. 즐거운 명절 보내라. 연말에 한 번 찾아갈게. 이렇게 차 막힐 때 말고…….]

"네. 건강하시고요, 엄마한테도 안부 전해 주세요."

[엄마랑도 통화하지 왜?]

"잔소리 듣기 싫어요. 아시잖아요. 맞선 얘기만 하는 거……."

[아하하, 알았다. 그럼 수고해라.]

통화를 끝낸 홍두는 커피를 내려 한 잔 마셨다. 다시 점심 준비를 해야 한다. 점심은 간단하게 국수를 말아 먹자 싶어서 잔치국수를 준비했다. 육수를 내기 위해 큰 솥에 국물을 끓이기 시작했다.

창밖을 내다보니 아이들이 삼삼오오 자기들끼리 게임을 하고 뛰어다니고, 어떤 애들은 방에서 책을 읽거나 그림을 그리며 시간을 보냈다. 명절이라고 해도 사실 별것 없었다.

"계세요!"

홍두가 고개를 빼꼼 내밀자, 열린 문으로 시진과 은소, 백소, 가향이 들어왔다. 양손에 선물이 바리바리 들려 있었다.

"어쩐 일이세요?"

"꼬마 친구들이 심심할까 봐 선물을 좀 갖고 왔어요."

홍두가 환하게 웃으면서 아이들을 불러 모았다. 시진 일행이 상자 하나씩을 내밀면서 애들 이름을 일일이 호명했다. 그새 아이들의 이름을 다 외웠나 보다. 홍두는 흐뭇한 얼굴로 아이들이 기뻐하는 모습을 바라봤다.

아이들 사이즈에 딱 맞는 새 옷 한 벌씩과 신발, 간절기 점퍼 한 벌씩이 들어 있었다. 아이들이 새 옷을 보고 펄쩍펄쩍 뛰면서 좋아했다. 안 그래도 얼마 전에 가향이 와서 애들 이름과 사이즈를 꼼꼼히 확인하고 갔는데, 이럴 생각이었나 보다. 아이들이 풍성한 빵 선물을 받아들고 방으로 우르르 건너가는 걸 본 홍두는 모두를 회의실로 초대해 커피를 대접했다.

"감사해요. 이렇게 챙겨 주셔서."

"애들이 밝고 명랑해서 좋아요."

백소가 웃으며 말했다. 처음엔 무섭고 녹록치 않아 보였는데, 요즘은 자주 웃는 모습을 보여 줘서 친근한 느낌이었다. 가향은 아이들이 좋아할 거라면서 비타민 박스를 꺼내 놓았다. 영양 부족이 되기 쉬운 애들이다 보니, 신경 쓰이는 게 많았다. 그런 부분을 하나하나 챙겨 줘서 얼마나 고마운지 모르겠다.

"애들 때문에 홍두 씨가 더 건강해진 것 같아요."

"맞아요. 내가 건강하지 못해서 애들을 제대로 챙겨 줄 수 없다 생각하면 정신이 번쩍 나요. 제가 시작했고, 책임지기로 했으니까 열심히 건강해져야죠."

두런두런 아이들에 대한 이야기를 나누고 이따 저녁이나 같이 먹자는 약속을 잡은 후 다들 물러나고, 대신 시진만 남았다.

"내일 밤 12시 이후에 우혁 님이 2시간 정도 머물다 가실 겁니다."

홍두가 숨을 멈추고 기대감에 차올라 그를 쳐다봤다. 시진은 약간 심술이 났지만 드러내진 않았다.

"다행이에요. 이제나 오나 저제나 오나 기다리고 있었는데……."

"자주 올 수 있는 입장은 분명 아니니까요. 천계에선 그분 때문에 탁상공론이 가열되는 눈치구요. 아직 이렇다 할 결정이 난 게 없어서 시끄러운가 봐요."

"……답답하고 복잡해 보이는군요."

"넘지 말아야 할 선을 넘은 거니까요."

"가끔은 제가 과연 그럴 만한 가치가 있는지에 대해 고민하게 돼요. 이쯤에서 그를 보내 주면 그는 아무 일 없었다는 듯이 천계로 돌아가 그동안 하던 대로 편한 삶을 누리며 살 텐데……. 제가 그걸 다 막고 있는 건 아닌지."

"그거 알아요? 내가 지금까지 홍두 씨를 지켜보면서 이상한 욕심이 들게 하는 여자라는 걸 알았어요."

홍두가 눈을 동그랗게 뜨고 호기심이 반짝거리는 눈빛으로 그를 쳐다봤다.

"같이 있고 싶어지는 여자예요. 다음엔 뭘 할지 궁금하고, 어떤 얘기를 하면 웃을지도 막연히 기대하게 되고, 자꾸 만나고 싶은 사람이에요. 아무 매력이 없다면 욕심을 가질 필요도, 그만한 희생도 필요 없는 일이겠죠. 하지만 충분히 매력이 있으니까 그분도 그렇게 하는 걸 거예요."

"그걸 시진 씨가 어떻게 알아요?"

"나도 여태 홍두 씨를 지켜봤잖아요. 나도 남자예요. 평범한 인간은 아니지만, 어찌되었건 이성을 보면 들끓는 남자 말이에요."

시진이 일어서더니 재킷 주머니에 손을 넣고 물끄러미 홍두를 바라보며 입가에 미소를 지었다.

"우혁 님이 이렇게 끝끝내 붙들고 늘어지지 않았더라면, 아마 내가 홍두 씨를 붙들고 늘어졌을 거예요. 갈게요."

홍두가 어안이 벙벙해진 얼굴로 그가 가 버린 자리를 봤다. 그렇게 보면 시진에겐 이렇다 할 만하게 잘한 것도 없는데, 그렇게 좋게 봐줬다니 고마우면서도 미안한 마음이 생겼다. 홍두는 이마를 싸쥐고 피식 웃었다.

'다들 뭐에 씌었나 봐. 나 같은 게 뭘······.'

살면서 사람들에겐 그다지 인기가 없었다. 바른 소리나 찍찍 해 대고, 살갑지도 않고, 무뚝뚝한 편에 공부만 하던 애였다. 그러다 보니 사람이 그리 많이 꼬이진 않았는데, 나이 서른 구역에 들어와서 남복이 터졌나 보다.

귀신이 곡할 노릇이다.

내일 그가 온다. 그러고 보니 그녀는 참으로 겁도 없다. 어쩌다 신과 눈이 맞았을까? 온갖 귀신들의 가장 윗자리를 점하고 있는 남자와 연애라니. 희한하고 기구한 인연이구나.

담벼락 안쪽의 상쾌한 바람

 홍두가 초조한 얼굴로 문을 열고 왔다 갔다 반복했다. 약속한 12시가 넘었는데, 아직도 우혁이 모습을 드러내지 않았다. 왜 안 오는 걸까? 마음이 두방망이질 치고 있었다. 머리까지 쿵쿵 울린다. 가을바람 한 무리가 스산한 소리를 내며 생기를 잃어가는 이파리들을 스치고 지나갔다. 홍두는 마른침을 몇 번이나 삼키고 창밖만 쳐다봤다.

 니트 코트를 입고 아예 밖으로 나섰다. 그가 어디서 나타날지 모르겠어서 대문 쪽에서 서성거렸다. 백구 두 마리가 컹컹 짖다가 울음을 멈췄다. 오리들도 파득파득 날다가 소리를 죽였다. 뭔가가 온다. 홍두가 시선을 돌려 어딘가를 쳐다봤다. 사람의 기척이 느껴졌다. 홍두가 그곳을 뚫어져라 바라봤다.

 "누구세요?"

어둠 속에서 모습을 드러낸 사람은 우혁이었다. 저번엔 시진의 모습으로 나타났는데, 이번엔 우혁 본인의 모습이었다. 혹시 시진이 장난을 치나 싶어 긴장한 얼굴로 다시 물었다.

"누구세요?"

"권우혁."

"정말 본인 맞아요?"

"이젠 날 믿지 못하게 된 건가?"

"아니에요. 그럴 리가요."

홍두가 달려가 그의 손을 꽉 잡았다. 우혁은 홍두의 허리에 팔을 감고 일전에 만났던 빈 숙소로 향했다. 그래도 아직은 누군가의 눈을 조심해야 할 필요가 있었다. 안으로 들어가자마자 그는 홍두의 뺨을 꽉 쥐고 거친 입맞춤을 해왔다.

입술과 입술이 마주 닿고, 혀와 혀가 얽혀 들어갔다. 갈급한 입맞춤이 더욱 강렬해지고 숨소리는 점점 거칠어졌다. 홍두의 몸이 벽에 부딪쳤다. 그가 입술을 떼어내며 열기 젖은 눈빛으로 그녀를 바라봤다.

"언제까지 참아야 하는 건지 모르겠다."

홍두는 손을 들어 그의 뺨을 어루만졌다. 꿈을 꾸는 것만 같았다. 그에게선 낯선 냄새가 났다. 아마도 그것은 도깨비의 마을에서 나던 냄새일 것이다. 흙냄새와 섞인 특유의 상쾌한 향이 묘한 여운을 남겼다. 그녀는 그의 입술에 다시 입을 맞췄다.

"두려워요. ……무서운 말을 들었어요. 잡귀가 될지도 모른다던데……."

"아버지가 그것 때문에 여기저기 수소문하고 있어. 아직 결정된 건 없기 때문에 뭐가 어떻게 될지 잘 모르겠다. 난 옥황상제께서 나를 포기해 줘서 감사한 마음이 드는데, 두 번째 고비가 준비되고 있으니 마음을 놓을 수가 없어."

홍두는 그의 품안에 와락 안겼다. 두 사람은 그대로 나란히 주저앉아 서로에게 머리를 기댔다. 서로의 손을 깍지 끼고 대책을 논의했다.

"용흉이라는 것만 찾아내면 사람이 될 수 있다던데, 문젠 그걸 구하려면 옥황상제의 개인 금고까지 가서 그걸 열어야 한다는 거야. 그리고 그걸 실제로 본 자가 없다는 점도 가장 큰 고민거리지."

"그렇다고 훔칠 수도 없는 노릇이잖아요. 어떻게 옥황상제의 물건에 손을 대겠어요. 정당하게 얻어야죠. 결국 최악의 상황이 예정되어 있군요."

"잡귀가 되는 건데……."

"잡귀가 된다는 건……."

"악귀나 다를 바가 없지. 원한을 갖고 오직 그 하나만을 위해 사는 요괴나 같아. 최하위급으로 추락하는 거지. 아버진 그걸 보고 싶지 않은 거고……."

홍두는 마음이 복잡해졌다. 자신을 위해서 그에게 다 희생하라고 하는 게 맞는 건지, 그를 위해서 떠나라는 게 맞는 건지, 그의 부모님들의 명예를 지켜주기 위해 그를 놓아주는 게 맞는 건지, 너무도 어려웠다. 한두 사람이 걸쳐 있는 게 아니라 복합적으로 영향을 끼치기 때문에 혼자만의 욕심만 채우기엔 너무 이기적이란 생각이 든다.

"우리...... 포기할까요?"

홍두가 시선을 돌려 우혁을 쳐다봤다. 우혁이 피식 웃더니 그녀의 뺨을 부드럽게 쓸어내렸.

"그러면 난 아마 편안히 천계로 올라가긴 하겠지. 그리고 다시 예전처럼 고위층 무관까지는 아니더라도 무관으로서 충성을 다할 거야. 그렇지만 내 마음속의 공허함은 어떻게 달래야 할까? 그게 과연 사는 것이라 할 수 있을까?"

"......제가 앞으로 백세까지 산다고 한다면 기껏해야 70년을 살게 될 거예요. 고작 그 삶을 위해서 당신에게 갖고 있던 지위와 명예를 모두 버리라고 하는 게 맞는 건지 혼란스러워요."

"그건 아마도 누구도 똑바른 대답을 내놓지 못할 거야. 삶의 가치라는 건 결국 자신이 정하는 거잖아."

홍두는 그의 목덜미로 얼굴을 파묻었다. 그의 살내음이 깊게 파고들어 왔다. 나른해질 만큼 좋은 체취다.

"당신이 너무 좋아요."

"내가 망가져서 결국 너를 기억하게 되지 못할까 봐 겁나......"

홍두의 눈가에 물기가 차올랐다. 놓는 게 맞는 것 같다는 마음이 자꾸만 커진다. 홍두가 고개를 들어 그를 쳐다보며 간절한 마음을 담아 말했다.

"제발, 지금 놔줄 테니까 도망갈래요?"

"우홍두……."

"난 정말 두려워요. 결국 이러다 당신을 완전히 잃게 될까 봐. 천계로 떠나보낼지, 잡귀가 될지를 두고 선택하는 꼴이잖아요. 그렇다면 난 그냥 천계로 당신을 보낼래요. 그렇게 하면 적어도 죽기 전에 몇 번이나마 당신과 얼굴이라도 볼 수 있잖아요. 결혼해 사는 것까진 바라지도 않을게요. 평생 당신 하나만 바라보며 기다릴게요."

우혁이 그녀의 뺨을 감싸 쥐고 그윽하게 바라보더니 입을 맞췄다.

"일방적으로 네게 다 희생하라는 거잖아. 사내로서 할 짓이 아니지. 그건 내가 싫어. 비겁한 거잖아."

홍두의 눈에서 하염없이 눈물이 떨어져 내렸다. 이미 결론은 나 있다. 지금 옥황상제는 우혁을 아끼기 때문에 시간을 이래저래 미루는 것뿐이다. 그게 언제일지는 곧 정해지겠지. 홍두는 다급하게 그의 입술에 키스를 했다.

"안아 줘요. 오늘은 그냥 보내기 싫어요."

"안 돼. 시간이 너무 촉박해. 다음에……. 지금 널 안으면…… 감당 못 할 것 같아. 고작 두 시간 내로 내 욕정을 만족시킬 자신이 없어."

홍두가 울다 말고 피식 웃었다.

"내 욕정이 아니라 당신의 욕정이요?"

"꽤 오래 참았거든. 일주일을 내리 안으라고 해도 할 수 있을 지경이야. 지금 시작하면 멈추지 못해."

우혁이 그녀의 이마를 부드럽게 만지면서 콧날에 그의 콧날을 문질렀다. 사랑스러운 입술에 계속 그의 입술을 부딪치면서 말했다.

"절대로 널 잊지 않아. 그런 일은 없을 거야."

"제발…… 최악의 상황은 면하기를……."

장담할 수 있는 건 아무것도 없다. 우혁은 잡귀가 된다 해도 홍두에 대한 마음만은 제발 잊지 않게 해 달라고 빌기 시작했다. 그때가 되면 그는 홍두에게 아마도 마지막 작별의 말을 전하러 오겠지. 더 이상 홍두를 붙들어둘 수 없다는 걸 아니까.

못내 심장이 찢겨지는 듯 아파왔다. 결국 헤어질 수밖에 없을지도 모른다. 이토록 간절한 마음을 왜 하늘이 알아주지도, 들어주지도 않으려 하는지 모르겠다. 그저 원망스럽기만 했다.

옥황상제가 노곤한 얼굴로 나이 지긋한 신들을 응시했다. 40여 명의 신들이 좌우로 나눠 앉아 심각한 얼굴로 웅성대고 있었다. 이틀 간격으로 계속 장로들이 모여 회의를 하고 있지만 대립은 팽팽했다.

절대로 하계인과 천계인의 결합을 눈뜨고 봐줄 수 없다는 결론이었다. 우혁에게서 신격을 영구 박탈하고 강제 추방해 잡귀가 되게 하는 것이 맞다는 쪽이 우세했다.

옥황상제는 우혁을 무척이나 아꼈다. 일월신들의 자식이기 때문에 워낙 어릴 때부터 봤다는 점이 유리하게 작용하기도 했지만, 무관으로서의 능력이 매우 빼어나 지금껏 한 번도 이렇다 할 실수가 없었던 그였다.

수하의 잘못된 판단으로 애먼 하계인이 죽게 되면서 자기가 모든 책임을 짊어지고 하계로 축출당한 것이다. 그렇게 따지면 온전히 우혁의 책임도 아니었다. 우혁이 명령을 해서 죽인 것도 아닌, 혼자만의 판단으로 우혁의 정인과 혼례를 앞둔 정혼자를 죽여 버린 것이니까.

옥황상제는 앞에 있는 종을 탕탕 쳐서 두런대는 자들의 음성을 단번에 정리했다.

"자, 고민은 충분히 한 걸로 보이는데, 이제 그만 결론을 내도록 하오. 지금부터 찬반 투표에 들어가겠소."

백마신장이 여러 무관들과 함께 신들이 결정을 내린 패를 거둬들이기 시작했다. 모든 패를 모아 옥황상제 앞에서 찬반패의 숫자를 세기 시작했다. 옥황상제의 미간이 점차 일그러졌다.

"반대패가 압도적인 숫자로, 이번 안건은 영구 박탈과 강제 추방으로 결론 났습니다."

옥황상제는 이마를 손으로 짚고 잠시 아무 말도 할 수 없었다. 일월신에겐 대체 이 상황을 어떻게 전달할 것이며, 당장 우혁의 얼굴도 어찌 볼지 암담해졌다.

이렇게 되면 하계든 혼계든 세상에서 가장 맛있는 일품요리가 아주 신선한 산제물이 되어 떠돈다는 소문이 일파만파 퍼질 테고, 우혁은 단시간 내에 잡귀가 될 것이다. 자신의 인생 자체를 하나도 기억하지 못하고 오직 살육 본능만 남게 될 것이다.

"다음 안건에 대해서도 찬반 투표를 시작하지."

다음 안건으로 토의가 넘어가는 동안, 옥황상제는 이 사태를 어떻게 정리하는 게 옳은지를 두고 고민해야 했다. 물론 단지 잘 안다는 이유로 누군가의 편의를 봐준다는 건 형평성에서 문제가 될 수 있지만, 3백 년 넘게 죗값을 치른 우혁의 입장에서는 다소 억울한 면도 없지 않아 있을 터였다. 무작정 장로들의 생각이 다 맞다고만 할 수도 없는 그만의 사정이라는 것도 있는 것이고.

'결국 팔은 안으로 굽는다는 건가?'

관자놀이가 지끈거려 왔다.

"백마신장!"

그가 나직하게 백마신장을 불렀다.

"당장 류시진을 내 방으로 불러들이게. 긴히 할 말이 있으니."

"존명!"

백마신장이 수하를 데리고 회의실을 빠져나갔다.

*

도깨비 성으로 천군들이 내려왔다. 도깨비왕 격심이 다소 당황한 얼굴로 그들을 맞았다.

"권우혁은 지금 어디 있습니까?"

"당장 불러들이겠다."

격심이 수하들에게 우혁을 불러들이라 말한 잠시 뒤 우혁이 수하들과 나타났다. 우혁은 천군들의 예사롭지 않은 표정을 보고 곧 듣게 될 말이 긍정적인 말이 아니라는 걸 예감했다.

"신 권우혁은 듣거라. 옥황상제께서는 오늘부로 그대에게 신격을 박탈하고 천계에서 영구 추방을 명령하셨다. 지금부터 그대가 가진 모든 신의 능력을 회수한다."

천군들은 검날이 투명해 보이지 않는 무영검을 꺼내 들어 우혁의 심장에 정확히 박아 넣었다.

"크헉!"

우혁의 심장을 관통한 무영검이 시퍼런 불꽃을 뿜어내며 우혁이 지니고 있던 신력을 빨아들이기 시작하며 점차 모양새를 갖춰 나가기 시작했다. 검이 완성되자 천군들은 검을 빼내 검집에 채워 넣고, 쓰러져 버린 우혁을 방치했다.

"이제 이자의 거취는 도깨비왕과 염라대왕께서 합의 후에 결정하시면 된다 하셨습니다. 이만 가보겠습니다."

천군들이 임무를 완수하고 눈앞에서 사라졌다. 격심은 심장에 새파랗게 여러 가닥의 금이 간 듯한 자국이 남은 우혁을 안타까운 눈길로 바라보다가 똑바로 눕혔다.

"얘들아, 이자를 거처로 옮겨 두고 의원을 불러 상태를 보게 해라."

"네, 전하."

도깨비들이 우혁을 들어 올려 흙담집으로 옮겨 눕히고 의원에게 보였다. 의원은 우혁의 진맥을 짚어 보더니 혀를 찼다.

"이젠 혼백만 남았소. 이대로라면 이제 곧 잡귀들이 몰려올 것이오."

격심은 가슴 앞에 팔짱을 끼고 고심했다. 잡귀들이 몰려오면 일대가 어수선해질 게 불 보듯 뻔했다. 그와 직접적인 관계도 없는 우혁을 위해 도깨비들이 피해를 입을 이유가 없다.

"염라대왕께 이자를 데려다 주고 와라."

도깨비 둘에게 우혁을 가마에 태워 염라대왕의 성으로 가라 명했다. 지금으로서는 신력도 행사하지 못하는 혼백뿐인 우혁은 짐이었다. 여기서 더 이상 머물게 할 수는 없었다.

우혁은 천천히 눈을 뜨고 자신의 상태를 살폈다. 우려하던 일이 벌어졌다. 기어이 모든 능력을 빼앗기고 말았다. 이제부턴 잡귀들의 맹렬한 공격이 시작될 것이다. 그가 회한에 젖은 눈빛으로 먼 곳을 바라봤다. 이젠 정리를 해야 할 때가 되었다.

우혁은 염라대왕의 성에 도착하자마자 대기 중이던 귀왕에게 다가갔다. 도깨비들은 서둘러 다시 도깨비 성으로 돌아갔고, 귀왕은 우혁을 염라대왕에게 인도했다. 염라대왕이 우혁의 상태를 보더니 경악해서 쳐다봤다.

"결정이 됐나 보구나."

"부탁 하나만 해도 되겠습니까?"

"이런 상태라면 이제 밖으로는 나갈 수 없다. 이 안에서 내 업무나 돕도록 해라."

"만나야 할 사람이 있습니다. 꼭 만나야 합니다."

"그런 몸으론 어디도 갈 수 없다. 알다시피 자네 몸을 노리는 잡귀들이 미친 듯이 달려들 거야. 서신을 쓰게. 그리하면 전해 주겠네."

우혁은 곧장 널따란 방으로 안내되었다. 수많은 책들이 벽면에 빼곡히 채워진 서가였다.

"앞으로 여기서 문서 담당관이 되어 일을 하게. 자네가 아는 박학다식한 모든 내용을 동원한다면 충분히 도움이 될 거라고 보네. 되도록 이 안을 나가지 말게. 잡귀가 들지 못하도록 방비를 훌륭히 해 둔 장소니. 서신은 다 쓰는 대로 어린 차사를 통해 보내게. 그럼 처리해 주겠네."

"……감사합니다."

이젠 영원한 고립인가? 낡고 오래된 고서에서 흙냄새가 흘러나왔다. 그는 다리가 휘청거려 주저앉았다. 성에서 느껴지는 기운에도 몸이 짓눌리는 것 같았다. 그 전까지는 전혀 느껴지지 않던 무시무시한 기운이 이젠 뼛속 깊이 스며들어 진저리치게 했다.

이 안에 있는 저승차사들보다 그는 심약하다. 육체도, 영혼도 종잇조각처럼 쉽게 찢겨지고 구겨진다. 눈물이 차올랐다. 아무것도 원망스럽지 않은데, 다만 홍두를 더 이상 볼 수 없게 될지도 모른다는 생각에 감정이 치받쳐 올라왔다.

옥황상제를 알현한 시진은 잔뜩 굳은 표정으로 허공을 바라봤다. 다리가 후들거리고 심장이 미친 듯이 뛰었다. 신력마저 이미 빼앗았다는 얘긴가? 일이 빠르게 진행되고 있다. 도무지 속도를 따라잡지 못할 정도로 빠르다. 도깨비 성에서 내쫓김을 당한 우혁은 바로 염라대왕의 성으로 거처를 옮겼단다. 당장 어디 있는지는 알 수 없었다. 잡귀들이 쫓을 것을 우려해 장소를 비밀에 부친 듯했다.

"결국 이렇게까지 해야 하는 겁니까?"

"두 번째 실수를 했으니까."

"허나 너무 과합니다."

"어쩔 수 없다. 알다시피 다들 제대로 된 전례를 남기고 싶어 하니까. 자신들의 신분에 대해 자존심이 매우 강한 자들이네. 가만히 두고 볼 수만은 없었겠지. 어찌되었건 일월신 부부는 자네가 호위무사로 우혁의 곁을 지켜 주기를 바라던데, 자네 생각은 어떤가?"

"……염라대왕의 성에 천인이 들어가 상주하는 걸 달가워하는 자들이 있을지 잘 모르겠습니다. 잡귀들은 집요합니다. 한 번 꽂히면 미친 듯이 달려들어 어떻게든 자신들의 욕망을 채우려 하지요. 제가 아무리 막아도 결국 끝이 날 겁니다."

"현재로선 방법이 보이지 않네. 자네가 호위를 맡겠다면, 나는 그리 두겠네."

잠시 말을 아끼던 시진이 고개를 끄덕거렸다.

"맡겠습니다."

"알겠네. 그 목숨, 부디 부탁하네. 1년이라는 시간 동안 무사히 버티기만 하면 하계로 보내 주겠다고 염라대왕이 약조를 했다고 들었네. 그렇다면 그 이후는 내가 책임질 테니까, 그때까지만 자네가 보살펴 주게. 물론 내가 책임진다고 하는 수준이 그저 잡귀가 되지 않도록 시간이나 지연시키는 일이겠다마는!"

"그리하겠습니다."

"가보게."

시진은 궁을 빠져나와 하계로 곧장 하강했다. 집에 당도한 그는 홍두에게 전화를 걸었다. 홍두가 잠이 들었든 듯 꽉 잠긴 음성으로 대답했다.

[네, 시진 씨…….]

"잠깐 나와요. 급한 일입니다."

홍두는 채 3분도 안 돼서 밖으로 뛰어나왔다. 시진은 좌우로 불안하게 왔다 갔다 하다가 그녀를 보자마자 손을 꽉 움켜쥐었다. 홍두가 파랗게 질린 얼굴로 시진을 쳐다보며 아랫입술을 부들부들 떨었다.

"신격 박탈, 강제 추방…… 그리고 신력을 모두 빼앗겼습니다. 현재는 염라대왕의 성 어딘가에 몸을 숨기고 있다고 합니다. 아마도 영원히 그 안에서 나오기는 힘들지도 몰라요."

"아아아……."

홍두가 그대로 무너져 내려 울음을 터트렸다. 원치 않는 최악의 상황이 벌어지고 말았다. 잡귀들이 미친 듯이 그를 찾아 헤맬 것이다. 그는 한 무릎을 꿇고 주저앉은 홍두의 얼굴을 꽉 쥐었다.

"정신 차려요. 지금부터는 더욱 마음 단단히 먹고 기다려요. 염라대왕이 1년간은 무조건 그분의 안전을 보장해 줄 겁니다. 할머니와 약속한 게 있기 때문에 보호해 줄 거예요. 내가 그분의 호위무사로 임무를 부여받았어요. 곧 그분께 갑니다. 지금 당장 홍두 씨에게 해 줄 건 아무것도 없지만, 기다려만 준다면 그분을 하계로 데리고 올게요. 내가 꼭 그분을 지킬 겁니다."

"우우욱…… 흐으으윽……."

"하지만 하나만 기억해 둬요. 그분의 몸도 마음도 많이 피폐해져 있을 거예요. 인간은 육체라도 있지만, 이제 그분은 아무것도 없어요. 가진 건 나약한 혼백뿐이에요. 이제 더 이상 다른 이들에게 그분의 모습이 또렷하게 보이지 않을 거예요."

"아아악!"

홍두는 입을 가로막고 터져 나오는 오열을 쏟아냈다. 후회뿐이다. 보낼 걸……. 그를 놔줄 걸……. 그랬더라면 그렇게까지 되지 않았을 텐데. 육신도 없이 그렇게 혼백만으로 산다는 건 결국 귀신이라는 소리가 아닌가. 혼백뿐이라도 그를 붙들고 살아야 한다면 어떻게든 해 보겠지만, 잡귀가 된다면 어찌한단 말인가.

"홍두 씨! 후회하면 안 돼요. 그분이 모두 포기한 건 다 홍두 씨 때문이잖아요."

"으윽, 네, 알아요."

눈물을 참으며 숨도 참았다. 이대로 죽어 그와 같은 혼백이 된다면 얼마나 좋을까. 하지만 아직 해야 할 일들이 너무 많았다. 아마도 그걸 미련이라고 하겠지. 그리고 이대로 목숨을 끊으면 우혁이 불같이 화를 낼 것이다. 그런 결과를 그도 바라진 않을 테니까. 지금은 참고 기다리는 수밖에 없겠지.

"일어나요. 이젠 나도 염라대왕의 성으로 갑니다."

"고마웠어요."

홍두가 일어나 그를 꼭 끌어안았다. 이젠 우혁에게 유일한 방패가 되어 줄 자였다. 감시자에서 이젠 유일한 방패가 될 사람.

"부디 그 사람을…… 잘 부탁해요."

"네, 조금만 참고 견뎌요. 1년이 지나면 그분을 데리고 다시 돌아올 테니까. 씩씩하게 웃으면서 모든 걸 지키고 있어요. 알겠죠?"

홍두는 눈물을 흘리며 고개를 끄덕거렸다. 터지려는 울음을 누르고 그에게 작별인사를 했다. 시진이 몇 번이나 뒤돌아보며 그녀에게 들어가라 손짓했지만 한 걸음도 움직일 수가 없었다. 망부석처럼 그대로 멈춰 서서 그가 눈앞에서 사라져 버리는 걸 망연히 보고만 있었다. 그가 온전히 사라지자, 홍두는 다시 무너져 내렸다.

"우혁 씨이이……."

미안해요. 정말…… 미안해요. 나 때문에…….

시진은 참담한 심정으로 염라대왕의 성으로 들어가 귀왕의 안내를 받았다. 도착한 곳은 책들이 잔뜩 쌓여 있는 서가였다. 귀왕이 예를 갖추고 사라졌다. 시진은 안으로 들어가 주변을 두리번거렸다.

우혁이 보이지 않았다. 평소였더라면 어디서라도 우혁의 기운을 느꼈겠지만, 도무지 아무 기척도 느낄 수가 없다. 그만큼 그가 갖고 있던 기운 자체가 약해졌다. 조용히 두리번거리며 어둠 깊은 곳으로 들어갔다. 고서가 잔뜩 쌓여 오래된 먼지 냄새가 났다. 그 안에 검은 그림자가 하나 서 있었다.

"우혁 님."

"멀리서도 자네의 기운이 느껴지더군."

"호위임무를 맡았습니다."

"쓸데없는 짓을 하는군. 여기 갇혀 있는 동안은 별일 없을 거야."

"하지만 여기서 보호를 받는 기간은 고작해야 1년입니다. 이후엔 염라대왕과 할머님의 약속대로 하계로 가야 합니다. 그 이후에도 보호해 준다는 약속 따윈 하지 않았잖아요."

우혁이 천천히 어둠 속에서 걸어 나왔다. 가슴이 철렁 내려 앉았다. 평소 느껴지던 강렬한 눈빛은 온데간데없고, 빛을 잃은 혼탁한 눈빛과 무기력해 보이는 표정이 그의 감정을 전부 설명해 주고 있었다.

"홍두 씨가…… 기다립니다."

우혁의 관자놀이가 부르르 떨렸다. 치밀어 오르는 분노와 슬픔 때문에 견딜 수 없지만 가까스로 누르는 느낌이었다.

"나를 이제 잊으라고 해 줘."

"우혁 님!"

"이젠 내가 오히려 자네에게 존대를 하고, 자네가 내게 하대를 해야 하는 거 아닌가? 난 이제 가장 낮은 신분이 되었어."

"비관은 작작하시죠. 다 버린 게 그렇게 억울해서 죽겠으면 잡귀들에게 밥이나 되시죠. 그게 아니라면 홍두 씨를 생각하면서 견뎌요."

우혁은 말없이 한참 동안 그를 노려보더니 천천히 걸어 나왔다.

"잡귀들이 몰려들기 시작하면 홍두도 위험해. 잡귀들이 인간의 맑은 기를 야금야금 빼먹다가 결국은 죽음에 이르게 한다는 걸 몰라 그러나? 내가 그녀에게 가면 그녀도 위험해. 갈 수 없어. ……전해. 날 잊으라고."

"이미 예정되어 있었던 일이에요. 1년만 기다려 보죠. 지금 이런 상태에서 홍두 씨한테 우혁 님을 잊으라고 해 봤자 역효과만 나요. 기간이 지나면 그녀의 마음속에서 우혁 님의 존재감이 흐릿해질 수도 있는 일이에요. 방치하세요, 차라리."

우혁은 피식 서늘한 조소를 지었다.

"네놈 속은 도통 모르겠구나."

"저도 분하고 원통해요. 강력한 신력을 지닌 자로서 많은 이들에게 흠모와 존경을 받던 분께서 지금은 이런 귀신 나부랭이의 모습이라는 게 성질나요. 그래도 끝까지 해 볼 겁니다. 모든 걸 잃은 우혁 님과 그런 우혁 님을 기다릴 홍두 씨를 위해서."

"하나같이 제정신인 자들이 없어. 다들 이상해!"

시진이 핏 웃었다. 이젠 우혁도 마음을 다잡고 버틸 것이다. 이미 다 잃은 마당에 더 이상 과거에 연연해서는 곤란하다. 자신이 진짜 지켜야 하는 것 하나만 보고 달리는 수밖엔 없다. 끈질기게 버티다 보면 결국 무언가 하나는 손에 쥐겠지. 노력하면 보상은 따르게 마련이다.

"도울 일 있으면 말씀하시지요."

"혼백 주제에 감히 천인에게 이거 해라 저거 해라 할 수는 없는 노릇이지. 내 일은 내가 알아서 할 테니, 자넨 알아서 시간을 보내."

"그러죠."

홍두에게 매일 우혁이 어떤 일과를 보내는지 적어서 서신을 보내기로 했다. 그것이 홍두에겐 어떤 끈이 되어 줄 테니까.

*

11월, 이젠 겨울이라고 해도 좋을 정도로 바람이 매서워진 어느 날, 홍두네 부모님이 처음으로 홍두의 보육원을 찾았다. 할머니의 사십구재 때만 해도 공사가 진행 중이던 때여서 이런 완성된 모습도, 아이들도 제대로 만나보지 못했다.

홍두는 부모님을 마중하기 위해 터미널로 나왔다. 십 분쯤 기다렸을 때 부모님이 양손에 바리바리 보따리를 들고 내리는 모습이 보였다. 홍두가 다가가 반가운 인사를 했다. 모친은 홍두를 마뜩찮게 바라봤다.

"왜 이런 생고생을 돈 주고 사서 하는지 나는 당최 모르겠어. 난 네가 서울서 그냥 취직해서 남들처럼 일하고 고상하게 있다가 시집이나 갔으면 좋겠는데……."

엄마의 멘트는 어째 녹음기를 재생한 것처럼 하나도 달라지는 게 없다. 대답을 하는 둥 마는 둥하고 부친이 준 검정 산타페 트렁크에 짐을 올리고 운전석에 앉았다. 부친은 차의 상태를 이리저리 살피더니 틈틈이 정비는 꼭 해 주라고 말했다. 이미 한 차례 차사고가 났던지라 또 그런 불운이 닥칠까 염려되는 듯했다.

"너 요즘 살이 좀 빠진 것 같아. 왜 그래?"

모친이 걱정스럽게 물었다.

"애들 때문에 눈코 뜰 새가 없어요."

"열 명이라고 했니?"

"네."

"에휴, 애 둘 키우는 것도 벅차고 힘들던데 어떻게 열 명이나 보겠다고……. 너도 참 희한한 고생을 하는구나. 이런 걸 하늘이 알아줘야 하는데……."

"재밌어요. 애들 보고 있음 하루가 후딱 지나가거든요."

하늘이 알아준다면 좋겠지만, 자기만족과 보람 때문에 하는 일이지 누가 알아주기를 바라고서 하는 일은 분명 아니었다. 홍두는 차를 몰아 보육원이 있는 곳으로 향했다. 보육원 앞에 도착하자 부모님이 동시에 탄성을 내질렀다.

"아휴, 엄청 깔끔하게 잘 지었네."

차에서 내려선 부모님은 건물 이곳저곳을 살피더니 기분 좋은 미소를 지었다.

"고생했다. 최신식 건물처럼 잘 지었네. 편의성도 좋고."
홍두는 뿌듯한 표정을 지었다.
"옆집 백소 할아버지랑 시진 씨가 여러 모로 많은 도움이 되어 줬어요. 집짓는 데는 관록이 붙은 분들이더라고요."
"주변에 좋은 이웃이 있어서 여러 모로 배울 게 많다는 건 좋은 거지."
홍두는 두 선생을 부모님에게 소개하고, 아이들을 하나하나 소개했다. 이미 학교를 파하고 돌아와서 방과 후 학습 중이었다. 아이들이 절을 하면서 인사를 하고 자기 이름과 나이를 소개하자, 부친은 아이들에게 오천 원씩 용돈을 내밀었다. 열 명의 아이들의 입가에 금세 미소가 환하게 번졌다. 그 모습을 부친이 대견스럽게 바라보더니 아이들이 모두 나갔을 때 한마디 했다.
"홍두야, ……나랑 엄마도 이리 들어와 살고 싶은데……."
"네?"
모친은 시선을 돌려 딴청을 했다.
"아무래도 서울 사는 건 물가도 비싸고 관리비다 뭐다 나가는 돈도 쏠쏠하니까. 여기에 텃밭 가꾸고 하면서 너도 그렇고 애들도 우리가 같이 돌봐주고 하면 좋지 않겠니? 아빠가 일자리를 알아봐도 도통 받아주는 곳도 없고, 받아주겠다는 데는 턱없이 월급도 낮고……. 네 엄마도 요즘 팔다리 안 아픈 데가 없대. 캐셔 근무하는 것도 스트레스가 이만저만한 게 아니야.

그래서 얼마 전에 그만뒀다."

빈방이 있긴 하지만, 그곳은 나중에 아이들을 위해 쓸 방으로 놔둔 곳이라 덥석 들어와 살라는 말도 할 수가 없었다. 홍두는 난처한 얼굴로 부모님을 보다가 흔쾌히 고개를 끄덕거렸다.

"그럼 내려오세요. 엄마랑 아빠가 사실 수 있는 집을 하나 지을 테니까, 그동안은 빈 숙소를 이용하시면 되겠네요. 이삿짐이랑은 다 어쩌시려고요?"

"응, 홍서는 학원 근처에 전셋집을 얻어 주고 오려고. 물건들 태반은 오래돼서 재활용업체에 내놓으면 될 것 같고, 나머진 대부분 버리고 올 생각이야. 최대한 짐을 줄이려고 한다. 날짜가 정해지면 다시 연락하마. 괜히 너한테 부담 주는 건 아닌지 모르겠네."

"아니에요. 엄마랑 아빠가 계시면 저도 한결 수월하죠. 애들 보는 손이 많아지면 여러 모로 좋은 게 사실이니까요."

물론 공주과인 엄마가 애들을 위해 헌신적인 봉사를 해 줄지는 미지수지만 말이다. 홍두는 부모님에게 숙소 구경을 하라고 말하고, 사무실로 들어가 건축업체에 전화를 넣었다. 일전에 이 집을 공사했던 업자에게 전화를 걸어 조립식 주택을 15평 정도로 추가하고 싶다는 의뢰를 넣었다. 오랜 통화 끝에 계약이 성사되었고, 당장 내일부터 공사에 들어가기로 얘기가 됐다.

홀로 남은 홍두는 스크랩북을 꺼내 펼쳤다. 안엔 누런 낡은 종이 위에 검은 먹물로 대여섯 줄씩 쓴 서신이 가득했다. 그동안 시진이 백소를 통해 보내온 우혁과 자신의 일상이 담긴 근황이었다. 요즘 홍두의 유일한 낙이 이 서신을 꺼내 읽는 것이었다.

<우혁 님은 요즘 두 시간 정도는 검술훈련으로 근력을 쌓고, 나머지 대부분의 시간은 독서를 하며 시간을 보냅니다. 그 외엔 문서담당관이기 때문에 업무에 충실하게 임하고 있어요. 조금 걱정되는 건 업무 이외엔 말이 거의 없고, 무슨 생각을 하는지 당최 알 수 없다는 점이에요. 극히 감정을 자제하려는 듯한 인상이 강합니다.>

가장 마음을 둔 대목은 이 서신이었다. 우혁의 심경에 변화가 생긴 건 아닌지 걱정되었다. 시진은 홍두에게 되도록 본 대로 사실적으로 써서 서신을 띄웠다. 억지로 좋은 소리만 줄줄 써내려가진 않았다. 그렇기 때문에 홍두도 그에 대한 답신을 적어 보냈다.

사오 일에 한 번씩 백소가 인편을 통해 서신을 받으면 홍두도 그에 대한 답변을 백소 편에 보낸다. 휴대폰으로 전화를 하듯 바로바로 일신에 대한 내용을 알 수는 없지만, 이렇게나마 소식을 전해 들으니 마음이 조금은 편안하다. 아무것도 모르는 것보단 나으니까.

똑똑, 노크 소리와 함께 모친이 홍두를 부르는 소리가 들렸다. 문을 열자 모친이 안으로 들어와 자리에 앉더니 이리저리 눈치를 살폈다.

"너, ······결혼 안 해?"

"엄마······ 말씀드렸잖아요. 생각 없다고. 보육원 꾸리는 게 우선 과제예요. 벌여 놓고 감당 못 해 도망가는 사람이 되고 싶진 않아요. 결혼하게 되면 아무래도 여러 모로 힘들어진다는 건 엄마가 잘 아시잖아요."

결혼하면 아무래도 시댁에서 이런 일을 달가워할 리가 없다. 남편 쪽에서 아무리 좋아한다고 해도 손주를 먼저 낳아 키우기를 바랄 테고, 굳이 이런 힘든 일을 왜 하느냐 듣기 싫은 소리만 무한 반복할 게 뻔했다. 떳떳하게 자신이 좋아하는 일을 계속하고 싶지, 쓸데없는 간섭은 받고 싶지 않았다.

"네 일에 대해 이해하고 받아들이는 사람으로 엄마가 찾아볼게."

"아니에요. 찾지 마세요. 죄송한데, 정말 결혼 생각 없어요."

모친이 깊은 한숨을 쉬었다. 하지만 우혁이 돌아오지 않는 한 절대로 누군가를 마음에 담고 싶지 않았다. 우혁이 귀신이든 뭐든 상관없다. 그만 곁에 있어 준다면 그걸로 됐다.

# 담벼락 안쪽의 염원

31살의 6월이 되었다. 치둔 마을은 그새 시끌벅적해졌다. 홍두의 부모님이 이사를 했고, 아이들이 두 명 더 늘어났다. 백소네는 아직도 옆집에서 생활 중이다. 하루하루가 정신없이 빠르게 흘러가고 있었다.

아이들 12명을 감당하면서 사는 건 상당히 기민해야 한다는 걸 알았다. 사건 사고가 끊이지 않는데다, 신경 써서 돌봐줘야 하는 일도 너무 많았다. 애들마다 성격이 제각각이니 대화를 하다 보면 어느새 해가 졌다. 그나마 모친이 세 끼 식사를 모두 준비해 주고, 부친이 각종 야채들을 텃밭에 심어 재배해서 먹기 때문에 건강 하나는 최고였다.

그렇게 까만 밤이 되었다. 햇살이 찌는 듯했다. 벌써부터 무더위의 무차별 공격이 예상되는 햇살의 강도에 여름이 다 무서울 지경이었다. 홍두는 모처럼 기분 좋은 미소를 짓고 있었다.

오늘밤에 시진이 오겠다고 했다. 곧 우혁이 염라대왕의 품 안에서 벗어나 하계로 보내진다고 했다. 약속한 기일이 다 되었는데, 우혁이 워낙 치밀하게 일을 잘하는지라 그간 염라대왕이 그를 붙들고 놓아주려 하질 않았다.

그새 시진은 백소에게 잡귀들이 들지 못하도록 특별한 장치를 집안 곳곳에 하라는 명령을 내렸다. 그걸 확인 차 시진이 온다는 것이다. 제대로 방비가 되어 있지 않으면 홍두네를 비롯해 우혁까지 위협을 받을 수 있기 때문이었다.

"홍두야, 엄마랑 아빠는 건너간다."

"네, 안녕히 주무세요."

홍두는 여전히 아이들과 같은 공간에서 잔다. 아이들에게 정신적 안정을 주기 위해선 어른이 같은 공간에 꼭 있어 줘야 한다 생각하기에. 부모님을 집으로 보내고, 홍두는 홀로 남아 내일 필요한 물품과 돈 계산을 했다. 한 달 치 생활비가 늘 빠듯하다. 그러니 맞춰서 지출을 해야 하기 때문에 늘 가계부를 써 둔다.

빼곡하게 무언가를 적어 내려간 홍두는 계산을 모두 마친 후에 시계를 살폈다. 시진이 오기로 한 시간이 거의 다 되어간다. 홍두는 코트를 입고 서둘러 밖으로 나갔다. 어그부츠를 신고 최대한 발소리를 내지 않으려 노력하면서 자작나무 숲길로 들어갔다. 옆집 입구 앞에 서자, 검은 그림자가 나타났다.

"홍두 씨!"

홍두는 거의 일 년 만에 만나는 시진을 보자 펄쩍 뛸 듯이 기뻐서 두 팔을 활짝 벌려 그에게 달려갔다. 시진은 와락 안기는 홍두의 등을 다정하게 쓸어내렸다.

"와아, 정말 반가워요."

"이렇게 반겨 주니까 좋은데요?"

시진이 환하게 웃으면서 홍두를 내려다봤다. 홍두가 몸을 떼어내고 다급한 얼굴로 물었다.

"우혁 씨는 어때요?"

"잘 지내요. 처음엔 많이 불안정했는데, 이젠 자기 입장을 완전히 이해하고 받아들였어요. 지금은 다른 방도를 찾기 위해 몰두하고 있죠."

"다른 방도요?"

"용흉 말고도 사람이 될 수 있는 방법이 없는지에 대해 찾고 있어요. 문서담당관으로 지내면서 서가 내에 있는 수많은 책들을 다 섭렵하더니 방법이 아주 없는 것 같지는 않다고 하더군요."

그래도 그 와중에 우혁은 희망을 찾기 위해 아등바등했구나. 홍두는 흐뭇한 미소를 지었다.

"이젠 이쪽 터와 홍두 씨네 터를 좀 살펴야겠어요. 결계가 약해진 곳이 있는지 확인해야 하거든요. 같이 가요."

시진은 홍두를 데리고 집터 주변의 여러 곳을 꼼꼼하게 살피기 시작했다. 각 장소에 특수한 액으로 쓴 무언가의 가죽을 태워 묻었다고 한다. 그리하면 잡귀들이 그 가죽 냄새를 두려워해서 일대에 다가오지 않는다는 것이다. 백소가 꼼꼼하게 방비를 했지만, 시진은 다시 이중 삼중으로 확인하고 가죽을 태워 땅에 다시 묻는 행동을 반복했다.

"가끔씩 멋모르는 산짐승들이 이 부근을 파서 묻어 놓은 봉인을 이동시키는 경우가 생겨요. 봉인이 이동하면 그 부분에 구멍이 생겨서 잡귀가 쉽게 들어오죠. 좁은 틈도 놈들은 절대 놓치지 않거든요."

"그렇다면 수시로 와서 확인해 봐야겠군요."

"네, 이게 가장 중요해요. 바퀴벌레 한 마리를 허용했다간 집 전체가 바퀴벌레로 뒤덮이는 거랑 같은 이치예요. 예방만이 상책이죠. 이젠 홍두 씨 집터 쪽으로 가봅시다."

시진과 같이 이번엔 홍두의 보육원 일대를 살폈다. 이십 군데가 넘는 곳에 결계막이 제대로 세워졌는지 다 확인하고 나자 새벽 3시가 훌쩍 넘었다.

"자, 혹시 모르니 이걸 집 벽에 하나씩 붙여 둬요."

정체불명의 가죽에 시퍼런 액체로 글자가 새겨져 있었다.

"벽에 붙이면 바로 스며들어 가니까, 사람 눈에 띄지는 않을 거예요. 액막이 노릇을 해 줄 겁니다."

"네, 고마워요."

"며칠 내로 우혁 님이 이곳으로 올 거예요. 문젠 우리들에게

만 그분이 보인다는 건데……. 홍두 씨는 그분을 보고 싶으면 이 약을 먹어야 해요."

동그란 환약이 든 병을 그가 내밀었다.

"그걸 먹지 않으면 보이지 않을 거예요. 신이든 도깨비든 갖고 있는 자신의 기세가 막강해서 육신을 구체화하는 게 어려운 일이 아니지만, 현재 우혁 님은 그마저도 어려운 상황이에요. 말 그대로 혼백만 남은 상태이니, 이 약을 먹어야 우혁 님의 모습이 보일 거예요. 물론 그 외의 것들까지 보이겠지만……."

"네, 알겠어요."

홍두는 환약병을 꽉 쥐었다.

"한 알에 하루 정도의 약효가 있어요. 부작용은 없으니 염려 말고 먹도록 해요. 난 이만 염라성으로 가봐야겠어요. 며칠 뒤에 보죠."

"기다리고 있을게요."

홍두는 시진에게 작별인사를 했다. 그는 손을 흔들어 보이곤 눈앞에서 금세 사라졌다. 홍두는 그가 내민 가죽 액막이를 집의 벽면 여기저기에 붙였다. 정말 그것은 살아 있기라도 한 듯 벽면에 흡수되어 사라졌다. 이걸로 잡귀가 드는 걸 막을 수 있게 되었다. 홍두는 환약병을 집 안으로 갖고 들어와 자신의 금고 안에 넣었다. 비밀번호와 지문으로 인식되는 만큼 그녀가 아니면 열지 못하는 금고였다.

'며칠 뒤엔…….'

우혁을 만난다. 조금만 더 힘을 내자.

*

염라대왕과 귀왕 네 명이 나와 우혁과 인사를 했다. 다들 그간 정이라도 든 듯 눈가엔 물기가 차올라 있었다.

"일을 그렇게 열심히 꼼꼼하게 해 준 자가 없었는데 이렇게 가 버린다고 하니까 마음이 되게 복잡해지네."

염라대왕이 누구보다 섭섭함을 드러냈다. 우혁은 예를 갖춰 감사함을 전했다.

"일 년 간 여러 모로 감사했습니다. 덕분에 상처 하나 입지 않고 건강히 잘 지낼 수 있었습니다."

"내가 많은 도움을 받았지. 그리고 자네가 필요하다는 서책들을 가져가도 좋네. 여태 무료 봉사해 줬는데, 그까짓 서책 몇 개 정도 못 주겠나? 게다가 필사본을 가져가겠다는 것이니 허락하네."

"송구합니다. 이리 과한 보답을 받으니 몸 둘 바를 모르겠습니다."

"이제 그만 가보게. 혹시라도 힘든 일 있으면 언제든 찾아오게. 우리야 늘 반겨 줄 마음이 있으니. 그리고 옥 여사의 마지막 소원이 이루어질 수 있도록 옥황상제께 계속 읍소할 것이니, 자네도 열심히 살아남게!"

우혁은 염라대왕과 귀왕들에게 작별인사를 하고 시진과 같이 하계인 이승으로 오르는 길로 방향을 잡았다. 거대한 성문이 닫히고 비로소 둘만 남겨졌다. 역시나 우혁의 냄새를 맡은 잡귀들이 여기저기서 악취를 피워 올리고 있었다.

"우혁 님, 괜찮으시겠습니까?"

"방비를 했다고 해도 나는 놈들에게 목숨 걸고 맛봐도 진귀한 먹잇감에 불과할 테니까 조심하도록 해야겠지. 이미 검술 훈련은 열심히 해 뒀으니 하계에 당도할 때까진 그런 대로 견딜 수 있을 거야."

두 사람은 동시에 말에 올라탔다. 우선 최대한 단시간 내에 결계를 해 둔 치둔 마을에 당도하는 일이 급선무였다.

"이럇! 하!"

고삐를 강하게 당기며 박차를 가했다. 말이 온힘을 다해 긴 다리를 쭉쭉 뻗어 달리기 시작했다. 그와 함께 잡귀들도 허공을 부유해 우혁의 주변으로 달려들기 시작했다. 우혁은 달리면서 검을 꺼내 휘둘렀다. 잡귀들을 한 번에 제거하는 특수한 액이 칠해진 검으로 한 번 휘두를 때마다 잡귀가 괴성을 지르며 뿌연 먼지로 사라졌다. 고난의 이동이 시작됐다.

아무리 시진이 곁에서 호위를 한다고 해도 먹잇감인 우혁을 향해 달려드는 잡귀들마저 통제하는 건 무리였다. 시진도 열심히 검을 휘둘러 주변으로 달려드는 잡귀들을 제거했지만, 우혁의 힘이 너무도 약했다. 하루면 가는 길을 아무래도 이틀 이상 걸려 이동하게 될지도 모르겠다.

　홍두가 이제나저제나 애를 태우면서 문가를 오락가락했다. 오늘이면 도착할지도 모른다는 서신을 받았기 때문에 모든 일은 부모님께 맡겨 놓고 백소와 같이 대문 앞에서 발바닥이 얼얼하도록 종종거리며 기다리는 중이었다. 하지만 몇 시간이 지나도록 소식이 없었다.
　"아무래도 오늘은 어려울 듯 보입니다."
　"왜요?"
　"잡귀들이 이동하는 동안 그분을 가만둘 것 같지 않거든요. 그렇다면 일일이 제거하면서 이동해야 하는데, 방해를 받으니 아무래도 속도는 더뎌질 테고요."
　목숨을 건 이동이라는 얘긴가. 홍두는 가슴이 죄어와 아무런 말도 할 수가 없었다. 그토록 만나기만을 애태우며 기다렸는데, 잡귀들 때문에 만날 수가 없게 될지도 모른다는 사실이 속상했다.
　"오다 다치기라도 하면 어쩌죠?"
　"잡귀 놈들에게 닿지 않는 게 최선이죠. 우혁 님의 몸에 남아 있는 천인의 기운이 일부라도 잡귀 놈의 양식이 된다면 놈들의 기세가 순식간에 강화될 겁니다. 그것 때문에 잡귀들이 우혁 님을 노리는 게지요. 그저 운이 좋기만을 바랄 따름이에요."

홍두는 초조한 얼굴로 검은 어둠 속을 바라봤다. 지금 그녀가 할 수 있는 건 그저 혼백이 보인다는 환약을 먹고, 그를 애타게 기다리는 일뿐이었다. 게다가 요즘 일대가 매우 어두컴컴해진데다 음산한 바람도 불었다.

백소가 말하길 주변에 잡귀들이 몰려와서 공기가 얼어붙고 그들의 울음소리 때문에 바람 소리도 크게 들린다는 것이다. 그나마 주위에 방비책을 해 둬서 내부까지 파고들지는 않지만, 결계가 조금이라도 무너지면 둑이 터진 것처럼 별의별 잡귀들이 죄다 몰려 들어오게 될지도 모른다고 했다. 말로만 듣는지라 실감이 나진 않았지만, 6월 날씨치곤 일대가 조금 을씨년스러운 건 사실이었다.

다시 그렇게 하루가 지났고, 밤이 되기를 기다렸다가 백소와 같이 문가에서 기다렸다. 그때 말의 울음소리가 들려왔다. 백소가 후다닥 어둠 속으로 달려 들어갔다. 말 한 마리엔 시진이 멀쩡한 모습이지만 다소 지친 기색으로 앉아 있었고, 다른 말엔 누군가가 거의 쓰러져 있다시피 누워 있었다.

홍두가 잰 동작으로 달려가 쓰러진 쪽을 살폈다. 여기저기 옷이 뜯겨 나가고, 긁힌 상처가 가득한 자는 다름 아닌 우혁이었다. 백소와 홍두가 우혁을 말에서 내려 바닥에 눕혔다.

"우혁 씨!"

우혁의 모습은 오래전에 봤을 때나 지금이나 하나도 다름없이 아름답고 우아했다. 하지만 지칠 대로 지쳐 있는 그의 눈빛은 조금 피폐해져 있었다. 우혁이 입가에 미소를 띠며 홍두의 손을 잡았다.

"드디어 보게 되었구나."

홍두는 와앙 울어 버렸다. 그를 품안에 안고 아이처럼 엉엉 울 수밖에 없었다. 드디어 그가 품안에 왔는데, 유리병처럼 약하디약한 모습으로 돌아왔다. 상처투성이인 그의 얼굴을 본 홍두는 울음을 멈출 수가 없었다. 몸속으로 파고드는 분노와 원망이 도통 가시질 않는다. 그저 그녀를 원했다는 이유 하나로 모든 걸 빼앗은 천계의 모든 자들이 증오스러웠다.

"어서 집으로!"

시진이 말에서 내려 우혁을 등에 업었다. 업힌 우혁은 홍두의 손을 놓지 않았다. 집 안으로 들어가자마자 침대에 우혁을 눕힌 백소는 곧장 상처 소독에 들어갔다. 잡귀가 남긴 상처는 곧장 살을 태웠다. 상처를 소독하는 동안 우혁은 턱에 힘줄이 불거지도록 어금니를 사리물고 신음을 참았다. 홍두는 그의 이마에 자신의 이마를 맞대고 그의 아픔을 대신하게 해 달라고 빌고 또 빌었다.

소독이 전부 끝났는데도, 우혁의 상태가 나아지는 속도는 매우 더뎠다. 우혁은 상당한 고통 속에서도 용케 통증을 드러내지 않으려 애썼다. 백소의 말에 따르면 잡귀들이 만들어 놓은 상처는 금세 덧나고 곪아 악취를 뿜는다고 했다. 소독을 했다고 하더라도 이미 우혁의 상태가 많이 약해진 터라 낫는 속도 또한 매우 더딜 거라고.

마음이 문드러지는 것만 같았다. 하루하루 사는 게 사는 것 같지 않은 불안감으로 그는 그야말로 연명해야 하는 것이다. 세상이 온통 전염병으로 득실대는데, 아무렇지 않은 척 살아야만 하는 것이다. 그를 어떻게 지켜봐야 할지 잘 모르겠다.

모두 자신의 탓만 같았다. 진즉 그를 포기시켰어야 했는데, 그러지 못하고 매달린 자신의 탓. 홍두는 망연자실한 얼굴로 그의 곁에 앉아 있었다. 듣기로 용흉이라는 게 있으면 그를 사람으로 만들 수 있다고 하던데, 그건 옥황상제의 수중에 있어서 누구도 함부로 가져올 수 없다고 했다.

홍두가 밖으로 나와 시진을 붙들고 말했다.

"아직 천인인 거죠?"

"네."

"하나만 부탁해요. 제가 옥황상제를 직접 알현할 수 있게 해주겠어요?"

"네?"

이런 황당무계한 소리를 들어본 일이 있던가? 이건 똘기라고 해야 할지, 무모한 용기라고 해야 할지 당최 갈피를 잡을 수가 없었다.

"홍두 씨, 우선 그런 상태로는 절대 천계에 갈 수 없어요."

"옥황상제께서 이곳으로 오실 수도 있는 거잖아요."

"그렇긴 하지만 일개 인간 따위를 만나러 자신의 시간을 쪼

개 내려오실 분이 아니에요."

그야 그렇다. 대통령에게 갑자기 시간을 내 달란다고 대뜸 시간을 내줄 리는 없을 테니까.

"이렇게 우혁 씨를 방치할 수는 없어요. 저러다 언제 상황이 더 악화될지 알 수도 없고……."

"불안하긴 다들 마찬가지 입장이에요, 홍두 씨……. 이젠 지켜보는 것 외엔 수가 없어요."

홍두는 무너져 내리는 기분에 극심한 좌절감을 맛봤다. 어떻게 해야 우혁을 사람으로 만들 수 있단 말인가.

"홍두 씨, 우혁 님이 부르시는데요."

가향이 나와서 홍두를 불렀다. 홍두는 잰 걸음으로 집 안에 들어가 방문을 열었다. 우혁이 깔끔한 옷으로 갈아입고 서 있었다. 아무렇지 않은 얼굴로 서 있었지만, 아무렇지 않을 리가 없었다.

"우혁 씨!"

"홍두야, 난 괜찮아."

"하지만……."

홍두가 눈물이 그렁그렁해져서 그를 바라보자, 우혁이 쓸쓸한 눈빛으로 그녀를 바라봤다. 그는 가만히 그녀에게 다가오더니 고개를 숙여 이마를 그녀의 어깨에 기대고 말했다.

"충분히 힘든데, 네가 그런 얼굴로 나를 보면…… 내가 살아 있는 의미를 찾기 힘들어져. 너마저 날 몰아붙이지 말아 줄래?"

 홍두는 숨을 멈췄다. 자신 때문에 버텨왔을 그에게 지금 자신이 불안해하며 어리석게도 징징대며 투정부리는 꼴이었다. 홍두는 재빨리 아랫입술을 깨물며 치밀고 올라오는 눈물을 억눌렀다.

 "미안해요. 알았어요. 무슨 말인지……."
 "남들이 다 뭐라고 하든, 우린 그냥 즐겁게 지내자. 응?"
 우혁이 고개를 들고 홍두를 내려다봤다. 예전처럼 눈동자에 검은 강이 흐르는 듯한 깊은 빛도 사라졌고, 신이 지닌 특유의 위압감이나 압도적인 감각은 사라졌지만 그는 여전히 매력적인 사내였다. 홍두는 그의 입술에 입술을 댔다. 그러자 그가 손으로 그녀의 입술을 막았다.
 "아니, 나랑은 절대 키스도, 섹스도 안 돼."
 "왜요?"
 "내가 네 정기를 빨아들여 네 생을 단축시킬 거야. 그건 싫어."
 하나부터 열까지 절망적인 얘기뿐이었다. 그와 가정을 꾸려 아이를 낳고 행복하게 살고 싶었는데, 모든 것이 가차 없이 깨졌다. 우혁은 가만히 두 팔을 벌려 홍두를 끌어안았다.
 "미안하다. 네가 나를 잊기를 바랬어. 그래서 네게 더 이상 나를 생각하지 말라는 서신을 보낼까도 생각했었어. 그런데 내가 그러란다고 네가 그럴 거란 생각이 안 들더라. 넌 어떻게든 나를 기다리고 찾아올 사람 같았어. ……진즉 포기시켰으면 이런 불행도 안기지 않았을 텐데."

우린 서로 미안해하고 있구나.

홍두의 눈가에 다시 습막이 차올랐다. 같은 미안함으로 어쩔 줄 몰라 하고 있다. 그의 감정이나 그녀의 감정이나 하나도 다를 게 없다는 사실에 홍두는 진심으로 그를 소중히 아껴주고 싶어졌다. 홍두는 그의 허리에 팔을 강하게 감았다.

창이나 거울에 비친 그녀의 모습 속엔 어디에도 우혁이 없었다. 그는 지금 혼백인 채라 누구에게도 보이지 않으니 그녀의 행동은 허공에 연기하는 마임처럼 보일지도 모르겠다.

"……사랑해요. 우혁 씨……."

우혁은 심장이 저미는 통증을 느꼈다. 이런 순간조차 홍두는 그에게 사랑을 말한다. 매 순간 흔들림 없이 그에게 마음을 솔직히 내놓는 그녀. 그렇다면 그도 더 이상 겁낼 이유가 없다. 끝나는 날이 곧 도래할지도 모르지만, 그 순간까지 그녀에게 최선을 다하자.

"얘기해 봐. 보육원에 대해. 내가 모르는 게 하나도 없어야 할 거야."

그가 홍두를 소파로 데리고 가 옆에 앉혔다. 홍두는 그간 있었던 일들을 하나도 빠짐없이 이야기했다. 열 명에서 두 명의 아이가 더 늘어난 얘기와, 마을 사람들의 도움으로 여러 후원을 받고 있다는 얘기와, 부모님도 이곳으로 이사해서 아이들을 같이 돌봐주고 있다는 얘기까지. 이미 서신을 통해 다 전했지만 그는 그녀가 보낸 서신 속에 없던 이야기들을 꼼꼼하게 빼놓지 않고 물었다.

"그리고 넌? 이 일을 하길 잘했다고 생각해?"

"네, 보람되고 행복해요. 아이들이 조금씩 성장해 가는 걸 보고 있음 내가 잘하고 있는 거구나 스스로 대견하고 그래요."

우혁이 손을 뻗어 홍두의 손가락에 깍지를 끼었다.

"앞으로 난 너와 영화도 볼 수 없고, 다른 지역으로 데이트도 갈 수 없을 거야. 이 안을 벗어날 수 없으니까. 병원생활을 하듯 매우 답답한 나날이 계속 이어질 거야. 그래도 오롯이 너만을 위해 살 거야. 혹시라도 이런 내가 답답하고 귀찮아지면 언제든 말해. 싫은데 내 사정 봐주려고 억지 관계를 유지하는 건 싫어. 그것만큼 비참한 건 없을 테니까."

홍두가 그를 진실 어린 눈빛으로 바라보면서 그의 뺨을 어루만졌다. 그의 상처 부위에 입을 맞췄다. 그러자 상처가 조금씩 빠르게 아물기 시작했다.

"어? 상처가?"

"네 정기를 빨아들여서 그래."

"그렇담 어서 키스해요."

"홍두야……."

"내가 오래 사는 게 뭐가 그리 중요해요. 어서 키스해서, 당신의 몸에 있는 상처가 사라진다면 난 아무래도 좋아요."

우혁은 자리를 박차고 일어났다. 그는 단호했다.

"어떤 남자도 자신의 여자를 망가트려가면서 회복되는 걸 원치 않을 거야. 차라리 내가 더 참고 견디면서 희생하면 했지, 네게 희생을 강요하고 싶진 않아. 절대로!"

"고집불통!"

홍두가 입술을 툭 내밀고 눈썹을 아래로 축 늘어트렸다. 아마도 저런 건 남자의 마지막 자존심일 것이다.

"그동안 실종자 찾아주는 일도 그렇고, 사업도 돌보지를 못해서 엉망진창일 거야. 한동안 밀린 일을 좀 마무리할게. 낮 동안은 너도 네 일 때문에 바쁘지?"

"네, 아이들이 학교 갔을 때랑 잠들었을 때만 한가하죠."

"그래, 그전처럼 살자."

우혁은 그동안 홍두와 은소가 같이 작업했다는 실종자 작업에 대한 얘기를 전해 들었다. 어디까지 일이 진행되어 있고, 해야 할 부분은 어디서부터인지를 말하자 그는 잠시 고민에 휩싸였다.

이젠 그에게 신력이 없기 때문에 더 이상은 이 일을 할 수가 없다. 사업 또한 마찬가지였다. 예지능력 때문에 그동안은 손쉽게 이익을 챙겼지만, 이젠 어렵다. 시진이 곁에서 돕겠다고 했지만 그렇게 의지하는 것도 하루 이틀이지 오랜 기간을 놓고 보면 비전이 없었다. 오롯이 자신이 해낼 수 있는 만큼만 취하자는 게 그의 생각이었다.

"실종자 추적은 정리를 해야겠다. 사업도 일부는 정리해야 할 것 같고······."

그렇다고 먹고사는데 문제가 생기진 않는다. 그간 모아 놓은 자산만 해도 백억 대 이상이니까. 혼백인 채로는 사람 구실을 할 수 없으니, 사람의 몸이 필요한 경우엔 당분간 시진에게 둔갑술을 이용해 그의 모습으로 일을 처리하게끔 할 수밖에 없겠다. 이런 몸으로 얼마나 버틸 수 있을지 모르겠다.

홍두와 이런저런 계획을 짜면서 그는 자신의 재산내역을 홍두에게 다 공개했다. 부동산과 재산내역을 본 홍두는 잠시 얼이 빠진 얼굴로 그를 쳐다봤다.

"명동에도 빌딩을 갖고 있네요? 강남이랑 청담동에도 있고······ 월세만 수천만 원이네요?"

"각 기업에 지분을 갖고 있던 건 적당히 팔아야겠어. 이젠 더 이상 내가 나가서 할 수 있는 일이 없으니까. 가진 자산만 가지고 버티다가 부족하면 부동산을 하나씩 정리하면서 살아가는 수밖에 없겠군."

홍두는 돈 걱정은 하지 않고 살아도 된다는 부분에 대해선 약간 안심했다. 하지만 이만한 재산이 있으면 뭘 하나 싶었다. 정작 그를 살려 줄 방법을 아는 사람은 하나도 없는데.

그는 홍두에게 재산 공개와 자신의 가족에 대한 얘기도 다 해 줬다. 일월신이 부모님이고, 형제들은 지금 천계에서 각각 무관으로 살고 있다는 얘기도. 자신의 어린 시절 이야기를 하면서 두런두런 시간을 보내니 어느덧 아침이 되었다. 잠을 하나도 자지 않았는데 피곤하지도 않았다.

"이따 애들 학교 가면 낮잠이라도 자 둬."

"봐서요. 간식거리도 준비해 놔야 해서 잘 새가 있을지 모르겠어요. 빨래랑 설거지도 그렇고……."

"얼른 가 봐. 어머님이 기다리시겠다."

홍두는 다시 그의 팔뚝에 난 커다란 상처에 입을 맞췄다. 우혁이 노여운 눈빛으로 쳐다보자, 홍두가 애교 섞인 미소를 지었다.

"이젠 안 할게요. 이게 끝!"

홍두는 우혁을 꼭 끌어안아 주고 인사를 했다.

"이따 점심 지나서 봐요. 잠깐 들를게요."

"응."

밖으로 나온 홍두는 마음 안에 눈물이 차오르는 걸 겨우 눌렀다. 시진이 걱정 가득한 눈빛으로 그녀의 곁으로 다가왔다.

"괜찮아요?"

"끔찍해요. 스킨십 금지 명령이 떨어졌어요."

"아, 맞다. 혼백이라 아마도 산 사람의 정기를 고스란히 빨아들일 거예요. 그렇게 체력을 비축하는 거죠."

"제 입술을 대니까 상처가 바로 회복되던데…… 우혁 씨는 싫대요. 하지 말라고 혼내요."

"당연한 거죠. 아끼는 사람의 몸에서 야금야금 건강한 기운을 빼앗는 건 나 같아도 싫을 거예요. 하지 말아요. 그런 건……."

홍두는 시무룩해진 얼굴로 어깨를 축 늘어트렸다. 우혁이 돌아오면 마냥 햇살 가득한 낭만적인 나날들만 계속될 줄 알았다. 그런데 전혀 그렇지가 않아 속상했다. 이미 예고되긴 했지만, 직접 당하는 건 별개의 문제다.

"가서 우혁 씨 좀 도와줘요. 사업도 정리하고, 실종자 사이트도 접는데요."

"알았어요. 애들 학교 갈 준비해야 돼서 바쁘겠네요. 얼른 가 봐요."

홍두는 손을 흔들어 인사하고 보육원으로 뛰어갔다. 열심히 살아야지. 지금은 그 생각 외엔 할 수 있는 게 없다. 문젠 부모님에게 정식으로 그를 소개조차 할 수 없다는 사실이었다. 그렇다고 부모님에게 그 환약을 먹일 수도 없는 노릇이었다. 시간을 두고 생각해 보자. 뭐가 최선인지.

*

아이들이 여름방학을 맞아 중국으로 일주일간 여행을 떠나게 되었다. 홍두를 대신해 교사 2명과, 같은 지역 내 또 다른 보육원에서도 교사 3명과 아이 15명을 더 추가해 일주일간의 여행이 기획되었다. 그렇게 단체로 아이들을 중국으로 보내고 모처럼 집에 부모님과 홍두만 남게 되었다. 홍두는 그사이 밀린 일을 다 해 뒀다. 아이들이 집에 돌아왔을 때 완벽하게 다시 일상생활로 돌아올 수 있도록 모든 준비를 마쳐 두었다.

"엄마!"

텃밭에서 각종 채소를 심고 돌보던 모친이 뒤를 돌아봤다.

"저 옆집에 갔다 올게요."

"요즘 자주 가네?"

"저녁도 먹고 오니까 아빠랑 두 분이 드세요."

"알아서 할게. 다녀와."

홍두는 쌩하니 옆집으로 달려갔다. 이미 가향이 대문을 열고 방긋 웃으며 맞았다. 은소가 투덜거리면서 눈살을 찌푸렸다.

"문턱이 닳도록 오락가락하네. 그럴 거면 아예 데리고 가지 그래요?"

"미안해요. 이래저래 귀찮게 해서."

처음엔 은소가 마뜩찮았지만, 우혁이 자리를 비운 동안 은소가 시진을 도와 여러 가지 일을 꽤나 척척 해내는 걸 옆에서 본 홍두는 점차 은소가 좋은 사람이라는 걸 알게 되었다. 투덜대고 싸늘하게 말하기는 했지만 악의를 갖고 하는 행동이 아니라는 걸 안 뒤부턴 저절로 은소에게 미소가 지어졌다.

집 안으로 들어간 홍두는 후다닥 달려 서재 방문을 열었다. 우혁이 책상에 앉아 있다가 손을 흔들었다. 혼백이다 보니 이젠 먹는 즐거움을 거의 잊었다. 예전엔 커피도 마시고 식사도 했는데, 이젠 아무것도 먹지 않는다. 식욕 자체가 없어졌단다. 그래서 이젠 우혁과 무언가를 먹는 건 하지 않고 주로 요즘 일어나는 일들에 대한 대화를 많이 나눴다.

"아이들은 잘 보냈어?"

"네, 애들이 아주 흥분한 상태예요."

"같이 가야 하는 거 아냐?"

"다음번엔 같이 갈게요. 난 지금 누구보다 우혁 씨가 중요하니까요."

우혁은 그새 많이 회복되었다. 거의 나았다고 하는 편이 맞다. 대신 집밖엔 나가지 않는다. 또 사고라도 나는 날엔 치료가 된다고 해도 낫는 기간이 오래 걸릴 게 뻔하기 때문이었다.

한 번쯤은 옥황상제를 만나 이 상황을 극복할 수 있는 방법을 협의해 달라고 요구하고 싶었지만 자신은 한낱 인간이 아니던가. 뭘 어쩌겠는가. 신을 상대로 싸우는 것 자체가 다윗과 골리앗의 싸움이랑 다를 게 뭐람. 지금은 그저 지켜보는 것 외엔 수가 없다.

"여기 어때요?"

조만간 부모님이 결혼한 지 35주년이 된다. 그때를 위해 돈을 모으고 있는데, 여행을 어디로 보내 드릴지를 두고 그와 의견을 나누는 중이었다.

"홍서 씨가 공무원 시험에 합격해서 발령을 기다리는 중이니까, 그때 여행경비가 좀 더 많아지지 않겠어?"

"그건 그런데, 대기가 1년 이상 걸린다는 얘기도 있고 해서요."

얼마 전엔 주인에게 연락이 왔는데, 문청기가 결혼을 한다는 소식이 들려왔다. 주인은 그새 홍재석과 헤어졌다. 성격 차이 때문에 헤어졌다고 하는데 그것 말고도 뭔가 다른 게 더 있어 보였다. 자세한 내막까지는 얘기하지 않는데, 어찌됐건 홍두한테 청기 결혼식에 같이 가자는 연락이 와서 싫다고 했다. 귀한 시간을 상관없는 사람에게 쓰고 싶지 않았다. 이젠 더 이상 볼 일 없는 사람이 아니던가.

청기네 집안의 반응과 청기의 반응은 그녀에게 큰 상처를 줬다. 그녀로 인해 교통사고가 난 것처럼 대했던 그들의 행동은 정상적인 반응이라 보기 힘들었다. 누구 때문에 나는 사고는 없다. 그건 그저 우연히 그리된 것일 뿐.

"모처럼 시간이 남아도는데, 같이 영화 볼래요?"

"텔레비전에서 유료로?"

"LED 80인치 텔레비전이 있는데 뭐가 걱정이에요. 영화관 따로 갈 필요 있나요? 그걸로 보면 그냥 영화지!"

홍두가 그의 손을 잡아끌었다. 시진이 준 환약은 희한하게도 혼백을 만지면 촉감이 느껴진다. 하지만 느껴지는 촉감과 체온은 한없이 차디차고 건조하다. 마음이 쓰릴 만큼. 이 체온에도 적응해야 하지만, 어떤 땐 마음이 덜컥 내려앉는다. 마음을 다잡아도 한 번씩 느껴지는 위화감이 그녀를 얼어붙게 했다.

그와 영상실로 들어가 나란히 앉았다. 이 환약의 부작용은 어둠 속에 숨은 다른 귀신들의 존재도 보게 된다는 것이다. 그건 잡귀라기보다는 구천을 떠도는 혼백들이었다. 아직 잡귀나 악귀가 되지 않은 맑은 혼백들이 구석구석에 숨어 있는 게 보인다. 그런 걸 보게 되면 또 가슴이 덜컥 내려앉았다. 보지 않아도 될 것들을 그녀의 선택으로 인해 만나게 된다. 홍두는 그의 손을 더욱 꽉 잡아 자신의 온기를 그의 손에 옮겨 주었다. 그러면 그게 그의 온기 같았다.

같이 나란히 앉아 영화를 보고, 영화에 대해 대화를 나눴다. 그리고 백소가 음료를 갖다 주면 홀로 먹는다. 시진이 들어와 이런저런 시답잖은 농담을 던지는데도 시원하게 웃음이 나오지 않았다.

가슴이 먹먹했다. 보이지 않는 슬픔이 가슴 안에 켜켜이 쌓여만 간다. 그의 온기가 그립고, 그와 평범하게 지내왔던 나날들이 꿈만 같다. 이런 그리움들이 숨 막히게 목을 죄어왔다. 지금의 그를 있는 그대로 받아들여야 하는데, 왜 이렇게 힘들까?

다시 둘만 남았다. 적막이 흘렀다.

"홍두야……."

"네……."

"우리 그만 할까?"

홍두의 눈가에서 물기가 후드득 떨어져 내렸다.

"네가 날 볼 때마다 한없이 슬퍼지는 거…… 내가 못 보겠어."

홍두는 고통스럽게 눈을 감았다. 눈물이 하염없이 떨어져 내렸다. 언젠간 결국 그 말을 듣게 될 거라고 생각했다.

"가, 홍두야……. 날 동정해서 곁에 있는 거라면, 가. 싫다. 네 눈빛이……."

홍두는 자리를 박차고 일어나 그곳을 빠져나왔다. 밖으로 나와 미친 듯이 뛰었다. 백소와 가향, 은소가 이름을 불렀지만 돌아보지 못했다. 순간 누군가 그녀를 와락 끌어안았다. 고개를 들고 정신을 차리니 앞에 시진이 서 있었다.

"홍두 씨……."

눈물이 정신없이 흘러내렸다.

"건드리지 말아야 할 걸 건드렸어요. 그러지 않으려고 그렇게 노력했는데……."

"홍두 씨, 아무리 노력해도 마음까지 감출 수는 없는 거예요. ……잠시 떨어져서 시간을 갖죠. 이렇게 헤어지는 거 너무 아깝잖아요. 어떻게 만났는데……."

홍두는 말없이 고개만 끄덕거리고 휘적휘적 보육원으로 걸어갔다. 시진은 곧장 우혁에게로 향했다. 잔뜩 화가 난 얼굴로 문을 열자, 우혁이 고통에 찬 얼굴로 서 있었다.

"우혁 님!"

우혁이 천천히 상의를 탈의했다. 그의 상체 일부가 검게 물들어 불쾌한 악취를 뿜어내고 있었다.

"그건!"

잡귀가 우혁의 몸을 감염시켰다. 몸의 반 이상이 썩은 내를 풍기며 잡귀로 변해가고 있었다. 우혁은 비참한 얼굴로 허공을 바라보며 말했다.

"이젠 한계야. 홍두에게 더 이상 옆에 있어 달라고 하는 건 내 욕심이잖아. 지금까지 홍두도 할 만큼 했어."

시진은 맨손으로 우혁의 썩은 몸을 붙잡았다. 그러자 푸르스름한 기운이 우혁의 몸으로 빨려 들어가기 시작했다. 우혁이 재빨리 몸을 돌려 시진의 손을 떼어냈다.

"미쳤어!"

우혁이 성난 얼굴로 사납게 일갈했다.

"그만둬! 그렇게까지 해서 살고 싶진 않아! 부모님을 뵙게 해 줘."

"모시고 오겠습니다."

대체 언제 이렇게 된 걸까? 모든 구역을 결계로 잘 막았다고 생각했는데, 대체 어느 틈에 기어 들어와 몸을 저 지경으로 만든 걸까? 시진은 그를 지키지 못한 자신을 용서할 수가 없었다.

담벼락 안쪽의 환청

"거의 침식당했습니다."

잡귀가 되어가고 있다는 시진의 말에 일월신은 너무 큰 충격을 받아 아무 말도 할 수가 없었다.

"뵙고 싶어 하십니다."

"내가 가지."

일신이 나섰다. 시진은 일신과 곧장 하계로 내려왔다. 집 안으로 들어온 일신 궁상이는 아들의 모습을 보고 기함해 아무 말도 할 수가 없었다. 손을 뻗어 만지려 하자, 우혁이 가차 없이 손을 쳐냈다.

"하지 마십시오, 아버지."

"우혁아……."

"아버지 손이 닿으면 일시적으로나마 감염 상태가 완화는 되겠죠. 하지만 다시 시작됩니다. 그렇게 야금야금 아버지의 힘을 계속 먹어 치울 거예요. 싫습니다."

그래도 아비의 마음은 자신의 몸이 다 부서진대도 아들놈을 제대로 살려 놓고픈 마음뿐이었다. 잡귀가 되면 머릿속은 그야말로 텅 빈다. 기억이고 뭐고 아무것도 남는 게 없다. 궁상이의 눈가에 물기가 차올랐다.

"우혁아…… 이대로라면 넌 망나니 같은 신세로 전락한다."

"마지막으로 하직 인사를 하려 합니다."

"그게 무슨 소리냐?"

"그러다 죽게 되겠죠. 정신이 온전할 때 마지막 인사를 드리고 싶었습니다. 어머니께도 안부 전해 주십시오. 어떻게든 해 보려고 했지만 되지 않았고, 결국은 떠났다고……."

"우혁아! 너!"

"소자는 할 말을 다 했습니다. 아버지……. 소자는 이리 되었지만, 어머니와 아버지는 부디 소자를 잊고 사셨으면 합니다."

궁상이는 아들을 와락 끌어안았다. 우혁의 눈에서도 눈물이 흘러내렸다. 살고 싶지만 이젠 기억마저 부서져 버린다. 치매 환자보다 더 흉악하게 변해 버리는 상태가 된다.

"시진아, 아버지를 모셔다 드려라."

부친은 떨어지려 하지 않았지만 시진이 강제로 궁상이를 떼어냈다.

"내가 옥황상제를 만나 보겠다. 우혁아! 며칠만 더 기다려

봐라. 알겠느냐?"

 우혁은 되레 평온해진 눈빛으로 처량하게 그를 바라볼 따름이었다. 시진은 궁상이를 데리고 집 밖으로 나갔다. 백소가 문을 열고 들어와 탕약을 내밀었다.

 "부탁하신 그 약입니다."

 "고맙네."

 백소가 눈물이 맺힌 얼굴로 우혁을 바라보며 물었다.

 "꼭 이렇게 해야 합니까?"

 "내가 아끼던 사람들을 모조리 잊고 이런 모습으로 살고 싶진 않으니까. 그동안 고마웠네."

 "홍두 씨를 봐서라도 더 견뎌 주심 안 됩니까?"

 우혁은 고개를 저었다. 홍두를 걱정한다면 더더욱 이 방법밖엔 없다. 완전히 세상에서 지워지면 홍두는 적어도 그를 포기하고 다른 삶을 선택할 수 있을 테니까.

 "나가 보게."

 백소는 창백해진 얼굴로 밖으로 나가 문에 몸을 기대고 울었다. 은소와 가향 역시 입을 막고 울고 있었다. 스스로 사라져 버리는 걸 선택했을 때 그자의 심정은 오죽하겠는가.

 우혁이 극약을 가만히 내려다봤다. 이 약을 마시면 그의 몸은 먼지처럼 산산조각 나 뿌옇게 비산될 것이다.

 "무슨 짓을 하는 게냐?"

소스라치게 놀란 우혁이 몸을 돌렸다. 옥황상제가 하얀 천의를 입은 채로 나타나 탕약을 발로 걷어찼다.

"어찌 이러십니까?"

"네놈이야말로 너무 편한 마지막을 선택하는 게 아니냐?"

"무슨 상관입니까?"

우혁이 일그러진 얼굴로 주먹을 말아 쥐며 고개를 돌렸다. 옥황상제가 다가와 입고 있던 옷들을 찢어 버렸다. 이젠 검게 썩어가던 부분이 더 퍼져 목 아래쪽 전부를 차지했다. 그의 몸을 자세히 살핀 옥황상제가 혀를 끌끌 찼다.

"고통이 상당하겠구나. 열이 들끓고 전신이 물어 뜯기듯이 아프고 뼛속까지 통증이 있겠지."

우혁은 인상을 구긴 채 아무 대답도 하지 않았다. 그때 옥황상제가 푸른 돌덩이 하나를 내밀었다. 우혁이 돌덩이를 말없이 주시했다. 옥황상제가 이 귀한 걸 아무 조건 없이 내놓을 자가 아니다. 뭔가 이상했다. 우혁은 의심 가득한 눈초리로 옥황상제를 쳐다봤다.

"용흉이다. 용의 가슴뼈 아래에서 끄집어 낸 장기 중 일부분이지. 이걸 혼백의 심장에 넣으면 심장에 생기가 불어넣어지고 모습은 사람으로 변한다. 허나 한 가지 부작용이 있지."

우혁은 눈매를 가늘게 좁히고 옥황상제를 쳐다봤다.

"혼백을 사람으로 바꿔놓는 것이기 때문에 죽어도 혼백이 없다. 즉 환생이 불가능하다는 얘기다. 그래도 하겠느냐?"

망설여지는 일이었다. 환생이 된다면 사후세계 이후에도 사랑하던 홍두를 다시 만날 수 있을지 모르지만, 환생이 안 된다면 이번 생이 마지막일 테니까. 하지만 잡귀가 되어 뭘 하는지도 모르는 채로 살아갈 바에야…….

"하나만 묻겠습니다."

"말해 봐라."

"대가로 무얼 받기로 하고 이걸 소인에게 주시는 건지요?"

"하나는 염라대왕에게 받기로 했고, 하나는 비밀이다. 염라대왕이 우홍두의 할머니와 약조한 건 때문에 필히 너를 살리고자 했다. 그래서 뭔가 하나를 받기로 했고, 하나는 사람이 되면 네가 직접 알아내도록 해라."

결국 공짜는 없다는 진리다. 그 대가가 무엇인지도 모른 채 이렇게 다른 신들에게 폐를 끼치면서 이걸 받아도 되는지 망설여졌다. 하지만 결국 이 순간에도 이기적일 수밖에 없었다. 당장 썩어 들어가는 이 몸뚱이를 보고만 있을 수는 없다. 겁이 났다. 그는 손을 뻗어 푸른 돌을 쥐었다.

"네가 결정한 일이다. 차후 부작용에 대해선 일절 논하지 마라."

우혁은 심장에 용흉을 갖다 댔다. 그러자 푸른빛을 불길처럼 뿜어내며 사위가 온통 새파랗게 물들기 시작했다. 용흉이 살아 움직이듯이 심장 속으로 파고들면서 새로운 붉은 심장 하나를 만들기 시작하더니 검게 물든 피부조직을 새로운 피부로 바꿔 놓기 시작했다.

"으윽, 으으으으윽!"

몸이 뒤틀리는 고통이 시작되었다. 옥황상제는 가만히 그 모습을 지켜봤다. 물론 이건 반칙이다. 하지만 월신이 찾아와 울며불며 매달렸고, 월신은 자신의 생명 일부를 옥황상제에게 내놓았다. 그 대가로 아들의 생명을 연장해 달라는 게 조건이었다. 월신 해당금이가 우혁의 생명을 연결하는 데 결정적 역할을 한 셈이다.

하지만 용흉을 몸속으로 받아들이고 새롭게 전신의 피부조직과 세포가 생성되는 데는 상당한 의지가 필요하다. 의지력이 약한 자는 중도에 죽고 만다. 누구나 다 산다는 보장도 없다. 하지만 우혁에겐 믿음이 있는 것이 적어도 한때나 강력한 힘을 지닌 무신이었다는 점이었다. 그랬던 그라면 어떤 고통도 견뎌낼 것이라는 점에 용흉을 사용하기로 결정한 것이다. 물론 해당금이의 생명을 담보로.

"이게 무슨 소리야?"

시진이 다가와 문고리를 쥐었다가 손이 시퍼렇게 타들어가는 고통을 느끼며 물러섰다. 안에서 무슨 일이 벌어지고 있었다. 시진이 문을 두드렸다.

"우혁 님! 대체 무슨 일입니까!"

다들 안절부절못하며 불안하게 왔다 갔다 했다. 그들의 힘으로 어쩔 수 없는 일이었다. 시진이 밖으로 나가 창문 쪽에서 내부를 살펴봤다. 옥황상제가 허공에 붕 뜬 채로 새파랗게 변한 기괴한 모습의 우혁을 가만히 쳐다보고 선 모습이 눈에 들어왔다.

대체 무슨 짓을 하고 있는 걸까? 우혁이 고통에 사로잡힌 채 서서히 모습을 바꾸고 있었다. 검게 타들어간 듯 보이던 육체에 점차 새살이 돋고 새빨간 피로 채워지고 있었다.

'사람이 되어가는 건가? 어떻게?'

용흉을 구했다는 말인가? 옥황상제가 왜 갑자기 저렇게 심경의 변화를 일으킨 거지? 절대로 심판의 균형을 깰 자가 아니다. 다수결에 의해 원로들이 우혁을 내치라 결정을 내린 상황인데 왜 갑자기 나타나 저런 도움을 준단 말인가. 뭔가가 있다. 저만한 힘을 사용하려면 누군가 움직였다는 얘긴데…….

도무지 누가 움직였는지 상상도 되지 않는다. 다만 홍두가 이 사실을 알면 기뻐할 것이다. 우혁이 비로소 사람으로서의 면모를 갖춘다면, 이제 더 이상 홍두가 우는 일은 없을 것이다.

"대체 이게!"

백소가 뒤에서 우혁과 옥황상제의 모습을 창문 쪽에서 바라보더니 기가 막힌 얼굴로 숨을 멈췄다.

"뭔가 암묵적인 거래가 있었을 것 같아."

"그렇겠죠. 그게 아니라면 옥황상제께서 저리 직접 움직일 이유가 없으니까. 위험한 일이군요. 응분의 대가를 분명히 챙겼을 텐데……. 대체 우혁 님은 뭘 건 걸까요?"

"그건 본인이 정상으로 되돌아오면 물어야겠지. 워낙 절체절명의 다급한 순간이었기 때문에 저렇게라도 하지 않았더라면 몇 분 뒤엔 잡귀가 되었을 거야. 영혼마저 잠식당한 채 아무도 기억하지 못하고 누가 됐든 잡아먹으려 드는 악귀 말이야."

"이게 정말 좋은 일인지, 아닌지 감을 잡을 수가 없군요."

"있어 보자구."

며칠이 걸릴지 모를 일이었다. 이제부턴 우혁 혼자만의 사투였다. 그가 제대로 견뎌내야만 온전한 한 사람으로서 살 수 있게 된다.

"미쳤소? 부인! 제정신이요!"

궁상이 하얗게 질린 얼굴로 해당금이를 몰아붙였다. 해당금이는 되레 시원한 표정이었다.

"3백 년이라니요! 그리도 많은 날짜를 옥황상제에게 바치다니, 그 의미를 알고 한 게요!"

"어쩌겠습니까? 서방님, 그리하지 않으면 우리 애가 당장 죽게 생겼는데……."

"하지만……."

궁상이는 더 이상 그녀를 몰아붙이기를 포기했다. 어미로서 아무것도 하지 못하고 아들을 잃는 것보다야 뭐라도 해서 조금이라도 더 자식을 볼 수 있는 편이 나을 수도 있으니까. 이걸로 잘잘못을 따진들 무엇 하겠는가. 이미 결정은 났고, 해당 금이의 생명이 3백 년이나 날아가 버렸다. 누군가 죽이지 않는 이상 불로불사하는 몸이니 그깟 3백 년이 무슨 의미가 있겠느냐마는.

"부작용에 대해 알고 있었어요?"

"무슨 소리요?"

"환생을 할 수 없다고 하더군요. 이번 생이 우혁이 사는 마지막 생이라고 해요. 용흉이 가진 부작용이랍니다. 그 애가 잡귀인 채로 죽어 사라졌더라면 아마 환생해 무언가 새로운 모습으로 어떻게든 살게 되었을 텐데……."

"신의 능력도 사라져 버린 마당이니 용으로 다시 환생하는 것도 어려울 테고……. 결국 짐승으로 태어나게 될 거요. 그럴 바엔 환생 따위 하지 않는 게 나을지도 모르오."

"뭐가 나은 건지 도무지 모르겠어요."

"옥황상제가 부인에게서 빼앗은 3백 년이 어떤 의미가 있을 거요. 그걸 따로 알아봐야 할 것 같소. 여봐라!"

천녀가 안으로 들어오자, 그는 곧장 제사장을 불러들이라 했다. 잠시 뒤 제사장이 들어왔고, 그는 전후사정을 설명하고 불로불사의 목숨을 3백 년만큼 가져갔다는 게 대체 무슨 의미인지를 물었다. 그러자 제사장이 곤란한 표정을 지었다.

"우리 천인들이야 누군가 심장을 찌르거나, 목을 자르거나,

독약을 먹이는 게 아니라면 자연치유가 되는 몸을 지녀서 불로불사이지요. 허나 옥황상제께서 굳이 삼백 년의 삶을 거둬 가셨다는 것은…… 치유력에 크나큰 영향력을 행사한다는 의미입니다."

"치유력?"

"네, 치유력은 일종의 자기면역력과도 같은 것인데, 백까지 꽉 차 있던 건강한 면역력을 무너트려 칠십만 남겨 둔다는 의미이기도 하지요. 이제는 월신님께서 어딘가 다치거나 할 경우, 치유 속도가 많이 느려질 것입니다."

궁상이는 인상을 구기고 얼굴을 손바닥으로 감싸 쥐었다. 결국은 이런 식으로 애를 먹이겠다는 건가? 우혁의 생을 고작 길어 봐야 100년 보장해 주는 조건으로 부인의 건강에 문제가 생긴다는 얘기다. 인간이 길게 살아봐야 백 년이 아니던가.

"알아들었네. 그렇다면 건강에 문제가 생기는 일이 없도록 최대한 조심해야 한다는 소리구만."

"네, 그렇지요."

"그렇다면 제사장이 의원에게 부인의 몸을 위한 약재를 지어 달라 청하게."

"네, 주군."

궁상이는 해당금이의 몸을 끌어안았다.

"미안하오. 내가 했어야 했는데……."

"아니요, 뭐가 되었든 이젠 마음이 편안합니다. 우혁이 그래도 다시 살게 되었으니 그걸로 기뻐요. 어미로서 할 도리는 한 것 같아 다행이에요."

궁상이는 해당금이의 몸을 꽉 끌어안고 몇 번이고 등을 토닥여 주었다. 그녀의 뺨에 입을 맞추고 은애하는 마음을 몇 번이고 전했다. 이젠 아들이 용흉의 힘을 고스란히 견뎌내 온전히 새롭게 태어나는 일만 기다리면 된다. 적어도 그 부분에 대해선 자신이 있으니 용흉을 갖고 간 거겠지. 옥황상제!

*

홍두는 오랜만에 서울행 버스에 올랐다. 우혁과 한 공간에 있으면 아무래도 또 찾아가게 되고, 그러다 보면 또 서운해지고 다치게 되는 게 싫어서 잠시 주인과 함께 지내기로 했다. 주인이 한강 캠핑장에 미리 예약을 해 뒀으니 거기서 같이 술이나 마시며 놀자고 해서, 가는 길이다.

서울에 도착해 버스에서 내리자 주인이 손을 흔들며 반갑게 맞아 주었다. 홍두가 달려가 주인의 품안에 안겨 눈물을 뚝뚝 떨어트렸다. 어디서부터 어떻게 얘길 해야 믿어줄지 잘은 모르겠지만, 가슴 안에 담아 놓은 얘기를 다 꺼내야 숨이 쉬어질 것 같았다.

"에구구, 또 뭔 일이 생긴 거니? 너는 그놈의 마을을 벗어나야 하나 보다. 그게 아니면 계속 이렇게 괴로운 일이 생기는 거 아닌가 모르겠어."

홍두가 눈물을 닦고 백팩과 크로스백의 끈을 꽉 쥐었다.

"가 보자. 한강에서 자는 건 또 처음이네."

"요샌 캠핑장이 잘 되어 있더라고. 삼겹살과 소주는 필수지!"

주인이 몰고 온 소울 뒷좌석에 짐을 싣고 홍두는 보조석에 앉았다. 주인이 시동을 걸고 차를 움직여 한강 쪽으로 방향을 잡았다. 며칠만 여기서 마음을 정리하자. 그리고 다시 돌아갔을 땐 아무렇지 않은 얼굴로 힘내서 살아가자. 그렇게 시간이 지나면 마음속의 진실이 조금 더 선명해지겠지. 자신이 원하는 게 대체 무엇인지.

그가 돌아온 것 자체만으론 만족이 되지 않는다면 그건 더 이상 사랑이라 말할 수 없다. 사랑이 식은 게 맞다면 이젠 거리를 두는 게 맞다. 하지만 이렇게 거리를 뒀을 때 그가 여전히 그립다면 그건 아직 사랑인데, 그를 볼 때마다 고통을 참기 어렵다. 이럴 땐 어찌해야 할까? 그를 힘들게 하고 싶진 않은데.

"다 얘기해 봐. 대체 뭔데?"

"우혁 씨 때문에……."

"한동안 우혁 씨 안 보이지 않았어? 너 보육원 차릴 때도 그렇고…… 코빼기도 안 보였잖아. 뭐냐? 그 사람……. 난 정말 별로야, 그 사람……."

"너, 지금부터 내가 하는 말 잘 들어. 놀라도 절대 브레이크 갑자기 밟고 그러지는 말고. 이건 정말 영화 같은 얘기거든."

"뭔데? 난 귀신 얘기 빼곤 그리 놀라지 않는 사람이니까 괜찮아."

"그 귀신 얘기야."

"브레이크에 발 올리고 싶어지네. 암튼 해 봐."

소울이 유유히 교차로로 진입해 들어갔다. 이동하는 동안 홍두는 그간 있었던 일들을 담담하게 옛날 이야기하듯 풀어 나갔다. 그리고 마지막에 다다랐을 때 주인은 잠시 차가 정차한 틈을 기다렸다가 한마디 했다.

"뭐, 다 그렇다 쳐. 결국 그 남자는 너 하나 때문에 자신의 모든 능력을 포기하고 네 옆에 왔는데, 정작 그 잡귀라는 게 되게 생겼다 이거지? 그게 시한부이긴 한데 당최 언젠지도 몰라서 조마조마한 상태고. 넌 그게 불안하니까 계속 그를 불쌍하게 쳐다보게 되고, 그는 그런 눈빛이 마음에 들지 않고······."

"응······ 그런 셈이지."

"단순하게 보면 결국 연애 얘기잖아. 신화 같은 얘기처럼 보여도 결국 사랑에 관한 얘긴 거잖아. 그 남자의 고민이 조금은 이해가 되기도 하고, 당장 네게 닥친 고민도 이해는 된다. 넌 그 남자가 또 떠날까 봐 안절부절못하는 거고, 그 남잔 머무는 동안이나마 너랑 잘 지내고 싶은 거고······. 누가 맞다 말하기가 참 애매하네."

"······끝난 것 같아. 나와 그 사람 관계는······."

"그 사람도 안됐고, 너도 안됐네. 어째 많고 많은 사람 중에 하필 신이니? 신이……."

"그래도 안 놀라네?"

"네가 워낙 담담히 말하고 있으니까……. 좀 전설 따라 삼천리 뭐, 그런 이미지도 있긴 하지만 네가 그렇다면 그런 거겠지."

다시 소울이 직진하다가 우회전을 했다. 드디어 캠핑장에 도착했다. 주차를 하고 예약한 장소로 갔다. 대부분의 모든 용품들은 판매 혹은 대여가 가능했다. 홍두는 미니 냉장고에 고기와 물, 음료, 술 등을 넣어 두고 접이식 의자를 펼쳐서 앉았다. 주인은 먼저 모기향을 켰다. 두 사람이 하늘을 올려다보면서 대자로 뻗듯이 의자 등받이에 몸을 기대고 누웠다.

"으아, 좋다!"

"최고네."

"야! 안 되겠어. 술! 술!"

냉장고에서 소주를 꺼내 온 주인이 작은 종이컵에 소주를 따라 주었다. 한 잔씩 마신 두 사람은 하늘을 올려다보며 히죽 웃었다. 새파란 하늘은 구름 한 점 없이 깨끗하다.

나오길 잘했다. 밖에 나와 보니까 잡념이 지워지고 이성적이 된다. 뭘 어찌하면 좋을지 몰랐는데, 주인에게 모든 상황을 말하다 보니 마음이 정리된다.

그의 헌신을 초라하게 만들어선 곤란하다. 잡귀가 되든 뭐가 어찌되든 그녀는 그의 곁에 있어야 한다. 우혁이 그녀의 눈빛이 불편하고 싫다면, 적어도 멀리서라도 응원해 주는 게 맞다. 밀어낸다고 떠날 거였으면 처음부터 그를 보지도 말았어야 했다. 그가 그런 선택을 하게 두지도 말았어야 했다. 이제 와서 이러는 건 비겁하다.

옥황상제와 시진이 잠든 우혁을 내려다봤다. 완벽한 사람의 모습으로 재탄생되긴 했는데, 문젠 깊은 잠에 빠졌다는 점이었다. 그간 잃었던 체력을 보충하기 위해 잠시 휴식기에 들어간 것 같다는 게 옥황상제의 생각인데, 그마저도 명확치는 않았다. 옥황상제가 손을 뻗어 우혁의 심장을 짚었다.
"심장 소리가 제대로 들리는 걸로 봐서는 육체 완성은 무리 없이 잘 되었다고 보는데……."
"문제는 잠이군요."
"얼마나 잘지 알 수가 없으니……. 이대로 너무 오래 자면 인간은 탈수 혹은 영양실조 상태가 되어 곤란해. 의사를 불러 처방을 받아 두는 게 좋을 거야."
"알겠습니다."
"그럼 맡겨 두고 나는 승천하지. 혹시라도 무슨 일이 있으면 자네가 들어오고."
"네, 폐하."
옥황상제는 눈앞에서 새하얀 연기가 되어 사라졌다. 시진은 우혁의 곁에 앉아 숨소리를 확인하고 심장에 귀를 대봤다. 진짜 인간이 된 건가? 신기했다. 신이었던 사내가 혼백만 남은 상태로 잡귀화되어 가다 말고 갑자기 인간이 되었다. 이토록 기구한 팔자가 또 어디 있을까? 이 모든 게 한 여자로 인해 시작됐다. 그런데 홍두는 정말 이대로 끝내 버릴 생각인가?

그는 휴대폰을 꺼내 홍두에게 전화를 걸었다.

[여보세요?]

"홍두 씨, 바빠요?"

[지금 서울이에요.]

"갑자기 거긴 왜 갔어요?"

[답답해서요.]

"홍두 씨가 거기 간 사이에 많은 일들이 있었는데…… 혹시 우혁 님이 티를 냈나요?"

[무슨 소리예요?]

"우혁 님의 몸이 잡귀에게 감염되었던 거 알고 있었어요? 악취가 아주 심했는데……."

[뭐라고요?]

몰랐구나. 저 악취는 그들에게나 맡아지는 냄새이니. 평범한 인간인 홍두가 그 냄새를 맡을 수는 없었을 것이다. 우혁은 심해지는 고통과 악취 때문에 자신이 곧 잡귀가 될 것을 예측했을 테고, 홍두의 슬픔을 감당할 용기가 없어서 그만두자고 했겠지.

[지, 지금은 어떤 건데요? 혹시…… 잡귀가 된 건가요?]

"아뇨. 되기 직전에 옥황상제께서 손을 써 주셨어요. 일단 보류는 됐지만, 잠든 채로 누워 있어요."

[하아…… 다행이에요. 정말……. 곧 갈 거예요. 혹시 또 무슨 일이 생기면 연락 주세요. 상태가 아주 심각한 건 아니죠?]

"잘 모르겠어요. 심각한 건지, 아닌 건지는. 그래도 큰 문제는 없어 보이니까 푹 쉬었다가 와요."

통화를 끝낸 그는 다시 시선을 돌려 우혁을 쳐다봤다. 홍두에게는 혹시 몰라서 인간화가 됐다는 말을 그만뒀다. 잠든 게 죽음의 시작인 건지 뭔지 당최 알 길이 없으니 차라리 홍두가 멀리 있을 때 진실을 잠시 감춰 놓는 게 나을지도 모르겠다.

백소가 곁으로 다가오더니 동네 의사를 불렀다고 했다. 영양제든 뭐든 맞혀 놔야 며칠 동안 누워 있더라도 끔찍한 사태가 벌어지지 않을 테니까.

시진이 밖으로 나오자 은소가 곁으로 오더니 물었다.

"우혁 님이 깨어나면 어쩔 거예요?"

"글쎄."

"이젠 임무 다 끝난 거니까 천계로 올라가야 하는 거 아닌가요?"

"그래야겠지. 넌?"

"저야 옥황상제께서 주신 미션을 해결하지 못했으니 여기서 지내야죠. 어차피 갈 데도 없구요. 백소 영감이나 가향도 그냥

이 집에서 산다고 하던데요? 주인님 모시다가 돌아가시면 다시 도깨비 성으로 돌아가겠다고……."

이제 사람이 되었으니 일정한 나이가 되면 죽겠지. 그때가 되면 백소나 가향은 더 이상 그를 모실 이유가 없다. 백소나 가향은 도깨비의 성에서 피신을 나와 도주하던 몸이었고 상처가 심해 죽을 날만 기다리던 자들이었다. 그런 자들을 우혁이 치료해 주고 보살펴 준데다 같이 살자는 제안까지 했다. 그래서 저들은 우혁을 주인으로 모시고 곁에 있게 되었다.

도깨비들은 정과 의리가 강해 한 번 맺은 인연을 굉장히 중요하게 여긴다. 그러니 우혁이 이 세상을 떠나야만 곁을 떠날 것이다.

"네가 곁에 남는다면 내가 한결 마음이 든든하겠군. 그렇다면 나도 슬슬 떠날 준비를 해야겠군."

은소가 착잡한 심정으로 그를 쳐다봤다.

"시진님이 곁에 없다고 생각하니까 허전하네요."

"너한텐 그리 잘해 주지도 않았는데 허전할 건 뭐야?"

"보는 즐거움이랄까요? 후훗."

은소가 정체불명의 말을 하더니 빙글 뒤돌아 다른 곳으로 사라졌다. 그가 고개를 한 번 갸웃거리고 자신의 방으로 갔다. 방에 가봐야 짐이랄 것도 없다. 그동안 우혁을 보필하느라 염라의 성에 가 있어서 여기에 딱히 짐이 있는 건 아니었다.

항상 이렇다 할 짐도 없이 가볍게 다녔던 그다. 그는 휴대폰을 만지작거렸다. 그나마 이 안에 그가 기억하고픈 소중한 것들이 다 담겨 있었다. 그는 동영상을 하나 터치했다. 홍두가 보육원 꼬맹이들에게 노래를 가르치는 장면이 재생되었다.

"너희들은 사랑받기 위해 태어난 아주 귀한 존재야."

"귀한 존잰데 왜 버림을 받았을까요?"

한 애가 툭 던진 감흥 없는 말에 홍두는 살짝 당황한 듯했지만 바로 말했다.

"다른 이들에게 귀한 존재가 되기 위해서 미리 시련을 경험한다고 생각하는 건 어떨까? 부모님에게도 나름의 사정이 있었을 거라고 이해하란 소린 안 할게. 하지만 너희들은 아주 귀한 존재들이야. 나에겐 그렇거든. 그러니까 이 노래를 배우면서 항상 날 떠올리기 바랄게. 시작한다!"

피아노 선율이 흐르면서 노래가 들려왔다. '당신은 사랑받기 위해 태어난 사람'이 울려 퍼졌다. 아이들에게 가사를 들려주고 같이 부르는 모습이 인상적이었다. 그는 흐뭇한 미소를 입가에 머금고 그 모습을 내려다봤다.

'이젠 당신과도 안녕이구나.'

아쉽고 쓸쓸한 기분이 드는 건 어쩔 수 없나 보다. 그새 정이 듬뿍 들기도 했지만, 그녀가 좋다. 하지만 우혁이 모든 걸 버리고 선택한 사람이니 마음에 담아선 안 되겠지.

여기까지만…….

*

　우혁이 천천히 눈을 떴다. 쨍한 햇살이 눈 속으로 파고들어 왔다. 뭔가 어색하고 이상하다. 가슴 뛰는 소리가 시끄럽고, 혈관 속으로 헤매는 혈류 소리도 정신없이 산만하다. 눈동자로 파고드는 빛도 왜 이리 선명할까? 눈을 비벼 다시 떴다. 팔뚝에 주삿바늘이 꽂혀 있고 허공엔 링거가 매달려 있었다.

　그는 주삿바늘을 빼내고 갓 태어난 아기처럼 자신의 손을 가만히 들여다봤다. 벽면을 손바닥으로 짚었다. 혼백이라면 벽을 통과할 수 있지만, 다행히 그의 손은 통과하지 못했다.

　그가 천천히 일어나 앉았다. 삐거덕거리는 침대의 스프링 소리가 귀에 거슬렸다. 몸이 묵직하다. 신의 몸일 때도 혼백일 때도 무게감을 느끼지 못했는데, 지금은 무언가가 몸을 내리누르는 느낌이었다. 그는 일어섰다. 몸이 휘청거린다. 다시 제대로 서서 한 걸음을 뗐다. 아장아장 걷는 아이 같은 기분이다.

　느릿느릿 걸어 봤다. 자꾸만 중심축이 한쪽으로 기우뚱 무너졌다. 최선을 다해 섰다. 고작 서는 일이 이렇게나 어려운 일일 줄이야. 방을 한 바퀴 빙 돌았다. 그러다가 문고리를 쥐고 돌렸다. 밖으로 나가 복도를 걷고, 마당으로 나갔다.

　마당에 선 그는 맨발로 잔디를 밟았다. 뾰족하고 까칠하지만 푹신한 감각이 발바닥을 콕콕 찔렀다. 괜찮은 감각이다. 이전엔 몰랐던 것들이 하나하나 날카롭게 느껴졌다.

"일어나셨어요?"

우혁이 뒤를 돌아보자, 시진이 곁으로 다가왔다. 시진은 우혁의 이마에 손을 대보더니 씩 웃었다.

"열도 없고, 괜찮아 보이는군요. 인간이 된 소감이 어때요?"

"뭔가 좀…… 번거롭군."

"어떤데요?"

"그동안 잊고 살았던 모든 감각이 순식간에 깨어난 기분이야. 아주 이상해."

"나름 재밌겠는데요? 하도 오래 살아서 너무도 익숙해져 버린 우리들보다야 모든 게 늘 신선하고 자극적이고 새로우면 그걸로 된 거 아닌가요?"

"그래, 적어도 권태롭진 않겠어."

우혁은 다시 걷다가 힘껏 달려 보았다. 미친 듯이 달리던 그가 무언가에 걸려 그대로 나자빠졌다. 놀란 시진이 달려가 대자로 뻗은 우혁을 내려다봤다.

"괜찮아요?"

"푸핫! 아프네."

"그렇겠죠. 인간은 우리와 달리 쉽게 다치고 회복도 더뎌요. 몸을 함부로 사용하지 말아요."

팔 뒤꿈치가 까졌다. 확실히 신의 몸일 때완 다르다. 원하면 날고, 높이 날아오를 수 있고, 공간이동이 자유롭고, 둔갑술마저 펼치며, 고도의 감각 발달로 청각, 시각, 후각이 민감하고 사물을 자유자재로 허공에 들었다 놓았다도 가능했다.

그에 비해 인간은 아주 후진 몸뚱이를 갖고 있다. 무엇 하나 마음대로 할 수 있는 게 없다. 오직 노동에 의해 무언가가 완성될 뿐.

"한없이 나약한 몸이로군."

"아마 당분간은 적응하기 어려울 거예요."

"그럴 것 같아. 그래도 잡귀가 되는 것보다야 훨씬 낫긴 하군."

하지만 환생이 불가능한 몸이다. 혼백을 사람으로 치환하는 과정에서 어쩔 수 없는 결과일지 모른다.

"홍두는?"

"서울에 있답니다."

우혁의 눈빛이 금세 낮게 가라앉았다.

"왜 홍두 씨한테 얘기하지 않았어요? 몸 상태가 최악이라는 걸 전했더라면 어느 정도 이해는 했을 텐데."

"……나 때문에 우는 건 보기 싫으니까. 누구든 마찬가지였을 거야. 내가 잡귀가 되어 그 여잘 가만둘 거라고 누가 장담할 수 있지? 식인귀나 다를 바가 없는 몸이 되어선 내 생명 늘리자고 뭐든 닥치는 대로 먹어 치우려 했을 텐데……. 그런 상황에서 그 여자한테 무조건 내 옆을 지키라는 건 아닌 것 같았어."

"곧 돌아올 거예요. 그동안 몸의 컨디션을 많이 회복하시면 될 거예요."

우혁이 하늘을 올려다봤다.

"이건 공짜로 얻은 생명이 아닐 텐데……. 시진아, 네가 올라가서 알아봐라. 아버지와 어머니께서 대체 무슨 일을 하신 건지."

"모르는 게 낫지 않겠어요?"

"내 선택 때문에 결국 부모님께 누를 끼치고 불효를 저질렀다."

"다 잊고 지금부터는 잘 살 궁리만 하면 되잖아요. 홍두 씨와의 관계를 회복하고, 다른 꿈을 꿔야 하는 때예요. 잘 산다면 부모님은 뭐가 되었든 다 용서될 거라 생각해요. 걱정은 또 다른 걱정을 불러들이기만 할 뿐이에요."

우혁이 피식 입술 끝을 휘어 올렸다.

"나보다 우위에 있다고 잔소리를 하는 거냐?"

시진이 팔짱을 끼고 오만한 눈빛으로 우혁을 쳐다봤다.

"그러고 보니 이젠 입장이 완전히 다르군요. 우혁 님을 지켜드리던 하찮은 신은 이만 사라질까 하는데요."

"가려고?"

"네, 이젠 임무가 전부 끝났으니 하늘로 가서 다른 일을 찾아야죠."

우혁이 손을 내밀었다. 시진이 그 손을 잡고 굳게 악수를 했다. 두 손을 꽉 잡고 위아래로 흔들던 시진이 손을 놓으며 한 걸음 뒤로 물러났다.

"갈게요. 당분간은 은소가 여러모로 도움이 되어 줄 거예요. 그래도 천녀 출신이니까 돈 긁어모으는 데는 용도가 좋을 거예요."

"홍두에겐 인사 안 해?"

"……섭섭해질 것 같기도 하고. 제가 중간에 낀 것보단 이제 직접 해결하시는 편이 나을 거예요. 갑니다."

시진이 꾸벅 인사를 하고 하늘로 솟구쳐 사라졌다. 백소와 가향이 서운한 눈빛으로 하늘을 쳐다봤다.

"작별인사도 하지 않았는데 저렇게 떠나면 어떻게 해요?"

"그러게…… 아쉽네."

백소와 가향이 아쉬움 그득한 얼굴로 한참 동안 하늘을 쳐다봤다. 한두 해 관계를 쌓은 사이가 아니다. 족히 3백 년이 아닌가. 그런데 인사 한마디 없이 가 버려서 속이 상했다. 가향이 툴툴댔다.

"하여간에 저런 때 보면 매너가 하나도 없어요."

우혁이 피식 웃으며 가향의 머리통을 어루만졌다.

"너희들은 왜 안 가느냐?"

"한 번 주인은 영원히 모시도록 되어 있습니다. 주인님."

우혁이 고지식한 사람들이라고 혀를 끌끌 차더니 입가에 미소를 지었다. 이 땅에 가족이라 부를 만한 사람이 하나도 없는데, 가향이나 백소가 곁에 남아 준다면 더없이 든든하지 않겠는가.

"이젠 치열하게 몸으로 공세를 펼쳐야겠군. 바빠지겠어."
우혁은 홍두에게 가장 먼저 연락을 했다.
[여보세요?]
"어디야?"
[……서울이요.]
"안 와?"
[……저녁 때 갈 거예요.]
"도착하면 나한테 와. 할 얘기가 있어."
[……네, 이따 봐요.]
홍두의 목소리가 낮게 가라앉아 있었다. 잔뜩 긴장한 듯했고 움츠러들어 있는 모습이 눈에 빤히 보였다. 그래도 어쩔 수 없다. 좋지 않게 헤어진 마당이니 그도 무게를 잡을 수밖에. 이제부터 진짜 본게임 시작이다.

#담벼락 안쪽의 냄새

 버스를 타고 가는 도중 우혁에게서 문자가 들어왔다. 몇 시 차로 오느냐는 문자였다. 홍두는 아무 경계심도 없이 9시 반쯤 터미널에 도착 예정이라는 답문을 보냈다. 시진을 보내려고 저러나 의아했다. 그러고 보니 시진에게선 어떤 연락도 없다. 별일 없는 건가? 다들 고요하다. 그게 마음을 조금 불안하게 한다.
 도착 시간이 되어 버스가 정확히 터미널로 들어갔다. 버스에서 내려선 홍두는 묵직해진 크로스백 끈을 꽉 움켜쥐었다. 주인과 같이 백화점에 가서 쇼핑도 한 덕분에 짐이 더 늘었다. 터미널을 막 벗어났을 때 어디서 많이 본 차량 한 대가 눈에 띄었다. 포르셰 카이엔, 저 차는 우혁이 몰고 다니던 찬데? 고개를 살짝 갸웃하는 사이 빗방울이 뚝뚝 떨어지기 시작했다.

홍두가 손차양을 만들어 머리를 가리고 택시 정류장 쪽으로 뛰어가려고 폼을 잡는 찰나 누군가 그녀의 머리 위로 우산을 드리웠다. 고개를 돌려 우산의 주인을 쳐다본 홍두는 하마터면 비명을 지를 뻔했다.

홍두는 숨도 멈추고 눈을 깜빡이는 것도 멈춘 채 눈앞의 남자를 보고 놀랐다. 시진이 준 환약을 먹지 않은 지 며칠 됐다. 그렇다면 그가 보이지 않아야 한다.

눈앞에 나타난 남자는 너무도 아무렇지도 않게 우산을 들고 서 있었다. 검은 린넨 셔츠에 네이비 팬츠를 입은 그는 전에 알던 그와 너무도 똑같았다.

"우, 우혁 씨?"

"귀신이라도 본 얼굴이군."

"그, 그거야……."

"일단 차로 가자."

우혁이 홍두의 크로스백을 빼앗아 들고, 백팩도 빼앗더니 그녀를 보조석에 태우고 짐을 트렁크에 실었다. 홍두는 아연실색한 얼굴로 계속 우혁을 쳐다봤다.

"누구세요? 시진 씨가 지금 장난하는 거죠?"

"너, 혹시 시진이한테 마음 있니?"

"네에?"

"그게 아니라면 왜 자꾸 그놈 이름이 오르락내리락하는 거지?"

특유의 카리스마 넘치는 말투가 여전한 걸 봐서는 우혁이 맞다. 우혁은 그 집을 벗어날 수 없다. 하지만 혼백이 너무도 유유자적 운전을 한다. 우산을 들고 나온다. 가방을 들어준다? 뭐가 그러냐. 말도 안 된다.

"뭐예요? 이 상황? 나 지금 꿈꿔요?"

우혁이 대답은 하지 않고 시동을 걸더니 액셀러레이터를 밟았다. 빗방울이 더 강하게 차창에 내리꽂혔다. 아무래도 한바탕 쏟아질 모양이다. 차 안은 적막이 흐르고, 홍두는 여전히 눈을 깜빡이지 못하고 그의 옆얼굴만 기막힌 얼굴로 쳐다봤다.

"그래서? 서울 가서 마음을 정리하고 온 건가?"

"그게 문제가 아니라, 지금 이 상황에 대해 설명을 좀 해 줘요."

"많은 부분을 포기하고 사람이 되었어."

홍두는 입을 딱 벌리고 그를 쳐다봤다. 이대로 잠시 기절해 버리고 싶어졌다.

"갑자기 그게……"

"너한텐 그만 하자고 했을 때, 내 상태가 최악이었다. 잡귀의 침식이 너무 심각해서 너와의 관계를 더 이상 욕심낼 수 없는 상황이었어. 그 상태라면 나는 혼계로 가야 했어. 여기 남으면 일대의 사람들에게 피해를 줄 수 있거든. 그래서 널 보내고 죽어 버릴 생각이었다."

심장이 덜컥 내려앉았다. 그는 그렇게 상황이 심각했는데,

그녀는 도망치듯 서울행 버스에 몸을 실었다는 건가? 죄책감과 동시에 자괴감이 들어서 아무런 말도 할 수가 없었다.

이토록 뻔뻔스러울 수 있다니. 자신만의 상처에 도취되어 자신을 비련의 여주인공으로 만들고 홀로 슬퍼하다니. 가증스러워 견딜 수가 없었다. 미안해서 쥐구멍이라도 찾고 싶은 심정이 들었다.

"갑자기 옥황상제가 나타나 약을 걷어차고, 내게 용흉을 주더군. 그래서 이런 모습이 되었어."

"포기하는 건 뭔데요?"

"나도 몰라."

환생 부분에 대한 얘긴 일부러 하지 않았다. 홍두가 모르는 편이 나으니까. 죽고 나서 벌어질 일까지 홍두가 짊어질 필요는 없다. 그리고 부모님이 옥황상제에게 어떤 제안을 했는지 그는 알지 못한다. 이젠 인간이기 때문에 더 이상 천계에 대해서 무언가를 물을 수도 없게 되었다. 그저 막연히 짐작만 할 뿐.

"어찌되었든 난 다시 살 수 있는 기회를 얻었어. 그래서 넌?"

"……잘 모르겠어요."

"그렇다면 당분간은 서로 자신의 일에 몰두하자. 다시 차곡차곡 정을 쌓아 나가는 수밖에 없겠지. 나도 지금의 내가 어색하고 이상하니까. 막연히 너한테 날 받아들여 달라고 하는 것도 너무 폭력적인 것 같고."

홍두는 좋으면서도 급변하는 상황의 속도를 따라잡을 수가 없어서 혼란스러웠다. 그가 그렇다고 하니까 그런 줄 알겠지만, 최악의 상황 때문에 고통스러워하던 그가 난데없이 사람의 모습으로 나타났다.

아직도 모르겠다. 시진의 둔갑술로 그녀를 안심시키려고 장난을 치는 건지, 그게 아니라면 그와 행복해져도 되는 걸까? 자신을 선택한 덕분에 그는 잃은 게 너무 많다. 그와 가까워지면 그에게 다시 불행이 찾아오는 건 아닐지 우려돼서 섣불리 그를 받아들이겠다는 말도 할 수가 없었다.

그를 사랑하는 것이 두렵다. 그를 망칠까 봐.

"내일 저녁에 식사나 같이할래요?"

"우리 집으로 올래?"

"아뇨, 내가 대접하고 싶어서요."

"알았어. 7시쯤?"

"네."

카이엔이 일차선 국도로 진입해 들어가 서서히 마을로 이동했다. 내일 그를 정식으로 초대해서 조금은 진지하게 대화를 해 볼 필요가 있다. 이제 그는 사람이기 때문에 자신의 인생에 대해 조금도 예상할 수가 없다. 적어도 예지력을 가졌을 때와는 다르다는 얘기다. 그러니 미래는 더욱 불안하다는 얘기일 수도 있다.

한 번 호되게 당해서 그런지 그가 다시 살아 돌아왔는데도 마음의 압박감은 상당하다. 막연히 명랑할 수만은 없다. 옥황상제가 또 한 번 뒤통수를 치기 위해 깔아 놓은 덫이라면 어쩐단 말인가.

차가 홍두의 집 앞에 멈춰 섰다. 우혁이 우산을 펴고 홍두가 내리도록 도왔다. 그녀를 집에 데려온 그는 짐도 옮겨 주었다. 부모님은 이미 주무시나 보다. 불도 꺼져 있고 고요했다. 그가 집을 살피더니 말했다.

"기왕 왔으니 차나 한 잔 줘. 싸늘하다."

홍두는 거절하지 못했다. 그와 같이 텅 빈 보육원 안으로 들어갔다. 그는 집 안 내부를 훑어보더니 긴 식탁 앞에 있는 의자를 꺼내 앉았다. 홍두는 짐을 한쪽으로 밀어 두고, 따끈하게 말린 꽃차를 내놓았다. 두 사람은 말없이 마주 보고 앉았다. 밖에선 빗줄기가 자갈돌이 흩어져 있는 바닥을 거칠게 내리치는 소리로 요란했다.

"많이 쏟아지네."

우혁이 찻잔을 들고 한 모금 마시더니 말했다.

"몸은…… 괜찮은 거예요?"

"응, 아주."

"몸 상태에 대해, 혹은 미래에 대해 들은 얘긴 없어요?"

"없어. 참, 시진은 하늘로 돌아갔어."

"네?"

여건이 된다면 시진에게 물어볼 예정이었는데, 틀어져 버렸다. 그가 그녀의 운명이 맞는지 궁금했는데, 시진이 없다면 대체 누구에게 들어야 한단 말인가. 운명이 아닌 자와 엮이면 또다시 깊은 슬픔과 고통 속에 살게 될지도 모른다.

자신 때문에 겁을 내는 게 아니라 가까스로 생명을 얻은 우혁이 위험해질까 봐 염려되는 것이다. 그러니 자꾸 머뭇거리게 된다. 더 이상 그는 잃을 게 없다. 그래서 궁지로 몰고 싶지 않았다.

"우혁 씨……. 우린 당신 말대로 그만 하는 게 맞는 것 같아요."

"무슨 뜻이지?"

"우혁 씨와 내가 다시 만나서 행복해질 수 있다고 누가 보장할 수 있죠? 우혁 씬 그 몸이 마지막 기회잖아요. 진짜 운명의 상대를 찾아야 하는 거 아닌가요? 내가 아니라……."

우혁이 피식 웃었다.

"왜 웃는 건데요?"

"넌 문청기가 네 운명의 짝이었어. 그런데 그 운명을 틀었고, 이제 네겐 더 이상 남자가 없어. 내가 알기론 그래."

가슴이 철렁 내려앉았다.

"그렇다면 우혁 씨랑도 잘 되지 않는다는 소리잖아요."

"내가 사람이 된 이상 무언가가 변했을 거야. 이제 더 이상 사람의 운명을 미리 볼 수는 없게 되었지만, 네게 다른 길이 생겼을 거라 생각해."

"난 왜 또 불안하죠?"

"가지 말아야 할 길인 것 같아서?"

홍두는 말없이 찻잔을 내려다봤다. 파문 없이 잔잔한 찻잔 안에 말린 꽃이 부풀어 올라 둥둥 떠다니고 있었다.

"그래, 두렵겠네. 이해는 돼. 네 말이 무슨 뜻인지 알아들었어. 그만두자. 그래. 대신 내가 네게 하는 건 참견하지 마!"

홍두가 눈을 휘둥그렇게 떴다. 우혁이 꿰뚫을 듯이 깊어진 눈빛으로 그녀를 응시했다. 깊고 그윽한 눈빛에서 빛이 찬란하게 반짝거렸다.

"난 널 원해. 나는 멈추지 않아."

"우혁 씨…… 그랬다가 또 위험해지면 어쩌려고 그래요."

"널 갖기 위해 사람이 되었다고 생각해. 내겐 널 차지할 수 있는 마지막 기회고. 그래서 더더욱 포기 못 하겠어. 행복의 결론이 꼭 결혼이라고 생각하진 않아. 내게 행복은 그저 네 곁에 있는 것. 네가 원치 않으면 만지지도 않고, 말도 걸지 않을게. 바라볼 수만 있게 해 주면 난 그걸로 됐어."

두근, 가슴이 죄어왔다. 홍두는 담담히 자신의 마음을 말하더니 찻잔을 다 비우고 자리에서 일어선 그를 물끄러미 쳐다봤다. 여전히 아름답고 자신감 넘치고 싱그러운 모습이다. 혼백일 때와는 달리 힘이 넘치고 강하며 듬직한 분위기다. 다시 가슴이 떨려왔다.

"내일 다시 올게."

소심한 자신을 탓해야지. 자라 보고 놀란 가슴 솥뚜껑 보고 놀란다고. 저리 멋있어진 그가 또다시 눈앞에서 사라지고 고통 속에 괴로워하는 건 정말 보고 싶지 않았다. 그래서 그만두자고 한 건데……. 그의 확신에 찬 대답을 듣고 있으니 가슴이 말랑말랑해지고 설레는 건 또 뭔지 모르겠다.

'멍충이! 또 반해 버리면 어쩌자는 거니?'

홍두는 머리를 감싸 쥐고 고통에 신음했다. 또다시 그에게 향하는 마음을 대체 뭐로 묶어야 한단 말인가! 뭘 해도 질질 새니 큰일이다. 하지만 그만두자고 말은 꺼냈으니 꺼낸 칼로 두부는 베어야 하지 않나! 하늘의 농간질에 놀아나지 않으려면 당분간은 상황을 지켜보는 수밖에.

그런데 시진은 해도 너무한다. 어떻게 작별인사도 하지 않고 홀랑 가 버릴 수가 있지? 정말 못됐다.

우르르르르릉, 콰쾅!

"엄마야! 뭘 잘못했다고 이래요!"

홍두가 괜히 하늘에 대고 소리를 한 번 쳐봤다.

쏴아아아아, 요란한 비가 계속 쏟아져 내렸다.

*

홍두가 눈에 핏발이 선 채로 창밖을 바라봤다. 천둥번개는 밤새 쳤고, 비는 억수로 쏟아져 발가락을 집어삼킬 만큼 물이

고였다. 그나마 햇볕이나마 쨍하고 떠 줘서 얼마나 다행인지 모른다. 문젠 부모님이 돌보는 텃밭이었다.

부모님들은 큰비에 텃밭에 키우던 작물들이 상했을까 걱정인지 아침 일찍부터 일어나 도랑을 더 깊게 파느라 분주했다. 그 소리 때문에 홍두도 잠을 더 잘 수가 없었다. 개들도 어찌나 짖어대고, 오리들도 푸덕거리는지.

홍두가 퀭한 눈으로 시계를 봤다. 아이들이 없으면 좀 편하게 쉴 수 있을 줄 알았더니, 없으면 없는 대로 바쁘긴 매한가지다. 홍두는 샤워를 하고 부리나케 아침을 차렸다. 문을 열고 텃밭 쪽으로 나가 부모님을 불렀다.

"식사하세요!"

"어어, 곧 갈게."

부모님이 들어오길 기다렸다가 문 열리는 소리를 듣고 고개를 내밀었다. 부친이 뭔 놈의 비가 이렇게 내렸느냐 한소리 한다. 모친도 따라 들어오면서 하마터면 작물들 다 죽일 뻔했다며 가슴을 쓸어내렸다.

"어서 드세요."

"우리 때문에 너도 일어난 거니?"

"아뇨. 잠을 못 잤어요."

모두 둘러앉아 식사를 시작했다. 밥알 씹는 게 모래 씹는 수준이다. 밤새 우혁에 대해 고민하느라 잠을 뒤척거렸더니 머리가 다 아프다.

"무슨 걱정 있어? 어제 밤늦게 차가 한 대 앞에 섰다가 가는 것 같던데······."

"아아, 옆집 사람이 마중을 나와 줘서요."

"누구? 류시진?"

"아뇨. 권우혁 씨요."

부친이 휘둥그렇게 눈을 뜨고 홍두를 쳐다봤다.

"그 사람 얼마 동안 안 보이지 않았어?"

"건강이 좋지 않아서······."

"쯧쯧, 나이도 그리 많지 않아 뵈는데 건강이 그러면 어떻게 해? 장가도 안 가놓고······."

홍두가 어색하게 웃었다.

"엄마, 아빠. 저녁 때 우혁 씨를 초대할까 하는데요. 저녁은 두 분이서만 드시겠어요?"

부모님이 서로 눈을 맞추더니 얼른 고개를 끄덕거렸다.

"그러지, 뭐. 어차피 집이 따로따로 나눠져 있으니까 신경 쓰지 말고 식사하고 그래라."

부친이 히죽 기분 좋게 웃는 걸 보니 마음이 복잡해졌다. 혼기 넘은 딸내미가 남자와 뭐라도 해 보려고 저러나 기대에 부푼 듯싶은데, 전혀 그런 게 아니다. 그게 문제지.

"홍두야, 내가 여기 마을 사람들에게 들으니 거기 권 사장이 그렇게 돈이 많다며?"

"그걸 어떻게 안대요?"

"아휴, 세금 신고하는 거 이 동네 1위라고 하더라. 부동산 재벌이라고 소문이 자자하던데? 이 동네가 얼마나 좁니. 소문이야 금세 돌지. 그런 사람이 이런 시골에 와서 사는 걸 보면 건강상 무슨 문제가 있어서 휴양차 사는 거 아닌가 싶기도 하고. 자세히 좀 알아봐."

"왜? 당신은 우리 홍두가 권 사장하고 잘됐음 좋겠어?"

"좋죠. 건강에 문제만 없고 그 정도 자산을 보유한 사람이라면 우리 딸을 줘도 되죠, 뭘!"

엄마의 오지랖과 몽상이 또 시작되었다. 홍두는 고개를 저으며 초치는 소리를 한마디 했다.

"우리 편할 대로 데릴사위 삼듯이 남자를 데려올 수는 없는 노릇이잖아요. 저는 이미 이 일을 시작했고, 보육원을 하면서 아이들을 키우는 일에 대해 사명감과 보람을 느끼면서 계속 살 거예요."

모친은 그래도 미련이 남는지 안타까워했다.

"그런데 시진이 보이질 않더구나? 난 그쪽이 더 싹싹하니 마음에 들던데. 사람이 살갑게 굴고 편해."

"그분은 고향으로 가셨대요. 아마 더 보긴 힘들 거예요."

"그래? 아쉽네."

부친 눈엔 시진이 훨씬 좋게 보이나 보다. 홍두는 밥을 반 그릇도 못 먹고 젓가락을 놨다. 어째 입맛이 하나도 없다. 밖으로 나와 난장판이 된 마당을 쓸고 쓰레기를 한데 모아 태웠다. 주변 정리를 하기 위해 담장 밑으로 가서 싹싹 쓸고 밤새 떨어진 이파리들은 한데 모아 쌓았다.

"홍두 씨!"

익숙한 여자 목소리에 고개를 돌리자 은소가 방긋 웃으며 다가왔다. 늘 그렇듯이 새파란 블라우스에 하얀 바지를 입고 있었다. 하얗게 드러난 다리가 시선을 사로잡았다. 야하게 입는 기술이 참 뛰어난 여자다.

"그렇게 짧은 바지 입고 수풀에 들어가면 안 돼요!"

"상관없어요. 물려도 난 금방 회복되거든요. 어머, 그런데 눈이 왜 그래요? 핏발이 곤두서서 눈병 걸린 사람 같아요."

홍두가 팔뚝으로 눈가를 비비곤 어색하게 웃었다.

"밤을 꼴딱 샜죠."

"고민 있구나?"

"시진 씨는 가 버렸다면서요?"

"뭐, 어느 날 갑자기 툭 나타나지 않겠어요? 여기 임무가 끝나서 더 이상 있을 이유가 없다더라구요. 우혁 님도 안정기로 접어든 것 같으니까 나한테 일임해 놓고 가 버렸어요."

"은소 씨는 왜 안 가요?"

"정혼자 흉내 실패로 엄벌에 처해지게 생겨서 못 가죠. 방해 공작을 잘못해서 괜히 피난민 신세예요."

"미안하네요."

홍두가 담장 근처 정리를 다 끝내고 물기를 닦아낸 벤치에 앉으며 은소에게도 앉으라 권했다.

"우혁 님이랑 결혼하는 거 아닌가요? 이젠 해피엔딩만 남은 거잖아요."

"잘 모르겠어요."

"어머, 왜요?"

"그게…… 운명의 짝이 아닌데 괜히 살다가 둘 다 절망에 사로잡힐 사태가 벌어지면 어쩌나 걱정이에요."

"푸하하하하! 바보네요."

"네?"

깔깔 웃어댄 은소가 홍두의 손을 척 잡더니 입가에 미소를 띠고 말했다.

"하늘에서 절대 안 된다고 신신당부를 하고 총공격을 퍼부어도 끝끝내 자기 갈 길 가던 사람이 이제 와서 겁을 내는 게 너무 웃기지 않아요? 산전수전 다 겪었는데 이제 와서 공중전이 무섭다고 바위 뒤에 숨는 꼴이잖아요. 갑자기 왜 그래요? 그냥 다 덤벼 보라고 똘아이 정신으로 버티는 거죠!"

내가 그랬나? 그 정도로 미친 짓을 했단 말인가? 홍두는 볼을 붉히고 의아한 표정을 했다. 그게 그 정도로 대단히 위험한 일일 거라고는 생각도 안 했고, 무슨 일이 닥치면 그때마다 무리 없이 잘 넘어왔다.

오직 목표는 하나였던 걸로 기억한다. 우혁을 만나는 일. 우혁과 함께하는 일만을 위해 달렸다. 어쩌면 매우 단순한 곳에

답이 감춰져 있었는지도 모른다.

내가 원하는 것!

홍두의 입가에 이제야 시원한 미소가 번졌다. 너무 많은 일을 겪다 보니 본래의 취지마저 잊어버렸던 것 같다. 그와 함께하기 위해 그렇게 처절하게 싸워 놓고.

"정말 바보 같네요. 하하하."

홍두가 웃으면서 시원해진 얼굴로 하늘을 쳐다봤다. 그래, 올 테면 오라지. 저승이고 어디고 끝끝내 따라가서 찾아오면 그만이다. 지금까지 그렇게 했으니까, 용감하게 맞서 싸우면 그만이지. 이제 와서 겁내는 것도 우습다. 더 이상 그가 희생할 게 없다면, 이제 그녀가 하나씩 버리면 된다.

"고마워요, 은소 씨."

"뭐가요?"

"도망갈 궁리만 했거든요. 우혁 씨는 이제 더 이상 도망갈 곳이 없는데, 또 나 때문에 궁지에 몰리면 그땐 어쩌나……."

"그땐 다시 우릴 도와줄 분들이 나타날 거예요. 우혁 님에게 있는 가족들이나 류시진 님, 그리고 백소 영감이랑 가향이 있잖아요. 나도 힘이 된다면 보태죠."

그래, 우리가 있으니까. 나 혼자만의 싸움이 아니었지. 우리 모두의 싸움이었다. 저들의 도움이 없었더라면 아무것도 되지 않았을 것이다.

"모처럼 개운한 날이에요."

홍두가 해사한 미소를 입가에 머금고 웃었다.

"홍두가?"

햇살이 들이치는 창문 앞에 서서 앤티크한 찻잔을 들고 서 있던 우혁이 뒤를 돌아 은소를 바라봤다. 은소가 새하얀 다리를 드러내 놓고 덜렁덜렁 흔들면서 말했다.

"고민은 결국 우혁 님의 안위인 것 같던데……. 외람되지만, 제가 우혁 님의 인생을 감히 훔쳐봐도 될까요?"

"아니."

우혁은 고개를 저었다. 그는 찻잔에 입술을 대고 한 모금 마시고는 넉넉한 눈빛으로 창밖을 쳐다봤다.

"보든 안 보든 달라질 건 하나도 없어. 이미 답은 정해져 있고."

"하지만 홍두 씨가 그렇게 갈팡질팡해서는……."

"다 지나갈 거야. 나만 한결같다면……."

부침이 심하다고 매번 일희일비해서는 꼿꼿이 서 있을 수 없다. 이리저리 흔들리다 결국 이도저도 안 될 게 뻔하다. 그러니 지금은 자신을 믿고 가는 수밖에. 오직 그녀를 위해 사람이 되었다. 그녀를 위해 준비된 인연이다. 그러니까 다른 가능성은 전부 볼 필요도 없다.

"그래도 기특하네."

"네?"

은소가 소파 끄트머리에 아슬아슬하게 걸터앉아 다리를 덜렁거리다 말고 그를 올려다봤다. 샛노랗게 염색한 머리카락에 가슴이 푹 파인 짧은 크롭티, 허벅지가 다 드러나 보이는 숏팬츠를 입은 은소가 새빨갛게 바른 틴트 립스틱을 반짝이며 입술을 헤 벌렸다.

"네가 남 걱정을 다 하는 때가 있고……."

"아하……."

은소가 입술 끝을 슬쩍 휘었다.

"이젠 여기 빌붙어 살아야 하니까, 주인한테 잘 보이려면 별 수 있나요?"

까칠하게 말한 은소가 천천히 일어났다.

"너한테서 남자 냄새가 나. 시내에 나갔다 오는 건 좋은데, 방탕한 생활은 자제해라."

뒤돌아 나가던 은소가 움찔해서 고개를 살짝 돌렸다. 당황한 표정이 역력했다.

"내, 냄새가 나요? 하지만 우혁 님의 능력은 하나도 남아 있지 않을 텐데……."

"글쎄, 식스센스 하난 일반인보단 한 수 위일걸. 조심해라!"

"소오름!"

은소가 양팔로 자신의 몸을 끌어안듯이 꽉 쥐더니 부르르 몸을 떨었다. 은소가 밖으로 나가자, 그는 빈 찻잔을 내려놓고 의자에 앉았다. 사업 대부분을 정리했다. 이젠 갖고 있는 부동산으로 임대업이나 해서 돈을 벌어들이면 평생 먹고사는 문제로 걱정은 없을 것 같다.

그리고 각 기업의 지분을 정리하면서 현금화된 돈으로 제주도에 있는 호텔 하나를 인수했다. 매각 결정이 난 망해 가는 호텔인데, 헐값에 나왔기에 재빨리 구입했다. 그는 일단 직원들에게 그간 받지 못한 월급을 챙겨 줬고, 내부 인테리어부터 보수까지 대대적인 투자를 시작했다. 뭐든 퍼부은 만큼 벌어들이게 마련이다.

당분간 제주도를 오가면서 호텔의 입지를 구축하는 데 많은 시간을 투자해야 할 듯 보인다. 적어도 심심할 새가 없다는 뜻이다. 그는 호텔 부사장에게 전화를 걸어 매일 지시사항을 전달하고 진행 속도에 대한 보고를 들었다.

"알았습니다. 주말쯤 가볼 테니까 그때까지 모든 일처리 완료해 두십시오."

[네, 사장님. 곧 뵙겠습니다.]

기존에 있던 임원들 중 성실하고 부지런한 자들만 남기고 나머지는 그만두게 했다. 사업에 투자가치가 있는 열정적인 직원 외에 쓸데없는 낭비는 최소화하는 것이 기본 원칙이니까. 남겨진 부사장은 사원들 내에 신뢰도가 높은데다 사원들의 의견을 되도록 수렴하기 위해 노력한다는 점에서 여론이 좋았다. 그는 계속 자료를 들어 호텔이 앞으로 개선해야 할 점과 시설 정비해야 할 곳 등을 점검했다.

똑똑.

생각이 뚝 끊어졌다. 고개를 들자 가향이 머리를 쑥 들이밀더니 말했다.

"주인님, 오늘 약속 있다고 하지 않으셨나요? 6시가 넘었는데요."

시계를 확인한 우혁이 흠칫 놀라 자리에서 일어났다. 홍두와 약속이 있는 걸 까먹었다. 그는 잰 동작으로 일어나 옷차림을 우선 살피고 안 되겠다 싶어서 드레스 룸으로 향했다. 차이니스칼라, 옅은 그레이 셔츠에 발목이 조금 드러나는 블랙 팬츠를 입고 슬립온 슈즈를 신었다. 헤어스타일을 만지작거려 세련되게 만든 후, 가향을 불렀다.

"부르셨어요?"

"어때?"

"네?"

"내 모습, 괜찮아?"

가향이 생긋 웃으면서 엄지를 척 세웠다.

"항상 멋지십니다."

"흐음, 가족에게 하지 말아야 할 질문을 한 것 같군. 알았어. 나가 봐. 오늘은 좀 늦을 거야."

"네, 주인님."

가향이 문을 닫고 나갔다. 우혁은 와인 창고로 들어가 가장 맛좋은 와인 두 병을 꺼내고, 보석 금고를 열었다. 그동안 경매를 통해 사들였던 고가의 보석들이 안에 가득했다. 그는 그중에서 가장 값비싼 다이아몬드 목걸이를 꺼내 케이스에 넣었다.

나중에 좋아하는 누군가가 생긴다면 주고 싶다는 바람을 갖고 이 금고 안에 여자가 좋아할 만한 것들을 모았다. 하지만 평생 가도 줄 사람이 나타날 것 같지 않아 전부 기증할까도 생각했었다. 그러다 홍두가 나타났다. 이젠 이 안의 보석은 전부 홍두 것이다. 그는 금고 밖으로 나와 백소에게 늦게 돌아온다는 말을 남기고 마당을 가로질렀다.

그런데 홍두네 부모님이 계신데, 식사를 같이하게 되는 건가? 부모님께 드릴 선물을 준비했어야 되는데, 하지 못한 부분이 마음에 걸렸다. 그때 홍두가 길가에 서서 기다리다가 그를 향해 손짓했다. 어제와는 달리 반가움이 잔뜩 묻어나는 행동이라 그의 입가에 미소가 번졌다.

"이쪽으로 와요."

"부모님께 인사드리고······."

"그럼 인사하고 이쪽으로 건너와요. 따로 식사를 하기로 했어요."

우혁은 와인과 선물 상자를 그녀에게 무뚝뚝하게 내밀고 곧장 홍두의 부모님이 사는 집 쪽으로 향했다. 노크를 하자, 홍두의 모친 하 여사가 모습을 드러냈다.

"아이고, 왔어요?"

"네, 죄송합니다. 빈손으로 왔습니다."

"아유, 아니에요. 얼른 가서 홍두랑 식사해요. 우린 식사하고 좀 쉬다 자려고 해요. 나중에 같이 식사도 하고 그래요."

"네, 어머님!"

순재가 우혁에게 얼른 가보라며 환히 웃어 보였다.

"긴히 할 얘기가 있나 보던데 얼른 건너가 봐요."

순재가 손짓을 하며 가보라고 해서, 우혁은 꾸벅 인사를 하고 문을 닫았다. 그는 멀찍이서 컹컹 짖어대는 개들에게 다가가 머리통을 쓰다듬어 주었다. 백구들이 그를 알아보고 반갑게 짖어댔다.

"잘 있었니?"

머리통을 만져 주던 그는 홍두의 집 쪽으로 향했다. 홍두가 모기장을 열고 그를 반겼다.

"오늘은 기분이 좋아 보이는데, 무슨 일 있어?"

"으음…… 아, 아니에요."

홍두가 몸을 옆으로 비키자, 우혁이 안으로 들어갔다. 집 안에선 고소한 밥 냄새가 진동했다.

"배고프죠?"

홍두가 미리 차려 놓은 밥과 반찬이 빼곡히 놓인 식탁을 공개했다.

"하루 종일 만들었어?"

우혁이 감탄하면서 의자를 빼면서 앉았다.

"엄마가 도와주셨죠. 혼자 이렇게 다 하는 건 무리구요."

"다음번엔 우리 집으로 모셔야겠네. 먹자."

우혁이 얼른 수저를 들고 식사를 시작했다. 홍두는 가만히 우혁을 쳐다보면서 여전히 긴가민가 싶은 얼굴로 그를 감상했다.

"왜?"

"꿈같기도 하고…… 너무 이상하기도 하고……."

"맛있네."

그는 복스럽게 음식을 먹었다. 그 모습을 보고 있자니 그녀도 저절로 배가 고파왔다.

"우혁 씨……."

"응?"

우혁이 밥공기를 반쯤 비웠을 때 홍두가 식사를 하다 말고 말했다.

"만약에요. 다시 한 번 더 우혁 씨가 생명에 위협을 느끼는 순간이 오고, 결국 그래서 힘든 상황이 된다면 말이에요. 날 선택했다는 사실에 대해 후회하게 되지 않을까요?"

그는 피식 웃더니 고개를 저었다.

"무슨 생각하는지 알아. 그런데 그런 생각하는 데 쓸데없이 시간 낭비는 하지 말자. 난 전혀 그럴 생각이 없거든. 후회한다면 아마 혼백이 된 순간 여길 떠났겠지. 혼백이 되어서조차 널 찾아온 건 나 나름대로 어떤 각오가 있었던 거야."

"네?"

"혼백인 주제에 널 상대로 뭘 하겠어? 민폐 그 자체일 텐데도, 기왕이면 네 곁에 있고 싶었어. 그렇게 약해진 순간에도 네 곁을 떠나고 싶지 않았거든. 널 혼백인 내가 붙들고 있는 것 자체가 말도 안 되는 일이잖아. 멀쩡한 남자에게 보내는 게 맞지. 그런데 난 내가 원하는 대로 했어. 사람이 된 지금도 크게 달라지는 건 없어. 어떤 순간에도 난 네 곁을 택할 거야. 난 너도 망설임 없이 내 곁을 선택했으면 좋겠어. 민폐라거나, 나 때문에 불행할 거라는 생각 같은 건 그만두고…… 같이 행복할 생각에만 집중했으면 좋겠어."

홍두는 아무런 말도 할 수 없었다. 그가 혼백일 때 그녀는 그렇게라도 곁에 있어 줘서 감사해 했다. 그의 존재를 귀찮아하거나 나쁘게 생각하지 않았다. 그러니 그에게 어떤 일이 벌어진대도 그녀를 원망하진 않을 것이다.

"나로 인해 당신이 불행해졌다는 자책과, 결국 그렇게 당신을 잃게 될지도 모른다는 불안과, 또 나 때문에 당신이 위험한 상황에 빠질지도 모른다는 두려움이 교차하면서 자꾸만 당신을 떠나라 해요."

"물론 나도 한 치 앞을 알 수 없으니, 네 말이 다 쓸데없는 소리라고 장담할 수도 없어."

"그래서 받아들이지 않으려고 했어요."

홍두는 젓가락을 내려놓고 그를 똑바로 쳐다봤다. 새카만

머루 빛 눈동자에 반짝반짝 여러 개의 별빛이 빛을 발했다.
"그런데 생각해 보니 그건 나중 일이잖아요. 지금 당장의 일이 아니라. 지금은 당신과 즐겁게 사는 일을 고민하는 게 맞는 것 같아요. 이렇게 마주 보고 푼수처럼 해맑게 웃기나 하려고요. 나중에 벌어질 일을 미리 당겨 고민하면서 불행에 빠지지 말고……."
우혁이 입매를 부드럽게 휘며 달콤한 미소를 지었다. 홍두는 그의 미소를 보자 볼이 발갛게 젖어드는 걸 느꼈다. 몸이 뜨거워진다.
"현명한 여자야. 그 말이 맞아."
두 사람이 동시에 환하게 웃으며 다시 식사를 시작했다. 목구멍으로 넘어가는 게 꿀 같다. 고민이 일거에 제거되었다. 마음먹기에 따라 모든 건 바뀌나 보다. 마음이 붕 뜬다. 무언가 되게 재밌고 즐거운 일이 벌어질 것만 같다.

#담벼락 안쪽의 핫!

 식사를 마치고 둘은 설거지를 같이했다. 와인도 함께 마시고, 그것으로는 부족한 것 같아 우혁은 홍두를 꼬셔 그의 집으로 그녀를 데리고 갔다. 두 사람이 손가락에 깍지를 끼고 같이 걸어가는 도중에 그가 멈춰 서더니 투박한 종이로 싼 상자를 그녀에게 내밀었다.
 "뭐예요? 아까부터 들고 있어서 궁금하던 차였는데……."
 "날 기다려 준 데에 대한 선물이야."
 "오오, 기다리면 이렇게 용돈처럼 뭔가를 주는 건가요?"
 "아마도."
 우혁이 하얗게 이를 드러내 보이며 잘생긴 얼굴이 더욱 환해지도록 웃었다. 홍두는 상자를 받아들고 뜯어봐도 되느냐 물은 후 그가 고개를 끄덕거리자 얼른 종이를 뜯고 상자를 열었다. 안에 눈이 부실 정도로 반짝거리는 목걸이가 들어 있었다. 언뜻 보면 미스코리아들이나 쓸 법한 티아라처럼 생긴 화려한 목걸이였다.

"와우!"

"다이아몬드 목걸이야. 영국 어느 귀족 가문이 가보로 물려받은 건데, 형편이 어려워져서 경매로 내놨던 걸 내가 구입했지. 지금 내놔도 손색이 없는 고가의 제품이야."

귀족의 가보! 홍두는 입을 딱 벌리고 아무런 말도 할 수가 없었다. 그쯤 되면 수십억이라는 소리 아닌가? 그가 목걸이를 받아 그녀의 목에 채워 주었다. 목이 묵직할 만큼 무게감이 상당했다.

"이런 건 드레스 입고 해야 될 것 같은데요."

"쓸 일이 생기겠지."

그가 목걸이를 다시 빼서 상자에 담았다.

"고마워요. 그런데 이거 우리 집엔 좀 보관하기 그러니까, 우혁 씨가 갖고 있어 줘요. 도둑 들었다간 난리 나겠어요."

"그래, 그러자."

우혁은 홍두의 허리에 팔을 감고 자작나무 숲길로 같이 걸어 들어갔다.

"이젠 아무것도 안 보이나요?"

"그렇지. 신으로서 누렸던 모든 걸 빼앗겼으니까. 그런데 육감이 예리한 편이야. 무언가 주변에 나타난 것 같다 싶으면 소름이 돋아나. 그리고 체취에 굉장히 민감해졌어."

"난 당신이 신이었을 때도 어떤 능력을 사용했는지 알 길이 없으니까, 잘 모르겠지만…… 은음을 사용하지 못하게 된 건 좀 아까워요."

"그래, 그건 편리했던 기능이지. 그런데…… 오늘은 키스해도 되는데……."

"네?"

"이젠 스킨십해도 된다고."

홍두의 얼굴이 고추장 발린 닭발처럼 벌겋게 달아올랐다.

"어, 언제부터 내가 먼저 했다고……."

"아니, 저번에 보니까 굉장히 급해 보이던데."

"마, 말도 안 돼! 안 급하거든요!"

우혁이 킥킥대고 웃었다. 원래 이렇게 사람을 놀려 먹는 타입은 아닌데, 정말 왜 이러나 모르겠다. 홍두가 귀까지 벌겋게 달아올라 딴청을 피우는데, 갑자기 그가 그녀의 턱을 확 잡아 돌리더니 입술에 그의 입술을 밀착시켰다.

"으읍!"

그의 입술이 닿고, 그녀의 입술이 허망하게 열리자마자 서로의 혀가 강렬하게 얽혀 들어가기 시작했다. 그는 거친 숨을 몰아쉬며 그녀의 등을 난폭하게 쓸어내렸다. 커다란 나무에 쿵하고 몸이 닿았다. 그는 아무 생각도 할 수가 없었다. 그의 숨결에서 흘러나오는 특유의 단내에 심장이 녹아내리고 있었다.

이대로 그녀를 온통 빨아들이고, 그녀에게 자신의 모든 걸 새겨 놓고 싶었다. 거친 입맞춤은 계속 이어졌다. 질척대는 소리가 검은 밤의 적막을 깼다. 혀와 혀가 얽히는 소리가 음란하게 울려 퍼지고, 그의 손이 그녀의 등을 헤집고 내려와 배를 훑더니 젖가슴을 강하게 움켜쥐는 순간 그녀의 입술 새로 신음성이 터져 나왔다.

그의 아랫도리가 단단히 곤두섰다. 당장 그녀를 망쳐 놓고 싶다고 아우성을 부려 댔다. 그는 그의 아랫도리를 그녀의 하체에 강하게 밀착시키면서 그녀의 머리를 더욱 뒤로 꺾어 혀를 깊게 밀어 넣었다. 숨도 쉴 수 없을 정도로 강렬한 키스에 그녀가 숨을 쉬지 못하고 몸을 떨었다. 그가 입술을 떼어내며 질척대는 소리를 냈다. 그는 그녀의 아랫입술을 사탕 빨듯이 가볍게 핥으며 말했다.

"……여기서 널 무너트릴까?"

"누가 봐요. 제발……."

홍두가 그의 품안에 안겨서 어쩔 줄 몰라 하며 고개를 저었다. 그는 그녀의 목덜미에 입을 맞추고 피식 웃었다. 그에게 안길 땐 여지없이 방탕한 색녀처럼 교성을 내지르면서, 지금은 한없이 수줍은 소녀처럼 굴었다.

"집으로 가자. 술도 당기지만, 지금은 네가 더 당겨."

홍두는 발갛게 볼을 붉히며 난처한 미소를 지었다.

"집에 가자는 게 다른 이유가 있었군요."

"난 그런 의도 없었는데?"

"음란마귀는 여전히 데리고 있나 보네요."

우혁이 쿡쿡거리며 웃었다. 대문을 열고 안으로 들어가자, 집 안은 고요했다. 백소와 가향, 은소는 일찌감치 자는 척해 주는 듯 보였다. 어디에 있건 저들이 듣고자 한다면 본능적으로 어디서 나는 소리건 다 듣게 되는 자들이 아닌가. 알아서 피해 주는 거겠지.

우혁은 입가에 미소를 짓고 홍두를 그의 침실로 데리고 들어갔다. 와인 창고로 가서 와인 두 병을 더 들고 왔다. 안주로는 가향이 구워 놓은 비스킷과 말린 과일을 갖고 왔다. 두 사람은 티 테이블을 사이에 두고 마주 보고 앉아 창밖을 올려다봤다.

"우혁 씨는 이제 부모님을 뵙지 못하겠네요?"

"그렇겠지. 그래도 그분들은 당신들이 원하시면 언제든 나를 보실 수 있으니까."

홍두는 처연한 눈빛으로 그를 쳐다봤다. 그의 신세가 너무 안됐다.

"내가 제주도에 있는 호텔 하나를 이번에 구입했어."

뭘 사고파는 규모가 남다르구나.

"그래서 이젠 주말마다 제주도에 출장 가는 일이 잦아질 것 같아. 너한테 미리 얘길 해 둬야 할 것 같아서."

"알겠어요."

"호텔이 어느 정도 성장세를 보이면, 보육원 애들도 일 년에 한 번씩 초대해서 즐거운 추억거리를 만들어 주자."

홍두는 우혁에게 감사한 마음이 들었다. 보육원 아이들까지 신경을 써줄 줄이야.

"갑자기 그렇게 일을 벌여도 되는 거예요? 몸이 완전히 안정된 뒤에 하는 게 낫지 않겠어요?"

"멍하니 있질 못하는 체질이야. 뭐든 손에 쥐고 매달려야 직성이 풀리거든."

하긴 멀쩡한 남자가 하루 종일 아무것도 안 하고 멍하니 있는 것도 무능해 보인다. 저렇게 뭐든 열정적으로 달려가는 사람이 듬직해 보이는 것도 사실이니까.

홍두는 행복한 미소를 지었다. 맛있는 와인과 멋진 남자, 그리고 밤하늘과 멋진 미래가 기다린다. 물론 미래는 장담할 수 없다. 금세 다시 고꾸라져 엉엉 울고 있을지도 모른다. 하지만 신의 장난은 이제 이쯤에서 끝난 게 아닐까? 더 이상 내려갈 데가 없는데.

'할머니, 제발 우리 별일 없이 행복하게 잘 살게 해 주세요.'

이제 붙들고 매달릴 사람은 할머니뿐이다.

"이제 며칠 있음 애들이 밀려들어 오겠네요."

"연락 왔어?"

"네, 잘 있대요. 약간의 다툼이 있는 것만 뺀다면. 낯선 아이들과 어울려 가는 거니까 아무래도 신경전은 있겠죠."

"후원자들이 많이 늘어났나?"

"이 동네분들 대부분이 후원해 주시고 계신데, 좀 더 알아봐야 할 것 같아요."

"나도 후원하지."

홍두가 헤헷 하고 웃었다. 그 말이 나와 주기를 기다리던 차였다.

"고마워요. 믿음직한 응원군이 하나 생겨서 든든하네요."

"해마다 1억씩 기부를 하고 있었어. 이젠 홍두의 보육원에도 어느 정돈 후원을 해야겠군. 뭐든 필요하면 말해. 도울 수 있는 건 다 도울 테니까."

돈이야 몇 억 쾌척해 버리면 그만이지만, 그보단 필요할 때마다 그녀가 요구하는 걸 해 주고 싶었다. 그녀에게 도움이 되는 사람이라는 걸 보여 주고 싶다는 욕심도 있기에. 여태 홍두의 애만 태웠으니 이젠 홍두를 적극적으로 지원해 주고 그녀가 기뻐하는 모습을 보고 싶다.

"이리 와서 앉아 봐."

우혁이 자신의 옆자리를 툭툭 쳤다.

"왜요?"

"얼른."

홍두가 옆으로 가서 앉자, 그가 장난기 가득한 눈빛으로 그녀를 쳐다보며 말했다.

"참참참 게임 알지?"

"별걸 다 아네요."

"3백 년이나 살았으니까. 가위바위보 시작하자!"

"누가 한대요?"

"해야 될 텐데. 안 하면 내가 후원을 하기 싫어질지도 모르는데?"

"아휴, 치사해!"

홍두가 기가 막힌 얼굴로 그를 잠시 노려보다가 할 수 없다는 듯이 가위바위보를 했다. 바로 참참참 게임이 시작됐다. 시끄러운 참참참 소리가 울리고, 가위바위보에서 이긴 우혁의 손이 허공을 갈랐다. 그와 동시에 홍두의 머리가 그의 손가락을 따라 돌아갔다. 홍두가 으악 비명을 지르자 그가 배시시 미소를 지었다.

"이리 올라와."

갑자기 그가 허벅지를 툭툭 쳤다.

"왜요?"

"게임에 지면 승자 마음대로 하기."

"갑자기?"

"지금 바로!"

"우와, 폭군!"

홍두가 기막힌 얼굴로 그의 허벅지 위에 올라가 앉았다. 서로 마주 보는 자세로 다시 참참참이 시작됐고, 이번엔 홍두가 이겼다. 홍두가 볼을 발갛게 물들이고, 그를 흘끗거리면서 낮게 중얼거렸다.

"보……보."

"뭐라고?"

"뽀……뽀."

우혁이 홍두의 뒤통수를 커다란 손으로 감싸 쥐더니 그녀의 입술에 천천히 입술을 댔다. 쪽하고 그의 입술이 떨어졌다. 홍두가 감질나는 얼굴로 그를 쳐다보더니 눈매를 가늘게 좁혔다.

"왜?"

"뭔가 말린 기분인데요."

다시 게임이 시작되었다. 참참참, 소리가 들리고 홍두가 좌절하는 신음을 내뱉었다. 홍두가 가만히 그를 쳐다보자, 우혁이 말했다.

"내 목에 팔 감고 입술에 키스. 혀를 적당히 이용할 것!"

"헐, 요구사항이 너무 적나라하지 않나요?"

"빨리!"

치사해서 해 준다. 홍두가 그의 목에 1차로 팔을 감았고, 입술에 입술을 지그시 댔다. 그러자 그의 입술이 살며시 벌어졌다. 조금 용기를 내서 그의 입술 새로 서서히 혀를 밀어 넣었다. 부드럽게 밀려들어 간 혀가 느릿느릿 그의 혀를 찾아 들어가자, 갑자기 그가 그녀의 뒷목을 거칠게 움켜쥐더니 혀를 힘차게 움직였다.

그녀에게 주도권을 줬지만 너무 감질나게 하니, 견디지 못하고 기어이 욕정의 야수가 폭발해 버린 것이다. 혀와 혀가 뒤엉키고, 그의 손은 재빨리 그녀의 셔츠를 벗기고 바지도 벗겼다. 누가 먼저랄 것도 없이 허겁지겁 벗어 버린 두 사람은 서로의 얼굴을 감싸 쥐고 키스를 하다가 입술을 떼어냈다.

"가, 가 봐야 하는데……."

"날 이렇게 만들어 놓고 가긴 어딜 가!"

그가 입고 있던 속옷까지 벗어 버리고 그녀의 몸을 끌어안아 번쩍 올렸다. 홍두의 몸을 침대에 눕힌 그는 그녀의 젖가슴을 한 손으로 움켜쥐고 혀로 휘감았다. 오랜만에 닿은 낯선 감각에 홍두의 전신이 뜨겁게 달아오르고 온몸이 타들어갈 듯 뜨거워졌다.

그는 닿는 모든 곳에 입을 맞추고 핥았다. 가슴과 배, 그리고 허벅지, 무릎, 어디가 되었든 모두 핥고 남김없이 맛봤다. 실로 오랜만에 맛보는 쾌감이었다. 홍두는 몸을 꿈틀거리며 터져 나오는 신음성을 최대한 자제했다. 이 집 안에 사는 자들이 보통 사람이 아니기 때문이었다.

"흐윽, 흐웃……."

신음 소리가 우는 소리처럼 변해 갔다. 그의 혀가 닿을 때마다 그녀는 인두에 지져진 듯 반응했다. 펄쩍 뛰듯 몸을 꿈틀거리며 어찌할 바를 몰라 바동거렸다.

"우홍두…… 사랑해."

그가 가슴을 물고 빨다가 이로 가슴 끝을 지분거리면서 서서히 몸을 세웠다. 그녀의 다리를 활짝 열어젖힌 그는 강하게 돌출된 아랫도리를 그녀의 깊은 화원 안쪽으로 서서히 밀착하더니 밀어붙이기 시작했다.

"읏!"

홍두는 숨을 쉴 수 없는 고통스러운 감각에 잠시 움직임을 멈췄다. 워낙 오랜만이라 그를 들여놓는 것도 낯설고 아렸다. 그러나 그도 잠깐뿐이었다. 이내 감각은 그가 처음 주었던 그 순간을 떠올리며 축축하게 몸속을 채워 나가기 시작했다. 뜨거운 물기가 차오르자, 타오르는 불기둥처럼 지독한 열감이 몸속에서 오락가락 움직였다.

사위가 하얗게 지워졌다가 붉게 차오르기를 반복했다. 잔잔한 바다에 파도가 해일처럼 밀려왔다가 어느덧 잠잠해지기를 반복하는 기묘한 환상이 눈앞에서 펼쳐졌다. 그가 강력한 힘으로 그녀의 엉덩이를 움켜쥐고 더욱 바싹 몸을 들이밀었다. 서로의 뿌리와 뿌리가 완벽하게 닿은 듯한 감각에 홍두는 몸을 활처럼 휘며 헐떡거렸다.

짐승 같은 숨소리가 교차하고, 그의 몸에서 땀방울이 떨어져 내려 그녀의 가슴을 긁듯이 스쳐 지나갔다. 흥분해서 발딱 솟아오른 붉은 정점이 윤기를 자르르 흘리며 더욱 부풀어 올랐다.

맛있어 보이는 과실이라도 발견한 사람처럼 우혁은 입안에 그녀의 과실을 넣고 오물오물 오랫동안 맛을 봤다. 가슴과 아래쪽에서 벌어지는 감당 못 할 쾌락에 그녀는 몸을 휘며 희열에 젖은 교성을 내질렀다.

"하앗, 하아…… 으읏!"

그가 긁어내리듯 그녀의 몸속에서 들락날락할 때마다 번개가 번쩍 쳤다가 사라졌다. 그가 보여 주는 신묘한 세상에 눈을 뜰 수가 없었다. 눈을 감고 그를 느낄 때마다 그는 더욱 웅장하고 견고하며 강인하고 뇌쇄적이었다.

그의 야성적인 수컷 냄새가 더욱 강해졌다. 그의 혀는 쉴 새 없이 귓불을 핥고 목덜미를 핥더니 밑으로 내려가 가슴 주변에 원을 그리며 더욱 자극했다. 몸속에 감춰져 있던 축축한 물기가 사정없이 흘러내리고 있었다.

"이렇게나…… 날 행복하게 해 주다니. 우홍두…… 네게 내 모든 걸 바칠게. 그러니까 오직 나만 바라봐."

그가 숨을 몰아쉬며 깊어진 눈빛으로 그녀를 내려다봤다. 홍두도 욕망 어린 눈빛으로 그를 올려다보면서 갈라져 쉰 음성으로 대답했다.

"네, 영원히…… 당신만……."

그가 더욱 거칠게 몸을 흔들기 시작했다. 위아래로 정신없이 몸이 흔들리고, 무언가가 내부에서 거대하게 폭발을 일으키는 것만 같은 순간 그가 숨을 몰아쉬며 그녀를 내려다봤다.

"임신이 될지, 안 될지 잘 모르겠지만…… 피임은 안 할 거야."

홍두는 말없이 고개를 끄덕거렸다. 그는 난데없이 사람이 되었고, 그에게 혈통을 이을 수 있는 기회가 있는지 없는지 누구도 얘길 해 주지 않았다. 그러니 그녀는 말없이 그를 받아들이기로 했다.

"네, 피임 안 할게요."

그의 아랫도리가 다시 꼿꼿하게 곤두섰다.

"새벽에 들어가도 괜찮아?"

"뭐든 당신이 하라는 대로 할 거예요."

그가 고개를 내리더니 그녀의 입술에 깊은 입맞춤을 하면서 그의 성난 뿔을 서서히 그녀의 속살 안쪽으로 밀어 넣었다. 그의 단단한 육체가 주는 뜨거운 열기와 근육들의 성난 움직임, 그의 숨결, 나른한 속삭임, 욕정에 젖은 눈빛, 그녀에겐 지금 이 모든 게 너무도 소중했다. 갖지 못할 모습이었으니까.

홍두는 눈을 똑바로 뜨고 그녀를 위해 온몸의 열정을 불사르는 그를 하나도 남김없이 뇌리에 새겼다.

어느 순간도 소중하지 않은 순간은 없었다.

*

순재가 빼꼼 고개를 내밀었다. 새벽 4시가 되어서야 홍두가 몰래 집으로 들어가는 모습을 볼 수 있었다. 이렇게 늦게까지 우혁네 집에서 있다가 왔다는 얘긴데……. 이런 얘기가 동네에

소문이 나면 좋을 게 없다. 순재는 가만히 앉아서 고민에 사로잡혔다.

혼기가 넘은 딸내미가 옆집 남자와 이 시간이 되도록 어울리다 들어왔다는 건 서로 호감 이상을 갖고 있다는 얘기 아닐까? 그런데 하나 걸리는 게 있었다. 박수무당 운운하는 얘길 들은 적이 있어서 쉽게 마음이 동하진 않는다.

고민이 깊어질 수밖에 없다. 그런데 그 집 안에는 말만한 여자 하나가 왔다 갔다 하고 있질 않던가. 은소라는 여자는 당최 뭘 하는 여자인지를 모르겠다. 야한 화장에 야한 옷차림으로 다니는 것도 영 마뜩찮은데, 우혁이 그런 애와 같이 살고 있다는 게 마음에 걸렸다. 그렇다고 두 사람이 혈연관계도 아닌 것 같고…….

'홍두는 대체 뭘 어쩌려는 건지 모르겠네.'

아직 연애의 단계가 어느 정도로 진전된 건지 알 수가 없으니, 뭘 어쩌라고 말하기도 어정쩡하고. 남자 쪽은 부모님이 안 계신지 딱히 부모에 대해 얘기하는 걸 들은 적도 없으니.

"뭐 해요? 벌써 일어났어요?"

"아, 아니야."

"홍두는 들어왔어요?"

"으응."

순재는 하 여사한테 자세한 내용을 말하지 않았다. 괜히 말했다가 분란만 일어나지 싶어서. 책임을 지네 마네 하는 소리까지 나올지도 모른다. 무당인지 아닌지에 대해서 자세한 얘기를 들어야 할 필요도 있고, 아무래도 우혁을 따로 만나봐야 할 것 같은데, 어쩐다?

그는 바로 씻고 나갈 채비를 했다. 새벽 6시가 되기를 기다렸다가, 후다닥 자작나무 숲길로 들어갔다. 대문 앞에 서서 벨을 누르니 가향이 나타났다.

"안녕하세요, 어르신."

"아아, 다름이 아니라 이 집주인을 좀 만나고 싶은데……."

"어쩌죠? 지금 주무시는데요. 나중에 찾아뵙겠다고 말씀드릴까요?"

"음, 그래 줄래요? 아니, 그보단 우리 애 모르게 봤으면 해서요. 혹시 권 사장의 휴대폰 번호 좀 알 수 있을까요?"

가향이 바로 휴대폰 번호를 그의 휴대폰에 저장해 줬다.

"고마워요. 가볼게요."

집으로 돌아온 순재는 한동안 아무 말도 하지 않다가 잘 아는 지인에게 전화를 걸어 한 가지를 물었다.

"자네, 유명한 도사 하나 알고 있지? 다름이 아니라 그 사람 연락처 좀 알려줘. 내가 급히 찾아가 볼 일이 생겨서……."

[아, 그래? 주소 불러 줄 테니까, 한 번 가보든가.]

통화를 마친 그는 곧장 차를 몰고 집을 나섰다.

우혁이 급한 일이 생겨서 제주도에 다녀오겠다는 연락을 남기고 김포 공항으로 향했다. 홍두는 이제 아이들이 돌아올 때가 다 되어가니 집안 곳곳을 청소하고, 재활용 의류 중 아이들이 입을 만한 옷들을 모아 일일이 다림질을 해 두었다. 지금 신고 있던 실내화를 빨아 널고, 책가방도 지저분한 것들만 모아 일제히 빨았다. 이불도 커버를 벗겨 한데 모으고, 덮는 이불도 따로 모아 빨아 널었다.

"홍두야, 무슨 고민 있어? 왜 하루 종일 움직이니?"

모친이 텃밭에서 거둬들인 쪽파들을 한데 모아들고 물었다.

"이제 곧 애들 오니까요. 고민은 없어요."

"그런데 옆집 사장하고는 어떻게 되는 거야? 사귀는 거야? 뭐야?"

"사귀는 거죠."

"뭐야? 그럼 곧 좋은 소식도 있겠네?"

"아직 몰라요."

"야! 나이가 한두 살도 아니고, 뺄 때 빼야지! 아무 때나 막 자존심 세우고 그러는 거 아니야! 이때가 기회다 싶으면 얼른 잡아! 결혼했다 갈라서는 한이 있더라도 이젠 결혼을 해 봐야 하는 거 아니니? 그 나이가 되도록 결혼도 안 했다고 하면 그만한 흠이 없어!"

"이혼해도 흠인 건 마찬가지예요. 신중할 땐 신중해야지, 무슨 소리예요."

"에휴, 갑갑이! 그렇게 겁이 많아서는 아무것도 못 해요."

모친이 혀를 끌끌 차고 방으로 들어갔다. 파김치를 담가야 겠다면서 각종 조미료들을 한데 모아 갖고 들어갔다. 홍두는 밀린 빨래를 종일 하고, 가까스로 한숨을 돌렸다. 그렇게 한낮이 가고 5시쯤 됐을 때 볼일이 있다며 나갔던 부친이 시커메진 낯빛으로 나타났다.

"아빠? 무슨 일 있어요?"

부친이 넋이 나간 채로 허공을 보다가 홍두를 흘끗 쳐다보더니 낮게 한숨을 쉬었다.

"너, 잠깐 나 좀 보자."

부친을 따라 아이들이 영화를 보는 영상학습실로 함께 들어가 나란히 앉았다. 부친이 세상 짐이란 짐은 다 짊어진 얼굴로 깊게 한숨을 쉬더니 물었다.

"권우혁이라는 사람…… 진짜 존재하는 사람이 맞긴 하냐?"

"네?"

"걱정이 돼서 아까 권우혁 씨한테 전화를 걸어 그 사람 생년일시를 물어봤다. 그걸 갖고 내가 소개받은 도사에게 찾아가 사주팔자를 봐달라고 했더니…… 이미 죽은 사람이라고 하더라. 이 세상에 없는 사람의 사주라고. 그래서 네 사주를 넣어 봤다. 그랬더니 소스라치게 놀라면서 신의 노여움을 산 몸이라고 하더라. 뭐가 어떻게 된 건지 모르겠구나. 왜 네가 신의 노여움을 샀고, 권우혁이란 사람은 이 세상 사람이 아니라고 하는 건지……."

"아빠, 그런 건 미신이라고 믿지도 않잖아요. 그런데 갑자기 왜 그런 말을 듣고 와서 심란해 하세요."

"박수무당이라고 하니 불안해서 견딜 수가 있어야지. 그래서 사주팔자를 보는 도사라는 작자를 찾아간 거다. 그 사람이 그렇게 용해서 사람들이 끊이지 않고 찾아온다고 하더라. 그래서 너에 대해 물으니 이젠 네 팔자에 남자가 없다고 하던데……. 권우혁은 세상에 존재하지도 않는 자라고 하질 않나……."

"아빠, 그 사람이 잘못 본 거예요. 팔자에 남자가 없는데 어떻게 권우혁 씨 같은 남자를 만나 사귀고 있겠어요. 다 틀렸잖아요. 그리고 뭔가 실수가 있었을 거예요. 권우혁 씨가 멀쩡하게 잘 살아 있는데 뭐가 걱정이에요."

홍두의 가슴이 철렁한 대목은 분명 있었다. 그는 3백 년을 살아온 신이 아니던가. 백 년에 한 번씩은 신분을 바꿔가며 살아야 하기 때문에 누군가의 이름이 필요했을 테고, 그럴 때마다 새롭게 출생신고를 하고 살아가야 했을 것이다. 그 모든 과정을 백소와 가향, 시진이 곁에서 둔갑술을 이용해 도왔을 테고. 어찌되었건 지금 그가 갖고 있는 생년월일도 가짜일 게 뻔했다. 그러니 도사가 봤을 때 산 사람이 아니라고 나올 수밖에.

"아빠, 우혁 씨는 박수무당이 아니에요. 그저 남들보다 조금 감이 좋을 뿐인 거지, 신 내림을 받은 정식 무당 그런 건 아니에요. 이젠 그나마 그 감도 사라졌대요."

뭐라고 설명을 해야 할지 참 모르겠다. 무당이 아니라고 일

전에 한번 애길 한 것 같은데도 부모님은 워낙 노파심이 많아서 좋지 않은 소리만 남기고 좋은 소리는 먼저 잊곤 하나 보다.

"괜찮을까? 저 옆집이 어딘지 모르게 범상치가 않다는 건 알고 있지만, 너와 직접적으로 연관이 되니까 마음이 좀 불안하고 그렇다. 동네 사람들 수군대는 소리도 듣기 싫고……."

"뭐라고 수군거리는데요?"

"나이도 어려 뵈는데 가진 자산 규모가 예사롭지 않다는 게지. 그렇다고 부모에게 재산을 물려받은 것 같지도 않고……."

"잘 알지도 못하는 사람들이 수군거리는 소리를 곧이곧대로 믿지 말아요. 제가 정식으로 우혁 씨를 초대해서 인사시킬게요. 그럼 됐죠? 그때 속 시원하게 다 물어보면 되잖아요."

난리 났다. 속 시원하게 물어본들 속 시원한 대답이 돌아올 리 만무하다. 처음부터 끝까지 다 지어내야 할 판인데, 이 일을 어쩐다? 홍두는 부친을 최대한 위로해 놓고 재빨리 방으로 돌아와 우혁에게 긴급 경보를 울렸다.

[흠, 심각하긴 하네.]

"어쩌죠?"

[아이들이 돌아올 때쯤 해서 나도 돌아갈 것 같아. 가서 우리 집에 한 번 초대할게. 부모님을 정식으로 초대할 수 없는 이유에 대해선 해외에 살고 계신다고 하면 될 것 같고……. 적당히 둘러댈 말을 찾아볼게. 미안하다. 이런 순간까지 조작된 인생을 부모님께 말해야 하니.]

"어쩔 수 없잖아요. 우혁 씨가 보통 사람인가요. 오기 전에 연락 줘요. 그럼, 수고해요."

[그래, 이따 밤에 연락할게.]

홍두가 입가에 미소를 띠고 휴대폰을 끊었다. 부모님에게 모든 사실을 다 적나라하게 말하고 이해를 바라고 싶지만, 보수적인 어른들에게 그의 사정을 다 얘기하면 상황은 더 악화될 게 뻔했다. 왜 하필 자신의 딸에게 이런 일이 생겼는지에 대한 원망이 우선적으로 생길 것 같아서 차라리 적당히 거짓말을 하기로 했다.

*

순재가 낚시터에 앉아 낚시를 하던 중 깜빡 잠이 들었나 보다. 정신을 차리고 입가의 침을 닦아낸 그는 멍하니 안개가 피어오른 수면을 쳐다봤다. 그때 누군가 어깨를 툭툭 쳤다.

"순재야!"

놀라 뒤돌아보니 모친이 순재를 내려다보며 활짝 웃었다. 순재가 소스라치게 놀라 모친을 두 손으로 꽉 움켜쥐고 일어섰다.

"어머니!"

"오냐, 내 아들!"

"여긴 어쩐 일이세요?"

"네가 근심하는 것 같아서 내가 보기 안타까워 왔다. 잠시 나를 따르거라."

순재는 모친의 뒤를 쫓으면서 주변을 훑었다. 아까까지만 해도 검은 안개가 휘감긴 호숫가였는데, 어느새 그는 모친과 함께 숲 속을 거닐고 있었다. 검은 숲 끝자락에서 아주 향긋한 냄새가 번지고 있었다.

"어머니, 어디로 가는 건가요?"

"네게 긴히 할 얘기가 있어."

모친은 그를 새파란 잔디가 빼곡한 곳으로 데려갔다. 그곳은 나무 한 그루 없이 깔끔한 잔디로 평지가 길게 이어지는 곳이었다.

"여기 앉자."

꿈인가? 문득 그런 생각이 들자 마음 한 곳이 편안해졌다.

"홍두가 별 얘기 없던?"

"네? 갑자기 홍두는 왜?"

"홍두가 좋아하는 사람이 있지?"

"네…… 그것 때문에 걱정이 이마저만한 게 아니에요."

모친이 손을 뻗더니 그의 손을 꽉 쥐었다.

"순재야, 이번엔 나를 믿고 아무것도 묻지 말고 홍두가 원하는 대로 하게 해 주면 안 되겠니?"

"하지만 어머니, 홍두가 정체불명의 사내놈이랑 얽혔어요. 만약 그런 놈하고 결혼이라도 하겠다고 하면 전 결사반대할 거예요."

 모친이 고개를 젓더니 양손으로 그의 손을 더욱 지그시 잡았다.

 "어미 말 들어라. 홍두가 원하는 대로 하게 둬라. 뒤 책임은 홍두가 질 것이니. 그 애를 믿고 맡겨 두어라. 이게 내가 너에게 하고픈 부탁이다. 내 말대로 해 주겠다고 약속해라. 응?"

 "어머니!"

 "어미 소원이다. 홍두가 행복해지길 바라는 네 어미의 소원!"

 순재는 모친의 한마디 말에 더 이상 토를 달 수 없었다. 갑자기 나타나 소원 운운하니, 아들이 되어서 안 된다고 결사반대를 할 수도 없는 노릇이고 난감했다. 어찌할 줄 몰라 더듬거리는데, 모친이 천천히 일어서더니 그에게 무언가를 내밀었다.

 "홍두가 원하는 대로 하게 해 주면 이것도 네 차지가 될 것이다."

 황금알 네 개가 그의 손아귀에 주어졌다.

 "이게 뭔가요?"

 "홍두를 믿고 그 애 마음을 편하게 해 줘라. 그리하면 그 알이 저절로 깨어나 결과를 보여 줄 것이니. 어미는 이만 가봐야겠다. 갈 길이 멀구나."

 모친이 뒤도 돌아보지 않고 뿌옇게 밀려드는 안개 속으로 차츰차츰 들어가 사라졌다. 그는 멍하니 손에 쥔 황금알 네 개를 내려다봤다.

'대체 이게 뭐지?'

무언가의 알 같은 형태인데, 크기가 상당히 크다. 타조 알인가? 묵직하다. 그는 모친이 사라진 안개 속을 바라보며 물었다.

"어머니! 정말 우리 홍두 괜찮은 건가요? 네?"

하지만 아무 대답도 돌아오지 않았다.

"여보!"

놀란 그가 눈을 번쩍 떴다. 손에 가득 느껴지던 묵직하던 감각도 이미 사라진 지 오래였다. 그가 눈을 뜨자 시야에 하 여사가 나타났다.

"아니, 뭐라고 자꾸 구시렁거리는 거예요? 시끄러워서 잘 수가 있어야지."

"응?"

그가 두리번거리며 일어나 앉았다. 꿈인 게로구나. 그는 손을 가만히 펼쳤다. 손바닥 안에는 아무것도 없었다. 하지만 여전히 뜨겁고 강하고 단단하던 물체의 묵직함이 온기처럼 남아 있었다.

"어머니가 꿈에 나오셔서……."

"뭐라고 하세요?"

"으응, 아, 아니야."

하 여사는 답답하다는 얼굴로 그를 퉁명스럽게 한 번 쳐다보고 다시 잠자리에 누웠다. 잠이 깬 순재는 담배 한 대를 물고 밖으로 나와 섰다. 잠든 홍두의 방 쪽을 한 번 쳐다본 그는 모친이 꿈까지 찾아와 신신당부를 하는 걸로 봐서는 옆집 권우혁이 예사 인물이 아닌 것만은 확실해 보였다. 하지만 모친이 이리 당부하는 건 다 이유가 있는 것이라 믿을 수밖에. 설마하니 홍두에게 피해가 되는 일을 직접 당부하기 위해 꿈에까지 찾아올 리는 없지 않던가. 그의 시선이 자작나무 숲 쪽으로 향했다.

#담벼락 안쪽의 오해

　7월 중순이 조금 지났을 때 아이들은 기말평가를 마치고 방학 준비에 들어갔다. 방학을 맞아 어떤 아이들은 부모가 와서 얼마간 데리고 있겠다고 데려가기도 하고, 친척들이 찾아와 데려가는 일도 있었다. 그 외에 남은 아이들은 홍두가 짠 계획에 따라 아침엔 운동, 공부, 텃밭 가꾸기 등의 일과를 보내면서 하루를 채워야 했다.
　홍두가 턱을 괴고 바깥에 내놓은 탁자에 앉아 부친을 쳐다봤다. 분명 뭔가 할 얘기가 있어 보여서 우혁과 식사 자리도 마련했고, 그 이후에도 뭐가 있지 싶어서 계속 부친을 떠봤지만 어쩐 일인지 부친은 아무런 말이 없었다.
　우혁이 저녁 식사 자리에서 집안 식구들이 외국에 나가 살고 있는 터라 자주 뵐 수 없고, 재산 역시 부모님에게 물려받은 것이라고 누차 설명하자 그러냐는 대답이 전부였다. 뭔가 단단히 오해하고 있는 듯 흥분한 어조로 홍두를 채근해 놓고 이제 와서 왜 저리 무심한 얼굴인지 모르겠다.

어쨌든 그날로부터 몇 주가 지났다. 여전히 부친은 '네 일이니 네가 알아서 해라.'로 일관하고 있었다. 마음이 편한 것 같기도 하다가 무언가 턱 얹힌 듯 체기가 느껴졌다.

"홍두 씨!"

고개를 들자 은소가 곁으로 와서 앉더니 홍두를 빤히 쳐다봤다.

"왜 아무런 부탁을 안 해요?"

"네?"

"제주도 호텔로 데려가 달라는 말을 할 때도 되지 않았어요? 애들도 방학을 하니까 바다 구경도 할 겸."

"하지만 아직 자리를 잡아가는 중일 텐데, 벌써부터 데려가 달라고 조르는 건 좀 아니다 싶어서요."

"후훗, 홍두 씨가 사람을 단단히 잘못 봤네요. 우혁 님은 강철의 군주예요. 한 번 뭔가에 꽂히면 무섭게 몰아붙이는 타입이죠. 이미 자리는 꽤 잡힌 것 같던데요?"

"네? 그게 무슨……."

은소가 휴대폰을 꺼내더니 기사 하나를 클릭해서 홍두에게 보여 줬다.

"이게 그 호텔이에요."

기사에 뜬 호텔 사진을 본 홍두는 그야말로 기함하고 말았다. 그저 단출한 규모의 아담한 호텔인 줄 알았는데, 말도 못하게 규모가 큰 호텔이 아닌가! 이런 호텔을 인수했다니. 아무래도 그 남자는 제정신이 아닌가 보다. 그런데 기사 내용은 한 수 더 떴다.

중국 관광객 유치에 성공하면서 직원들을 대부분 중국어가 가능하도록 투자 지원을 아끼지 않아 화제가 되었다는 것이다. 직원들은 망하기 직전의 호텔을 그가 인수해 열정적으로 재기를 위해 노력해 준 덕분에 자신들도 힘을 내서 일할 수 있었다며 한결같이 칭찬을 늘어놓았다.

"수입이 꽤 짭짤할 것 같던데요? 가자고 해요. 아, 참! 그리고 제주 호텔에서 우혁 님을 보필하는 부사장이라는 사람이 요즘 꽤나 적극적으로 자신의 딸을 우혁 님에게 붙이려고 한다던데요? 홍두 씨, 괜찮아요?"

"네? 그 딸이 몇 살인데요?"

"20대 중반이라나? 암튼 그 사람도 호텔에서 일한다고 하더라고요. 부녀가 같이 일하면서 노총각 신임 사장에게 눈독 들이는 거죠. 얼마나 비전 있어요. 안 그래요? 나 같음 즉각 쫓아가서 상황파악 먼저 하겠네요! 나, 가요!"

은소가 노처녀 가슴에 불을 지르고 손을 휘휘 저으며 사라졌다. 홍두가 빠득 이를 갈면서 아랫입술을 질겅질겅 씹었다.

"원장님!"

임 선생이 홍두를 방 안에서 불렀다.

"애들이 싸워서요. 아무래도 원장님이 나서야 할 것 같아요."

홍두는 전의를 불태우며 방 안으로 들어가, 말다툼을 하다가 서로의 몸에 물감을 집어던진 애들 앞에 앉아서 가만히 쳐다봤다.

"봉규야, 호태야, 너희들은 동갑이고 우리 보육원에서 가장 나이가 어려. 그래서 누나나 형들이 너희들이 하자면 거의 하자는 대로 해 주지?"

봉규와 호태가 고개를 끄덕거렸다. 이제 겨우 초등학교 2학년인 애들이었다. 부모의 부재 때문에 한 번씩 삐딱한 행동으로 상대를 화나게 해서 이런 일이 벌어지곤 한다.

"선생님도 봉규와 호태에 대해서는 최대한 배려를 해 주려고 노력하고 있어. 그런데 이렇게 계속 너희들이 서로 아껴주지 않고 싸움만 계속한다면 선생님이나 형, 누나들이 너희들을 계속 사랑해 줄 수 있을까?"

봉규와 호태는 서로 누가 잘못했다는 얘기만 하느라 바빴다.

"먼저 시비를 건 사람도 잘못했지만, 시비를 받아들여 싸움을 키운 사람도 잘못이야. 둘 다 잘못한 거야. 그러니까 야단은 한 명만 맞는 게 아니라 둘 다 맞아야 하는 거고. 자, 봉규 먼저 잘못한 점 말하고 앞으로 어떻게 행동할지에 대해 호태에게 말해. 호태 역시 마찬가지구."

아이들이 중얼거리며 서로의 잘못이 아니라 자신의 잘못을 시인하고 다음부터는 어찌하겠다는 얘기를 하자, 홍두는 서로 악수하고 꼭 끌어안게 했다. 그리고 홍두도 아이들을 품안에 안고 다음부터는 더욱 사랑하는 관계가 되자고 말했다.

"너희들이 이러면 선생님이 너무 속상해. 선생님은 너희들을 맡겨 주신 부모님을 봐서라도 너희들이 누구보다 건실하게 잘 자라줬음 좋겠어. 그거 외엔 바람이 없단다. 그러니까 이제부턴 싸우지 말고 사이좋게 지내 줘. 응?"

홍두가 아이들을 품안에 안고 다독이다 엉덩이를 툭툭 두드리며 이만 가서 그림 그리기를 더 하라고 하자 후다닥 달려갔다. 임 선생이 한시름 놓았다며 한숨을 쉬었다.

"제 말은 듣지도 않더니, 원장님이 달래니까 바로 듣는 거 보면 정말 희한해요."

"선생님 한 분 더 모시기로 했어요. 임 선생님하고 강 선생님만 아이들을 돌보는 게 힘든 것 같아서 남자 선생님 한 분이 이번 주 중으로 올 거예요."

"우와, 정말요? 기대되는데요?"

"아직 미혼에, 나이도 29살이라고 하더라고요. 인물도 괜찮아요."

홍두가 낮게 말하고는 씩 웃자 임 선생이 신이 나서 엄지를 척 세웠다.

"원장님 덕분에 죽어 있던 연애 세포에 심폐소생술을 할 수 있게 될지도 모르겠네요. 얼른 강 선생한테도 이 기쁜 소식을 알릴게요."

홍두는 피식 웃으면서 원두커피를 내려 머그컵을 채우고 밖으로 나왔다. 자작나무 숲을 쳐다보는 그녀의 눈매가 싸늘해졌다.

'흐응, 20대 중반? 어처구니없네.'

남자는 한없이 어린 여자와 연애를 해도 되고 결혼도 허용되지만, 여잔 연하남보다는 연상남을 선호한다. 아무래도 의지할 수 있고, 경제적 뒷받침을 해 줄 수 있는 쪽이 연하보다는 연상이 가능성이 많기 때문이겠지만. 그녀는 이제 곧 있으면 32살인데, 우혁의 주변엔 여전히 꽃같이 싱그러운 20대 처자들이 널렸다.

'아, 자괴감!'

갑자기 주름도 보이는 것 같고, 피부도 축 늘어져 푸석거리는 것만 같은데다 가슴을 채우던 빵빵한 볼륨감도 오늘따라 없어진 것 같아 우울해졌다.

'흑, 이러다 어느 날 폐경 오는 건 아니겠지?'

제대로 자궁을 활용도 못 해 보고 폐경을 맞는 건 너무 우울하다. 연락을 하나 봐라. 권우혁! 처신 똑바로 하는 게 좋을걸! 늙었다고 자존심도 팔아 치운 건 아니거든!

늙었다는 대목에서 다시 상처받은 그녀였다.

제주 호튼 호텔 사장실, 안쪽에서는 화기애애한 웃음꽃이

번지고 있었다. 부사장 안상태와 총무부 직원 안성연이 우혁과 마주 보고 앉아 대화를 나누는 중이었다. 우혁을 바라보는 성연의 눈빛에 욕망이 가득했다. 30대 중반의 미혼 경영자를 보고 가슴 설레지 않을 호텔리어가 어디 있을까?

무엇보다 부친의 능력을 인정해 줘서 부사장으로 임명까지 했다. 그 전까지는 무능한 인간으로 차별받던 부친이 우혁의 눈에 띄어 부사장으로 파격승진하게 된 점이 너무도 인상적이었다. 성연은 그렇기 때문에 더더욱 우혁이 남다르게 보였다.

"오늘 저녁 같이하시면 안 될까요?"

안 부사장의 제안에 우혁이 딱 잘라 거절했다.

"죄송합니다. 아직 업무가 남아 있어서 곤란합니다."

"어휴, 아무리 바빠도 제때 식사도 하면서 건강을 챙기셔야죠. 그렇게 매일 사무실에서 일에만 열중하시다 보면 건강이 악화될 수도 있어요."

안 부사장이 정말 우려스러운 얼굴로 걱정했다. 성연도 한마디 덧붙였다.

"어차피 식사를 하셔야 하니, 제가 뭐라도 사갖고 올까요? 업무에 방해되지 않는다면 사다 드릴 수도 있구요."

우혁이 서늘한 눈빛으로 말했다.

"나는 이유 없이 폐를 끼치는 건 딱 싫어하는 타입입니다. 신경 써 주셔서 감사합니다만, 괜찮습니다."

"그런데 사장님, 혹시 사귀는 분이 있으신가요?"

성연이 표정 하나 바꾸지 않고 무심하게 물었다. 우혁은 무표정하게 대꾸했다.

"개인적으로 공사분별은 확실히 하는 걸 좋아하고, 일을 하면서 연애하는 걸 별로 안 좋아합니다. 지금은…… 사귀는 사람이 있기도 하구요."

성연은 잠시 충격을 받았지만, 호텔리어답게 포커페이스를 유지하면서 억지 미소를 지었다.

"아아, 그럼 결혼 전제?"

우혁은 그저 의미심장한 미소만 살짝 지었다 지울 뿐이었다. 안 부사장은 불안한 얼굴로 성연의 발을 툭 쳤다. 더 이상 심기를 불편하게 하지 말라는 부친의 경고였다. 성연은 아무렇지도 않은 얼굴로 말했다.

"저도 사귀는 사람 있어요. 그냥 단지 사장님은 연인이 있는지 궁금해 하는 여직원들이 많아서 대표로 질문을 했을 뿐이에요."

저 철벽을 두른 소나무 같은 남자! 기어코 여자들에게 일말의 여지를 주지 않겠다는 단호함이 서린 눈빛이며 행동, 언사가 오히려 여자의 승부욕에 불을 지른다는 걸 모르고 저러나? 사귀는 남자 따위 없어도 그를 안심시키기 위해 거짓말을 한 번 해 봤다. 남자가 있다고 말하면 상대 남자는 연인이 있는 경우 살짝 안도하고 대하는 경향이 있기에.

"다음번엔 꼭 같이 저녁 한 번 했음 좋겠어요. 사장님."

"봐서요. 그럼, 부사장님, 내일 회의 준비 잘해 주십시오."
"네, 사장님. 이만 가보겠습니다."

안 사장이 밖으로 나와 성연의 팔을 툭 쳤다.

"너, 너무 막 기어오르고 그러지 마라."

"아빠 뭐가 그렇게 무서운데요?"

"아무래도 칼자루를 쥔 분이잖니? 네가 그렇게 대놓고 너무 어필하면 그분이 부담스러우실 게다. 난 모처럼 내게 온 기회를 딸내미 때문에 포기할 마음이 없어. 저분께서 다른 여자를 마음에 들어 하시니 너도 마음 접어!"

"아빠! 다른 아빠들 같음 이런 걸 좋은 기회로 삼아 어떻게든 이어 보려고 안달할 것 같은데요. 아빠가 너무 태평한 거 아니에요?"

"난 싫다. 다른 데 정신 팔린 분에게 억지로 내 딸과 어떻게 해 보라고 강요하는 거 싫어. 그분이 정말 널 좋아하게 돼서 자연스럽게 간다면 몰라도……."

"결국 내 능력이라는 거잖아요. 제가 꼬시면 어쩔 건데요?"

"그러니까 무리수를 두지 말라고. 너는 어떤 때 보면 아슬아슬해서 못 봐주겠어. 대책 없는 자신감도 그렇고……. 그게 오히려 건방지게 보일 수도 있다는 걸 명심해. 그분은 다름 아닌 이 호텔의 주인이시잖니!"

아빠가 쓸데없이 겁이 많은 거거든요! 흥!

마음에 드는 걸 어떻게 포기한단 말인가. 흥미가 없다면 몰라도. 못 먹는 감일수록 찔러 보는 것이 우리네 미덕이다. 해 보는 데까진 해 봐야지.

성연은 사무실로 가지 않고 한 횟집에 들러 초밥을 주문했다. 3만 원짜리 초밥을 싸서 곧장 사장실로 올라갔다. 여비서에게 들어가도 되느냐 묻고 문가에 서서 노크를 하려는데, 문을 살짝 열자마자 목소리가 들려왔다.

"제주도에 오고 싶다고? 흠, 나야 상관없지. 애들 데리고? 아아, 애들 방학했구나."

애들? 벌써 애도 있나?

"난 상관없지. 룸은 마련해 둘게. 날짜만 정해서 알려주면 돼. 2박3일 정도면 딱 좋군. 그래, 이번 주엔 못 갈 것 같아. 계속 중요한 일이 생겨서……."

굉장히 편안한 말투로 대화를 이어나가는 걸로 봐서는 우혁의 그녀가 틀림없었다. 괜히 마음 안에 뾰족한 가시가 불뚝 불거졌다. 그녀는 모른 척 시침을 뚝 떼고 문을 벌컥 연 뒤, 큰 소리로 말했다.

"사장님, 같이 식사해요."

우혁이 통화를 하다 말고 뒤돌아보더니 눈매를 가늘게 좁히고 성연을 노려봤다.

"어머, 통화 중이셨나 봐요. 죄송해요."

어색한 연기를 하고 어쩔 줄 몰라 하는데 우혁이 휴대폰에 대고 말했다.

"내가 다시 전화할게. 응, 밤에 자기 전에. 그래, 이따 보자."

밤에 또 전화를 해? 저 무뚝뚝한 철벽남이 전화를 붙들고 밤새 수다를 떤단 말인가? 기가 막혔다. 그런데 문제가 하나 더 생겼다. 우혁이 사나워진 눈매로 그녀를 쳐다보더니 들고 온 도시락을 들고 갑자기 밖으로 나갔다.

"유 비서, 이거 다른 비서들하고 나눠 먹어."

"네, 사장님!"

헉, 뭐? 성연이 아연한 얼굴로 우혁을 쳐다봤다. 그가 문을 열고 서서 서늘한 눈빛으로 바라보며 낮게 말했다.

"볼일 다 봤으면 나가죠?"

성연이 입을 헤 벌리고 넋이 나가서 그를 쳐다보다가 꾸벅 인사를 하고 나오는데, 그가 비서에게 으름장을 놨다.

"앞으론 업무 외의 일로 나를 찾는 경우엔 절대로 출입을 허락하지 않을 테니까 명심해!"

쾅, 문이 닫혔다. 성연이 새빨개진 얼굴로 입을 뻐끔거리며 문을 한 번 쳐다보고 비서들을 한 번 쳐다봤다. 비서들이 어색한 미소를 지은 채 잘 먹겠다며 도시락을 흔들었다. 혈압이 상승해 뒷목이 뻐근해졌다.

'뭐, 이런 개떡 같은!'

그녀는 손부채질을 하면서 자신의 사무실로 돌아갔다.

홍두가 휴대폰을 들고 넋이 나가서 하얗게 질린 얼굴로 허공을 쳐다봤다. 여자 목소리였다. 분명히 통통 튀는 매우 발랄한 여자의 음성이었다. 자연스럽게 휴대폰 너머로 들려오는 걸로 봐서는 아무 때고 문을 열고 들어와 그와 식사를 하는 편한 관계 같았다.

'갑자기 식욕이고 뭐고 의지가 확 사라지는데……'

이십 대 중반의 여자가 지금 우혁의 곁에서 알짱대고 있다. 갑자기 머리가 지끈거리고 머리 위에서 뜨거운 기운이 한바탕 몰아치는 것 같았다. 뜨거운 폭염이 그녀의 머리 위만 집중적으로 내리쬐는 듯한 열기에 그녀는 눈을 질끈 감았다.

"아빠!"

부친이 모친과 마주 보고 커피를 마시다 말고 고개를 쑥 내밀었다. 두 분의 집 앞에 4인용 탁자와 의자를 놓았는데, 여름이 되면서 두 분이 자주 나와서 커피를 마시곤 한다.

"저, 제주도에 좀 다녀올게요. 애들 데리고……"

"그럴래? 언제?"

"주말엔 사람이 많을 테니까 주중에 다녀올까 해요. 2박3일로 다음 주에 갔다 올게요."

"모처럼 애들도 휴가를 즐기겠구나. 좋을 대로 하려무나. 혹시 권 사장이 오라고 하든?"

"네."

"마음대로 해라."

이제 더 이상 부친은 우혁에 대해 가타부타 말이 없다. 어째 이게 폭풍전야의 고요가 아닐까 하는 불안감도 있지만, 일단은 편안하게 그와의 연애를 즐길 작정이다. 그렇지만 그의 주변에 난데없이 어떤 여자가 나타날 거라고는 생각도 못 했다.

'아차, 다음 주엔 새 선생님이 오잖아. 조금 날짜를 당겨서 나오게 할까? 애들과 얼굴도 익혀야 하고……'

홍두는 새로 오게 될 윤태형 선생에게 전화를 걸었다.

[네, 원장님.]

젊은 남자의 혈기 왕성한 음성이 들려왔다. 밝고 경쾌하다.

"안녕하세요. 다름이 아니라 다음 주부터 출근을 해 달라고 했는데, 혹시 된다면 내일부터라도 당장 와 줄 수 있나요?"

[무슨 일이 있나요?]

"다름이 아니라 다음 주 중에 2박3일로 애들을 데리고 제주도 여행을 예정하고 있어요. 그래서 선생님과도 애들이 더 친해진 상태로 여행을 가면 조금 더 알차게 보낼 수 있지 않을까 하는 생각이 들어서요. 하지만 여건이 안 된다면 상관없어요."

[아닙니다. 그런 이유라면 가야죠. 내일부터 출근할게요. 지금 알바 중이긴 한데, 그건 양해를 구하면 되거든요. 내일 9시까지 찾아뵙겠습니다.]

"와아, 시원시원하시네요. 고마워요. 그럼 내일 볼게요."

[넵! 원장님!]

똑 부러지게 대답한 후 통화가 끝났다. 어쩐지 기대만발이

다. 보육원 원장들의 모임이 있을 때 서울 지역 보육원의 원장에게 추천을 받은 사람이다. 그 자리에서 잠깐 얼굴을 보긴 했는데, 길게 얘기를 나누진 못했고 이후 사진으로 자세히 봤을 때 인물이 주는 호감도가 상당한데 목소리나 태도도 확실히 좋다. 분위기가 좋아질 것만 같다.

남자 선생님이 한 분 있어야 사내애들과 놀이를 하는데도 훨씬 유익할 것 같았다. 그래서 굳이 수소문을 해서 알아봤는데, 운이 좋았다. 때맞춰 이렇게 젊은 선생님을 구할 수 있게 되어서. 그나저나 여선생들이 알게 되면 난리를 치겠네. 하지만 내일 오는 건 비밀로. 홍두가 혼자 쿡쿡 웃었다.

그러다 머리가 싸해져서 다시 휴대폰을 들고 우혁에게 문자를 보냈다.

[다음 주 화수목을 빼서 제주도로 갈게요. 여기서 바로 비행기 표를 예약할 테니까, 셔틀버스 준비 가능한가요?]

곧장 전화가 왔다.

[전화를 하지 왜 문자로 해?]

"아무래도 방해가 되는 게 아닌가 싶기도 하고."

홍두가 잔뜩 뿔난 어조로 시무룩하게 말했다.

[방해라니? 그런 거 절대 없어. 그래, 애들은 몇 명이고 어른은?]

"어른은 넷, 애들은 9명이에요."

[선생은 둘 아닌가?]

"한 명 더 오게 되었어요. 이번에 신참 하나 뽑았거든요. 그 분도 데리고 가니까 어른은 넷이에요. 방은 따로 잡아 줄 수 있어요?"

[가능해. 어른 한 명당 애들 둘씩 커버해야 하지 않을까? 애들을 따로 재우기는 좀 그렇고. 고학년 애들은 3명씩 묶는다고 해도…….]

"그건 알아서 해 줘요. 애들 나이는 문자로 보낼게요."

[알았어. 그럼 네가 올 때까지 난 여기 있을게. 기다렸다가 같이 가야겠네.]

"그래요. 그럼 일해요."

[이상하게 사무적인 말투인데?]

"아니에요. 주변에 사람들이 있어서 그래요. 끊을게요."

간단하게 인사를 하고 끊었다. 사람은 무슨. 아무도 없는데. 그냥 그 여자 목소리가 계속 마음에 걸려서 삐딱해진 것뿐이다. 예쁘고 귀엽고 사근사근한 여자면 어쩌지? 한숨이 절로 터져 나왔다. 팩이라도 해야겠다. 가슴이 푹 꺼진 듯한 느낌에 괜히 브래지어 끈도 확 잡아당겨 조절해 봤다. 이런다고 한 살이라도 어려질까? 분노가 차오른다.

*

홍두가 문 앞에 선 낯선 남자를 쳐다보며 환하게 웃었다. 뒤에 나타난 선생들은 그야말로 멘탈이 안드로메다로 날아가 버린 얼굴로 남자를 쳐다봤다. 이런 곳에 봉사를 오기엔 한없이 자비가 넘치는 매력적인 남자였다. 이 동네, 미남 끌어들이는 자석이라도 있나?

"안녕하세요. 윤태형입니다. 처음 뵙겠습니다."

이미 한 번 보긴 했지만 이 시골바닥에서 다시 만나니 색다른 경험이었다. 그동안 너무 적막강산에 처박혀 세상 남자 구경을 안 했나 보다. 고작 몇 살 어리지도 않은 남자를 보자마자 얼굴이 뜨거워지려고 하는 걸 보면. 이러지 말자. 제주도에 그 남자가 있다. 홍두는 아주 침착한 얼굴로 그에게 인사를 하면서 손을 내밀었다.

"우홍두 원장이에요."

악수가 끝나자 임 선생과 강 선생이 두 눈에 하트 오만 개를 그리고 태형에게 인사를 했다. 홍두는 우선 부모님께 인사를 시켰다. 역시나 부모님 눈에도 그가 참으로 흐뭇해 보이나 보다. 인사가 끝나자 그는 아이들을 소개받고 싶어 했다.

홍두는 태형을 직접 데리고 가서 아이들의 성향과 나이, 집안 환경에 대해 일일이 설명을 했다. 그는 모든 내용을 메모해 두었다. 그리고 아이들과 눈을 맞추고 차분하게 인사를 했다. 적어도 아이들에 대해 성의는 보이는 것 같아 보기가 좋았다. 임 선생이 곁으로 다가와 낮게 말했다.

"워, 원장님…… 오, 오늘 온다는 얘긴 없었잖아요."

"미안해요. 갑자기 제주도 여행이 잡히면서 제가 일찍 와 달라고 부탁을 했어요."

"후엥, 그럴 줄 알았음 비비라도 바를 걸······."

지금 화장할 시간을 주지 않았다고 날 원망하는 거임? 홍두가 기가 차서 임 선생을 쳐다봤다. 그러나 이미 임 선생의 정신줄은 북극 어딘가로 가 버린 뒤인 듯 보였다. 시선은 연신 태형의 뒤만 좇고 있었다.

태형은 키가 185센티미터쯤 되어 보이고, 어깨가 떡 벌어진데다 얼굴은 아주 잘생긴 타입은 아닌데 훈남이다. 보고 있으면 저절로 엄마 미소가 지어지는 외모였다. 머리카락은 짧게 정리되어 있고, 옷차림은 푸른색 셔츠에 베이지색 린넨 바지를 입었다. 단정한 편이다. 어디에 내놔도 성실해 보이는 이미지였다.

'흥, 내 주변에도 젊은 남자가 있다고 자랑이나 좀 할까? 누구누구 씨 긴장 좀 하셔야겠는데요!'

갑자기 심통이 확 났다. 너만 주변에 여자 깔린 거 아니거든! 뭐, 이런 유치한 선전포고를 해서 상대를 긴장감에 몰아넣고 싶은 마음이 굴뚝이었지만, 제주도 가는 날까지 참기로 했다. 대놓고 유치한 전면전을 포고할 수는 없는 노릇이니까.

아이들과의 실랑이와 모처럼 새로운 선생님의 등장으로 남자애들의 기분은 한없이 고조되어 있었다. 태형이 애들을 데리고 피구를 하겠다고 했고, 여자애들은 잘생긴 선생님의 한마디에 함성을 질러대며 즐거워했다.

홍두는 순간 매우 섭섭함을 느꼈다. 여자애들이 저렇게 적극적이었던 적이 있었던가 싶어서. 임 선생과 강 선생도 다른 어느 때보다 적극적이었다. 저러다 어느 순간 배터리가 고장난 사람들처럼 무기력한 얼굴로 변해 버릴까 봐 가슴이 죄어왔다. 차라리 한결같은 게 마음 편하지. 저렇게 갑자기 사람이 변하면 못 쓴다.

홍두는 피구를 하게 두고 사진촬영을 몇 장 했다. 아이들의 성장과정을 가족들이 남겨 줄 수 없으니 홍두라도 해야 하지 않겠는가. 사진촬영을 다 끝내고, 한쪽 그늘에 앉아 피구하는 아이들의 모습을 지켜보다가 간식이라도 준비하자 싶어서 부엌으로 들어갔다. 음료를 챙기고 수박 하나를 국자로 벅벅 파내 화채를 만들었다.

어디선가 딸기우유를 부어 먹으면 제 맛이라는 소릴 들어서 딸기우유와 얼음을 넣고 화채를 만들었다. 준비가 얼추 다 됐는데, 태형이 들어왔다. 땀이 흥건한 태형이 환하게 웃으며 들어오더니 물 좀 달라고 했다.

홍두는 냉장고에서 물통 하나를 아예 통째로 꺼내 그에게 내밀었다. 그러자 그가 통째로 들고 벌컥거렸다. 물론 입을 대지는 않았다.

"으아, 시원하네요. 같이 들고 나가요."

태형이 손을 내밀어 수박화채가 놓인 쟁반을 들었다. 홍두는 웃으면서 고맙다 인사를 하고 음료가 담긴 쟁반을 들고 태형의 뒤를 따라갔다.

밖으로 나와 마지막 선수 한 명을 향해 공을 던지던 아이를 위해 응원을 했다. 그렇게 게임이 끝났다. 아이들이 모두 달려와 둥글게 둘러앉아 화채도 먹고 음료도 마시며 유쾌한 시간을 보냈다.

"얘들아, 다들 샤워해야겠다. 온통 젖었어!"

"네!"

아이들이 땀을 내고 즐겁게 소리도 질러서 기분이 좋은지 목청껏 소리 높여 대답했다. 새로 남자 선생이 한 명 왔을 뿐인데 분위기가 이렇게 바뀌다니. 그저 놀랍기만 했다.

"아, 그리고 씻고 나면 태형 씨 숙소 안내해 줄게요."

"네."

태형이 이마에 밴 땀을 닦아내고 수박을 와삭와삭 씹으며 물었다.

"그런데 다들 미혼이신가요?"

"네, 전부 미혼이에요."

임 선생이 재빨리 대답하자, 태형이 웃으며 신기해했다.

"어떻게 이런 데 미인들만 숨어 있나 싶네요."

"그래도 우리 원장님은 사귀는 분이 있어요."

강 선생이 견제라도 하듯 얼른 말했다. 그러자 태형이 시선을 돌려 홍두를 쳐다보더니 고개를 한 번 끄덕거렸다.

"없으면 이상하죠. 워낙 미인이시니."

입에 발린 말을 잘하는 타입인가 보다. 홍두는 그저 씩 웃어 보이고 애들이 먹은 걸 정리해서 들어갔다. 선생들은 애들을 데리고 샤워를 시키기 위해 욕실로 향했다. 홍두는 설거지를 마치고 저녁 준비를 위해 반찬 재료를 살폈다. 파와 양파를 좀 더 다듬어 놓기로 하고 씻고 섰는데, 태형이 들어왔다.

"같이할까요?"

"아니에요. 괜찮은데……."

"이런 거 좋아해요."

태형이 곁으로 오더니 양파와 파를 다듬기 시작했다. 홍두도 말없이 양파를 까고 한쪽에 쌓았다.

"아이들이 아직 그렇게 많지는 않네요?"

"생긴 지 그리 오래되지 않아서 오는 족족 다 받지는 않고 있어요. 경험 부족이랄까요. 노하우가 더 쌓이면 20명으로 늘릴까도 생각하고 있구요."

"아이들이 아주 쾌활해 보여요. 그런 걸 보면 이 안에서 많은 관심과 애정을 받으며 지냈다는 걸 알 수 있죠. 여기서 많은 걸 경험하며 배우고 싶어요."

홍두가 생긋 미소를 지었다. 같은 길을 가는 사람과 같은 목적에 대해 이야기를 나누는 것만큼 즐거운 일은 없었다.

"다 됐네요. 숙소로 안내할게요."

홍두가 앞장서서 나가자 태형이 뒤를 따라왔다. 여자 선생들 숙소 맞은편에 한 동짜리가 홀로 서 있었다.

"저기예요. 남자 선생님이 오시면 쓰게 하려고 비워 뒀던 곳이에요. 어제 말끔히 치워 놔서 깨끗할 거예요."

홍두가 문을 열고 그에게 비밀번호를 알려줬다. 안으로 들어간 그는 내부를 살피더니 흐뭇한 미소를 지었다.

"제가 첫 손님인가 보네요. 새 건물 냄새가 확 나는데요?"

"네. 보일러 사용법은 다 알죠?"

"네, 앞으로 잘 부탁드립니다. 원장님!"

"저도 잘 부탁해요. 아이들에게 항상 에너지 넘치는 분이었음 좋겠네요."

태형이 여전히 입가에 미소를 띠고 대답했다.

"노력하겠습니다."

"그럼 전 저녁 준비하러 갈게요."

홍두가 빤히 쳐다보는 그의 눈빛을 피해 밖으로 나와 부엌으로 향했다. 사람을 너무 뚫어져라 바라보는 거 아닌가? 홍두가 고개를 한 번 갸웃거리고 부엌으로 가서 식사 준비를 위해 식재료를 다듬기 시작했다. 모친이 다가와 식재료 다듬기를 도우며 낮게 물었다.

"나이가 몇이니? 새로 온 선생?"

"29살이래요."

"그런데 아직 결혼 전인가 보네?"

"그런가 봐요. 여기 선생님들이랑 잘됐으면 좋겠지만, 모르죠. 어찌될지."

"여기 선생님들은 인물이 너무 평범하지 않아? 저렇게 괜찮은 남자가 쳐다나 보겠어?"

"우리가 걱정할 일은 아니죠. 알아서들 하겠죠."

"그야 그렇지."

모친이 반찬 만들기에 들어갔다. 홍두는 곁에서 계속 재료 손질을 했다. 그래도 선생님이 하나 더 와서 마음의 부담감이 좀 덜어졌다. 항상 애들을 돌봐야 한다는 마음 때문에 신경이 곤두서 있었다. 잠깐 한눈판 새에 다치는 일이 다반사이기 때문에 마음을 놓기가 힘들었다. 그래도 지켜봐 주는 사람이 하나라도 더 있으면 여러 모로 부담이 덜해지니까.

아이를 돌보는 건 아주 막중한 책임감이 요구되는 일이었다. 하나의 인생을 기초부터 세우는 일이기에. 마냥 좋아서 시작할 일은 아니었다. 그래서 계속 마음을 다잡는다.

'난 잘 해낼 수 있어. 힘내자!'

홍두에게서 아무런 연락이 없다. 밤엔 연락을 자주 주고받는데다 한 번 통화를 시작하면 두 시간 이상이 기본인데, 어째 오늘은 연락이 없다. 우혁이 심란한 얼굴로 호텔 룸 안을 왔다 갔다 했다. 손님이 없는 룸을 자신의 숙소로 이용 중인데, 혼자 있다 보면 외롭고 쓸쓸해지기 일쑤였다. 예전엔 홍두라도 옆집이라 마음만 먹으면 볼 수나 있었지만 여긴 아니니까. 그나마 홍두와 밤마다 통화를 했기 때문에 마음이 편했는데 막상 그녀에게서 연락이 없으니 더 헛헛했다.

홍두에게서 연락 오기만 기다리던 그는 별수 없이 먼저 연락을 하기로 했다. 홍두가 아이들을 돌보기 때문에 혹시 바쁠까 봐 거의 먼저 연락을 하지 않는 편인데, 오늘은 어째 마음이 불안했다.

"여보세요?"

[아아, 우혁 씨?]

"바빠?"

[아니요. 애들 방에 벌레가 나타났다고 난리가 나서 그것 때문에 약 뿌리고 모기약 켜 놓고 나오는 길이에요.]

그때 멀찍이서 남자 목소리가 들려왔다. '다른 방에도 한 번 가볼게요. 모기장에 구멍 뚫린 데가 있는지 확인해 봐야겠어요.' 그러자 홍두가 '아, 네! 그래 줄래요? 고마워요!'라는 게 아닌가.

"웬 남자 목소리? 아버님은 아닌 것 같고."

[아, 선생님 한 분이 새로 오셨어요.]

"남자야?"

저절로 그의 목소리가 높아졌다.

[네, 남자분이에요.]

"미혼? 몇 살?"

[미혼이고, 29살이에요. 여기 여자 선생님들에게 인기가 좋네요. 그뿐 아니라 꼬마 숙녀들에게도 인기폭발이구요.]

잘생겼다는 얘긴가? 그런데 왜 남자 선생이라는 말을 하지 않은 거지?

[오늘 종일 저분한테 이것저것 설명하느라 좀 바빴어요. 식구가 새로 들어오니까 정신이 더 없네요. 그래서 전화를 못 했어요.]

"그럼 숙식은 거기서 해결?"

[네. 그걸 조건으로 취업을 한 거니까요.]

"아버님만 계셔선 좀 불안했는데, 그래도 건장한 성인이 한 명 있다고 하니까 안심은 되네. 거기 일대에 인가가 별로 없으니까."

[그러게요. 다행이에요.]

아무렇지 않은 척 쿨하게 말하긴 했지만, 마음속에선 천둥번개가 울려 퍼지고 있었다. 당장 가서 그 남자가 어떻게 생겨 먹었는지 봐야 직성이 풀릴 것만 같았다. 하지만 홍두한테 얘기해 놓은 게 있어서 차마 그럴 수도 없고 미칠 노릇이었다.

전화 통화를 끝낸 그는 다시 업무를 보기 위해 모니터를 바라봤지만, 머릿속이 산만해서 아무것도 할 수가 없었다. 그는 은소에게 전화를 걸었다.

[네, 말씀하세요.]

"옆집에 한 번 가봐."

[왜요?]

"남자 선생이 하나 들어왔다고 하던데, 사진 한 장 찍어서 보내 줘."

[이쯤 되면 스토킹 아닌가요?]

"놀리고 싶으면 마음껏 놀려. 얼른 사진 한 장 찍어서 보내."

[네, 기다려 주세요.]

그렇게 30분쯤 지났을 때 한 남자와 은소가 같이 찍은 사진 한 장이 그에게 전송되었다. 그새 인사도 하고 사진도 같이 찍자고 할 정도로 사이가 좋아진 건가? 그는 사진 속 남자를 가늘어진 눈매로 주시했다.

'훤칠한 훈남이로군.'

제기랄.

이런 놈을 홍두 근처에 둔다는 게 어째 영 속이 뒤집어졌다. 잠시 뒤, 은소에게서 연락이 왔다.

[엄청 괜찮던데요? 목소리도 좋고, 일단 매너가 완전 좋아요. 누구에게나 싹싹하고 밝고……. 매력 있던데요?]

내가 아직도 신의 능력을 갖고 있었더라면 네까짓 것 목을 한 방에 부러트렸을 거야.

그의 관자놀이 부근에 핏대가 돋아났다. 그가 살기 어린 눈빛으로 낮게 물었다.

"그럼 네가 꼬셔!"

[네에? 뭐, 나야 좋지만…… 아하핫!]

"제대로 일해."

[그럼 뭘 줄 건데요? 뭐든 대가가 필요한 거 아니겠어요?]

"네가 원하는 걸 말해."

[일월신들께 서신을 띄워 주세요. 제가 그분들 밑에서 일할 수 있도록. 그렇게만 해 준다면 정성을 다해 꼬셔 보죠.]

"좋아. 해 주지."

[접수되었습니다. 그럼 열과 성을 다해 유혹을 시전해 보이죠. 이만 끊어요.]

우혁은 다시 한 번 사진을 쳐다봤다. 29살 치고는 동안이다. 20대 특유의 패기와 열정이 느껴진다. 3백 년을 산 그에게선 느껴지지 않는 싱싱함이 보인달까. 괜히 화가 뻗친다. 그가 신경질적으로 휴대폰을 뒤집어 버렸다.

담벼락 안쪽의 우리

우혁과 한성연이 제주 공항에서 홍두가 오기를 기다리고 있었다. 굳이 따르지 않아도 된다는데, 비서진 두 명과 성연이 같이 따라왔다.

"사장님께 특별한 손님이라면 아버지를 대신해서 제가 챙겨야 한다 생각해서 나온 겁니다. 일의 연장선상이라고 생각해 주셨으면 해요. 아버지가 일 때문에 나오지 못하신다고 저를 대신 보내셨거든요."

말은 그리했지만 성연 스스로가 원해서 자처한 일이었다. 이유는 하나였다. 우혁의 연인이 어떤 사람인지 미치도록 궁금해서였다. 그렇게 10분쯤 지나자 게이트 문이 열리고 승객들이 수하물을 끌고 나오기 시작했다.

성연은 두리번거리며 누구보다 먼저 그 여자를 찾아내는데

혈안이 되었다. 그때 아이들이 떼로 몰려나오고 어른 네 명이 모습을 드러냈다.

"우홍두!"

우혁이 누구보다 신이 난 음성으로 이름을 외쳤고, 한 여자가 활짝 웃으며 우혁을 향해 손을 흔들었다.

'뭐야? 평범한데?'

그렇게 끝내주는 미모의 여인은 아니었다. 저쯤 되면 한 번 해 볼 만하다 싶을 만큼 만만해 보였다. 저런 평범한 여자가 왜 좋다는 건지 이해가 되지 않았다.

그때 우혁이 손을 뻗어 홍두의 손가락에 깍지를 끼었다. 우혁의 행동에선 지독한 애정이 묻어나고 있었다.

"불편하진 않았고?"

"네, 괜찮았어요. 아, 인사해요. 이쪽은 이번에 새로 오신 선생님이에요. 윤태형 씨. 그리고 이분은 우리를 후원해 주시는 나의 연인 권우혁 씨예요."

우혁의 눈빛이 곧장 태형에게 닿았다. 그는 뚫어 버릴 듯이 깊은 눈빛으로 태형을 위아래로 훑었다. 태형도 입가에 미소를 머금고 우혁을 빤히 쳐다봤다. 직접 실물로 보니 분위기가 훨씬 좋았다. 밝고 쾌활한 분위기가 읽혔다. 조금 부러울 정도다.

"앞으로 우리 홍두 잘 부탁합니다."

"아닙니다. 이렇게 좋은 기회를 제공해 주실 정도로 확 트인 생각을 갖고 계신 점에서 존경합니다."

태형이 엄지를 척 세우며 그를 추켜세웠다. 우혁은 피식 웃곤 일행을 전부 준비한 셔틀버스로 안내했다. 홍두가 힐끔거리면서 한 여자를 계속 쳐다보기에 우혁이 소개를 했다.

"부사장님 딸이고 총무과에서 일하는 안성연 씨야."

"아아, 세련되고 통통 튀는 분 같네요."

우혁은 아무 말도 하지 않고 그저 홍두의 손만 꽉 쥐고 있었다. 모두 버스에 태운 후 우혁도 홍두와 같이 버스에 올랐다. 성연이 당황해서 물었다.

"비서진과 같이 가시는 거 아니세요?"

"성연 씨가 비서진과 같이 타고 가십시오. 전 홍두와 같이 갈 테니까."

우혁은 홍두와 나란히 앉았다. 홍두가 미련 짙어 보이는 성연의 눈빛을 보고 괜히 우혁의 눈을 한 번 더 쳐다봤다. 우혁은 성연에게 별 관심이 없어 뵈는데, 성연이 관심을 갖고 있다는 걸 누구라도 한 번에 알아차릴 상황이었다.

하긴 우혁은 누가 봐도 갖고 싶은 남자니까. 어쩌면 당연한 일일지도 모르겠다. 앞으로 이런 일은 수두룩하게 일어날지도 모른다. 그럴 때마다 그를 의심하고 마음이 흔들려선 곤란하다. 우리가 그간 극복했던 수많은 사건 사고들을 떠올려 본다면 절대 흔들릴 이유가 없다. 홍두는 우혁의 손을 더욱 확신에 차서 움켜쥐었다.

"우와, 난 제주도 처음 와 봐!"

아이들의 웅성거리는 소란 속에 흥분이 느껴졌다. 홍두는 기분 좋게 웃으며 우혁에게 감사 인사를 전했다.

"너무 고마워요. 여름 방학 내내 방콕할 뻔했는데, 우혁 씨 덕분에 이렇게 비행기도 타고 해방감도 느끼고……."

"난 네가 보고 싶어서 부른 것뿐이야."

우혁이 홍두를 빨아들일 듯이 깊은 눈빛으로 다정하게 바라봤다. 홍두가 배시시 행복한 미소를 지었다.

"호텔에 예쁜 직원들 되게 많죠?"

"잘 모르겠는데? 난 사람의 외모만 보고 판단하지 못하는 사람이야. 알다시피 너무 오랜 세월을 살아와서 얼굴만 봐도 어떤 성향인지 파악이 되니까. 난 변함없이 강직하고 자신의 결정을 믿고 밀어붙이는 여자가 좋아. 지금 그 사람이 여기 있고. 그 이상 바라는 건 없어."

"그래도 어린 여자들 보면 막 설레고 그러지 않나요?"

뒤에선 아이들이 왁자하게 노래를 부르고 있었다. 홍두와 우혁의 대화는 시끄러운 노랫소리 때문에 둘에게만 들릴 뿐이었다.

"3백 년 동안 설렌 적 없었어. 네가 유일무이한 존재였지."

그렇게 말해 주는데도 의심을 하는 건 여자 특유의 질투심이 발동하기 때문이겠지. 그리고 그녀가 갖고 있는 열등감이 이런 때 튀어나오는 거겠지.

"3일간 어떻게 할지에 대해서는 우리가 프로그램을 짜 뒀어.

그대로 따르면 좋을 것 같아."

"네, 일일이 신경 써 줘서 너무 고마워요."

"당연하잖아. 내 여자한테 그 정도는 해 줘야지."

홍두가 피식 웃었다. 살갑게 바라봐 주는 그의 따스한 눈동자가 마음을 촉촉하게 적셨다. 홍두는 기분 좋게 웃으며 제주도의 활기찬 모습을 바라봤다.

호텔에 도착한 홍두 일행은 그야말로 입을 딱 벌렸다. 그저 아담한 호텔쯤으로 생각했던 일행들은 거대한 규모에 놀라며, 내부의 럭셔리한 인테리어에 호들갑을 떨었다. 다들 이런 호텔은 처음이라는 분위기였다. 홍두는 내심 뿌듯했다. 태형이 곁으로 다가와 감탄사를 연발했다.

"남친이 엄청난 부자네요."

"네, 다행스럽게도 운이 좋았죠."

"좋은 일을 하시니까 하늘이 그런 분을 점지해 준 게 아닐까요? 아하하, 좀 늙은이 같은 소린가요?"

태형이 콧잔등을 손끝으로 만지작거리면서 어색하게 웃었다.

"부럽네요. 앞으로 원장님과도 아주 친하게 지내야겠어요."

"왜요?"

"그럼 호텔 이용할 때 지인 DC가 가능할까 해서요. 아하하, 농담입니다."

싱거운 농담에 홍두가 쿡쿡 웃었다. 벨보이가 다가와 짐을 끌고 그들의 룸을 안내해 주겠다며 이동하기 시작했다. 우혁은 프런트에 가서 키를 여러 개 들고 홍두에게 다가와 내밀었고, 홍두는 하나씩 선생들에게 전달했다. 엘리베이터를 타고 그들이 머물게 될 룸이 있는 층에서 내려 벨보이를 따라 엘리베이터 바로 앞쪽 라인에 섰다.

"이동이 편리하게 엘리베이터 앞쪽으로 했어. 바다 조망도 좋고, 지내기 편리할 거야."

우혁은 우선 홍두와 아이들 두 명이 함께 지낼 방을 열어 주었다. 벨보이도 모든 방문의 문을 열고 사용법에 대한 설명을 해 줬다. 아이들의 입에서 일제히 환성이 터졌다.

"밖에 수영장도 있어요! 선생님! 수영하러 가요!"

아이들의 왁자한 소란에 홍두는 우선 아이들 팔에 담당 선생님 전화번호와 소속 기관의 이름이 적힌 팔찌를 일일이 채웠다. 여기서 아이들을 잃어버리면 그야말로 난감한 사태가 벌어진다.

"자, 모두 수영복으로 갈아입고 나갈 준비하죠."

홍두가 말을 끝내기 무섭게 아이들이 먼저 옷을 훌렁훌렁 벗으며 수영복으로 갈아입기 시작했다. 홍두는 우혁에게서 스케줄 표를 받아 식사 시간과 대강당에서 있을 미니콘서트 시간을 체크했다.

"이제 그만 일 보세요. 저희한테만 매달려 있는 것도 좀 그렇고……. 남들 시선도 신경 쓰이고요."

"알았어. 최대한 업무를 빨리 보고 합류하도록 하지."

홍두가 해맑은 미소를 지어 보였다. 같이 있어 주기 위해 노력하는 그의 마음이 고마웠다.

"다녀오세요."

우혁이 살짝 손을 들어 인사를 하고 나가자 곁으로 다가온 임 선생이 잔뜩 부러워서 말했다.

"우리 원장님은 대체 무슨 복을 받은 걸까요? 전생에 나라를 구했나 봐요. 그죠? 그게 아니라면 저렇게 멋진 분이랑 연인일 수는 없는 거잖아요."

"고마워요. 하지만 제 딴에도 지키기 위해 노력해야 한다고 봐요."

"그렇죠! 호텔엔 능력 있는 미인들이 판을 치고 있으니 불안하시겠어요."

"맞아요. 일단 나이에서 밀리는 경우가……."

임 선생이 인정하는 듯 대답이 없다. 그저 점점점의 침묵이 길어지자 홍두는 아잣 소리를 내면서 수영복으로 갈아입기나 하자고 말했다. 어른들은 1층 탈의실에 가서 갈아입기로 하고 애들 옷가지들을 전부 챙겨 들고 낑낑거리며 1층으로 내려갔다. 휴가철이라 벌써부터 수영장에 인파가 붐비고 있었다.

홍두는 먼저 옷을 갈아입고 나와 아이들을 붙들고 대기했다. 다른 선생들이 다 갈아입고 나왔을 때 다들 태형의 수영복 차림에 입을 딱 벌렸다. 반바지 형태의 수영복을 입고 나왔는데도 탄탄한 근육질 몸매가 제법 볼 만했다. 쓰리피스 수영복으로 몸매를 완벽하게 가린 세 명의 여 선생들의 시선이 일제히 태형에게 꽂혔다.

"와아, 이런 데선 기본이 비키닌데 선생님들 너무 가리신 거 아닌가요?"

태형이 매우 안타까워하며 말했지만, 다들 못 들은 척했다.

"자, 이제부터 한 선생님 당 3명의 아이들을 케어해 주세요. 저는 비상시를 위해 밖에서 짐을 지키며 대기할게요."

홍두는 그늘 밑에 있는 비치벤치를 유료로 구입하고 짐을 그 위에 풀었다. 선생들은 아이들에게 기초체조를 시키고 심장에 물을 묻혀 가며 물속에 들어가라 지시를 하고 구명조끼를 일일이 입혀 물속으로 데리고 들어갔다.

아이들의 깔깔거리는 웃음소리가 울렸다. 홍두는 흐뭇한 표정으로 늘 그렇듯 사진촬영을 시작했다. 아이들 웃음소리처럼 기분 좋은 소리가 세상에 있을까?

우혁이 창문 밖으로 보이는 풀장에서 홍두를 찾아내고 입가에 부드러운 미소를 그렸다. 그러다 시선을 돌려 아이들과 물장난을 하다 말고 잠시 멀거니 선 태형에게 시선이 멈췄다.

태형이 홍두를 쳐다보며 씩 웃는 모습이 눈에 들어왔다. 순간 우혁의 미간이 꿈틀거렸다. 노크 소리가 들리고 대답과 동시에 안 부사장과 성연이 들어왔다. 우혁은 예민해진 마음을 가라앉히고 고개를 돌려 안 부사장을 쳐다봤다.

"네, 무슨 일입니까?"

"이따 저녁 공연 때문에요. 사장님께서 지시하신 대로 아이들을 위한 공연 일정을 몇 가지 넣어 봤는데, 확인 부탁드립니다."

우혁은 안 부사장이 내민 서류를 확인하고, 고개를 끄덕거렸다.

"20분 정도의 공연이라면 아이들이 충분히 집중해서 들을 수 있겠군요. 그리고 안성연 씨는 무슨 일입니까?"

"3일간 하얀 마음 보육원 측에 제공될 식사 리스트입니다. 사장님께서 한 번 보시라고 영양사에게 특별히 요청해서 받아 왔습니다."

우혁은 리스트를 살피면서 말했다.

"성장기 어린이들이니까 되도록 균형 잡힌 식사가 가능하도록 영양상태 확인 바란다고 전하고, 아이들이 좋아할 만한 특별한 음식으로 준비하라고 해 줘요. 한창 먹을 나이들이니까 식사 외에도 8시쯤 야식도 가볍게 먹을 수 있도록 준비해 주고요."

"네, 전하겠습니다."

"그리고 중국 30명 단체 손님이 내일 들어오는데, 식사 리스트와 공연 스케줄은 어떻게 할까요?"

"기존에 하던 대로 진행하되, 손님들의 나이 대를 먼저 분석해서 그에 맞는 주제로 맞춤기획을 짜라고 하세요."

"바로 지시하겠습니다."

성연과 안 부사장이 꾸벅 인사를 하고 밖으로 나왔다. 안 부사장이 성연에게 낮게 물었다.

"아까 그분이 사장님의 연인인가 보던데……."

"너무 평범하지 않아요?"

"그래도 사장님껜 매우 특별한 분인가 보던데? 바라보는 눈빛에 애정이 잔뜩 묻어나더라고. 우리를 대할 때와는 천양지차야. 둘만의 사연도 모르고 그저 외모만으로 상대를 평가해선 곤란해. 두 사람만의 감춰진 얘기가 있겠지. 그러니 저렇게 단단한 관계를 유지하는 걸 테고……."

"세상에 그런 관계는 없어요, 아빠! 남자란 존잰 단순해서 맘먹고 꼬시면 혹 넘어오게 되어 있다구요. 실수로라도 정신 줄을 놓는 게 남자란 존재예요. 전 적어도 그 여자보단 매력이 많아 보이지 않나요?"

"내 눈에야 내 딸이니 항상 그렇게 보이지만, 사장님 눈엔 안 든다는 게 문제 거지. 어지간하면 사장님 자극하지 말고 조용히 지나가자. 알겠지?"

"아빠 너무 소심해요. 뭐든 부딪쳐서 깨져 보고 그러는 거지, 뭘 그렇게 무서워해요?"

"넌 가끔 너무 도가 넘쳐서 걱정이야. 네 실수 때문에 나까지 눈치 봐야 하는 상황은 제발 만들지 말았으면 좋겠구나. 이만 가봐라!"

부사장실 앞에서 헤어진 성연은 체념하듯 고개를 저었다. 부친의 생각은 저렇지만 성연은 별로 신경 쓰고 싶지 않았다.

두 시간의 수영이 끝나고, 아이들을 씻겨 옷을 하나하나 갈아입히고 나니 점심시간이 되었다. 아이들을 데리고 식당으로 올라가야 하는데 어디가 어딘지 몰라 위치를 파악하려는 그때 성연이 나타났다.

"안녕하세요. 아까 인사드렸죠?"

"아, 네."

"식당으로 가셔야 하죠. 이쪽으로 오시죠."

"감사해요."

홍두가 생긋 웃으며 말하다 말고 얼굴을 굳혔다. 눈가에 주름살이 너무 자글자글했던 건 아닌지 걱정스러웠기에. 아이들을 데리고 로비에 서서 엘리베이터가 열리기를 기다렸다. 최대한 아이들에게 조용히 이동하자고 약속을 받고 가는 터라 소란스럽지는 않았다.

"그래도 아이들이 말도 잘 듣고 차분한 편이네요. 보통 이런 아이들은 되바라지기 일쑤인데 말이에요."

순간 울컥한 홍두가 성연을 싸늘하게 노려봤다. 다행히 애들은 자기들끼리 장난치면서 작게 키득거리느라 성연의 말을 듣지 않은 것 같았다. 홍두는 부글부글 끓어오르는 마음을 누르며 입가에 억지 미소를 띠고 있었다.

"힘드시겠어요. 머리 검은 짐승은 거두는 게 아니라는 옛 어른들 말도 있고 그런데, 나중에 원망이나 안 들음 다행이게요. 왜 많고 많은 일 중에 이런 일을 택했는지 궁금하네요."

이 여자가 미쳤나? 대놓고 왜 이런 말을 하는 거지? 하지만 애들 앞에서 언쟁하는 모습을 보이고 싶지 않아 엘리베이터가 열리기를 기다렸다. 이미 선생들 눈에서도 불꽃이 파팟 튀고 있었다.

"선생님들, 애들 좀 부탁해요. 그리고 성연 씨는 잠시 저 좀 볼까요?"

선생들이 애들을 식당으로 데리고 가는 동안 홍두는 건물 끝자락 후미진 곳으로 성연을 데리고 가더니 손부채질을 시작했다.

"어머, 제가 무슨 실수라도……."

"호텔 직원이라면서 손님을 접대하는 노하우가 없는 건가요? 아니면 기본적으로 보육원 아이들을 무시하는 건가요? 왜 애들 앞에서 그런 발언을 했는지 이해가 잘 안 되는데요. 뭔가요? 저랑 한판 붙어 보겠다는 건가요?"

"네? 아아…… 그게…… 제가 뭘 어쨌기에?"

"이런 아이들은 뭐고, 머리 검은 짐승은 또 뭔데요? 부모가 없음 갑자기 그렇게 얕잡아 보고 무시해도 되는 존재인 건가요? 걔들이 고아가 되고 싶어 된 거 아니잖아요! 왜 애들 앞에서 대놓고 무시하는 발언을 하는 건데요?"

성연은 싸늘한 어조로 따져 묻는 홍두의 반응에 기가 막히고 어처구니가 없어서 콧방귀를 뀌었다.

"있는 사실을 그대로 말한 것뿐인데, 뭐가 문제인 건데요? 그리고 손님들 계시니까 언성을 높이는 건 삼가주세요. 후원자께서 도움을 주셔서 이런 데도 구경 오게 된 거 아닌가요? 후원자 아니었으면 어림도 없을 일일 텐데, 예의는 좀 지켜주시죠?"

적반하장도 유분수지! 홍두가 기가 막혀서 입을 딱 벌렸다. 우혁 앞에서 볼 때와는 생판 다른 얼굴로 말을 받아치는 성연의 반응에 홍두는 최대한 호흡을 가라앉히고 차분하게 말했다.

"당장 사과하세요. 우리 애들 무시한 거, 사과하세요."

"그런 의도가 있었다면 사과하죠. 하지만 악의를 갖고 한 말이 아니니 사과할 이유가 없는데요?"

아오, 이걸 정말! 홍두가 뻗치는 열기를 가라앉히면서 다시 한 번 차분하게 말했다.

"좋아요. 후원자의 후원이나 받는 주제에 불평불만 한마디 내뱉어선 안 되겠지만, 정식으로 따져야겠군요. 그 후원자께!"

"어머, 이런 땐 대놓고 남자친구에게 매달릴 생각을 하나 보군요."

주먹이 부들부들 떨렸다.

"너무 치사하지 않나요? 남자친구가 가진 힘을 이용해 약자의 입장에 선 직원을 압박하는 건?"

"그렇다면 진심으로 사과를 하든지요?"

"잘못한 게 없으니 사과할 이유가 없죠!"

끝끝내 고집을 피울 모양이었다. 똥이 무서워서 피하랴, 더러워서 피한다. 홍두는 음산하게 가라앉은 눈빛으로 성연을 쳐다보며 내뱉었다.

"한 번만 더 말실수를 했다간 정식으로 항의하겠어요. 이번엔 참고 넘어가겠어요."

홍두는 경고 후 몸을 돌려 씩씩대며 식당으로 들어갔다. 혈압이 올라서 가슴이 두근거리고 목구멍으로 위액이 넘실거렸다. 마음 같아서는 욕지거리를 한 사발 해 주고 싶었지만 우혁의 직장에서 품위 없는 행동으로 시선을 받고 싶진 않았다. 자리에 앉자마자 선생들이 홍두를 쳐다봤다.

"어떻게 됐어요?"

"죽어도 사과는 안 한다고 버티던데요?"

"허얼, 원래 무개념인 여자네요. 그게 아니라면 자신이 무슨 실수를 했는지 단박에 알아차릴 텐데요."

"그러게요. 무슨 말을 해도 자기가 악의를 가진 게 아니니 사과할 필요가 없다는 식이네요. 안하무인도 이쯤 되면 레전드죠. 일단 경고만 해 뒀어요."

"사람이 겉과 속이 그렇게 다르면 곤란한데 말이죠."

태형도 한마디 보탰다. 하긴 겉으로 봤을 땐 굉장히 사근사근하고 예의 바르게 보였는데, 개념은 이웃 행성으로 날려 보낸 지 오래인가 보다. 어떻게 애들 앞에서 그런 말을 하는지 모르겠다. 고학년 애들은 저런 말이 지닌 악의를 고스란히 알아듣고 상처를 받을 수도 있는데.
"애들 좀 각별히 더 신경 써 주세요."
홍두는 식사를 하는 둥 마는 둥 했다. 화가 나서 밥이 코로 들어가는지 입으로 들어가는지 알 수가 없었다.

성연이 비서들에게 홍두와 있었던 일을 얘기하자, 비서들이 다들 인상을 구겼다.
"그거 좀 말이 과한 거 아닌가?"
다들 성연의 말이 좀 과하다고 지적했다. 자긴 잘못한 게 없는데, 다들 왜 못 잡아먹어서 안달인지 모르겠다.
"이게 내가 잘못한 거예요?"
"아무리 들어도 그건 할 소리가 아니죠. 만약 다른 손님들이 있었다면 바로 항의했을 거예요. 그렇게 되면 부사장님께서 가서 허리를 구십 도로 굽히고 사죄했어야 할 거예요. 가끔 보면 성연 씨는 하지 않아도 될 말을 해서 실수를 자처하더군요."
나이 지긋한 비서가 한마디 했다.
"아니, 다들 그런 생각은 하고 있지 않나요? 겉으로 말을 꺼내지만 않을 뿐이지. 왜들 그렇게 다 착한 척들인지 모르겠네."

문을 살짝 열고 성연의 이야기를 다 듣고 있던 우혁이 부사장실 문을 활짝 열자, 다들 경악한 얼굴로 서 있었다. 부사장에게 볼일이 있어서 찾아왔던 우혁은 성연이 홍두와의 얘기를 꺼내는 시점부터 밖에서 얘기를 듣고 있었다.

"미안한데, 어쩌다 보니 안성연 씨 얘기를 다 듣게 되었습니다. 남들이 다 착한 척하고 있다고 생각하나 본데, 성연 씨도 그 입조심하고 되도록 가증스럽게 착한 척하면서 살면 안 될까요?"

성연의 눈가가 벌겋게 달아오르기 시작했다.

"굳이 하지 말아야 할 말을 꺼내서 사람의 됨됨이를 가늠하게 하고 윤리의식을 최악으로 판단 받을 바엔 그 입은 다물고 업무용으로만 사용하세요!"

우혁이 문을 쾅 닫고 부사장실로 들어가 버렸다. 비서들이 쩔쩔매며 성연을 살폈고, 성연의 눈가엔 이미 눈물이 그렁그렁 맺혔다. 성연은 화장실로 뛰어가 버렸고, 비서들은 혀를 끌끌 차면서 중얼거렸다.

"한 번 호되게 당할 줄 알았지. 너무 공주 타입이야. 세상물정을 너무 몰라."

"그러게요. 자기 보고 싶은 대로만 세상을 보고 판단하는 게 문제예요."

"경험이 부족해서 저러지. 나이 들면서 차차 나아지겠지."

"그나저나 사장님한테 완전히 찍혀서 어째요? 말싸움한 분이 하필 사장님의 연인이라면서요?"

"그래도 객관적인 분이시니, 일만 잘하면야 더 이상 이 일에 대해서는 문제 삼지 않겠지."

우혁은 부사장과 마주 보고 앉아 잠시 치밀어 오르는 분노를 삭였다. 분명 집안에서 자식 교육을 그렇게 시켰을 것 같진 않았다. 부사장 자체도 워낙 자수성가한 타입으로 어린 시절 힘들게 자라 측은지심이 많고 다정다감한 성향으로 알려져 있다. 그런 사람의 딸이 대체 왜 저런 사고방식을 갖고 있는지 모르겠다.

"스위트룸 인테리어 리뉴얼 공사 일정이 자꾸 딜레이되는데, 어떻게 된 겁니까?"

"벽지와 대리석이 해외에서 들어오는데, 물품 수급이 부족해서 좀 더뎌진답니다. 아무래도 우리나라에선 볼 수 없는 외국 제품으로 채우려 하다 보니 이렇게 된 것 같습니다. 일정을 좀 더 빨리 당겨 보라고 채근은 해 보겠지만, 수급 문제가 있기 때문에 어찌될지 잘 모르겠습니다."

"룸을 계속 사용하지 못하게 되면 아무래도 타격이 있으니, 날짜를 좀 더 당기는 방향으로 알아보세요. 만약 계속 수급 시한이 미뤄진다면 우리나라 제품 중 신제품 위주로 선별해서 사용하는 방법도 추천합니다. 주문 제작도 가능한 업체가 분명 있을 거구요. 알아보세요."

"네, 사장님! 그리고…… 아까 성연이가 무슨 실수를 한 것 같은데, 제가 단단히 주의를 주겠습니다."

우혁은 자리에서 일어나 서늘한 눈빛으로 안 부사장을 한 번 바라보기만 할 뿐, 아무런 대답도 하지 않고 부사장실을 빠져나왔다.

안 부사장이 홍두의 룸 문 앞에 서 있었다. 홍두가 당황스러운 눈빛으로 안 부사장과 곁에 선 성연을 쳐다봤다. 안 부사장이 노여운 어조로 성연에게 말했다.

"어서 사과드려라!"

홍두가 무안한 얼굴로 안 부사장을 쳐다봤다. 안 부사장이 잔뜩 죄송한 얼굴로 말했다.

"죄송합니다. 저는 이 호텔의 부사장입니다. 성연이 제 딸앤데, 이번에 말실수를 했다는 얘기를 전해 들었습니다. 당연히 사과를 해야 하는 부분입니다. 어려운 이웃을 보면 도와주고 보듬어 줘야 한다고 가르쳤는데, 어떻게 지식인이라는 사람이 그런 망언을 할 수 있는지…… 부끄럽기 짝이 없습니다. 제가 자식 교육을 잘못 시켰습니다."

홍두는 허리를 굽히는 안 부사장의 태도에 놀라 홍두도 덩달아 허리를 굽혔다.

"괘, 괜찮습니다. 사과는 받은 걸로 할 테니, 부사장님…… 이제 더 이상 신경 쓰지 마세요. 제가 다 미안하고 어찌할 바를 모르겠어요."

"너무 미안해서 제가 아이들을 위해 선물을 사왔습니다."

안 부사장이 옆에 서 있던 직원에게서 보따리를 받아 내밀었다.

"여자애들 숫자와 남자애들 숫자를 파악해서 필기류와 노트, 스케치북 등을 준비했어요. 아무래도 학교생활을 하다 보면 많이 사용할 테니까요. 받아주십시오. 그리고 앞으로 저도 보육원에 후원을 하고 싶은데요."

홍두가 선물을 기쁘게 받으면서 웃었다.

"물론입니다. 후원을 해 주신다면 감사한 마음으로 받겠습니다. 이렇게 인연이 닿아 너무 감사할 따름입니다."

안 부사장은 홍두의 환한 미소를 보고 안도의 한숨을 쉬었다. 사장의 연인이니 막무가내로 나올 가능성도 없지 않아서 가슴이 조마조마했던 그였다. 그런데 의외로 예의도 바르고 싹싹한 미소를 잃지 않았다. 말로만 애들을 훈육하는 사람이 아니라 마음으로 애들을 훈육하는 사람이 분명해 보였다. 안 부사장은 성연을 한 번 더 노려봤다. 뒤에서 씨근덕거리고 있던 성연은 할 수 없이 홍두에게 머리를 숙였다.

"아깐 말실수해서 죄송했어요. 악의가 없었다는 점만은 꼭 알아주세요."

"이렇게 찾아와서 사과해 주셔서 감사해요. 기왕 선물도 사왔으니, 직접 애들에게 나눠 주는 건 어떨까요? 되도록 아이들 손을 하나하나 잡아 주는 것도 좋을 것 같구요."

안 부사장이 얼른 선물을 성연에게 내밀었다. 성연이 억지로 선물을 받아들고 아이들 방으로 들어갔다. 성연은 무릎을 꿇고 아이들과 일일이 눈을 맞추며 선물 꾸러미에서 선물을 꺼내 아이들에게 건네주며 손을 잡았다.

아이들이 수줍게 미소를 띠고 선물을 받더니 감사하다며 꾸벅 인사를 했다. 성연은 괜히 죄책감을 느꼈다. 아이들과 눈이 마주친 순간 순수한 눈동자에 잠재된 깨끗함을 본 것만 같았다. 그녀는 감히 상상도 할 수 없을 만큼 순결한 순수였다. 선물을 다 내주고 일일이 손을 잡았던 아이들의 온기가 손에 남았다. 아이들의 손은 작고 따스했다.

그런 애들을 싸잡아 범죄자들처럼 말해 버린 자신의 실수에 자기혐오가 차올랐다. 마음이 무거워진 성연이 밖으로 나와 홍두에게 말했다.

"좋은 일하시는 건 맞네요. 앞으론 아이들을 볼 때 조금 다른 시선으로 보도록 노력하죠. 오늘은 미안했어요."

꾸벅 인사를 하고 성연이 안 부사장과 돌아갔다. 태형이 홍두를 향해 엄지를 척 세웠다. 홍두가 피식 웃자, 태형이 웃으며 말했다.

"이런다고 저 사람의 때 묻은 마음이 깨끗해지진 않겠지만, 적어도 손톱만큼의 울림은 있었겠죠. 잘 알지도 못하는 아이들을 그런 식으로 싸잡아 욕되게 하는 건 옳지 않아요. 원장님이 잘 처신했어요. 전 남자 친구 분께 쪼르륵 달려가서 일러바칠

줄 알았는데, 참고 견디시더라고요. 그러기 쉽지 않을 텐데."

"민폐 끼치는 걸 별로 좋아하진 않으니까요. 어찌되었건 잘 해결되어 다행이에요. 방에서 좀 쉬다가 바닷가로 산책 갈 거니까 준비해 줘요."

"네, 원장님!"

임 선생과 강 선생도 씩 웃더니 각자의 방으로 들어갔다. 홍두는 방으로 들어와 그림을 그리며 놀고 있는 아이들을 내려다봤다. 다른 사람들이 뭐라건 상관없다. 우리 아이들이 그저 올바르게 예쁘게 자라나 세상에서 보탬이 되는 사람이 되길 바랄 뿐. 홍두는 아이들의 머리통을 부드럽게 쓸어내렸다. 아이들이 그녀를 올려다보며 헤헤 웃었다.

저녁 식사를 마치고 9시쯤 아이들을 모두 재우고 모처럼 선생들끼리 한데 모였다. 홍두는 잠시 자리에 앉았다가 세 사람이 재밌는 시간을 보내라고 말하고 룸으로 올라왔다. 혹시라도 애들이 자다 말고 방 밖으로 나올까 봐 염려가 돼서 방마다 일일이 들어가 아이들 숫자를 파악했다. 쉬어도 쉬는 게 아니었다.

아이들이 잘 자는 걸 확인한 홍두는 복도 끝에 있는 테라스로 나와 창밖을 내다봤다. 제주도 바닷바람이 짭짤하다. 그래도 바닷가 근처라 바람 때문에 덥진 않았다. 그때 휴대폰이 위잉 소리를 내며 울었다. 홍두가 번호를 확인하고 입가에 미소를 지으며 휴대폰을 받았다.

"네, 사장님!"

[장난해? 어디야?]

"업무 끝났어요?"

[응, 시간 괜찮음 잠깐 보자. 애들 때문에 자유롭진 않겠지만.]

"여기 서쪽 복도에 나와 있어요. 애들 때문에 복도 지키는 중이에요."

[알았어. 곧 내려갈게.]

홍두는 씩 웃으면서 휴대폰을 주머니에 넣었다. 블루 민소매 셔츠에 화이트 7부 팬츠를 입고 있었다. 슬립온을 신고 단발머리를 펄럭거리며 아래쪽을 내려다보고 있는데 구수한 냄새가 났다. 뒤를 돌아보니 우혁이 먹음직한 맥반석 오징어 한 봉지를 들고 나타났다.

"우왕! 간식이다!"

우혁이 맥반석 오징어에 맥주를 한 캔씩 꺼내 그녀에게 내줬다. 홍두는 오징어를 가늘게 찢어 봉투 안에 놓고 고추장에 살짝 찍어 한 입 먹고는 부르르 몸을 떨었다.

"왜 말 안 했어?"

"뭘요?"

"안성연 씨, 말실수 사건."

"별일도 아닌데요. 일일이 말하고 다니는 것도 추잡스러워 보이고……."

"그런 경우엔 남자친구를 이용해도 누가 뭐라고 안 해!"

"그건 제가 별로예요. 무슨 일이 생길 때마다 인맥 동원해서 보복하고 그러는 거 진짜 싫거든요. 추해요. 그래서 제 선에서 할 수 있는 만큼만 하자는 주의예요."

그가 입가에 미소를 지었다. 하긴 그런 외골수 같은 면모가 남다르게 보이기도 했다. 하지만 그렇기 때문에 그가 그녀를 좋아하는 것일지도 모른다. 자신만의 또렷한 신념이 확고한 사람을 만나긴 쉽지 않으니까.

"크아, 맛있다!"

홍두가 맥주를 한 모금 마시고, 오징어를 씹으면서 한쪽 벤치에 앉았다. 바람이 휘이잉 몰아쳤다. 시큼텁텁한 바람이었지만, 그거라도 없었으면 몸에 습기가 찰 것 같은 날씨다.

"휴가를 이렇게 보내서 어떻게 해? 좀 더 혼자만의 시간을 보내야 재밌는데."

"나중에요. 아이들 때문에 옴짝달싹 못하니까, 한 명씩 교대로 휴가를 챙기기로 얘기해 뒀어요. 난 맨 마지막으로 하려고 생각 중이에요."

"그럼 거의 8월 말쯤 되겠네? 같이 여행갈까?"

홍두가 배시시 웃으면서 고개를 끄덕거렸다.

"혹시 말이에요."

"응."

우혁이 맥주를 마시며 그녀를 흘끗 쳐다봤다.

"내가 지겨운데, 빚진 마음 때문에 옆에 있는 거라면 그럴 필요 없어요. 그렇게 억지로 우혁 씨를 붙들고 싶은 마음도 없구요. 마음 없는 남자와 억지 관계를 잇고 싶은 마음도 없어요."

"왜 그런 말을 해?"

"당신이 가진 무한한 가능성을 높게 평가하는 여자들이 계속 주변에 나타날 거예요. 그럴 때마다 그 여자들은 나의 가치 또한 평가하겠죠. 물론 나도 잘 알아요. 내가 많이 부족하다는 거……. 그래서 괜찮은 조건의 여자가 나타나면 우혁 씨가 마음이 흔들리는 건 인지상정이라 생각해요."

우혁이 콧방귀를 뀌더니 그녀를 매섭게 쏘아봤다.

"혹시 말이야, 그거 네 속마음 아니야?"

"네에?"

"네가 다른 데 가고 싶으니까 날 떼어내려는 거 아니냐고!"

"헐, 얘기가 왜 갑자기 그렇게 되는 건데요?"

"그게 아니라면 그런 얘긴 할 가치도 없는 얘기야. 나는 네가 아니면 살아도 산 게 아닌 사람이니까. 다른 여자 같은 건 아무 의미 없어. 네가 혹시라도 내가 지겨워져서 다른 젊은 놈들에게 끌린다면……."

우혁이 벌컥벌컥 맥주 캔을 다 비우더니 와직 캔을 우그러트렸다. 그가 분노 어린 음성으로 말했다.

"알 게 뭐야! 난 놔줄 생각 없어. 네가 다른 놈을 좋아하든 말든, 무조건 내 곁에 둘 거야. 넌 내 꺼니까!"

홍두가 파핫 하고 웃어 버렸다. 그런 무대포 같은 대답이 어디 있담? 기가 막혀서 절로 웃음이 터져 나왔다.

"우혁 씨는 지금 아주 좋은 기회를 놓친 거예요."

"무슨 기회?"

"도망갈 기회!"

"안 간다고 했잖아."

일전에도 그에게 이런 말을 했지만, 그는 기회를 늘 잡지 않았다. 아마 망설이거나 다른 대답을 했더라면 그의 진심을 의심했을지도 모른다. 그때마다 그는 확고하게 자신을 드러낸다. 항상 그녀가 원하는 대답을 바로 내놓는 바보 같은 남자. 그래서 사랑할 수밖에 없는 남자다.

"바보네요."

"연애에서 잔머리 굴리는 사람이 제일 바보야. 무대포로 밀어붙이는 게 제일 현명한 짓이고. 난 앞으로도 계속 그렇게 할 거야. 너야말로 어린 놈 쳐다보면서 눈웃음이나 흘리지 마!"

"풋!"

홍두가 입안에 머금고 있던 맥주를 뿜었다. 허공에 비산한 맥주가 바람에 실려 멀리 날아가 버렸다.

"뭐래요? 내가 잘못들은 거죠?"

"어린놈이 널 수시로 쳐다보던데?"

"말도 안 돼."

"남자는 남자가 제일 잘 알아. 네가 모르는 사각지대 속에서 내가 그놈을 지켜봤어. 그놈, 너한테 관심 있어. 조심해!"

"사내 연애 결사반대니까 염려하지 마세요."

내 눈엔 전혀 그렇게 안 보이던데, 왜 우혁의 눈엔 그렇게 보인다는 건지 모르겠네. 아무리 봐도 태형은 그저 예의 바른 사람일 뿐이었다. 남자로서 그녀에게 관심이 있다면 어떤 페르몬을 마구 과시했어야 하는데, 딱히 그런 것 같지도 않던데? 이 남자, 은근 질투의 화신인가 보다. 재밌네, 이런 모습도. 홍두가 히죽 동네 건달 아저씨처럼 음흉하게 웃었다.

"너, 그 웃음의 의미가 대체 뭐야?"

"아무것도……"

"그런데 그렇게 음흉하게 웃어?"

"내가 언제!"

"오징어, 내가 다 먹을 거야!"

"아오, 유치해! 유치찬란하거든요!"

홍두가 눈살을 찌푸리고 오징어를 통째로 감추는 그를 맹비난했다. 그가 살풋 미소를 띠고, 달려드는 그녀의 입술에 쪽 입을 맞췄다. 그러자 그대로 얼어붙은 홍두가 입술을 파르르 떨면서 몸을 세웠다.

"오, 오징어로 유인할 줄이야!"

"의외로 꼬시기 쉬워. 우홍두는!"

우혁이 흐뭇한 미소를 짓더니 홍두의 목덜미를 움켜쥐고 입술을 댔다. 입술과 입술이 잠시 마주 닿았다가 떨어졌다.
"강렬한 오징어 향을 잊지 말아야겠네."
 홍두가 푸핫 하고 웃어 버렸다. 이제 오징어만 보면 홍두가 떠오를 것이다. 그녀 역시 오징어만 보면 그가 떠오르겠지. 산들산들 불어오는 바닷바람 속에 둘의 싱그러운 웃음소리가 연신 파도처럼 부서졌다.

에필로그 - 담벼락 무너트리기

크리스마스를 하루 앞둔 이브엔 눈이 엄청나게 내렸다. 발이 푹푹 빠져 들어갔다. 하늘이 미쳤는지, 그래도 쉬지 않고 눈을 쏟아부었다. 홍두는 긴 어그부츠를 신고 푹푹 빠지는 눈 속으로 걸어 들어갔다. 머리에는 부침개를 잔뜩 담은 3단 찬합을 이고 어기적어기적 자작나무 숲으로 향했다.

"걸음걸이가 매우 박력 있는데요?"

익숙한 음성에 놀란 홍두가 공중을 올려다봤다. 자작나무 가지 위에 걸터앉아 있던 시진이 푸드덕 날아 내렸다. 가뿐하게 눈 속에 선 그는 온통 하얀 천의 차림이었다. 홍두가 반가움과 노여움이 섞인 얼굴로 그를 쳐다봤다.

"가면 간다 얘길 했어야죠! 이제야 나타날 건 또 뭐예요!"

빽 하고 소리를 지르자, 시진이 쾌활하게 웃으며 두 팔을 활짝 벌려 홍두를 와락 끌어안았다. 속도 좋다. 불같이 화를 내는 여자를 끌어안다니. 홍두가 그의 가슴팍을 팍팍 두드리며 떨어지려 하자, 그가 그녀의 머리통을 큰 손으로 꽉 움켜쥐었다.

"반가워요, 홍두 씨! 건강하죠?"

"어쩐 일이에요?"

"와아, 너무 살벌하게 구는 거 아닌가요? 난 내내 홍두 씨를 그리워했는데······."

"어휴, 입만 살았어. 알겠어요. 한 번 봐주죠."

시진이 몸을 떼어내고, 홍두의 손을 꽉 쥐었다.

"왜 이래요?"

"오랜만에 보니까, 옛날 일들이 주마등처럼 스쳐 지나면서 새록새록한데요? 역시 홍두 씨는 사람 기분을 좋게 하는 에너지를 갖고 있는 사람이에요."

"놔요. 우혁 씨가 보면 불같이 화를 낼 거라구요."

"알 게 뭐예요. 이젠 내가 그 사람보단 한참 위의 계급인데."

"헐!"

시진이 홍두의 손을 꽉 잡고 놓아주지 않았다. 그렇게 대문 근처로 갔더니, 홍두가 온다고 마중을 나왔던 우혁이 시진과 홍두의 모습을 보고 격분했다.

"그 손 당장 안 놔!"

"아하하하! 성격 파탄되셨네요. 우혁 님!"

"뭐가 어째!"

시진은 즐거운 미소를 만면에 띠었다. 오랜만에 이들을 만난 것도 기뻤고, 이들이 여전히 그때나 지금이나 한결같은 마음으로 서로를 보고 있다는 사실도 기뻤다. 그저 이들은 함께 있는 것 자체로 아름다운 사람들이었다. 그토록 험한 고초를 겪어 여기까지 온 사람들이 아닌가.

"왜 찾아왔어?"

"드릴 말씀도 있고 해서요. 하늘에서 전언입니다."

홍두는 초조한 얼굴로 우혁을 쳐다봤다. 시진은 붙들고 있던 손을 놓아주고, 홍두의 어깨를 다독였다.

"여기서 더 나빠질 게 뭐가 있어요? 없잖아요. 그러니까 너무 긴장하진 마세요."

홍두가 고개를 끄덕거리며 그들과 같이 집 안으로 들어갔다. 시진을 본 은소와 백소, 가향이 얼굴에 화색이 만연해서 맞았다. 시진은 하나하나 일일이 끌어안으며 그간 보고 싶었던 마음을 대신 전했다.

"다들 의리 하나는 넘치네요. 나 같음 튀었을 텐데. 보란 듯이!"

"그랬을 텐데, 가 아니라 그랬잖아."

"아하!"

시진이 웃으며 우혁과 함께 서재로 들어갔다. 우혁이 둥근 테이블 앞에 앉자, 시진도 곁에 앉더니 옷깃 속에 감춰 두었던 둥글게 만 서신을 우혁에게 내밀었다. 우혁이 서신을 받아들고 눈을 휘둥그렇게 떴다.

옥황상제의 인장이 찍혀 있는 서신이었다. 갑자기 가슴이 욱신거려 왔다. 대체 또 무슨 소리를 하려고 이런 걸 보냈나 싶어서 불안해졌다. 우혁은 인장을 뜯고 서신을 읽어 내려가기 시작했다.

<잘 지내고 있느냐? 인간살이가 해 보니 어떻더냐? 소박하기 짝이 없는 인간들의 삶 속에 묻혀 사는 게 답답하지는 않느냐? 다름이 아니라 네 능력이 아무리 생각해 봐도 나는 아쉽고 안타깝다. 너같이 문무를 겸비한 인재를 찾기는 하늘에서 별을 따는 일만큼이나 어려운 일이로구나. 물론 내 힘으로 별을 따는 일이 뭐가 그리 어렵겠느냐마는! 네가 그 삶에 그리 만족했다면 나도 더 이상의 미련은 갖지 않겠지만, 네가 조금이라도 하늘의 삶에 미련을 갖는다면 한 번만 기회를 더 줄 수도 있다. 환생은 어렵겠지만, 다시 신으로 명예를 회복시켜 주겠다. 어쩌겠느냐?>

타당성이 없는 일이니 논할 가치도 없는 일이었다.

"갑자기 옥황상제께서 문무를 겸비한 인재 운운하는 게 어째 수상쩍은데 하늘에 무슨 일이 있느냐?"

"……아무래도 기밀사항이라 말씀드리기는 뭐하지만…… 난처한 일이 벌어진 건 맞습니다. 무관들이 속속 죽어 나가는 상황이라 장로들 입에서 지금 우혁 님의 이름까지 거론되는 실정입니다."

"무관들이 죽어 나간다고?"

"네, 사태가 그리 낙관적이진 않습니다. 살인귀가 출몰했다는 것만 아셨음 좋겠습니다."

"천계에?"

"네, 워낙 신출귀몰한 놈이라 천계에 소속된 놈 중 앙심을 품은 놈인지, 용족 중 하나인지 도통 알 수가 없습니다. 다만 놈을 뒤쫓던 천군들 중 꽤 많은 인재들이 죽어 나가는 실정이라 옥황상제께서도 다급한 마음에 서신을 띄운 것 같습니다."

하지만 그의 대답은 하나였다. 이미 그쪽 세계는 그와 상관이 없는 세상이었고, 이제 그의 세계는 여기 홍두가 있는 곳이었다. 그러니까 천계에서 무슨 일이 벌어지건 말건 그는 참견할 이유가 없었다. 어차피 신의 능력을 갖고 있을 때도 이곳에서 벌어지는 모든 사건사고에 나서서 해결사 노릇을 하진 않았다.

"마음이 이미 정해져 있다면 답신을 써 주시지요."

그는 펜을 꺼내 들고 하얀 종이 위에 답을 써 내려갔다.

<송구하오나 마련하신 혜택은 너무도 크고 대단한 것이라 유혹적이긴 하지만, 저는 인간으로서의 삶을 살기로 결정했습니다. 은애하는 이의 삶을 함께 늙어가면서 누리고 싶습니다.

도움을 드리지 못해 송구합니다. 폐하께서는 현명하고 지혜롭게 위기를 잘 극복하실 거라 믿습니다.>

  답신을 쓴 그는 돌돌 말아 시진에게 내밀었다.
"달라질 건 없어. 하늘에는 이리 전하게. 나는 할 수 있는 것도, 할 힘도 없는 평범한 인간이야. 구원을 해 준다고 해도 지금으로선 하나도 고맙지 않아. 이대로 홍두와 나이 들어가고 싶어."
"네, 그 마음 충분히 압니다. 이미 폐하께서도 그 부분에 대한 답은 알고 계실 거예요. 다만 포기를 하실는지 저도 장담 못 합니다. 천군들이 수없이 목숨을 잃고 있는 실정이니까요. 폐하께서 나서실 경우엔 더 큰 사달이 벌어질 수 있기 때문에 자리보전 중이라는 점만 알고 계십시오."
"다른 데도 아니고 천계에서 사건이 벌어졌으니 더더욱 궁을 지키셔야겠지. 혹시라도 또 올 수 있다면, 사건의 마무리에 대한 내용쯤은 알려줘."
"어렵지 않은 일이니 그리하겠습니다. 이만 물러갑니다."
"저녁이라도 먹고 가지 그러냐?"
"워낙 급박한 일이라 빨리 소식을 전달해야 하거든요. 인사도 못 하고 간다고 전해 주십시오."
"가봐라."
  시진이 창문 밖으로 몸을 날리더니 로켓처럼 하늘로 솟구쳤다. 우혁은 가만히 그 모습을 보고 있다가 문을 열고 나갔다. 그러자 문가에 네 사람이 조르륵 참새처럼 서 있었다. 우혁이 픗 웃었다.

"왜들 그렇게 보는 거지?"
"무슨 내용인데요?"

홍두가 호기심을 누르지 못하고 물었다.

"천계에 사고가 생겨서 수습하는데 어려움을 겪는 모양이야. 나를 복귀시켜 줄 테니까, 사건을 해결하라는 명이 내려왔지만 거절했어."

백소와 가향이 안타깝다는 듯 낮게 한숨을 쉬었다. 좋은 기회를 스스로 걷어찬 게 조금은 아쉽다는 얼굴이었다. 가만히 보던 은소가 한마디 했다.

"몰래 천계에 다녀올까요?"
"아니, 갔다가 위험한 상황에 노출되면 나만 곤란해. 여기 가만히 있는 게 돕는 거야."

은소가 입술을 툭 내밀고 궁금해 죽겠다는 표정을 지었다. 그러자 백소가 도깨비의 성에 가서 정보통에게 자세한 내막을 알아보겠다며 나갔다. 홍두는 가향에게 갖고 온 찬합을 내밀고 안주상을 좀 봐 달라 부탁했다. 밖엔 여전히 눈이 쏟아붓고 있었다.

술을 홀짝홀짝 마시던 홍두가 우혁을 흘끗 바라봤다. 우혁의 심경이 좀 복잡해 보였다.

"가고 싶은 건가요?"

"아니, 그보단 부모님의 안부가 궁금해서. 부모님도 어찌되었건 천계에 소속된 신들이니까 아무래도 신경은 쓰이지."

"괜히 내가 발목 붙들고 있는 것 같아서 너무 미안해요."

"아니야, 어차피 인간이 되었고 더 이상 다른 생각 같은 건 없어. 네 곁에 있겠다고 결정한 사람은 다름 아닌 나 자신이야. 후회는 안 해."

홍두가 부침개를 오물거리고, 소주를 한 잔 마셨다. 오늘은 소주로 위장을 채우기로 했다. 두 사람 다 말없이 소주잔을 한 번씩 비우더니 내리는 눈을 멍하니 바라봤다.

"홍두야……."

"네."

"나랑 결혼하면, 아마 아이를 낳지 못하게 될지도 몰라."

"보육원에 아이들이 많잖아요. 뭐가 걱정이에요."

우혁이 피식 웃었다.

"그래도 네 아이를 낳아 키우는 건 또 다른 의미잖아. 엄마가 되는 건데……. 내가 너한테 그걸 해 주지 못할 것 같아서 걱정돼."

"난 상관 안 해요. 우혁 씨가 곁에 있어 주기로 결정한 이상 아무것도 바라는 거 없어요."

홍두가 우혁의 곁으로 가서 앉더니 그의 손을 꽉 잡았다.

"이 온기, 이 존재감, 이 체취…… 이 모든 게 당신이 내 곁에 있음으로써 가능한 거잖아요. 당신이 혼백일 때를 떠올려 봤어요. 그땐 아무리 손을 잡아도 당신의 손은 차디차고 늘 뻣뻣하게 굳어 있고 악취를 풍겼었잖아요. 물론 내가 맡기엔 그리 심한 악취는 아니었지만……. 그때랑 비교하면 지금은 천국인 걸요. 살아 돌아와 이렇게 제 곁에 멀쩡하게 존재하는 것만으로도 감사함을 느껴요. 그런데 뭘 바라겠어요. 아이는 상관없어요."

우혁은 홍두의 머리통을 잡아당겨 자신의 어깨에 기대게 하고 그의 머리통을 포갰다. 이 선택은 절대 후회하지 않는다. 무엇과도 바꿀 수 없는 여유와 행복이다. 어떤 시대를 살아도 느껴보지 못했던 행복한 포만감이 그녀를 통해서만 느껴진다. 그러니 지금 이 순간이 무엇보다 중요하다.

"홍두야……."

"네……."

"……결혼하자."

홍두가 눈을 번쩍 뜨고 그를 쳐다봤다. 눈이 펑펑 쏟아지는 서른한 살의 크리스마스이브 밤이었다.

*

32살의 8월은 묘한 날의 연속이었다. 홍두가 우혁과 4월

12일에 결혼식을 올리고 일주일간 유럽여행을 하고 돌아와 다시 평소처럼 일상을 보냈다. 그동안은 별 문제 없이 지냈는데, 요즘 그녀의 몸 상태가 최악이다. 무기력하고 졸리고 입맛은 없고, 자고 일어나도 개운치가 않은데다 대부분의 시간을 멍한 얼굴로 보냈다.

뭐라 할 수 없을 정도로 극악해진 몸 상태 때문에 자꾸 그녀는 바싹바싹 말라갔다. 보다 못한 부모님은 그녀를 데리고 인근 한약방으로 갔지만 맥을 짚던 한의사는 고개를 갸웃거렸다. 맥이 잡히지 않는다는 것이다. 너무 놀란 부모님은 홍두의 몸에 뭔가 이상한 일이 벌어지고 있음을 짐작하고 우혁에게 상의를 했다.

우혁은 부모님께 홍두를 데리고 며칠 여행을 다녀오겠다고 말하고, 대신 백소에게 상태를 살피게 했다. 물론 자작나무 숲 뒤의 그의 집에 그녀를 감춰 놓고 말이다.

"아무래도 뭔가 이상해요. 기운이 예사롭질 않은데……. 제가 도깨비의 성으로 가서 의원을 몰래 데리고 나와 보겠습니다."

"뭐든 해 줘. 이대로 뒀다간 큰일 나겠어."

가향도 홍두의 몸 상태를 예의주시하고 있었다. 홍두에게 도깨비들이 아이를 가졌을 때 먹는 특수한 과일을 즙내서 한 번 먹여 봤다. 그랬더니 홍두가 허겁지겁 먹는 게 아닌가! 우혁은 참담한 얼굴로 홍두를 내려다봤다.

"아무래도 임신한 것 같은데…… 뱃속 아이가 사람이 아닌 것 같아요."

가향의 말은 어느 정도 설득력을 갖고 있었다. 뱃속 태아가 홍두의 정기를 온통 빼먹고 있는 것이다. 그가 신이었다가 혼백이 됐다가 다시 사람이 된 몸이다 보니 그의 몸속 무언가가 유전자에 문제를 가진 채로 홍두의 자궁 안에 착상이 된 듯했다.

"가향아, 너는 당장 류시진에게 가서 이 사실을 알리고 옥황상제를 뵙게 해 달라고 요청해라."

"네, 주인님."

가향은 즉시 도깨비로 둔갑해 하늘로 솟아올랐다. 도깨비의 몸이라 가는 절차가 복잡하겠지만, 시진의 이름을 댄다면 금세 만날 수는 있으리라. 은소가 곁에 앉아 홍두의 상태를 살피면서 과일즙을 계속 먹였다.

잠시 뒤, 도깨비의 성에서 작달막한 의원이 모습을 드러냈다. 맥을 짚어 본 의원은 혀를 차며 기막혀 했다.

"굉장히 강력한 힘이 안에서 전해집니다. 아무래도 천인이셨던 부친의 피를 고스란히 이어받은 듯 보입니다."

말도 안 된다. 누구보다 이 사실에 놀란 사람은 우혁이었다. 인간이 되었는데, 왜 그의 아이는 천인이란 말인가! 반인반천이라면 오히려 설득력이 있다. 그런데 온전히 그의 힘을 고스란히 닮아 태어난단 말인가?

"사람으로 인간화되었다고 해도, 몸속에 내재된 혈족의 힘마저 봉인하긴 어렵지요. 그 힘을 온전히 다 빼앗아 간다면 몸속의 피까지 빼냈어야 맞을 겁니다. 하지만 심장에서 천인의 기운만 거둬 갔다면, 운 좋게 천인의 혈통은 고스란히 남아 뱃속에 잉태되었을 가능성이 있지요. 문제는 뱃속 태아의 힘이 너무 강력해 인간인 모친의 영양분을 모조리 빨아들이고도 모자라 기운까지 집어삼키고 있다는 점입니다."

"그럼 어찌해야 하나요?"

"태반 자체가 인간의 것이니 무리가 따릅니다. 그 외의 것을 다 알기엔 제 지식이 부족하지요. 이건 천계에 직접 알아봐야 할 문제 같습니다. 일단 영양이나마 해결할 수 있도록 주사약을 주고 가지요."

의원은 몸에 투약하는 푸른 빛깔의 액체를 놓아두고 갔다.

"은소야, 안 되겠다. 네가 서둘러 다시 하늘로 가봐라. 홍두의 곁은 백소와 내가 지킬 것이니."

"네, 다녀오겠습니다."

은소도 곧장 하늘로 튕겨 올라갔다. 우혁은 초조한 얼굴로 백소가 홍두의 팔뚝에 푸른 빛깔의 액체를 투약하는 걸 가만히 지켜봤다. 인간의 태반을 양분삼아 자라기엔 태아의 능력이 너무도 위험하다. 태아는 어떻게든 살아남기 위해 홍두의 기운을 죄다 빨아먹을 것이다. 그는 초조한 얼굴로 한 자리를 왔다 갔다 하면서 창밖만 연신 내다봤다.

시진이 가향과 은소를 만나 곧장 옥황상제를 알현하기 위해 들어갔다. 옥황상제에게 홍두의 임신 사실을 전하고, 상태가 심각하다는 걸 알렸다. 옥황상제는 곧장 하계를 내려다볼 수 있는 특수한 구슬을 하늘로 띄워 올리더니 그것을 깨트렸다. 그러자 네모반듯한 수직의 평면이 나타나더니 홍두의 모습이 그 안에 담겼다. 마치 동영상을 보는 듯한 영상이 눈앞에 고스란히 보였다.

옥황상제는 홍두의 상태를 그저 눈으로만 살피더니 혀를 찼다. 엑스레이를 보듯 이미 홍두의 내부를 면밀히 살핀 것이다.

"어쩌다 임신이 된 게지? 임신이 되지 않도록 조치를 했을 텐데……. 이런 경우는 여태 한 번도 없었어."

옥황상제는 다소 당황스러운 얼굴로 홍두를 바라보더니 우혁을 쳐다봤다. 우혁의 얼굴도 새파랗게 질려 있어 보기 안쓰러울 지경이었다.

"무슨 놈의 팔자가 이리도 기구한지 모르겠군. 홍두를 하늘로 데리고 와야겠다."

"네에?"

시진이 놀라 되물었다. 인간을 하늘로 올리는 일은 한 번도 없었다. 물론 종종 인간인 주제에 천계에 몰래 숨어드는 일이 벌어지긴 했지만, 그들은 늘 초인적인 능력을 갖춘 자들이 태반이었다. 하지만 홍두는 지극히 평범한 인간이기 때문에 이곳에 데리고 오자마자 몸이 타들어 갈 것이 뻔했다. 신들이 지닌 기운을 감당할 수 없을 것이다. 지금 그녀가 뱃속에 천인을 잉태해 감당하지 못하듯이 말이다. 옥황상제가 바스락거리는 천을 바닥에 던졌다. 시진이 그걸 들어 올리자, 옥황상제가 말했다.

"이 천 안에 넣어서 꼭꼭 묶어서 데리고 와라."

물건 말하듯이 하는 옥황상제의 말본새가 꼴 뵈기 싫었지만 홍두를 살리는 게 우선이니 재빨리 가향과 은소를 데리고 하계로 내려갔다. 도깨비인 가향은 홀로 내려갈 수가 없어서 별 수 없이 나는 구름 청운을 타고 내려갔다. 땅에 발이 닿기 무섭게 시진은 집으로 뛰어 들어가 옥황상제가 내민 천을 펼쳤다.

"이게 뭔가?"

"폐하께서 여기에 홍두 씨를 넣어 데리고 오라십니다."

우혁은 초조한 얼굴로 홍두를 보낼 것인지 말 것인지를 두고 고민했다.

"지금은 고민할 때가 아니에요. 홍두 씨도, 태아도 무사하길 바라는 수밖에 없다구요. 우혁 님은 여기서 기다리세요."

우혁은 인간이기 때문에 하늘 일에 나설 입장이 아니었다. 할 수 없이 우혁은 홍두를 시진의 품안에 안겨 하늘로 올려 보내야 했다.

"부탁하네."

시진은 인사를 하고 하늘로 날아 올라갔다. 홍두의 몸을 하늘로 안고 올라가자, 신기하게도 그녀의 몸을 감싼 천이 서서히 그녀의 몸으로 흡수되기 시작하더니 이내 사라졌다. 대신 당연히 인간이라면 타들어 갔어야 할 몸에 아무런 문제가 나타나지 않았다. 천인의 힘이 그녀의 몸을 감싸고 있는 듯했다.

 옥황상제의 궁으로 날아 들어가자마자 옥황상제는 홍두의 상태를 살피기 위해 허공에 그녀의 몸을 띄워 모습을 유심히 쳐다봤다. 몸속에 태아가 자라고 있다. 문젠 태아의 영양상태도 그리 좋은 편이 아니었다. 인간 엄마의 육체에서 정기를 빨아내는 데는 아무리 태아라고 해도 한계가 있었던 것이다. 그렇다면 일시적으로 태아가 10개월이 될 때까진 홍두에게서 천인의 정기를 얻을 수 있는 무언가가 필요할 듯 보였다.

 고심 끝에 그는 개인 금고로 가서 문을 열고 내부를 살폈다. 투명한 유리 상자마다 독특한 생명체나 구슬들이 허공에 둥둥 떠 있었다. 그는 용의 새끼로 보이는 것의 상자 앞에 섰다. 그는 투명상자 속에 그대로 손을 밀어 넣었다. 옥황상제의 손이 초록빛을 발하며 상자 안으로 들어가더니 잠든 듯 보이는 용의 새끼를 손에 쥐었다.

 일시적인 동면 상태인 용의 새끼를 손에 쥔 그는 그것을 하나의 동그란 환 형태로 압축하기 시작했다. 두 손으로 쥐어짜듯 용의 새끼를 하나의 환으로 바꿨다. 사람이 삼키기 딱 좋은 크기로 작아졌다. 밖으로 나오자 금고가 저절로 닫혔다.

 그는 그것을 곧장 홍두의 입안에 밀어 넣고 물을 넘기게 했다. 꿀꺽, 홍두가 환약을 삼키는 걸 확인한 그는 잠시 기다렸다. 환약이 홍두의 태반으로 내려가 흡수되기를 기다릴 수밖에 없었다.

"반나절 정도는 소요될 거야. 이제는 기다리는 수밖에. 부작용 없이 환약이 태반에 흡수되길 빌어야 돼."

"저 환약이 뭔데요?"

"용의 새끼를 환약으로 압축해 넣었네. 동면 중인 용의 새끼가 지닌 강력한 기운이 태반에 흡수되면 태아가 용의 정기를 빨아들여 자랄 거야. 10개월이 되었을 땐 용의 새끼가 몸속에 완벽하게 녹아 흡수될 테고, 그리되면 태아는 무사히 태어나고, 홍두는 다시 안정을 되찾게 될 거야. 일단 잘 흡수하는 게 관건이야."

시진은 허공에 떠 있는 바싹 마른 홍두를 걱정스럽게 바라봤다.

홍두가 천천히 눈을 떴다. 갑자기 배가 고프고 현기증이 났다. 홍두가 천천히 고개를 돌리자 세상이 온통 하얀 공간이 나타났다. 여긴 어딜까? 뿌연 시야가 점차 또렷해지면서 곁으로 시진이 다가왔다.

"아, 시진 씨……."

"괜찮아요?"

"배가 고파요."

"아…… 다행이다. 제대로 효과를 보기 시작했나 보군요. 얼굴에 혈색이 돌기 시작했어요."

그때 곁으로 20대 초중반의 잘생긴 미남자가 나타났다. 화려한 차림새를 보아하니 아무래도 예사 인물 같아 보이진 않았다.

"지금은 임신 2개월이니 10개월을 채워 순산을 하면 그 아이는 하늘로 데려올 것이다."

"네?"

"천인의 아이다. 땅에서 키울 수 없을 게야. 우리가 그 아이를 친조모와 친조부에게 보낼 것이니 염려 말거라. 네가 키울 수 있는 아이가 아니다. 순도 백퍼센트의 천인이야. 보통 인간의 몸을 빌려 태어난 아이들의 경우 반인반천이 되는데, 네 뱃속의 아이는 순도가 아주 높은 천인이다. 하계에선 키우지 못한다."

홍두의 눈에서 눈물이 흘러내렸다.

"잠시라도 아이를 키울 수는 없을까요? 백일만이라도……."

"우혁이 인간이길 선택했다. 나로서는 우혁이라는 인재를 놓친 대목에 대해 너를 안 좋게 생각할 수밖에 없다. 허나, 그나마 네가 순수 혈통 천인을 임신했다는 사실 때문에 너에 대한 미움이 조금이나마 가시려고 한다. 뱃속 아이는 우혁을 대신해 굉장한 능력을 갖춘 최고의 무관으로 자랄 것이다. 내가 우혁을 네게서 빼앗지 않는 건 이 아이 때문이라 생각해라."

"만약 또다시 임신을 하게 된다면……."

"순혈인지, 혼혈인지에 따라 나의 결정은 달라지겠지. 내게 잔인하다 말하지 마라. 나도 너로 인해 잃은 것이 있고, 우혁의 부모 또한 너로 인해 우혁을 잃게 되지 않았느냐? 인간화를 선택함으로써 우혁은 환생도 하지 못하게 되었다. 죽게 되면 그걸로 끝인 생명이야. 누구 때문에 그리되었는지를 잘 생각해 보아라. 여기서 애를 빼앗긴다 원망만 하지 말았으면 좋겠구나. 우혁이 인간인 채로 살다 죽게 되면, 그의 부모에겐 남는 게 아무것도 없다. 네가 낳은 아이가 그 자리를 대신해 줄 것이니 너무 섭섭해 하지 마라."

홍두는 하염없이 눈물을 흘리며 배를 만졌다.

"특별한 기운을 내 뱃속에 넣어, 앞으로는 네가 느낄 부담감을 덜어 주었다. 이젠 하계로 내려가 평소와 같이 생활하면 된다."

"감사합니다."

옥황상제는 잠시 고심하다가 말했다.

"백일까지는 어미 품에 있도록 두겠다. 하지만 오래 둘 수는 없다. 천인이 지닌 막강한 힘이 세상에 그리 좋은 영향을 끼칠 리도 없기 때문이다. 나이가 어린 천인은 자신을 통제하는 능력이 없기에 그만큼 더 큰 파괴력을 주변에 끼칠 것이다. 내 말 명심해라."

"네, 옥황상제님······."

홍두는 천천히 일어났다. 배에서 벌써부터 태동이 느껴졌다.

소중한 아이가 자라고 있다. 우혁의 아이. 가슴이 먹먹하다. 백일 때까지만 키우고 하늘로 올려 보내야 하는 아이라니. 홍두는 시진의 품안에 안겨 다시 하계로 내려갔다.

노심초사하며 기다리던 우혁이 달려와 홍두를 부축했다. 시진이 안타까운 눈빛으로 홍두와 우혁을 쳐다봤다.

"무슨 일이냐?"

"순수 혈통 천인이 뱃속에서 자라고 있답니다. 폐하께서는 그 아이를 하늘로 데려와 키우겠다고 하십니다."

"뭐? 어떻게 그런!"

홍두가 우혁의 팔을 꽉 움켜쥐고 고개를 저었다. 그녀가 시진을 돌아보며 말했다.

"시진 씨, 고마웠어요. 어서 가보세요."

시진은 애잔한 눈빛으로 홍두를 바라보더니 예를 갖추고 하늘로 돌아갔다. 홍두는 우혁의 부축을 받아 의자에 앉았다. 그리고 옥황상제가 이런 결정을 내린 배경에 대해 이야기했다.

"환생을 포기하고 인간이 됐다고 들었어요."

우혁은 아무 대답도 하지 못했다.

"부모님께 불효예요. 그렇기에 저는 이 아이를 할머니 할아버지께 보낼 거예요. 당신을 내가 독차지한 대가라면 응당 받을 만하다 생각해요. 아이는 다시 임신하면 돼요."

"그 아이가 너무 불쌍하잖아. 부모 사랑도 받지 못하고……."

홍두의 눈가에 눈물이 그렁그렁 맺혔다. 그녀도 오죽하면 그런 결정에 합의했겠는가.

"하늘의 아이를 땅에서 키울 수는 없는 노릇이잖아요. 옥황상제께서 걱정하는 부분에 대해 충분히 공감했고, 위에 가족이 없다면 반대했겠지만 할머니가 지극정성으로 돌봐 주실 거라 믿어 의심치 않아요."

우혁은 미안함에 홍두를 와락 끌어안았다. 물고 물리는 불행과 행복이 뫼비우스의 띠처럼 반복되며 그를 압박했다. 끝나도 끝난 게 아닌 것인가. 홍두에게서 첫아이를 빼앗아 가는 최악의 상황이 펼쳐질 줄이야.

"미안하다. 내 선택으로 인해 많은 게 곤란해지고 있으니."

"사과하지 말아요. 그럼 날 선택한 것에 대해 당신이 후회한다고 느끼게 되니까요. 괜찮아요. 마음 비울게요. 지금은 뱃속 아이가 건강하게 잘 자라기만 바랄 거예요."

그녀는 배를 부드럽게 어루만졌다. 고작 사랑을 줄 수 있는 기간은 태어나 백일까지가 고작이다. 그러니 뱃속에 있을 때 더 많이 아껴주고 사랑해 주자. 이 아이가 천인이고 특별한 아이라면 분명 그녀의 따스한 사랑을 놓치지 않고 읽어 주리라.

*

첫애는 사내아이였다. 이름은 권유원이고, 백일이 되자 옥황상제가 직접 와서 아이를 데리고 하늘로 올라갔다. 그리고 두

달 뒤, 다시 그녀는 입덧을 시작했다. 뱃속에 다시 아이가 들어선 것이다. 이번엔 희한하게도 예전 같은 현상이 생기지는 않았다. 임신 중 아이는 별일 없이 잘 자라 주었고, 그렇게 십 개월을 채우고 세상 밖으로 건강하게 태어났다. 어여쁜 딸이다.
 권유이.
 반인반천으로 태어난 아이는 도깨비를 볼 줄 알고, 하늘에도 자유자재로 오를 수 있는 특별한 능력을 지닌 존재로 태어났다. 하지만 옥황상제에게 결정적으로 한마디 경고를 들었다. 반인반천의 경우 특별한 배우자를 만나지 못하면 세상을 파탄 지경에 이르게 하는 능력을 갖고 있으니, 되도록 빨리 반려를 찾을 수 있게 하라는 엄명이 내려졌다.
 그 부분에 대해서는 우혁도 잘 알고 있는 것 같았다. 그래서 유이를 수시로 혼계와 선계를 들락거리며 마음에 드는 소년들과 사귈 수 있는 기회를 만들어 주고 있다. 물론 그때마다 은소가 항시 동행을 했다.
 유이가 3살이 되는 해 홍두는 다시 임신을 했고, 아들이 태어났다. 아이는 온전한 인간으로 제 아빠를 쏙 빼닮아 머리가 좋았다. 홍두는 정성을 다해 아이를 키웠다. 그리고 딸애를 하나 더 낳았다. 반인반천의 아이였지만, 수줍음이 많고 말도 없는 착한 아이였다.
 아이는 넷이 되었다. 부친에게 듣기로 할머니가 부친의 손에 황금알 네 개를 주는 꿈을 꿨다고 하던데, 그건 아마도 네 명의 아이를 낳는 태몽이 아니었을까 생각해 본다.

그렇게 첫애를 하늘로 보낸 지 십 년이 된 어느 날이었다. 햇살이 유난히 밝던 봄이었다. 누군가 벨을 누르는 소리에 홍두가 나갔다. 한 소년이 홍두를 빤히 올려다보고 있었다. 홍두의 심장이 두근두근 뛰었다. 우혁을 쏙 빼닮은 천진한 소년이 그녀를 올려다보고 있었기 때문이다.

"유원아……."

아들 유원이었다. 유원이 환하게 웃으면서 홍두의 품안에 폭 안겼다.

"엄마……."

"아아…… 미안해. 유원아……."

홍두는 무릎을 꿇고 유원을 품안에 안고 울었다. 그러자 집안에 있던 우혁과 유이, 유하, 유재가 튀어나오더니 유원을 멍한 눈으로 쳐다봤다. 유원이 고개를 쏙 빼더니 유이와 유하, 유재를 쳐다봤다.

"안녕! 내 동생들? 난 너희들의 오빠이자 형인 유원이라고 해."

유이와 유하가 수줍어하면서 유원에게 다가왔다. 유원은 엄마의 품안에서 벗어나 유이를 한 번 안아 주고, 유하와 유재의 머리통을 부드럽게 쓸어 넘겨주고는 고개를 들어 훤칠하게 큰 우혁을 올려다봤다.

"아빠……. 소자, 인사 여쭙니다."

우혁은 유원을 번쩍 안아 올리더니 품안에 안고 볼을 문질 렀다. 우혁의 눈가에 물기가 차올랐다.

"잘 왔어, 우리 아들……."

"열 살 생일 선물로 부모님을 뵙게 해 달라고 했더니, 할머니께서 허락해 주셨어요. 오늘 하루 종일 여기서 놀다 와도 된대요. 저 그동안 열심히 살았어요. 무술 훈련도 열심히 했고, 공부도 열심히 했어요. 잘했죠?"

우혁은 기특한 아들의 볼을 연신 쓰다듬으며 대견하다 몇 번이나 칭찬했다. 모처럼 함께하게 된 여섯 가족이 서로를 둥글게 감싸 안고 행복한 미소를 띠고 눈물을 흘렸다. 이렇게라도 아이를 보게 되어 다행이라고 홍두는 생각했다. 아이는 대견하게 잘 자라주고 있었다. 부모의 품안에서 자랄 수 없으니 불평불만이 있을 법도 한데, 그 부분에 대해서 전혀 투덜거리지 않았다.

"유원아, 감사해. 우릴 잊지 않고 찾아 줘서……."

"당연한 걸요. 절 낳아 주신 부모님이잖아요."

유원이 해사한 미소를 지어 보였다. 더 이상 바랄 게 없는 하루였다.

「담벼락 너머의 Mr.괴물」 완결

작가후기

밝은 글로 오겠습니다! 라고 했다가 또 사기꾼이 된 것 같아요.

이 글은 <화무>, <화설>의 세계관을 빌려다 현대적인 이야기 속에 섞어 놓은 이야기예요. 요즘 퓨전 판타지 스토리가 각광을 받고 있고, 저 역시 워낙 이런 얘기를 좋아라하다 보니 이야기를 시작하게 되었답니다. 아주 즐겁게 써내려간 글이었어요.

아시는 분들은 아시겠지만, 얼마 전에 시모께서 유명을 달리하셨어요. 그 전에 제 꿈에 어머님이 나와 아주 환하게 웃으시더라고요. 다 나았다고 아주 기쁜 얼굴로 웃으시곤 이틀 뒤에 떠나셨답니다. 그 기묘한 일을 겪은 후, 다시 한 번 죽음과 사후세계라는 속성에 대해 고민하게 되었어요. 죽음을 또 다른 세상으로 이동한다고 이해하고 그곳에서도 그들만의 규칙을 지키며 살아가고 있다고 믿고 싶어요.

어릴 때부터 유난히 귀신만 보면 무서워하고 아직도 귀신 영화는 보지도 못하고 부들부들 떠는 주제에 이상하게 귀신 얘기는 미치게 좋아라하네요. 음산한 귀신이 아니라, 한 서렸지만 우리네 정서를 품고 있는 귀신 얘긴 너무나 좋아합니다.

시어머니가 떠나시고 3주 만에 작은아버지가 돌아가셨어요. 친정아버지가 너무 가슴 아파하고 우시는 통에 마음이 좋지 않았어요. 한 달 새 일어난 일들 때문인지 요즘 죽음에 대해 자꾸 돌아보는 겁니다. 그래서 힐링하고픈 맘에 이런 이야기를 끌고 왔답니다.

이 이야기 속 남주 우혁 역시 누군가의 죽음으로부터 책임을 느끼고 하늘에서 땅으로 내려오는 인물입니다. 홍두는 죽음을 앞둔 할머니 때문에 느닷없이 서울살이를 마다하고 시골행을 택하죠. 두 인물이 제대로 시너지를 일으켰는지는 잘 모르겠지만, 눈을 뗄 새 없이 재밌는 글이었기를 바라면서 이만 줄일게요.

부디 저를 사랑해 주시는 모든 독자님들, 아프지 마시고 건강 지키세요. 우리 유쾌하게 무병장수하자고요. 늘 긍정적인 에너지를 주시는 시크릿 가든 카페 여러분과 출판 관계자 여러분께 진심으로 감사 인사를 드립니다.

그럼 건강히 다음 글로 인사드릴게요. 건강이 허락하는 한 자판은 계속 두드리겠습니다. 목표는 100종의 로맨스 소설 출간 돌파입니다! 헉, 족히 10년은 더 써야 된다는 결론이네요. 그래도 응원해 주세요. 더욱 다양한 이야기가 나올 수 있도록 머리를 혹사시켜 보겠습니다. 즐거운 여름 되세요!

    메르스와 살인진드기, 태풍 연발에도 굳건히 버틴 글쟁이 서향 올림.